《中国家庭基本藏书》

新闻出版总署优秀畅销书奖
全国优秀古籍图书普及读物奖
第十七届山西省优秀图书一等奖
第二届山西出版政府奖
山西出版集团2008年度十种好书

全套藏书累计销售500万册

中国家庭基本藏书（修订版）

诸子百家卷

《诗经》《尚书》《礼记》《楚辞》《论语·大学·中庸》《孟子》《老子》《庄子》《荀子》《韩非子》《孙子兵法·尉缭子·鬼谷子》《墨子》《周易》《山海经》《吕氏春秋》《三十六计》

名家选集卷

《三曹诗集》《陶渊明集》《王勃集》《王维集》《孟浩然集》《高适集》《岑参集》《李白集》《杜甫集》《白居易集》《刘禹锡集》《元稹集》《李商隐集》《李贺集》《杜牧集》《韩愈集》《柳宗元集》《李煜集》《欧阳修集》《王安石集》《苏轼集》《黄庭坚集》《柳永集》《秦观集》《周邦彦集》《李清照集》《辛弃疾集》《陆游集》《范成大集》《杨万里集》《姜夔集》《文天祥集》《元好问集》《唐寅集》《张岱集》《三袁集》《李贽集》《傅山集》《纳兰性德集》《袁枚集》《郑板桥集》《龚自珍集》

史著选集卷

《左传》《国语》《战国策》《史记》《汉书》《后汉书》《三国志》《资治通鉴》

综合选集卷

《唐诗三百首》《宋词三百首》《元曲三百首》《千家诗》《古文观止》《汉魏六朝小赋骈文选》《唐宋八大家文选》《明清小品文选》

笔记杂著卷

《蒙学六种——三字经·百家姓·千字文·增广贤文·幼学琼林·格言联璧》《颜氏家训·朱子家训》《世说新语》《金刚经·坛经·心经·地藏经》《曾国藩家书》《菜根谭·小窗幽记·幽梦影》《浮生六记》《闲情偶寄》《近思录》《徐霞客游记》《古代书信精选》

戏曲小说卷

《元杂剧精选》《西厢记》《牡丹亭》《长生殿》《桃花扇》《今古奇观》《三国演义》《水浒传》《西游记》《红楼梦》《聊斋志异》《儒林外史》《封神演义》《话本小说选》《文言小说选》

中国家庭基本藏书 名家选集卷

文天祥集

[宋] 文天祥 著
吴言生 朱大银 解评

山西出版集团
三晋出版社

博学工作室

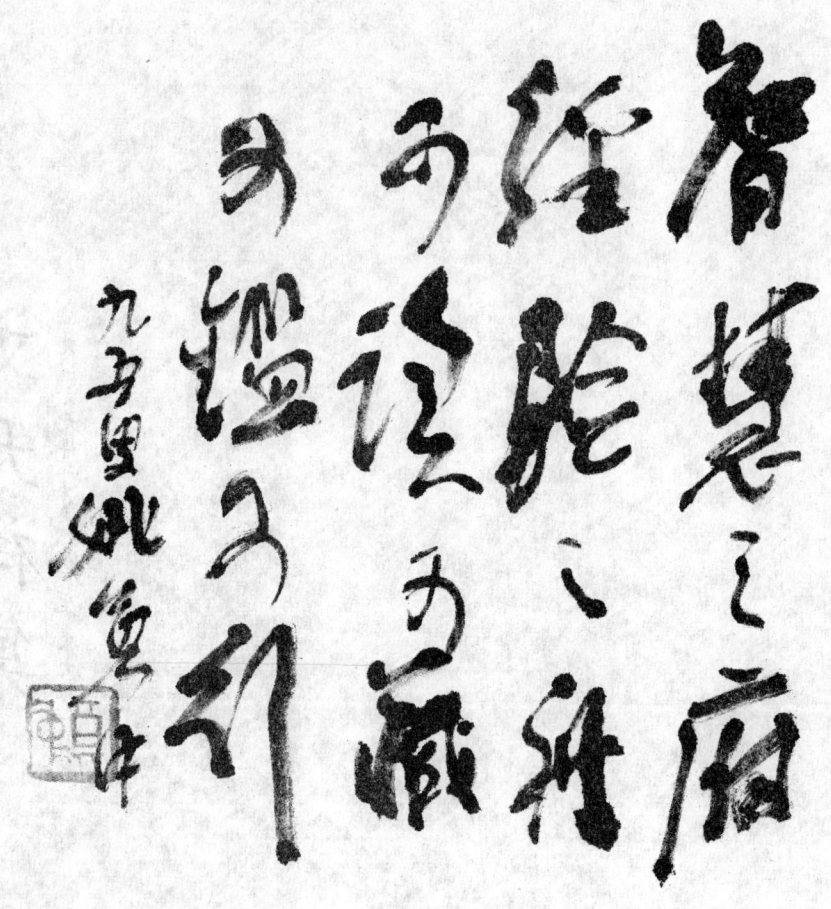

·山西大学教授姚奠中先生为《中国家庭基本藏书》题词

前言

抵御外侮、坚贞爱国是南宋文学的一个重要主题。陆游的诗，辛弃疾、张孝祥、张元幹等人的词以及陈亮的散文，对这个主题都有深刻而广泛的表现。文天祥则用自己的生命唱出了这个时代主题的最强音，他的忠烈义举与爱国精神一直为后人敬仰并激励着后人。

文天祥（1236—1283），字宋瑞，一字履善，号文山，吉州庐陵（今江西吉安）人。宋理宗宝祐四年（1256），成进士，对策集英殿，理宗把他的卷子取在第一名，为状元。南宋亡后，坚贞不屈，于元至元十九年（1283）十二月初九日就义于大都（今北京），年四十七。有《文山先生全集》。

文天祥的思想主要是儒家思想。恪守尽忠尽孝，以诚信为立人之本是他至死不渝的行为准则。对文天祥早期思想的影响主要来自两个方面：一是他的父母，一是他的老师欧阳守道。文天祥父亲文仪，字士表，号革斋。文天祥《先君子革斋先生事实》说："不肖孤闻之诸父，先君子幼颖慧，器质端重，进止如有尺寸。"文天祥的母亲曾氏，文天祥的弟弟文璧在《齐魏两国夫人行实》中说她"生有挚性，事舅姑尽孝，相夫子以俭勤，自奉极菲薄"，文天祥则回忆说"母尝教我忠，我不违母志"(《邳州哭母小祥》)。文天祥二十岁在家乡白鹭洲书院肄业于欧阳守道之门。《宋史·欧阳守道传》说："少孤贫，自力于学。年未三十，翕然以德行为乡郡儒宗。"淳厚、传统的家庭与师道渲染奠定了文天祥后来的思想基础，也是他诗、词、文爱国坚贞主题的渊源。

宋恭帝德祐二年(1276)正月二十日，文天祥往皋亭山会见元军统帅伯颜，被拘留。这是他第一次被捕。宋端宗景炎三年(1278)十二月二十日，文天祥在五坡岭被元军追及，第二次被捕。与此相联系，文天祥的诗歌创作可以划分为德祐前后两个阶段。德祐以前诗歌，流传至今的，约有二百四十多首，大多为题咏酬应之作，与当时一般文人诗并没有什么两样。一些登临写景篇什，能借眼前景写心中情，流露出自己对时局的忧患，是其中的佳构。德祐以后，社会形势有如翻江倒海，文天祥亲身体验了国破家亡之痛，其诗歌无论在题材还是在风格上都与前期迥异。细论之，这一阶段又以五坡岭第二次被捕为界分为前后两个时期。前期，作者抱定复兴社稷信念，诗歌体现了百折不挠的战斗精神；后期，复兴大业落空，作者孜孜以求唯在"正首丘"、"从容取义"等民族、人格精神，诗歌风格则更加凄厉、悲壮。文天祥自德祐后所作的诗，加上在大都狱中所集二百首五言杜诗，共五百七十多首。总的说来，这时期作者是以状元宰相、亡国忠臣的身份而不是文人身份写诗，诗歌感情激烈、奔放，主题单一、明确，那就是抗元救国，忠贞不屈。

关于文天祥诗歌的解评有两点必须说明一下：第一，文天祥不少诗歌有序言，有的序言还很长，有的不仅有序言，而且还有后注，这些序言或后注与诗往往互相映发，不可分开，我们在解评时也尽量作了详细解析；第二，文天祥有不少诗歌是组诗，有的全选了，有的选了其中的几首，不论是全选还是选了其中几首，解评时，有小标题的从小标题，没有小标题的一律用数字按照自然顺序标出，以便阅读。

文天祥词作不多，可确定的有七首。本集所选的五首词，或歌咏古代女子之贞节以见其不贰于元的民族气节，或歌咏古代忠烈义举以见其威武不屈的英雄人格。无论内容还是词风，都与其诗歌相去不远。文天祥不以词名家，他是南宋末世最有成就的诗人与散文家。文天祥散文举凡奏章政论，铭箴哀诔，序跋游记，应有尽有，众体皆备。语言晓畅，条理清楚，感情充沛是文天祥散文的基本特征。《〈指南录〉后序》、《文山观大水记》、

《萧氏梅亭记》、《衡州上元记》等是其中的名篇。

此次我们解评的文天祥作品，主要以北京中国书店影印本《文山先生全集》为阅读底本，同时参照了北京大学出版社出版的《全宋诗》以及上海辞书出版社、安徽教育出版社出版的《全宋文》等书。在解评过程中，我们还参考了黄兰波先生选注的《文天祥诗选》，邓碧清先生译注的《文天祥诗文选译》等著作，获益良多，在此谨致以由衷的感谢。这次解评文天祥作品，限于篇幅以及其他方面的要求，我们选择了文天祥诗132首，词5首，文10篇。末附"文天祥年谱简编"、"文天祥著作主要版本"、"文天祥研究重要著述"以及"《文天祥集》名言警句"（正文中用着重号标注）等助读资料四种。限于水平，其中注释、解析方面存在的谬误在所难免，希望得到方家与读者朋友的指正。

吴言生　朱大银
2008年7月于陕西师范大学

文天祥的爱国思想述评(代序)

王水根

1283年1月9日(元世祖至元十九年十二月初九),我国历史上著名的民族英雄文天祥就义于元大都(今北京)柴市,距今已有七百多年了。文天祥的爱国主义精神一直为后人所景仰,他那"人生自古谁无死,留取丹心照汗青"的壮烈诗句始终激励着后人,至今仍为人们所传诵。他的爱国主义思想,既是他那个时代的精神产物,也是后世乃至今天的一笔宝贵的精神遗产。下面,拟就他有关爱国主义的几个问题,加以评述。

一、奋起勤王是为了救国

南宋德祐元年(1275)初,文天祥正在赣州知府任上,接到了腐败无能的临安小朝廷发来的《哀痛诏》。讲到国家面临着困境:蒙古南侵的铁骑已"闯我长江",形势危急,国内度宗已死,四岁的恭帝继位,政局动荡;"田里有哀叹之声,而莫之省忧;介胄有饥寒之色,而莫之抚慰。"诏书号召"文经武纬之臣"、"忠肝义胆之士"迅速起兵勤王。文天祥出于忠君爱国的思想,"捧诏涕泣",在两三个月内组织起第一支勤王队伍,"使陈继周发郡中豪杰,并结溪峒蛮;使方兴召吉州兵。诸豪杰皆应,有众万人"。四月,文天祥领兵下吉州。七月七日,大军从吉州出发,沿赣江而下,八月,开抵临安(今杭州),驻兵西湖岸。

这么一支队伍,临时凑集,未经战阵,战斗力是可以想见的。他的政敌黄万石,甚至攻击此为"乌合之众"、"儿戏无益"。作为一介书生,素昧韬略,文天祥深知自己的短处和部队的弱点。他并不希冀凭这支队伍阻止元军的南侵。他起兵的意图,是想以此树立起一面抗战的旗帜,召唤全国军民投入反侵略的斗争中去。正如他所说的:"吾亦知其然也。第国家养育臣庶三百馀年,一旦有急,征天下兵,无一人一骑入关者,吾深恨于此。故不自量力,而以身徇之,庶天下忠臣义士将有闻风而起者。义胜者谋立,人众者功济。如此,则社稷犹可保也。"

德祐二年(1276),局势进一步恶化。正月十八日,元军统帅伯颜已经打到距首都临安三十里的皋亭山。这时,临安乱作一团,而文天祥却镇定自若。他以临安知府的身份,慷慨上疏,提出救国方略,并愿率义士背城一战。但统治集团不听忠言。当晚,宰相陈宜中逃跑;次日,主将张世杰等也走了。南宋政府陷于瘫痪。此时,"战、守、迁,皆不及施。缙绅、大夫、士,萃于左丞相府,莫知计所出。"这时才有人想到文天祥了。早上,封他为"枢密使",主管军事;中午,又加封他为"右丞相兼枢密使,都督诸路军马"。文天祥真可谓"受任于败军之际,奉命于危难之间"了。显然,这不是器重他,而是利用他的爱国热情将收拾残局的责任推卸给他。对于这一点,文天祥想的是"国事至此,予不得爱身"。当投降派要他出使元营谈判时,他以为"北亦尚可以口舌动也";"予更欲一觇北,归而求救国之策"。遂毅然接受出使元营的任务。在强敌面前,他"抗辞慷慨",使敌人"上下颇惊动"。可是,由于投降派"吕师孟构恶于前,贾馀庆献谄于后",他不幸被元军扣留,"羁縻不得还"。

二月底,伯颜大军进入临安,南宋朝廷终于覆亡了。太皇太后和恭帝均当了俘虏。不甘心当俘虏的文天祥,却从元营逃了出来,决心再干!四月八日,文天祥逃到温州。听说度宗的两个儿子(即恭帝的两位兄弟)已逃到福州,他即上表劝进。不久,被诏到福州,任右丞相兼知枢密院事;后又命他为同都督。这时,文天祥打起帅旗,并"遣其将吕武入江、淮招豪杰,杜浒如温州募兵",重新组织力量,进行抗元复国斗争。七月十三日,他在南剑州(今福建南平)设立同都督府,号召四方起兵,收复失地。十一月,文天祥移兵汀州(福建长汀)。同时,陈宜中、张世杰拥端帝入海,向南逃亡。

1277年正月,文天祥督府移屯漳州龙岩,三月,至广东梅州。五月中,引兵过南岭,入江西。抗元大军进会昌,取得于都大捷,接着攻克兴国县,督府也随迁兴国。此时,抗元斗争如火如荼。在人民群众的支持下,文天祥部所向披靡。赣州所属各县全部光复,仅赣州一座孤城未克。而吉州八县,亦复其半。邹㵯以赣诸县兵,直指永丰。江西境内临(临川)、洪(南昌)、袁(宜春)、瑞(高安)各州郡,皆起而响应,真有席卷江西之势。与此同时,湖南张虎在宝庆府(今邵阳)起兵,收复新化、安化、益阳、宁乡、湘潭等县;进士赵璠,起兵收复湘乡;张唐等人也在衡山、湘潭、攸县等地起兵;攸县人陈子全还打到江西,收复了萍乡。在湖北黄州一带,也有淮西义兵活动,刘源等攻克黄州寿昌军(今鄂城),坚持四十天之久。此时,文天祥的声威,震撼了江南。文天祥成了南宋末期坚持抗元斗争的实际领袖。

为了坚持抗元斗争,文天祥不惜毁家救国。1275年起兵勤王时,他就"尽以家资为军费"。自开都督府以来,他的母亲以及妻妾子女共十二人,都投身于抗元斗争,并先后献出了生命。他的两个妹夫(龙泉孙栗和永新彭震龙)也曾参与勤王和收复县邑,事败亦均殉难。他的妹妹文懿孙,因支持丈夫孙栗抗元,事迹感人,被列入《吉州人文纪略·列女传》。

历史事实告诉人们:关键时刻最能考验人。当蒙古贵族的铁骑南侵时,南宋王朝上自太后皇帝,下至文臣武将,不是投降,就是逃亡;挺起胸膛和敌人斗争的寥寥无几。以状元作宰相的有留梦炎,在关键时刻逃跑了,投降了,又作了元朝的权臣。青年时代以反权奸出名后来作宰相的有陈宜中,在关键时刻,也两度逃走,最后客死于异国(占城)。在士大夫无耻成了很坏的社会风气之下,文天祥却能够傲然挺立,独树一帜,国难越深,斗志越坚。只有他,可算是南宋末年坚持抗元爱国斗争的中流砥柱。

二、坚持爱国的民族气节

在敌人面前,文天祥大义凛然,没有丝毫的奴颜和媚骨。他先后接触过的元朝首脑人物有丞相伯颜、元帅张弘范、平章阿合马、丞相博罗,以至皇帝忽必烈。不论见到谁,他都循礼,只作揖,不下跪,气宇轩昂,抗词慷慨,充分表现出坚贞不屈的民族气节。

德祐二年(1276)正月二十日,文天祥率谈判代表来到伯颜军营。他对伯颜说:"今北朝将欲为与国乎!将毁其宗社乎?若以为与国,则宜退兵平江或嘉兴,然后议岁币与金帛犒师。……若欲毁其宗社,则两淮、两浙、闽、广尚多未下;穷兵取之,利钝未可知。假能尽取,豪杰并起,兵连祸结,必自此始!"真是义正词严,有理有节。在伯颜威迫劝降下,文天祥大义凛然地说:"宋状元……所欠一死报国耳!宋存与存,宋亡与亡。刀锯在前,鼎镬在后,非所惧也。何怖我?!"并责伯颜留使失信,痛斥叛将吕文焕引虏丧国。伯颜见他是个抗元的危险人物,因而把他监禁起来。

祥兴元年(1278)十二月二十日,文天祥在广东海丰县北五坡岭被执,后送到潮阳元帅府张弘范处。左右叫他跪拜,他不理。张改以礼相待,但他从不动心。次年正月,元朝水军大举进攻厓山,张弘范把文天祥押在船上,要他写信去招降张世杰,他不肯;张强要,便以所写《过零丁洋》一诗示之。末两句"人生自古谁无死,留取丹心照汗青",既是自己身陷囹圄、宁死不屈的宣言,又是对战友的鼓励,同时也是对卖国贼的鞭笞。张弘范看了,只好"笑而置之",以自解嘲。厓山陷落后,张弘范置酒庆功。酒宴上,张再次劝降,说:"国亡,丞相忠孝尽矣,能改心以事宋者事皇上,将不失为宰相也。"文天祥愤慨地说:"国亡不能救,为人臣者死有馀罪,况敢逃其死而二其心乎?"张弘范的诱降阴谋终于破灭。

祥兴二年(1279)十月一日,文天祥被押解到燕京。开始,住馆驿中,馆人热情招待,天祥不就寝,通宵达旦地坐着,而且"坐未尝面北",以示不忘故国。已投降的状元宰相留梦炎前来劝降,被他唾骂一顿;被俘投降的恭帝(时年九岁)被派来劝说,他也委婉地回绝。元朝平章阿合马入馆驿,坐召文天祥,天祥则长揖就坐。对此,《文丞相传》中有一段生动的记述:"马云:'以我为谁?'公云:'适闻人云,宰相来。'马云:'知为宰相,何以不跪?'公云:'南朝宰相见北朝宰相,何跪?'马云:'你何以至此?'公曰:'南朝早用我为相,北可不至南,南可不至北。'(马)顾左右曰:'此人生死尚由我。'公曰:'亡国之人,要杀便杀,道甚由你不由你!'马默然而去。

十一月初九日,文天祥从府学胡同兵马司监狱被带到元枢密院,元丞相博罗审问他。这在《纪年录》中有详细的记载:"予入长揖。通事曰:'跪!'予曰:'南之揖,即北之跪;吾南人行南礼毕,可赘跪乎!'博罗叱左右曳予于地。予坐不起。数人者,或牵颈,或挚手,或按足,或以膝倚予背,强予作跪状。予动不自由。通事曰:'汝有何言?'予曰:'天下事,有兴有废。自古帝王以及将相,灭亡诛戮,何代无之?天祥今日……至于此,幸早施行。'博罗于是怒,见之辞色,云:'你要死,我不教你便死,禁持你!'予曰:'我以义死,禁持何害也!'博罗愈怒……遂呼狱命史云:'将下去!别听言语!'"由于文天祥不屈不挠的斗争,使显赫一时的元朝丞相博罗暴跳如雷,无可奈何!

元朝统治者用尽一切办法诱降文天祥,但都一一被拒绝了。临刑前一天,文天祥被带到宫中见忽必烈。文天祥依然是只作了个揖。忽必烈以

"当令汝中书省一处坐者"（即委以相当于宰相之职）为诱饵招降文天祥，但被断然拒绝。忽必烈问："汝何所愿？"天祥回答："愿与一死足矣。"结果忽必烈也无计可施，只好杀害他。杀害文天祥之时，元朝统治者如临大敌，"都城门闭，甲卒登城街，对邻不得往来，行不得偶语"。说明了文天祥的爱国主义精神在人民群众中的影响是何等深广，也说明了元朝统治者是多么害怕人民起来反抗他们。可见，真正的强者是坚持反侵略的文天祥和人民大众，而侵略者是很虚弱的。

三、光荣的死才能永生

从宋德祐二年（1276）正月二十日，到元至元十九年（1283）十二月初九日，前后共七年时间，文天祥在战场上、在牢狱中，几乎天天碰到生和死的考验。他宁死不屈，曾三次想自杀。一次是出使元营谈判时，他身藏匕首，随时准备应付于万一；一次是五坡岭被俘，他以"吞脑子"（即服冰片）自杀，但未遂；再一次是往北押解时，途经家乡庐陵（今江西吉安县），他绝食八天，又未死。此后，他决心坚强地活下来，"取义"而死。在《过零丁洋》诗中，他就打算要英雄地死去。在《正气歌》中，他又把这种愿望上升为理论，称之为普遍存在于天地之间和人类社会中的"浩然正气"。并说："是气所磅礴，凛烈万古存；当其贯日月，生死安足论！"因此，他以孟子"我善养吾浩然之气"作为座右铭，忍受着一切精神折磨。无论发生什么情况，他也决不动摇。

景炎元年（1276）五六月间，他在为《指南录》写的《后序》中，回顾从正月二十日被羁留元营到四月八日抵达温州这八十天惊心动魄的艰苦历程时写道："予之及于死者，不知其几矣；诋大酋，当死；骂逆贼，当死；与贵酋处二十日，争曲直，屡当死；去京口，挟匕首以备不测，几自刭死；经北舰十馀里，为巡船所物色，几从鱼腹死；真州逐之城门外，几彷徨死；如扬州，过瓜洲扬子桥，竟使遇哨，无不死；扬州城下，进退不由，殆例送死；坐桂公塘土围中，骑数千过其门，几落贼手死；贾家庄几为巡徼所陵迫死；夜趋高邮，迷失道，几陷死；质明避哨竹林中，逻者数十骑，几无所逃死；至高邮，制府檄下，几以捕系死；行城子河，出入乱尸中，舟与哨相后先，几邂逅死；至海陵，如高沙，常恐无辜死；道海安、如皋，凡三百里，北与寇往来其间，无日而非可死；至通州，几以不纳死；以小舟涉鲸波，出无可奈何，而死固付之度外矣。呜呼！死生昼夜事也。死而死矣，而境界危恶，层见错出，非人世所堪。"可是，文天祥终于闯过来了。他不愿轻易地死去，并不意味着苟且偷生，而是要坚持斗争到生命的最后一息，死得其所。

《宋史·文天祥传》讲,文天祥曾有贪生之念:"倘缘宽假,得以黄冠故乡,他日以方外备顾问,可也。"这实在是诬蔑之词。我们查遍他在狱中亲书的《纪年录》和刘岳申所写的《文丞相传》,都无此语。他挚友邓光荐在其《文丞相传》中提到这件事,但那是别人的想法,不能栽到文天祥身上。邓写道:"是时南人仕于朝者,谢昌元、王积翁、程飞卿、青阳梦炎等十人,谋合奏请,以公为黄冠师,冀得自便。"这件事,挨过文天祥唾骂的留梦炎不愿干,他私下同王积翁说,要是文天祥保释出狱之后,"忽有妄作",那我们保人怎么办?他一说,王积翁也不愿坚持了,"遂不果"。后来,王积翁一个人奏,说:"南方宰相,无如文天祥。"忽必烈才"遣谕旨,谋授以大任"。为此,王积翁致书文天祥,转达旨意。文天祥一听,断然拒绝:"数年于兹,一死自分。举其平生,而尽弃之,将焉用我!"这次尝试又告吹,"事遂寝"。最后,王积翁还要给忽必烈出点子,说:"若释而不杀,因而礼待之,亦可为人臣好样子。"这时候,忽必烈"默然久之"。他恐怕是不同意这样做吧。但他没有这样说。他说的是:"且令千户所,好好与茶饭者。"文天祥知道这件事后,又向王积翁严肃地表示:"吾义不食官禀数年矣;今一旦饭于官,果然,吾且不食!"从此,"积翁不敢言"。这分明是文天祥毫不妥协、视死如归的品格,那里有半点贪生的影子呢?

邓光荐的记载是可信的。因他是文天祥的同乡、挚友,对文天祥的思想是很了解的。文天祥在狱中的生活及思想情况,邓可以从庐陵义士张弘毅(号千载心)处得知。因张氏跟随天祥至燕京,住监狱附近,侍奉天祥茶饭至尽节;然后,负骸而归。文天祥在给其弟文璧遗书中,也曾写道:"自广(州)达建康,日与中甫(光荐字)邓先生居,具知吾心事,吾铭当以属之。"为了给文天祥书写墓志铭,邓光荐便用心了解他的事迹。因此,他的记载是可信的。

实际上,文天祥不是求偷生,而是求"义死"。他的战友纷纷敦促他以身殉国。如王炎午、汪元量等人,曾写《生祭文丞相文》、《生挽文丞相》等诗文给他,勉励他保持气节。传统的名节观念,也支持着他。虽在狱中,但他所写的诗词,纷纷传出,"翰墨满燕市",全国注目。他意识到自己是在以实际行动谱写末代忠臣的悲壮历史。他在《言志》诗中写道:"一死鸿毛或泰山,之轻之重安所处!……杀身慷慨犹易勉,取义从容未经许;仁人志士所植立,横绝地维屹天柱,以身殉道不苟生,道在光明照千古!"他也身体力行地总结历史、编写历史(如《纪年录》等等)。虽然他的夫人、女儿同在燕京,他也忍痛割爱,不求相见;他给舅舅、弟弟及嗣子等人写信,一再说这是"绝笔"。这一切,说明他义无反顾,无时不为牺牲做好准备,他堪称宁死不屈的大丈夫!

四、以"社稷为重"的"忠君"思想

在跟博罗丞相的论战中,文天祥鲜明地提出:"社稷为重,君为轻。"就是宋恭帝出面劝他投降,他也置之不理。这种在大是大非面前不受君命的表现,对于深受忠君爱国思想熏陶的文天祥说来,实在是难能可贵的。可见,仅以忠君来看待文天祥的爱国主义思想是不够全面的。

忠君和爱国并没有必然的联系。只有在君主代表国家民族利益时,"忠君"才与爱国相一致。我国传统的爱国主义思想的真正源泉不在于忠君,而出自于"民为贵,君为轻,社稷次之"(《孟子·尽心下》)的民本思想。它要求把人民和国家民族利益置之高于一切的地位。文天祥的爱国主义思想中包含着这种进步思想的因素,因而在他的实践中曾对"愚忠"作了有力的批判。在《御试策》中,他除陈述了自己对国家民族前途命运的基本观点外,还针砭了时弊。对天变与民生问题,人才与士习问题,兵力与国计以及国防等问题,文天祥都分别提出了精辟的意见。他指出:朝廷只有"壮正人之气,养公论之锋",才能解决上述问题。他反对答题要"勿激勿泛",认为:"夫泛,固不切矣;若夫激者,忠之所发也。陛下胡并与激者之言而厌之耶?"说明他为了国家民族的利益,是不怕批评皇帝的。

别人看皇帝的眼色行事,文天祥却不这样。内侍董宋臣,无恶不作,外号阎罗,却成了皇帝的宠幸。1259年,元军渡江围鄂州(今武昌),董宋臣吓破了胆,"说上迁都,人莫敢议其非者。"而初次授官、年仅二十四岁的文天祥,却勇敢地上疏,乞斩宋臣,"以一人心,以安社稷","以谢生灵荼毒之苦"。而且说,"陛下为中国主,则当守中国"。皇帝未予采纳,他只好自行"免归"。

1275年冬,幼帝虚设,实权被投降派操纵的南宋朝廷,追封投降元军的大将吕文德为和义郡王,又将他的侄子吕师孟提为兵部尚书。"欲赖以求好",为投降卖国铺平道路。吕师孟仗着敌国力量长自己威风,骄奢淫逸,不事防备。投降气氛弥漫京城。文天祥又上书,乞斩吕师孟,并提出抗元防御措施。这样,不仅得罪了奸臣,而且得罪了皇室。很显然,文天祥是从国家人民利益出发,才不顾这一切的。

对于贾似道那样的奸臣,文天祥更是嫉恶如仇。贾似道是理宗宠妃的兄弟。自1259年失守鄂州、与元私订盟约、谎报军情因而冒功以来,他的权势逐渐膨胀。度宗时,他官居太师平章军国重事,位于丞相之上。御史何梦然、孙附凤、桂锡孙、刘应龙等人,"承顺风指,凡为似道所恶者,无贤否皆斥"。当贾似道为显露权势而假装退休时,皇帝要文天祥起草挽留诏,文天祥在诏中强调,大臣应以国家安危为重,全篇没有一句恭维话,对贾似道的假把戏给予当头一棒。他并非不懂官场规矩,而是认为"贾有要君之志,予当制裁之以正义","遂忤贾意"。其结果,自然是被奏免官了。

文天祥所深恶痛绝的,岂止董宋臣、吕师孟、贾似道等几个投降派的人物?他也不满于维护腐朽的大地主大官僚集团利益的弊政。这在他二十岁时写的《御试策》中就已表现出来。他抨击当时士大夫之家教子,"择其不戾于时好,不震于有司者",让他们死记硬背,用以取得学位、官禄。"父兄之所教诏,顺友之所讲明,利而已矣。其能卓然自拔于流俗者几何人哉?"1271年,他罢职在家,"常叹世人乍有权望,即外兴狱讼,务为兼并"。至于自己,则"平生无官府之交,无乡邻之怨","自以为起身白屋、邂逅早达"。这说明,他早已不愿与南宋末期的腐败政治同流合污了。

由于"起身白屋"的家庭出身和"邂逅早达"的社会经历,使文天祥的爱国主义思想比较能够反映当时人民的某些愿望和要求。因此,他的抗元事业,得到广大人民的拥护。1275年,文天祥募兵勤王,一两个月内,就有一两万兵勇集于麾下。1276年下半年,他开督府,重新组织抗元队伍,各地人民纷纷响应。一些跟随他勤王、从临安被解散回乡的老部下,又重新活动起来,"一时知名者四十馀人,而遥请号令者,称幕府文武士者,不可悉数。然皆一念向正,至死靡悔。庐陵邓光荐曰:'天祥奉诏勤王,独行其志,屡踬而愈奋。故其军日败,势日蹙,而归附日众,从之者,亡家沉族而不悔。'"

五、爱国主义思想的形成

文天祥身处乱世,却能洁身自好。他的精神支柱何以建立?通过考察他的家庭背景及社会经历,可以看出,文天祥爱国主义思想的形成并不是偶然的。

文天祥所受的教育,与当时一般知识分子无异,同为孔孟儒道和程朱理学。文天祥就义以后,人们发现他衣带上的自赞:"孔曰成仁,孟曰取义,惟其义尽,所以仁至,读圣贤书,所学何事?而今而后,庶几无愧。"他少时就立志不凡,"儿时爱读忠臣传"。在《正气歌》中,他把自己所景仰的数十位贤哲一一列出。其中主要的有:西汉时,出使匈奴被扣十九年,誓不屈服的苏武;三国时,"鞠躬尽瘁,死而后已"的蜀汉丞相诸葛亮;东晋时,击楫渡江,立志恢复中原的祖逖;唐朝时,死守睢阳,壮烈牺牲的张巡;还有痛骂叛将安禄山，因而被钩舌而死的常山太守颜杲卿（及其兄颜真卿）；以及晋国刚直不阿的太史董狐，蜀郡宁断头不肯降的将军严颜，等等。这些不同历史时期的英雄人物，在文天祥的心目中，是被视为楷模的。

在文天祥的家乡，也不乏这一类忠烈之士。文天祥对宋代吉州的"四忠一节"（有"论事切直，人视之如仇"的文忠公欧阳修；有被金兵所俘，不屈而死的忠襄公杨邦乂；有上书反对宋金议和、乞斩秦桧的忠简公胡铨；有"立朝刚直，力排权幸"的文忠公周必大；有为官清廉，富贵不淫的文节公杨万里）的事迹，十分崇拜。吉州城南，曾有"忠节祠"祀奉这些乡贤。相传文天祥十八岁时游学宫，瞻仰这些乡贤的偶像后，曾立誓以此为榜样，表示："殁不俎豆其间，非夫也！"

1255年，文天祥在白鹭洲书院求学时，该书院的山长欧阳守道是"庐陵之醇儒"，十分器重文天祥，彼此感情甚深。他的太老师，故相江万里曾守吉州，也"素奇天祥志节"，他在年逾古稀之时与文天祥在潭州（今长沙）相见，"公从容语及国事，恻然曰：'吾老矣，观天时人事，当有变。吾阅人多矣。世道之责，其在君乎！'"这两位师长对文天祥的道德、学问、志节、情操都有一定的影响。

文天祥还有良好的家庭教养。根据近年在文物普查中文氏后裔所献的《文氏通谱》，文天祥是西汉蜀郡太守文翁的后代。据《汉书·循吏传》载：文翁，少好学，通《春秋》，景帝末为蜀郡守，修学宫，兴教化，使蜀地文学比于齐鲁。文翁终于蜀，吏民为立祠堂，岁时祭祀不绝。文翁历数十代至文彦纯（天祥的八世祖），宋初授蜀之新都主簿，升桂阳令。其后世代为书香之家，多有才学气节。文天祥的父亲文仪，字士表，号革斋，乡称君子长者。文仪平生以竹子自喻，依竹辟室，傍竹而居，故又称为"竹居先生"。文天祥的母亲曾德慈，在丈夫早逝之后，勤俭持家，继其遗志。天祥率兵抗元，她跟随部队转战广东、江西各地。父母的言传身教，对文天祥的思想及事业更有直接的关系。

不过，对于文天祥的弟弟文璧后来降元一事又应作别论。对一个人的事业前途来说，家庭出身和教养固然重要，但在很大程度上与个人经历与主客观条件有密切的关系。文璧比天祥晚三年中进士，仕途平坦，随波逐流，曾官至广东总领兼知惠州。南宋景炎年间，璧守惠州，"竟以城降"。而文天祥先后四次从外省调京城作官，又三次被罢职，此后又经历四年的战斗与四年的囚徒生活，这就使他能够比较透彻地了解人生，在大是大非面前，有自己坚定的立场和原则，无论在戎马倥偬的战斗中，还是在污秽难熬的牢狱中，他都懂得自己存在的价值，时刻恪守信念，严格要求自己,终于取义成仁,以身殉国。

六、历史的局限

作为历史上的民族英雄,文天祥自有其轰轰烈烈、可歌可泣的一面。但同时,又不可避免地存在不足之处。

文天祥以孔孟儒道作为立身处世的根本,虽然事实上他也走过"社稷为重君为轻"的道路,但在南宋理学盛行的时代,他无法摆脱忠孝观念的束缚。他在《正气歌》里宣称:"三纲实系命,道义为之根。"在和元丞相博罗的论战中,他竟说出"人臣事君,如子事父"的话。他一再声称自己是"宋朝状元"、"大宋丞相"。对宋朝的覆亡,他看不到昏君的腐败,而只是归罪于奸臣的误国。在忠孝之间,文天祥同样存在着矛盾。他在给嗣子文升所写的《狱中家书》中就有这样的话:"吾以备位将相,义不得不殉国。汝生父与汝叔,姑全身,以全宗祀。惟忠惟孝,各行其志矣。"从这里可以看出,他对自己的弟弟文璧归顺元朝并不是一概否定的。

由此看来,文天祥的爱国主义是有其局限性的。这是时代的局限性在他身上的反映,他是无法摆脱的。我们应本着历史唯物主义的观点,在指出其局限的同时,又不要苛责于古人。元朝的统一,结束了中国长期分裂的局面;在元朝统治时期,中国成了当时世界上最强大最富庶的国家,它的声誉远及于欧亚非三洲。因而从历史发展来看,是有积极意义的。但不能以此与南宋爱国军民的抗元斗争混为一谈。因为惯于游牧生活的蒙古贵族以它落后的生产方式来代替汉族先进的生产方式,严重地破坏了中原的农业经济;蒙古贵族曾声称,"汉人无补于国,可悉空其人,以为牧地",以致大兵所到之处,无不残破,给各族人民造成深重的灾难。因而,文天祥领导的抗元复国事业是正义的。这场可歌可泣的斗争虽然失败了,但文天祥仍不失为南宋末年著名的民族英雄。他的爱国主义思想,他的爱国诗文,以及他的"浩然正气",永远激励着后人前进向上。

王水根,男,1939年生,江西吉水人。文天祥研究专家。

以上"代序"选自《华南师范大学学报》1983年第1期。为行文需要,编者对原文稍作修改,并删去注释。

目录

前言 /001
文天祥的爱国思想述评(代序)
　　(王水根) /001

◎ 诗

题碧落堂 /001
题钟圣举积学斋二首 /002
　其一 /002
　其二 /003
山中感兴三首 /004
　其一 /004
　其二 /005
　其三 /006
夜坐 /007
生日和谢爱山长句 /008
赴阙 /010
所怀 /012
自叹 /013
铁错 /014
和言字韵 /015
愧故人 /016
求客 /017

001

目 录

杜架阁二首 /019
  其一 /019
  其二 /020
平江府 /021
常州 /022
渡瓜洲二首 /023
  其一 /024
  其二 /024
脱京口(十五首选十四) /025
  定计难 /025
  谋人难 /026
  踏路难 /026
  得船难 /027
  绐北难 /028
  定变难 /029
  出门难 /029
  出巷难 /030
  出隘难 /031
  候船难 /031
  得风难 /032
  望城难 /033
  上岸难 /033
  入城难 /034
真州杂赋(七首选六) /035
  其一 /035
  其二 /035
  其三 /036
  其四 /036
  其五 /037
  其六 /037

议纠合两淮复兴(三首选二) /038
  其一 /039
  其二 /040
题《苏武忠节图》三首 /041
  其一 /042
  其二 /043
  其三 /043
出真州(十三首选十二) /044
  其一 /044
  其二 /045
  其三 /046
  其四 /046
  其五 /047
  其六 /048
  其七 /048
  其八 /049
  其九 /051
  其十 /051
  其十一 /052
  其十二 /052
至扬州(二十首选十八) /053
  其一 /053
  其二 /054
  其三 /054
  其四 /055
  其五 /056
  其六 /056
  其七 /057
  其八 /057
  其九 /058

其十 /059
其十一 /059
其十二 /060
其十三 /060
其十四 /061
其十五 /061
其十六 /062
其十七 /062
其十八 /063
贾家庄 /064
高沙道中 /065
至高沙 /076
发高沙（四首选三）/078
其一 /078
其二 /079
其三 /079
稽庄即事 /080
泰州 /081
即事二首 /082
其一 /083
其二 /083
纪闲 /084
发通州三首 /085
其一 /085
其二 /086
其三 /086
出海二首 /087
其一 /088
其二 /088
扬子江 /089

过扬子江心 /090
入浙东 /091
至温州 /092
林附祖 /093
呈小村 /094
二月晦 /095
过零丁洋 /097
二月六日，海上大战，国事不济。孤臣天祥坐北舟中，向南恸哭，为之诗曰 /099
言志 /103
张元帅谓予："国已亡矣，杀身以忠，谁复书之？"予谓："商非不亡，夷齐自不食周粟。人臣自尽其心，岂论书与不书。"张为改容。因成一诗 /107
生朝 /109
南安军 /110
金陵驿二首 /111
其一 /111
其二 /112
早秋 /113
燕子楼 /114
六歌 /116
其一 /116
其二 /117
其三 /118
其四 /119
其五 /120
其六 /121

邳州哭母小祥 /122
平原 /124
己卯十月一日至燕,越五日罹狴
　　犴,有感而赋(十七首选五)
　　/127
　　其一 /127
　　其二 /128
　　其三 /129
　　其四 /129
　　其五 /130
正月十三日 /131
哭母大祥 /132
去年十月九日予至燕城,今周星
　　不报,而赋长句 /136
五月十七夜大雨歌 /138
七月二日大雨歌 /140
自叹 /143
得女儿消息 /144
为或人赋 /145
读杜诗 /147
正气歌 /148

◎词

酹江月(庐山依旧) /154

酹江月(乾坤能大) /156
满江红(试问琵琶) /158
满江红(燕子楼中) /159
沁园春(为子死孝) /161

◎文

论宜分天下为四镇奏 /163
西涧书院释菜讲义 /168
《集杜诗》自序 /172
《指南录》后序 /173
文山宅记 /178
文山观大水记 /180
萧氏梅亭记 /183
衡州上元记 /186
祭欧阳巽斋先生文 /190
告先太师墓文 /192

◎附录

文天祥年谱简编 /195
文天祥著作主要版本 /200
文天祥研究重要著述 /200
《文天祥集》名言警句 /201

◎ 诗

题碧落堂

【题解】

文天祥于宋理宗景定四年（1263）八月奉命出知瑞州（治今江西高安），十一月到任。第二年修复碧落堂，九月九日，携客登堂，赋此诗。碧落堂，坐落在府治后的碧落山上，景定元年（1260）遭元兵焚毁。

　　大厦新成燕雀欢，与君聊此共清闲。
　　地居一郡楼台上，人在半空烟雨间。
　　修复尽还今宇宙，感伤犹记旧江山。
　　近来又报秋风紧，颇觉忧时鬓欲斑。

【新解】

大厦新成燕雀欢，与君聊此共清闲——燕雀欢：《孔丛子》："先人有言：燕雀处堂，子母相哺，煦煦然其相乐，自以为安矣。灶突炎上，栋宇将焚，燕雀颜不变，不知祸之及己也。"大厦，比喻国家社稷。燕雀，喻苟安偷乐之辈。君：指前来祝贺堂成的诸人。首联破题，交代题意及因由。这两句是说：碧落堂修复一新，燕欢雀跃，我与各位也共享着清闲的时光。

地居一郡楼台上，人在半空烟雨间——地居：堂所处位置。一郡：因堂在府治后，故云。这两句是说：碧落堂坐落的地方比郡府的楼还高，人在堂中，就像在半空中。

修复尽还今宇宙，感伤犹记旧江山——《宋史·理宗本纪》："景定元年二月，元兵破瑞州，民皆被兵，存者奔窜他所。""修复尽还今宇宙"，即借指堂的修复来说明现在已经做好了地方兵燹后的恢复故业、安置流亡的工作。前后对比，作者无限感慨，由"旧江山"可知作者所担忧非一时一地而是整个江山社稷。这两句是说：碧落堂修好了，恢复了原来的模样，而想想战乱以前，还是让人感慨万分。

近来又报秋风紧，颇觉忧时鬓欲斑——近来：景定四年，理宗又重用作者曾请杀的宠幸董宋臣，当时蒙古军队在襄阳、樊城等地又有活动，时事亦变得更紧迫。秋风紧：语义双关，既指秋天气候又指国事。这两句是说：听说寒冷的秋风就要来临，让人担忧而鬓毛为之斑白。

作者借碧落堂的修复，触景生情，抒发对国家社稷的忧虑。尽管作者作此诗时年仅二十九岁，由尾联则知道他受排挤被贬而不能报效国家的失落以及渴望有所作为的迫切心情。而首联的一个"聊"字又暗示了作者当时的无可奈何。艺术手法上最大的特点是讽刺与对比，首联中"欢"、"清闲"等字面对作者是自我解嘲，对营营苟且之辈则是嘲笑。颔联明示堂所在位置，暗示着对飘摇国势的充耳不闻，"半空烟雨间"的清闲与对"秋风紧"的担忧形成强烈的对比。整首诗明白易懂，具宋诗特征，而强烈的主观情感又是文山爱国诗的印记。

题钟圣举积学斋二首

钟圣举，未详，应该是作者的一位朋友，此诗即为其书房积学斋所题。根据第二首"空同白云深"看，所题斋在江西赣县。

其 一

东家筑黄金，西家列珊瑚。叹此草露晞，良时聊斯须。
古人重孜孜，殖学乃菑畬。彼美不琢珒，椟中竟何如！

东家筑黄金，西家列珊瑚——筑：通"掇"，拾取，积累。这两句是说：大凡人只知道去积累财富，而不知道积累学问。

叹此草露晞，良时聊斯须——草露晞（xī）：就像草头上的露水那样容易干，指时光易逝。乐府古辞《薤露》："薤上露，何易晞。露晞明朝更复落，人死一去何时归。"良时：美好时光。聊：且为。斯须：须臾，很短的时间。合上两句，这两句是说：无论黄金珊瑚都不如匆匆而去的时光可贵。

古人重孜孜，殖学乃菑畬——重：重视。孜孜：勤勉的样子，只珍惜时光，勤奋学习。殖学：积累学问。菑畬（zīyú）：《尔雅·释地》："田，一岁曰菑，二岁曰新田，三岁曰畬。"又《礼记·坊记》："《易》曰：'不耕获，不菑畬，凶。'"这两句是说：古人学问积累，就像农民开垦田地那样，须有积年累月的辛勤。此意承斋名而来。

彼美不琢珒，椟中竟何如——琢珒：雕刻玉石。《礼记·学记》："玉不琢，不成器；人不学，不知道。"椟（dú）：木匣子。《论语·季氏》："龟玉毁于椟中。"这两句是说：人即使具有美好材质，但不去积累学问，就会像玉不加雕琢而藏在木匣子里终于毁坏一样。

此诗结合友人斋名"积学"而发挥,劝人学问从点滴积累起,必能终成大器,关键在于珍惜时光,不断进取。用典贴切,语重心长。

其 二

空同白云深,君子式其庐。棐几照初阳,垂签动凉嘘。
方寸起岑楼,一勺生龙鱼。辰乎曷来迟?竞诸复竞诸!

空同白云深,君子式其庐——空同:也作"崆峒",山名。式:也作"轼",本指古时车上的横木,坐车遇到可敬的人或地方,则俯头到横木上,以示敬意,"式其庐"是表示对主人积学斋的尊敬。这两句是说:空同山上白云缭绕,坐落在深山的积学斋深得仁人君子们的尊敬。

棐几照初阳,垂签动凉嘘——棐几:棐木做的书几。棐,也写作榧,一种白色、质地良好、带香味的木材。垂签:书架上图书下垂的书签。动凉嘘:凉风吹动的样子。这两句是说:刚刚升起的太阳照着棐木做的书几,凉风吹动着下垂的书签。

方寸起岑楼,一勺生龙鱼——方寸:《孟子·告子下》:"方寸之木,可使高于岑楼。"(岑,小山;岑楼,高楼)一勺:《礼记·中庸》:"今夫水,一勺之多,及其不测,鼋鼍(yuántuó)蛟龙鱼鳖生焉,货财殖焉。"这两个典故说的都是积少成多的意思。这两句是说:小树苗慢慢可以长成参天大树,一勺一勺的水慢慢积聚可以成为汪洋大海,乃至蛟龙鱼鳖畅游其间。

辰乎曷来迟?竞诸复竞诸——辰乎:时光。《扬子》:"辰乎辰乎!何来之迟而去之速。"曷:为什么。迟:晚。竞:争取。诸:意思等于"之",代词,指代时光。这两句是说:时光匆匆,总是来得晚,一定要争取它,再争取它!

起篇两句结合积学斋所在的位置,赞美其值得尊重。接下来特写斋内两个景物,一静一动。"棐几"也可以说是对主人品格的比喻,使人想起刘禹锡《陋室铭》里"唯吾德馨"那句话。五、六两句再次回到对斋名的发挥上:为学积少成多。最后两句劝诫人们要积累学问就得抓紧时间。

山中感兴三首

题解

诗作于宋度宗咸淳七年(1271)春。作者因为代皇帝起草诏令而触怒了权臣贾似道,被迫罢官回乡,在家乡文山新盖了一所住宅。《纪年录》说:"山(文山)在庐陵(江西吉安县)南百里,居予家上游。两山夹一溪,溪中石林立。水曲折其间,从高注下,姿态横出。"然而作者并未能栖心家乡山水,他的心情是矛盾的:一方面希望在深山中杜门自息,一方面又关心时事,关注时局变化。这三首诗正是此种心情的写照。

其 一

载酒之东郊,东郊草新绿。一雨生江波,洲渚失其足。
青春岂不惜?行乐非所欲。采芝复采芝,终朝不盈掬。
大风从何来,奇响振空谷。我马何玄黄,息我西山麓。

载酒之东郊,东郊草新绿——载酒:出行带酒。之:去,到。草新绿:开春刚生长出来的草开始发绿。这两句是说:我带着酒来到东郊游春,开春生长出来的小草已经一片嫩绿。

一雨生江波,洲渚失其足——洲渚:水中陆地曰洲,大者为洲,小者为渚。《尔雅·释水》:"水中可居者曰洲,小洲曰渚。"足:此指洲渚的下部。失其足:指洲渚被水淹到上部。这两句是说:一场大雨过后,江水满了,掀起了波浪,水中的洲渚都浸在了水中。

青春岂不惜?行乐非所欲——青春:春意正浓的时候。杜甫《闻官军收河南河北》:"白日放歌须纵酒,青春作伴好还乡。"行乐:娱乐。这两句是说:如此大好春天的确应及时享受,可一味消遣娱乐又不是我本来的愿望。

采芝复采芝,终朝不盈掬——芝:芝草,一种菌类植物,道家认为服食可以延年益寿。终朝:一整天。不盈掬:不满一把。掬:一捧。这两句是说:采芝草呀采芝草,整天也采不满一把。

大风从何来,奇响振空谷——大风:此处隐指外面的时局消息。空谷:深谷,此处指作者隐居深山。这两句是说:不知从哪里刮来的大风,风声回荡在山谷当中。

我马何玄黄,息我西山麓——玄黄:指马有病。《诗经·周南·卷耳》:"我马玄黄。"这两句是说:我的马有病,所以要把它放栖在西山。

这首五言古诗前四句说明春天的美好,为下文作者的感愤作反衬。中间四句明确无误地告诉了作者欲享受隐居而不能的两难困惑。后四句说明了自己对目前境况的无奈,隐隐表达了自己的愤懑。

内容总体上虽然分为如上述三个部分,但细细寻绎,则可以看出每后两句在内容与口吻上差不多都是对前两句的否定:"生江波"是对"草新绿"的否定,"不盈掬"是对"青春岂不惜"的否定,"奇响振空谷"则是对"采芝复采芝"的否定,而"息我西山麓"又是对"奇响振空谷"的否定。这样形成一种否定之否定的语义与语气节奏,这是文山心情极度冲突的艺术表现。

诗歌用典来自《诗经》,"采芝复采芝"是变化"采采芣苢"(《诗经·周南·芣苢》)句式而来;"我马何玄黄"则直接由《诗经·周南·卷耳》"我马玄黄"而来。这些用典一方面使诗歌古色古香,一方面又见出文山怨而不怒的古仁人之心。其实这是对愤怒的压抑,这种对愤怒的压抑读起来更让人觉得沉痛。

其 二

山中有流水,霜降石自出。骤雨东南来,消长不终日。
故人书问至,为言北风急。山深人不知,塞马谁得失?
挑灯看古史,感泪纵横发。幸生圣明时,渔樵以自适。

山中有流水,霜降石自出——这两句是说:山中溪水淙淙,霜降过后,水落石出。

骤雨东南来,消长不终日——消长:下去与起来,这里指水的涨落。这两句是说:大雨从南面而来,一天之中,溪水忽涨忽落。

故人书问至,为言北风急——隐指时事吃紧。作者在《纪年录》里说,当他在文山盖新房子时,"后闻江上有变,即罢匠事,惟厅堂仅成"。所谓"江上有变",指咸淳六年八月,蒙古军围攻襄阳、樊城以及十二月襄阳、樊城粮道被蒙军切断事。这两句是说:朋友来信说,北方战事又吃紧了。

山深人不知,塞马谁得失——用《淮南子·人间》中"塞翁失马,安知非福"的典故。这两句是说:尽管隐居深山,但未必就能免于对时事的牵挂。

挑灯看古史,感泪纵横发——挑灯:熬夜。这两句是说:夜半披览古书,看到古代无数忠臣的事迹,感动得热泪纵横。

幸生圣明时,渔樵以自适——渔樵:渔夫与樵夫,是封建文人心目中自由自在生活理想的代名词。这两句是说:庆幸的是自己生活在主上圣明时代,尽管自己得罪权臣,却没有被杀而能像渔夫樵客那样自由活着。

此诗为五言古体,内容上可分为三段:前四句说明作者山中所见,在艺术手法上有比兴的作用,由山中的暴风骤雨、溪水的须臾涨落,联想到关乎社稷存亡的忧愁风雨。同时也为下文"北风急"作了铺垫。中间四句,是作者隐栖深山时矛盾思想的流露,是作为爱国诗人的忠于社稷的情感的流露。最后四句以退为进,表面上庆幸自己没有受斧锯之刑,还能有渔樵自适之乐,本意则是对自己被弃置的叹息,控诉权臣的凌厉与专横。作者有感而发,整首诗义脉流畅而情绪拗折起伏,千载之下,读其诗如见其人。

其 三

桃花何夭夭,杨柳何依依。去年白鸟集,今年黄鹄飞。
昔为江上潮,今为山中云。江上潮有声,山中云无情。
一年足自念,况复百年长。但存松柏心,天地真茫茫。

桃花何夭夭,杨柳何依依——《诗经·周南·桃夭》:"桃之夭夭。"《诗经·小雅·采薇》:"昔我往矣,杨柳依依。"这里两个用典都是说时间的流逝。这两句是说:年来年去,如今又见山中桃花灼灼,杨柳青青。

去年白鸟集,今年黄鹄飞——白鸟集:《三国志·吴书·诸葛恪传》注:"曾有白头鸟集殿前,(孙)权曰:'此何鸟也?'恪曰:'白头翁也。'张昭自以坐中最老,疑恪以鸟戏之,因曰:'恪欺陛下。未尝闻鸟名曰白头翁者,试使恪复求白头母。'恪曰:'鸟名鹦母,未必有对,试使辅吴(张时为辅吴将军)复求鹦父。'昭不能答。"这里作者借张、诸葛间的互相攻击来暗喻自己受到贾似道诸人的迫害。黄鹄飞:黄鹄,天鹅。《楚辞·卜居》:"宁与黄鹄比翼乎?将与鸡鹜争食乎?"这两句是说:去年我身居官位,受小人攻击,今年我已经过上了无拘无束的生活。

昔为江上潮,今为山中云——江上潮:汹涌滔滔,用来比喻过去激荡的政治矛盾。山中云:悠悠卷舒,用来比喻如今隐居生活的悠闲平静。这两句是说:过去经历着朝廷的政治风波,今天却享受着隐居的清闲。

江上潮有声,山中云无情——无情:无心。这两句是说:潮声乱耳,无休无止;白云悠悠,无心洒脱。

一年足自念,况复百年长——一年:作者写作此诗时,已回家乡一年。百年:一生。这两句承上面八句而来,是对一年来的经历作总结性思考。这两句是说:一年来,人事、时局变化良多,让人感慨不已,何况一生呢?

但存松柏心,天地真茫茫——松柏心:《论语·子罕》:"岁寒然后知松柏之后凋也。"这里比喻文山对社稷的忠诚之心。茫茫:不明白的样子。这两句是说:在人的一生当中,世事变幻,难以预测,我只能抱着松柏后凋的忠诚,永不改变。

新评

这首诗开头两句以典型的春天物象来比兴,接下来八句是议论,说明人世间的风云变幻,最后两句点明题旨,说明自己忠贞可鉴。

诗歌最大特点是在对比议论中表达自己隐居时的心理冲突。有"今年"与"去年"对比,有"昔"、"今"对比,有"江上"、"山中"对比,还有"一年"与"百年"的对比。在反复的变化对比过后,交待自己的忠诚不贰,就显得特别掷地有声。作者这种对赤子之心与正义感的孜孜以求还可从文山的其他诗歌中得到印证,在《正气歌》中作者说:"天地有正气,杂然赋流形……时穷节乃见,一一垂丹青。"

文天祥《山中感兴》三首,第一首诗写自己载酒东郊游赏,春色美好,但行乐并非自己本意,心中郁闷不乐。淡淡的哀愁流动在字里行间,正是作者烦躁不安心情的表现。第二首写自己对时局的担忧,但又无能为力,只好以渔樵生活自慰。第三首以被贬前后对照,在官时互相倾轧,退居时如黄鹄般自由翱翔;在官时有如潮水,鼓荡不安,退隐则如山中白云,卷舒自如。岁月流逝,但存松柏经寒不凋之品性而已。

夜 坐

题解

这首诗作于咸淳六年(1270)至八年(1272)罢官闲居期间。诗以"夜坐"为题,是言志抒情之作。

淡烟枫叶路,细雨蓼花时。宿雁半江画,寒螀四壁诗。
少年成老大,吾道付逶迤。终有剑心在,闻鸡坐欲驰。

新解

淡烟枫叶路,细雨蓼花时——蓼花:蓼蓝,于七八月间开花,成穗状,细小,浅红色。枫叶与蓼花均为秋季物象。这两句是说:正值秋天,枫叶已红,蓼花正开,细雨蒙蒙,野外笼罩着一层淡淡的云烟。

宿雁半江画,寒螀四壁诗——寒螀:蟋蟀。这两句是说:宿雁点缀在江边,构成一幅图画;秋虫在壁间鸣叫,似在吟唱诗歌。

少年成老大,吾道付逶迤——老大:年老。古诗《青青园中葵》:"少壮不努力,老大徒伤悲。"吾道：我的理想。透迤：曲折遥远的意思。这两句是说：转眼我就老了，可我的理想却迟迟不能实现。

终有剑心在，闻鸡坐欲驰——剑心：像丰城宝剑一样不甘沉沦的雄心。《太平御览》三四三引《雷焕别传》："晋司空张华夜见异气起牛斗。华问焕：见之乎？焕曰：'此谓宝剑气。'"闻鸡：即闻鸡起舞的意思。《晋书·祖逖传》载：祖逖与刘琨志在恢复中原，二人曾同被共寝，半夜听到荒鸡啼鸣，祖逖推醒刘琨说："此非恶声也。"因而起床舞剑。坐欲驰：身形不动而心驰于外。《庄子·养生主》："夫且不止，是之谓坐驰。"此两句是说：虽然年老无成，但雄心犹在，虽静坐斗屋，但恨不能驰马疆场。

新评

此诗为五律，首联入对，有助于表达低哀的感秋情绪。诗歌通过表达传统的"士悲秋"情怀，感慨岁月蹉跎，自己老大无成，但雄心壮志并未消减，渴望有朝一日为国家建功立业。前四句阑入枫叶、蓼花、宿雁、秋虫等典型秋季物象，构成一幅凄凉的秋天图景，然后笔锋陡起，由感叹自己的空老无为而表示自己并不因此而消沉，而是以古代英雄人物为楷模。首联写景，率意落笔却秋意袭人；颔联虽由四个名词连缀而成，但形象鲜明醒目，具有强烈的感官触动效果。整首诗前四句写景，后四句抒情言志。

生日和谢爱山长句

题解

这首诗作于宋度宗咸淳八年（1272）五月初二日作者三十七岁生日时。谢爱山，名菘老，字伯华，作者好友，做过学官教授。当时文天祥由于得罪贾似道而被排挤出官，回家乡闲居。随着闲居时间越来越长，作者忧国忧民思想越来越重。这年生日，谢爱山来为他祝贺，写诗鼓励文天祥，文天祥便写了这首和诗。依照别人诗词的格律或内容作诗词叫和。古以七言诗为长句。

余屏迹山间，诵昌黎《三星形》，政自多感，亦何有于初度？客谢爱山翩然远来，贻我长句，嘘拂而缋籍之者至矣！倚歌而和，愧不成章。

寓形落落大块间，嘘吸一气自往还。
桑弧未了男子事，何能局促甘囚山。
昔年此日作初度，宾客如云剧欢舞。
今年避影却闭门，捧觞自寿白头母。

故人忆我能远来,虹光满袖生琼瑰。
一杯相属慰岑寂,使我发笑愁颜开。
簸扬且听箕张口,丈夫壮气须冲斗。
夜阑拂剑碧光寒,握手相期出云表。

新释

序言的意思是:我避匿隐居在深山中,阅读韩愈的《三星形》,对照自己的生日,恰恰有诸多感慨。这时我的朋友谢爱山远道高兴而来,赠我七言好诗以对我大加鼓励,我写了这首和诗,写得不好,颇感惭愧。屏迹:隐匿,这里指隐居深山。《三星形》:韩愈诗篇名。韩愈于唐德宗贞元元年(785)被贬阳山令,作此诗。诗怨叹自己出生的年月日属于斗、牛、箕这三个星宿,由于这三星配合不吉利,于是认为自己命运不好。文天祥用来自况而已。政:恰恰。初度:始出生的年月日,生日。《离骚》:"皇览揆余于初度兮。"嘘拂:吹嘘拂拭,比喻鼓励。缫(sāo)籍:藻饰。《周礼·春官》:"缫籍五彩。"是说用五彩当作玉的垫子。嘘拂而缫籍,指谢的赠诗里有鼓励赞美的句子。倚:根据。

寓形落落大块间,嘘吸一气自往还——寓形:寄托形骸,生长在。陶渊明《归去来辞》:"寓形宇内复几时。"落落:落落大方的样子。大块:大地。嘘吸:呼吸。一气:古人认为天地万物都是由气构成的。汉王充《论衡·齐世》:"万物之生,俱得一气。"自往还:往来不绝。这两句是说:古今往来,人得气而生,既生为人,就得光明磊落地活在世上。

桑弧未了男子事,何能局促甘囚山——桑弧:桑木制作的弓。《礼记·内则》:"国君世子生,射人(古代官职名)以桑弧蓬矢六,射天地四方。"这里表示男子志在天下,不应该困守或留恋家乡。局促:营营苟且。囚山:长久困守在山中,如囚徒一般。这两句是说:男儿应志在四方,不应该像囚徒一般困守在山中,得过且过。

昔年此日作初度,宾客如云剧欢舞——昔年此日:指前年(咸淳六年)作者的生日。作者这年正月除军器监,四月兼崇政殿说书,又兼玉牒所检讨官。剧:嬉戏,热闹。这两句是说:前年过生日时,来祝寿的宾客多得很,大家玩得非常热闹、开心。

今年避影却闭门,捧觞自寿白头母——避影:避开自己的影子,指逃避诽谤。传说水上有一种怪物,能含沙射影,使人生病。故中伤他人也叫含沙射影。寿:动词,敬酒祝福别人。白头母:文天祥母亲曾德慈,时年五十八岁。这两句是说:如今过生日,萧条冷落。只有我独自给白发老母敬酒,为她祝福。

故人忆我能远来,虹光满袖生琼瑰——故人:指谢爱山。虹光:比喻锦绣文章如彩虹般发出光彩。满袖:古人常把东西放在袖中。琼瑰:像玉一样美好的石头,这里指谢诗。这两句是说:友人谢爱山还能想起我,在我生日时远道而来,赠我锦绣诗文。

一杯相属慰岑寂,使我发笑愁颜开——相属:互相敬酒。岑寂:寂寞。这两句是说:互敬一杯过后,我的寂寞与忧愁烟消云散,我快乐无边,笑逐颜开。

簸扬且听箕张口,丈夫壮气须冲斗——簸扬:簸动畚箕以脱去谷物糠皮。箕:畚箕。箕张口:《诗纬》:"箕为天口,主出气,是箕有舌,象谗言。"韩愈的《三星形》里也有"箕张其口"句,比喻谗言流布。"簸扬且听箕张口"为双关语,字面意思是,要簸扬糠皮,畚箕必须张口;隐含的意思是,做什么事都有人流言中伤,只能听任而已。斗:星宿名。壮气须冲斗:豪气万丈,直冲云霄。这两句是说:对于那些流言飞语,且听之任之吧,大丈夫豪情万丈,壮气直冲云霄。

夜阑拂剑碧光寒,握手相期出云表——夜阑:夜深人静。拂剑:拂拭宝剑,喻有雄心壮志。碧光寒:宝剑发出寒光,喻壮士不可以侮。相期:相约。出云表:指出山,不再隐居。这两句是说:深夜拂拭宝剑,宝剑寒光逼人。我与谢爱山互相激励,走出深山,为社稷效力。

这首和诗的意旨是对谢爱山唱诗激励自己的回答,字里行间流动着两股气:一是怒气,一是豪气。在友人的鼓舞下,怒气转化为豪气,最后表示要一任谗言流布,心中不复在意,以国家为重,体现了天地伟丈夫的英雄气概。

像文天祥许多诗歌一样,这首诗在大起大落的情绪波动中来表达自己受到友人鼓舞而激发起的雄心壮志。诗歌首句突兀而起,一个顶天立地的大丈夫形象跃然纸上。接下来两句自然说道英雄壮志未酬的愤愤不平,流露着一股怒气。"昔年此日作初度,宾客如云剧欢舞。今年避影却闭门,捧觞自寿白头母"。四句今昔对比,流露出英雄失落的悲哀,情绪极为低落。接下来四句绾合题意,英雄惜英雄,相逢一杯酒,忧愁苦闷烟消云散,情绪转为高扬。最后四句呼应首两句,化怒气为豪气,高扬的情绪达于极致,是这首和诗的主旨。

酬和诗多流于应付,无真情实感可言。文山这首和友人诗广被传诵,就在于文天祥能结合自己的经历,抒发自己报效国家、实现自己生命价值的真情实感。

赴 阙

题解

此诗作于宋恭帝德祐二年(1276)正月。德祐元年,南宋王朝已经面临灭亡的最后关头。元军长驱直入,宋军土崩瓦解。其时,文天祥挺身而出,奋力勤王,支撑着将倾的大厦。这一年文天祥提出过许多切实可行的方针政策,都没有被采纳。德祐二年正月,除知临安府,辞不拜,径直到宫门陈述救亡大计,未被接见。这首诗就是描写赴宫门陈述大计时候的心情。阙:宫廷的门,这里指皇帝所在的地方。

　　楚月穿春袖,吴霜透晓鞯。壮心欲填海,苦胆为忧天。
　　役役惭金注,悠悠叹瓦全。丈夫竟何事?一日定千年。

新解

　　楚月穿春袖,吴霜透晓鞯——楚月、吴霜:作者由江西募兵勤王,江西地居吴之上游,楚之下游,有"吴头楚尾"之称,故用"楚"、"吴"点明地方。鞯(jiān):马鞍的垫子。这两句是说:我披星戴月、日夜兼程地由江西朝皇帝所在的地方赶去。

　　壮心欲填海,苦胆为忧天——填海:用精卫填海的典故。古代传说:炎帝的女儿被水淹死后化为鸟,名字叫精卫,常衔木石以填东海。作者用这个典故表达自己复仇的决心与意志。苦胆:春秋时,越王勾践被吴王夫差打败,卧薪尝胆。作者用这个典故表达自己为国分忧之意。忧天:为国家命运担忧。这两句是说:立下壮志,要像精卫填海一样为国报仇,卧薪尝胆,为社稷存亡担忧。

　　役役惭金注,悠悠叹瓦全——役役:忙碌而无所作为。《庄子·齐物论》:"终身役役,而不见其成功。"金注:金注碗。德祐元年十月十一日,宋恭帝下诏慰劳作者,并赐金二十两成的注碗一副。悠悠:忧思深切的样子。瓦全:《北齐书·元景安传》:"大丈夫宁为玉碎,不为瓦全。"此处指丞相陈宜中、谢太后等人旦夕苟安的一味退让之策。这两句是说:我碌碌无为,有愧于皇帝赐给我的金注碗;深深叹息那些人的苟且偷安政策。

　　丈夫竟何事?一日定千年——一日:指这次赴阙面圣。定千年:出谋献策,扭转乾坤,定千年江山伟业。这两句是说:大丈夫应该怎样呢?应该出长策挽回国家机运,建树不朽功业。

新评

　　从体式上说,这是一首五言律诗;从内容上说,这是一首言志诗。首联两句开阔大意境,使整首诗骨气奇高,内容伴着奔腾的气势如天河之水,直泻而下。颔联的两个用典尤其精妙,既与上面两句的宏阔意境相协调,又符合作者此时此地心境,千载之下,文山于赵宋社稷江山的良苦用心仍可体味。

　　大中见小是本诗的另一个特色。"穿春袖"、"透晓鞯"是两个同于电影特写镜头的细节描写,于其中尤其可见作者奔赴行在,欲为国家献策献忠的迫切心情。这种小大结合使诗歌主旨显得颇为突出与感人。

所 怀

此诗作于德祐二年。德祐二年正月十八日,元军统帅伯颜进兵至皋亭山(或高亭山),距临安仅仅三十里。十九日,文天祥除右丞相兼枢密使。二十日,作者往皋亭山会见伯颜议和,竟被伯颜拘留。在拘留期间,作者听到和他一起起兵勤王的刘小村、陈蒲塘二人引兵而南、保存力量的消息,认为尚有复兴希望。这首诗即为此而作。所怀:所怀念的人。

　　予自皋亭山为北所留,深悔一出之误。闻故人刘小村、陈蒲塘引兵而南,流涕不自堪。

只把初心看,休将近事论。誓为天出力,疑有鬼迷魂。
明月夜推枕,春风昼闭门。故人万山外,俯仰向谁言?

　　序的意思是:我往皋亭山与伯颜议和,被元军拘留,非常后悔不该这样做。听说我的战友刘小村、陈蒲塘二人带着军队向南而去,觉得还有复兴社稷的希望。想着他们,我情不自禁泪流满面。北:元军自北而来,故云。不自堪:情不自禁的意思。刘小村:名沐,字渊伯,号小村,与作者是同里。陈蒲塘:未详何人。

　　只把初心看,休将近事论——初心:原来的想法,这里指为国效力的决心。近事:指被元军拘留一事。这两句是说:我虽被元军拘留,这没有什么,只要我们当初的决心与意志不灭就行。

　　誓为天出力,疑有鬼迷魂——天:此处指宋王朝及宋皇帝。鬼迷魂:鬼使神差,来皋亭山议和以致被扣留而束手无策。这两句是说:本意发誓为国为君效力,却像被鬼迷心窍一样来议和被拘留。

　　明月夜推枕,春风昼闭门——这两句是说:夜晚睡不着,起床徘徊;白天春风浩荡却闭门深卧。

　　故人万山外,俯仰向谁言——故人:即所怀念的人,指刘、陈二人。俯仰:上下顾视,说明非常孤独无助。苏武《杂诗》:"俯仰内伤心,泪下不可挥。"这两句是说:我的朋友远在万里之外,我环顾周围,孤独无援。

此诗通篇议论述说多于描写,言简意赅,主题显豁。其中"明月夜推枕,春风昼闭门"两句,一个为飘摇祖国操心劳累的爱国英雄形象如在目前。

自　叹

作者有多首《自叹》诗,是在不同的时间、不同的地点写的,这只是其中的一首。宋恭帝德祐二年正月,文天祥皋亭山议和被拘留。被扣留期间,作者对自己贸然出使元营非常后悔,先后写下了《所怀》、《自叹》、《铁错》、《和验字韵》、《愧故人》等诗。这首诗就是其中之一。

正月十三夜,予闻陈枢使将以十五日会伯颜于长堰。予力言不可。陈枢使为尼此行。予自知非不明,后卒自蹈,殊不可晓也。

长安不可诣,何故会皋亭？倦鸟非无翼,神龟弗自灵。
乾坤增感慨,身世付飘零。回首西湖晓,雨馀山更青。

序言的意思是:正月十三日夜晚,我听说陈枢密使将于十五日到长安堰去会见伯颜。我极力劝说不可以去,陈枢密使因为我的劝说而没有前往。我自己料事并非不明白,但后来还是走上陈要走的路子,真不知是什么原因。陈枢使:枢密使陈宜中。长堰:即长安堰,宋时所筑,在今浙江海宁西北。尼(nǐ):停止,陆游《祭张季长大卿文》:"欲行复尼,顿足噫喑。"蹈:遵循,走别人走过的路。

长安不可诣,何故会皋亭——诣:往,到。这两句是说:我劝说别人不要去长安堰,可自己为什么却去了皋亭山呢?

倦鸟非无翼,神龟弗自灵——神龟:有灵性的龟。《庄子·外物》:宋元君梦神龟诉说被渔者余且捕获。元君诏余且,令献龟。龟至,元君杀之。孔子听说后说:"神龟能见梦于元君,而不能避余且之网。"这里的"倦鸟"与"神龟"都是作者自比。这两句是说:鸟儿就是疲倦了,也还能飞。神龟虽有灵性,却总有不灵的时候。

乾坤增感慨,身世付飘零——这两句是说:想着沦陷的山河,只有无限的感慨;孤身一人,飘零在异国他乡。

回首西湖晓,雨馀山更青——这两句是说:回想西湖的早晨,一场雨过后,山也更绿了吧。

这首诗开头两句说自己曾力阻陈宜中赴长安堰见伯颜,而自己却去了皋亭山;三、四两句说虽成倦鸟,本来还可高飞,自诩神龟,却不能占卜自身凶吉;五、六两句对亡国陷身充满深深的感慨,最后两句表达了对故都的怀念之情。

诗以"自叹"为题,其无限悲凉的感慨集中体现在"乾坤增感慨,身世付飘零"两句,一叶落而知天下秋,末世王朝的沉痛在个人身世的飘零中流露出来了。"自叹"的另一个内容是对飘摇江山的更加热爱而不能。"回首西湖晓,雨馀山更青"两句无比深情而令人心酸,非忠臣爱国志士不能道出。

铁 错

此诗为德祐二年作者被元军拘留时作。《资治通鉴·唐昭宣帝天祐三年》:"罗绍威虽去其逼,而魏兵自是衰弱。绍威悔之,谓人曰:'合六州四十三县铁,不能为此错也。'"意思是悔恨铸成大错。作者在这里引用这个典故,痛恨自己赴元营的失策,使得自己率领的勤王将士群龙无首,失去扭转败局的机会。

貔貅十万众,日夜望南辕。老马翻迷路,羝羊竟触藩。
武夫伤铁错,达士笑金昏。单骑见回纥,汾阳岂易言。

貔貅十万众,日夜望南辕——貔貅(píxiū):古代传说中的猛兽名,这里比喻自己所率领的勇猛的军队。南辕:回到南方。这两句是说:我以前所率领的十万雄师,正在日夜盼望我回到南方。

老马翻迷路,羝羊竟触藩——老马:春秋时,齐国管仲从齐桓公伐孤竹国,春往冬还,在归途中迷了路。管仲说:"老马之智可用也。"乃放老马让它先走,军士跟在后头,就找到了原路。翻:同"反",反而。这里是说老马反而有迷途的时候。以比喻自己此次失策是出于意外。羝(dī)羊:公羊。藩:篱笆。《易·大壮》:"羝羊触藩,不能退不能遂。"是说羊角触在篱笆上,被挂住了,进退不得。作者自喻被扣留,不能自由。这两句是说:老马能识途,却迷了路;公羊竟然把角挂在篱笆上,不得脱去。

武夫伤铁错,达士笑金昏——武夫:作者自比。达士:通达之人。金昏:《庄子·达生》:"以瓦注者巧,以钩注者惮,以金注者昏。"意思是:以瓦器作赌注的人,以其物贱,无所矜惜,常能巧中;以带钩作赌注的人,以其物稍贵,心里害怕;而以黄金作赌注的人,则心中慌乱。比喻在紧要关头反而昏聩。这两句是说:如今我对失策痛心不已,通达之人一定笑我在国家存亡之际却昏盲了。

单骑见回纥,汾阳岂易言——单骑:单身匹马。唐代宗永泰元年(765),回纥起兵三十万入侵,唐郭子仪的兵只有万人。回纥酋长要见郭子仪,郭只带一些随从,单骑前往,结果联合了回纥军队打败了吐蕃军。郭子仪后被封为汾阳王。作者感叹自己不如郭子仪。这两句是说:郭子仪单身匹马入敌营而取得成功,并不是人人都能做得到的。

这是一首五言律诗,短短八句诗内,连用五个典故,工稳贴切,丝毫没有堆砌臃肿之嫌,可见作者深厚的功力与娴熟的诗歌技巧。

作者以"铁错"为题,"铁错"的内容以及对铁错的悔恨是在反复对比述说中表达出来的。首先是作者自己与"十万众"对比,自己身陷囹圄,"十万众"则翘首以待;其次是该做的与不该做的对比,老马不该失途而失途,公羊不该触篱笆而触篱笆;再次是"武夫"与"达士"对比,一者伤心一者嘲笑;再次是作者自己与郭子仪对比,一成功一失败。这诸多对比述说使得"铁错"的内容沉重,作者的悔恨之情自然不言而喻。

和言字韵

此诗是德祐二年作者被元军拘留期间作。言字韵,指前面《所怀》诗所用的韵脚"论"、"魂"、"门"、"言",因末句押"言"字,所以题作"和言字韵"。

予以议论太烈,北愈疑惮,不得归阙。将校官属,日有叛去。世道可叹!

悠悠天地阔,世事与谁论?清夜为挥涕,白云空断魂。
死生苏子节,贵贱翟公门。前辈如瓶戒,无言胜有言。

序言的意思是:我因为议论抗元过于激烈,元军对我更加猜疑和害怕,因而就不会放我回南方朝廷。带来的将校和官员每天都有人叛变,世道人心的炎凉真让人感叹不已！愈：更加。疑惮：怀疑，害怕。

悠悠天地阔，世事与谁论——悠悠：遥远，长久。论：评理。这两句是说：古往今来，人间万事，谁能说得清楚？

清夜为挥涕，白云空断魂——清夜：寒冷的夜晚。白云：唐狄仁杰登太行山，见白云孤飞，对左右的人说："吾亲舍其下。"瞻望了许久，不胜愁怅。表示思亲之意。这两句是说：寒冷的夜晚，我泪流满面，看见白云，思乡之情令人断魂。

死生苏子节，贵贱翟公门——苏子：苏武，字子卿。苏武在汉武帝时为中郎将，出使匈奴，被单于扣留。苏武没有投降，持节（古代使者出访所持的信物）牧羊十九年，终于归汉。此处作者以苏武自比。翟公：翟公在汉文帝时为廷尉，家里宾客如云。后罢官，宾客绝迹；后复官，宾客又纷纷上门，翟公感慨，在门上写着："一死一生，乃见交情；一贫一富，乃见交态；一贵一贱，交情乃见。"此句是针对那些叛官而言的。这两句是说：苏武无论生死都保持民族气节；翟公贵贱浮沉，反映出世态的炎凉。

前辈如瓶戒，无言胜有言——如瓶戒：即守口如瓶的戒约。这两句是说：古人有"守口如瓶"的话，是戒人语言要谨慎，与其与元军激烈争辩，不如守口如瓶。

全诗着重表达作者的感叹：天地悠悠，世道险恶；家山万里，见白云而断魂；死生见气节，富贵显炎凉，这些都无法评说。与其议论激烈，不如守口如瓶。悔叹不及，言辞缠绵婉转，也是对自己失策经历的总结。

此诗为五律，诗中有两个关于对偶的地方要交代一下：一是"清"字，"清"字此处借为"青"，与下句的"白"对，这种对偶方式叫"借对"；二是"节"字，"节"字此处双关，一意为信物之"节"，即符节，与下句"门"对，一意为民族气节之"节"。

愧故人

此诗为作者德祐二年被元军拘留期间所作。诗意说自己本来想仿效春秋郑国人子产与战国齐人鲁仲连，立存国排忧之功业，没想到却被羁留北军，不得脱身。想到过去的战友们仍在转战南国，不免深感惭愧。

九门一夜涨风尘，何事痴儿竟误身！
子产片言图救郑，仲连本志为排秦。
但知慷慨称男子，不料蹉跎愧故人。

玉勒雕鞍南上去,天高月冷泣孤臣。

九门一夜涨风尘,何事痴儿竟误身——九门:古代皇帝所居的地方有九门,这里指代南宋都城临安。风尘:大风扬起的尘土,此处指元军入侵。痴儿:作者自指,有无限悔恨之意。这两句是说:元军迅速进逼都城临安,而我怎么就糊里糊涂地被元军扣留了呢?

子产片言图救郑,仲连本志为排秦——子产:春秋时,郑国大夫子产,出使外交时,每每以辞令著称,多次使郑国转危为安。片言:三言两语。仲连:鲁人仲连,战国齐人,游历在赵国时,秦军正围攻赵都城邯郸,有人劝赵王尊秦王为帝,仲连力排众议,存赵却秦。作者此处以子产、仲连自比,说明自己会见伯颜的本意。这两句是说:子产简单的言辞是为了救郑国;仲连力排众议的意图则在于却秦。

但知慷慨称男子,不料蹉跎愧故人——慷慨:意气激昂。蹉跎:失足颠蹶,此处指议和被羁留。这两句是说:当时只知道慷慨陈词,以希不愧为男子汉,没想到反被扣留而愧对战友。

玉勒雕鞍南上去,天高月冷泣孤臣——玉勒雕鞍:指刘小村、陈蒲塘等率领的军队。孤臣:作者自己。这两句是说:我的战友们正率领军队向南而去,而我却孤苦伶仃地被拘留在北军里,唯有天高月冷。

这是一首七言律诗,按照古人的经验,首、颔、颈、尾四联在意思上应该是起、承、转、合的关系。此诗头两句交代自己"蹉跎"的原因,接下来两句承上面两句说明被"误身"虽"痴",但本意却是为国分忧。五、六两句由"不料"二字一转,失策悔恨之意溢于言表,最后两句由"玉勒雕鞍"引出题旨,绾合题意。

黄兰波先生在《文天祥诗选》序言中说:"他(文天祥)的近体诗具有语简意赅、主题显豁的特色……凡此,都能够以经济的手法传达比较复杂的心境。"这首诗正可见其"语简意赅、主题显豁"的特点。所谓"经济的手法传达比较复杂的心境"云云,一个重要的原因是典故的贴切运用。文山诗歌善于用事琢句,以表达繁复的心底波澜,此诗可见一斑。

求　客

这首诗是德祐二年作者被拘留元军期间所作。文天祥被扣留在元军中,自己哀愁悔恨，每每思念南宋都城临安，便有无尽的亡国伤感，于是便渴望像战国时期有人帮助孟尝君脱险一样来帮助他逃离元军。这首诗以"求客"为题，表达的就是这种渴望。

　　　　眼看铜驼燕雀羞,东风花柳自皇州。
　　　　白云万里易成梦,明月一间都是愁。
　　　　男子铁心无地着,故人血泪向天流。
　　　　鸡鸣曾脱函关厄,还有当年此客不？

　　眼看铜驼燕雀羞,东风花柳自皇州——铜驼：晋索靖预见天下将乱，指着洛阳宫门前的铜驼感叹说："会见汝在荆棘中耳。"后常用来表示对亡国的伤感。皇州：帝都。这两句说：在临安荒都里虽然花柳迎风，春光无限，但看到一片亡国景象时，连嬉戏的燕雀都会感到羞耻。

　　白云万里易成梦,明月一间都是愁——白云：表示思亲。一间：一室，指自己被囚居的屋子。这两句是说：梦中总是见到万里之外的亲人，明月照进我囚居的屋子，令我生发无尽的哀愁。

　　男子铁心无地着,故人血泪向天流——男子：指作者自己。铁心：意志坚强如铁。无地着：无处施展。天：天边，指作者被拘留的地方离故乡很远。这两句是说：我纵有如铁般的意志，可是无处可用，亲人思念我远在天涯，泪流潸然。

　　鸡鸣曾脱函关厄,还有当年此客不——函关厄：战国时，齐国孟尝君田文被秦国拘留。当他逃至秦国边境函谷关时，天还没有亮。按关上的制度，只等鸡鸣才可放人出关。田文怕秦王派人追来，这时跟随的宾客中有学鸡鸣者作鸡鸣，邻近村庄的鸡都叫了起来，孟尝君遂得以逃脱。不：同"否"。这两句是说：当年田文得人帮助逃离函谷关一厄，不知今天有没有人帮助我逃脱元军的扣留。

　　这是一首七言律诗，由首联两句故国之思，亡国之恨启三、四两句的"梦"与"愁"；五、六两句结合自己的身份，转到对被拘留的悔恨上来；最后两句绾合题旨，希望得到别人帮助。

　　文天祥自德祐后所作诗共五百多首，这些诗只有一个主题，那就是为挽大厦于将倾而坚贞不屈；线索也只有一条：两次被俘，斗争到底。这首诗写的还是第一次被拘留时候的所思所感：情况令人忧伤，但还要斗争到底。

　　文天祥为江西人，诗歌早年起就受江西诗派影响，有"宁拙毋巧，宁朴毋华，宁粗毋弱"的江西诗派风格,但没有秋虫寒草的苦吟。这首诗语言虽然平朴易懂,但才气雄赡,波澜突兀,笔力横逸浩瀚,非平常胸次所能挥就。

杜架阁二首

【题解】

这两首诗是作者德祐二年被元军拘留期间所作,是作者追述被扣留前的情况。文天祥在往皋亭山之前,他的宾客皆怂恿可去,惟杜浒认为不可,后作者果被羁留。德祐二年二月初八日,作者被押北去,宾客尽散,惟杜相从。这两首诗即是文山为杜浒而作。杜架阁:杜浒。架阁,即架阁文字的省略,宋代管理档案的官职名称。

天台杜浒,字贵卿,号梅壑,纠合四千人欲救王室。当国者不知省。正月十三日,见予于西湖上。予嘉其有志,颇奖异之。十九日,客赞予使北,梅壑断断不可。客逐之去。予果为北所留。后二十日,驱予北行,诸客皆散。梅壑怜予孤苦,慨然相从。天下义士也!朝旨特改宣教郎,除礼部架阁文字。

其 一

仗节辞王室,悠悠万里辕。诸君皆雨别,一士独星言。
啼鸟乱人意,落花销客魂。东坡爱巢谷,颇恨晚登门。

【新解】

序言的意思是:天台人杜浒,字贵卿,号梅壑,为了奔赴国难,召集了四千多人。当权者却并不知道。德祐二年正月十三日,我在西湖上见了他,对他的义举大加赞赏。十九日,我的宾客都怂恿我去会见伯颜议和,惟有杜浒认为万万不可,我的宾客把他赶走了。后来我果然被北军拘留。又过了二十日,北军押我北往,我的宾客全部散去,惟有杜浒觉得我孤苦伶仃,慷慨跟我北往。他正是天下义士。朝廷特为此颁旨升他为礼部宣教郎,授他架阁文字官位。天台:今浙江省天台县。纠合:集聚。奖异:夸奖某某特别优异。客:作者幕府中的宾客。

仗节辞王室,悠悠万里辕——仗节:拿着符节。王室:朝廷的意思。辕:车。这两句说是说:我拿着宋朝廷符节,被元军用车押着,向着遥远的北方而去。

诸君皆雨别,一士独星言——雨别:唐独孤及《海上寄赠萧立》:"契阔阻风雨,荏苒成雨别。"以喻交游离散。星言:《诗经·鄘风·定之方中》:"星言夙驾。"意思是星辰犹明时驾车出发。言:助词,没有实在的意思。一士:指杜浒。这两句是说:所有的宾客都走了,只有杜浒一人陪我上路。

啼鸟乱人意,落花销客魂——这两句写春天景物以及当时作者心情。这两句是说:鸟的叫声让人心烦意乱,看见落花则肝肠寸断。

东坡爱巢谷,颇恨晚登门——东坡:宋诗人苏轼自号东坡居士。巢谷:四川眉山人,与苏轼同乡,幼年时便已经相识。当苏轼在京城做官时,巢谷没有去看他。但当苏轼被贬,许多亲友不相往来时,巢谷年已七十三岁,且体弱多病,却从家乡眉山步行去广东儋耳看望苏轼,走到新州(今广东新兴)病死了。作者此处以苏轼与巢谷的关系来比喻他与杜浒的关系。这两句是说:东坡爱重巢谷,我也爱重杜浒,只是相见恨晚。

其 二

昔趋魏公子,今事霍将军。世态炎凉甚,交情贵贱分。
黄沙扬暮霭,黑海起朝氛。独与君携手,行吟看白云。

昔趋魏公子,今事霍将军——魏公子:战国时,魏国公子无忌(即四君子之一信陵君),到赵国作客。赵国平原君门下的宾客,有半数投到无忌门下去。霍将军:汉将霍去病。当时霍去病与卫青都很有权势,霍去病征匈奴回来后,权势日盛,更加尊贵。卫青门下的宾客多数投到霍去病门下。这两句是说:身为宾客,逐利为务,昨天还在魏无忌门下,今天又到了霍去病门下。喻人心逐利,反复无常。

世态炎凉甚,交情贵贱分——这两句是说:人情冷暖以贵贱而分别。

黄沙扬暮霭,黑海起朝氛——黑海:泛指北方黑水、黑河。这两句是说:傍晚刮起黄沙,晨雾从黑水上升起。形容北地悲凉。

独与君携手,行吟看白云——行吟:边走边吟诗。这两句是说:只有你伴着我,我们看着天上的白云,边走边吟诗。

这两首诗可以合起来看。这两首诗都是近体五律诗,两诗表达的意思基本相同。乍看起来写的是"患难见真情"这个老生常谈的话题,但结合序言看,就不是一般的泛泛而论了。第一首"一士独星言"与第二首"独与君携手"两句中的"独"字,是理解作者对杜浒感情的关键。"独"字所体现的作者对杜浒的感情可从三个方面说:第一,杜浒有主见,遇事不随声附和,诸多宾客中唯独他认为断断不可去皋亭山;第二,宾客尽散,唯有杜浒陪同作者北上,尤其在国破家亡之时;第三,未来也只有杜浒可以依赖了。

文天祥幼年生活在书香门第,长期的文化熏陶,使文山诗歌善于用典,能把复杂的思想感情隐括在所运用的典故当中,语言经济,表达准确。两首诗中的属典用事都能起到这种艺术效果。

平江府

这首诗是作者德祐二年被元军押送往北方,经过平江时写的。诗歌追叹当时朝廷没有让他死守平江的失策。德祐元年九月,作者任浙西江东判置使兼江西安抚使、知平江府事。十月十五日,作者到平江府视事。十一月二十一日,元军破常州,屠城;进攻独松关。宋帝命作者移守余杭,作者离开平江的第三天,平江陷落。平江府:今江苏吴县。

予过吴门,感念凄怆。向使朝廷不令入卫严速,予以死守,不死于是,即至今存可也。予托病卧舟中,旧吏三五人来,遗民闻予经过,无不垂涕者。舟到一时顷,即解缆。夜行九十里,北似防我云。

楼台俯舟楫,城郭满干戈。故吏归心少,遗民出涕多。
鸠居无鹊在,鱼网有鸿过。使遂睢阳志,安危今若河?

序言的意思是:我经过吴县时,心里感到非常凄凉。假如当时朝廷让我死守平江,只要不战死的话,那么平江到今天还存在我的手里,是可能的事。今天我打这里经过,我装病躺在小船上,以前的官员三三五五地来看我,当地老百姓听说我经过这里,没有不落泪的。船一停,马上就又行驶了。当夜就行了九十里,北军好像对我很有防备。吴门:吴县别称。向使:假如。入卫:指到临安附近的余杭防卫,因为是到皇帝身边,所以叫入卫。严速:催得严、急。一时顷:一会儿。解缆:解开系船的缆绳,这里指开船。云:语末助词,如此这样。

楼台俯舟楫,城郭满干戈——俯舟楫:向下看江面。这两句是说:在平江岸上可俯瞰江面,平江府城里戒备森严。

故吏归心少,遗民出涕多——归心:拥护的意思。这两句是说:宋朝旧吏都不愿为元军服务,老百姓大多对江山易主痛哭流涕。

鸠居无鹊在,鱼网有鸿过——《诗经·召南·鹊巢》:"维鹊有巢,维鸠居之。"是说鸠鸟侵占了鹊的巢居。这里比喻元军侵占宋国领土。《诗经·邶风·新台》:"鱼网之设,鸿则离之。"离:通"罹"。鱼网用以捕鱼,竟然有鸿鸟误投到鱼网中。比喻人受到无妄之灾。这两句是说：鸠鸟侵占了鹊鸟的巢居，飞鸿竟然误投到鱼网中。

使遂睢阳志，安危今若河——使：假使。遂：实现、满足。睢阳：地名，今河南商丘南。睢阳志：唐玄宗时，安禄山起兵叛唐，张巡、许远守睢阳。安禄山兵围睢阳一年整，张巡、许远以死守睢阳，终为江淮屏障。这两句是说：当时朝廷如能让我实现死守平江之志，像张巡、许远死守睢阳那样，则国家安危可能另有一番样子。

这首诗开头两句中的"俯舟楫"与"满干戈"一下子就把平江府被元军占领的恐怖情形烘托出来。作者对平江府并不陌生。这次被元军押着北上，重过故地，心情颇为复杂，这首诗里作者集中体现的感情有相反的两种，即"恨"与"爱"，以及这两种情感背后的悔恨。一、二和五、六句表达的是作者对元军的痛恨。三、四、七、八四句，通过官民的表现和一种假设表达了作者的爱国之心。作者对当时不能死守平江的悔恨则委婉地体现在最后一句的设问上。

常 州

这首诗是作者在德祐二年（1276）二月被元军胁迫北上，经过常州，有感于元军的残酷杀戮而作。德祐元年，元军统帅伯颜围常州。知州姚訔（yín）、通判陈炤（zhào）、都统王安节、刘师勇等组织全城军民，力战死守，伯颜招降，他们不从。伯颜大怒，日夜攻城。最后守城将士粮尽弹绝，姚、陈、王、刘等都壮烈牺牲。城破后，伯颜大肆屠杀，血洗常州。

　　常州，宋睢阳郡也。北兵愤其坚守，杀戮无遗种。死者忠义之鬼！哀哉！

　　山河千里在，烟火一望无。壮甚睢阳守，冤哉马邑屠！
　　苍天如可问，赤子果何辜？唇齿提封旧，抚膺三叹吁。

序言的意思是：宋代的常州，就相当于唐代安史之乱时的睢阳。元军对常州官民的坚守城池，无比愤怒，城破后，元军屠城殆尽。为守城而死的人都化为忠义之魂，悲哀啊！遗种：幸存者。

山河千里在，烟火一望无——烟火：灶火与炊烟。此处比喻家室。这两句是说：

山河依旧在,但人民遭到灭绝的屠杀,已经是十室九空了。

壮甚睢阳守,冤哉马邑屠——壮甚:非常悲壮。睢阳守:即守睢阳。马邑屠:比喻常州遭屠杀。《史记·周勃世家》:"击陈豨,屠马邑。"马邑:地名,在今山西朔州朔城区。这两句是说:官民坚守常州,无比悲壮;元军屠杀无辜,真是冤枉。

苍天如可向,赤子果何辜——王逸《楚辞·天问序》:"《天问》者,屈原之所作也。何不言'问天'?天尊不可问,故曰'天问'也。"赤子:刚出生的孩子,这里指无辜的老百姓。这两句是说:如果能向苍天提出质问,那我就问苍天:百姓有何过错,遭此屠杀?

唇齿提封旧,抚膺三叹吁——唇齿:成语"唇亡齿寒",这里比喻关系密切。提封:指所管辖的疆界。《旧唐书·东夷传》:"魏晋以前,近在提封之内,不可许以不臣。"旧:过去。作者曾守平江府,平江府与常州比界相连,故云。抚膺:以手捶胸,表示愤恨、慨叹。李白《蜀道难》:"以手抚膺坐长叹。"三:多次。叹吁:感叹。这两句是说:常州与我以前管辖的平江府地界相连,每每想到常州大屠杀,我都感到椎心痛恨。

这首诗极其悲愤地控诉了元军对常州军民野蛮而残酷的屠杀,赞扬了常州保卫战中人民表现出的慷慨悲壮精神。对无辜百姓被"杀戮无遗种"的悲惨遭遇,表达了无比的愤慨之情。可以说,全诗渗透了作者的血泪。

作者的极大愤慨,首先用"一家无"与"三叹吁"两个数字句子的对比表达出来,其次由"山河千里在"到"苍天如可问"的空间对比表达出来。对苍天的质问反映的是作者作为宋王朝将领而不能救民于水火的无可奈何。联系上一首《平江府》诗看,这种无可奈何也是"三叹吁"的一个内容,其实是对宋王朝权臣的责备。

渡瓜洲二首

这首诗是作者德祐二年二月十九日被元军押送北往渡江至瓜洲时作。瓜洲:地名,今江苏江都四十里江边,地当运河之口,与镇江斜对,为古来战略上险要地区。德祐二年正月二十一日,宋降于元。宋帝遣左丞相吴坚、右丞相贾馀庆(代文天祥为右丞相)、枢密使谢堂、参政家铉翁、同知刘岊(jié)五人,为祈请使,献降表往燕京。作者不是祈请使,但被押送与祈请使同北行。

诸祈请使十八日至镇江府,阿术在瓜洲,即请十九日渡江。至则鲜䑛倨傲,令人裂眦。诸公皆与之语,予始终无言。后得之监守云:"阿㔷言:'文丞相不语,肚里有喽啰。'"知吾不心服也。

其 一

跨江半壁阅千帆,虎在深山龙在潭,
当日本为南制北,如今翻被北持牵。

序言的思意是:宋祈请使吴坚、贾馀庆等人十八日到达镇江府,当时元军征南都元帅阿㔷在瓜洲,请示阿术十九日渡江。见到阿㔷时,阿㔷骄横倨傲,令人愤怒。吴、贾等人都与他谈论,我始终一言不发。后来听监守对我说:"阿㔷说:'文丞相不说话,肯定另有打算。'"他知道我不会就此罢休的。诸祈使:指吴、贾等五人。阿㔷:元征南都元帅。当时阿㔷驻守瓜洲。鲜腆:骄横的样子。裂眦:愤怒的样子。眦,眼眶。诸公:指吴、贾诸人。喽啰:机灵,伶俐。唐卢仝《寄男抱孙》诗:"喽啰儿谈书,何异擢枯朽。"

跨江半壁阅千帆,虎在深山龙在潭——半壁:半边。国土偏安于一隅,叫"半壁江山"。阅千帆:看舟楫往来之盛。虎在深山龙在潭:指得地利之便,易守难攻,这里指瓜洲与镇江地势险要。这两句是说:南宋本为半壁江山,隔江为界,江中千船竞发,而瓜洲与镇江又是隔江对峙、地势险要的两个地方。

当日本为南制北,如今翻被北持牵——制:控制。持:控制。南:指南宋。翻:同"反"。这两句是说:瓜洲与镇江本来是当年南宋用来控制北方的要地,如今反成为元军控制南宋的要地。

其 二

眼前风景异山河,无奈诸君笑语何!
坐上有人正愁绝,胡儿便道是喽啰。

眼前风景异山河,无奈诸君笑语何——晋南渡后,诸名士每于新亭(今江苏江宁南劳劳山上,又名劳劳亭、临沧观,三国吴时筑)饮宴。周顗(yǐ)叹曰:"风景不殊,举目有山河之异!"在坐的人因相视流涕,即历史上有名的"新亭对泣"故事。笑语:据作者《留远亭》诗序,贾馀庆、刘岊等百般献媚元统治者,在路上做出种种猥亵丑态供元统治者取乐。这两句是说:东晋周顗等看到北方祖国山河被侵占会叹息流泪,而南宋这些祈请使却很无耻。

坐上有人正愁绝,胡儿便道是喽啰——有人:作者自指。愁绝:忧国忧民,悲痛欲绝。胡儿:元军。这两句是说:其中我正为国家命运担忧愁闷欲绝,元军认为我肯定另有主张。

这两首诗是作者渡瓜洲时所见所感。所见有二,即第一首见到的瓜洲与镇江的形势险要,第二首见到的人物丑态。所感即是"眼前风景异山河"。这种"国破山河在"的沉痛亡国之恨,作者作了更进一步的深入探究,即"当日本为南制北,如今翻被北挟牵",无疑是对当权者的一种嘲弄。如果再把这两句与"无奈诸君笑语何"结合起来看,形成这种情况的原因就不难明白了。

脱京口(十五首选十四)

文天祥德祐二年二月十九日渡江到瓜洲。到瓜洲见过阿术,后又被押回京口候船北行,因此有机会计划逃走。终于在二月二十九夜和杜浒等十二人逃出京口,三月初一日到真州。《脱京口》是总标题,诗共十五首,各首另有标题和序,是记述这次逃脱艰险经过的一组诗。京口:地名,今江苏镇江。

定计难

予在京城外,日夜谋脱,不得。间者,谢村几去;至平江欲逃,又不果;至镇江,谋益急。议趋真州。杜架阁浒与帐前将官余元庆,实与谋。元庆,真州人也。杜架阁与予云:"事集,万万幸;不幸谋泄,皆当死,死有怨乎?"予指心自誓云:"死靡悔!"且办匕首,挟以俱。事不济,自杀。杜架阁亦请以死自效。于计遂定。

南北人人若泣岐,壮心万折誓东归。
若非斫案判生死,夜半何人敢突围!

序言的意思是:我在京城临安外时,就日夜计谋着逃脱,但不行。在从京城到镇江的路上,在谢村时,差点逃脱了;到达平江时想逃又没逃成;到达镇江时,更加急于设法逃脱。我们几个商议脱逃后直奔真州。整个计划是杜浒与帐前将官余元庆制定的。余元庆是真州人。杜浒对我说:"事成了,万幸;如果走漏风声,事败了,大家都得死,真要是死,你有怨恨吗?"我用手指着心说:"死无怨无恨!"并准备了匕首,带在身边。事不成,就自杀。杜浒也愿不成功便成仁,于是事情就这么定下来了。间者:

不久之前。谢村:今浙江杭县北。真州:今江苏仪征。集:成功。事集:是说如果逃脱的事能成功的话。靡:无。

南北人人若泣岐,壮心万折誓东归——岐:也写作"歧",分岔,分出的路。泣岐:《淮南子·说林》:"杨子见逵路(即歧路)而哭之,为其可以南,可以北。"万折:历经千难万险。这两句是说:在京口这个岔路口上,选择向南还是向北是一个极其严重的问题,但我和杜浒、余元庆等表示了决心,立誓要百折不挠地向东走。

若非斫案判生死,夜半何人敢突围——若非:如果不是。斫案:汉献帝建安十三年,曹操自江陵顺江东下,声势强大,威胁东吴。东吴有人倡议迎降。周瑜力排众议,主张抵抗。孙权挥刀斫奏案,说:"诸将吏敢复有言迎操者,与此案同!"表示决心。斫:砍断。判:同"拚"。判生死,即一拚生死的意思。这两句是说:要不是下决心一拚生死,谁敢冒险半夜逃跑呢?

谋人难

杜架阁如颠狂人,醉游于市,遇有言本朝而感愤追思者,即捐金与之,密告以欲遁之谋。无不愿自效。以无舟而辍。前后毋虑十数。其不谋泄,真幸耳!

一片归心似乱云,逢人时漏语三分。
当时若也私谋泄,春梦悠悠郭璞坟。

序言的意思是:杜浒就像疯子一样,神志不清地徘徊在大庭广众之中。一遇到有人在感慨万千地追思、谈论宋朝时,就把金钱送给人,并把自己想偷偷逃离元军的计划告诉对方,人人都愿意帮助他,但终因没有船只而放弃。如此这般的前后不下十几次,我们的逃离计划没有泄露,真是算幸运的。捐金:赠送金钱。辍:停止。杜架阁:杜浒(见前选《杜架阁二首》"题解"部分)。

一片归心似乱云,逢人时漏语三分——这两句是说:杜浒归心似箭,心乱如云;遇人说话时,总是要把心中的逃离计划告诉给别人。

当时若也私谋泄,春梦悠悠郭璞坟——春梦悠悠:意思是美好的愿望化为泡影。郭璞坟:郭璞(276—324),字景纯,晋时人,为王敦杀害。据清代《一统志》载,郭璞墓在镇江西北的金山下。这两句是说:如果当时我们的计划泄露了,不仅美好的愿望化为泡影,连死也无葬身之地,只有与郭璞的坟墓为邻了。

踏路难

京口无城,通衢多隘,去江尚十里。偶得一老校马,引间道出三数巷,即荒凉野。走至江岸,路颇近。若使不知间道,只行市井正路,无可出之理。

<blockquote>
烟火连甍铁瓮关,要寻间道走江干。
何人肯为将军地?北府老兵思汉官。
</blockquote>

序言的意思是:京口没有城墙,在各街市路口元军都设立了盘查站。京口离长江尚有十里路。偶然的机会,我们遇到了一位养马的老兵,带着我们走小路,拐过三四个巷子,就到了荒凉的野外,再走到长江岸边,路就很近了。如果不知道小路,只走街市正路,是绝不会走出城的。踏路:勘查线路。踏:勘验,实地考察。通衢:交通要道。老校马:养马的老兵。周代称养马的人为校人。

烟火连甍铁瓮关,要寻间道走江干——烟火连甍:表示人烟稠密。甍:屋脊。铁瓮关:镇江古城为三国吴时所筑,极坚固,有"铁瓮城"之称。江干:江岸。干:通"岸"。这两句是说:镇江城,人烟稠密,多通衢要道,但都有元军把守,我们只得找小路往江边走去。

何人肯为将军地,北府老兵思汉官——将军地:比喻办事留有余地。《史记·魏其武安侯列传》:"武安谓灌夫曰:'程(不识)、李(广)俱东西宫卫尉,今众辱程将军,仲孺(灌夫字仲孺)独不为李将军地乎?'"作者借此说明老校马带他们从小路到江边,替他们留得了余地。"北府"句:《后汉书·光武帝纪》:"更始将北都洛阳,以光武行司隶校尉,时三辅吏士见司隶僚属皆喜不自胜,老吏或涕曰:'不图今日复见汉官威仪。'"这里作者用思汉老兵来比喻老校马,说明人心思宋。这两句是说:是谁替我们想好后路,带我们出了城呢?是心里一直向着大宋朝的养马老兵。

得船难

北船满江,百姓无一舟可问。杜架阁与人为谋,皆以无船长叹而止。是后,余元庆遇其故旧为北管船,遂密叩之,许以承宣使,银千两。其人云:"吾为宋救得一丞相回,建大功业,何以钱为!但求批帖,为他日趋承之证。"后授以一批帖,约除廉车,及强委之白金。义人哉!使无此一遭遇,已矣!

<blockquote>
经营十日苦无舟,惨惨椎心泪血流。
渔父疑为神物遣,相逢扬子大江头。
</blockquote>

序言的意思是:长江里到处都是元军的船只,可老百姓手里没有一条船。杜浒

与人谋求船只,都摇头叹息,说没有船。后来,余元庆遇到一位熟人,他替元军管理船只,余元庆秘密去拜见他,答应给他承宣使职位,并给一千两银子。那人说:"我救宋朝丞相回南方,算是立了大功。我要钱干什么?我只求给我写个帖子,以后作为见丞相的凭证。"给他写了帖子,答应给他宣承使职位,并强行给了他白金。如果没有遇上此人,这件事就无从谈起了。批帖:书面公文。趋承:谦词,服侍的意思。这里指今后面见丞相。承宣使:宋代留后观察的官,旧名节度观察留后,类似于后来的廉访司。下文的"廉车"是承宣使的别称。密叩之:偷偷地去拜见他。遭遇:际遇。

经营十日苦无舟,惨惨椎心泪血流——经营:想方设法。椎心:人当悲痛时每每自己捶击胸部。这里形容很痛苦。这两句是说:十几天来一直想方设法寻找船只,可是一无所获,令人椎心痛恨。

渔父疑为神物遣,相逢扬子大江头——渔父:春秋时,楚国伍子胥的父亲伍奢、兄伍尚均被楚平王杀死。伍员投奔吴国。至江边,无船可渡。江上有一渔父,知伍员有难,帮他过江。伍员赠以宝剑,渔父不受。这里指余元庆的故旧。神物遣:古人把意外的所得,说成是神的差遣。这两句是说:遇到熟人又很义气,肯为我们帮忙。真是神灵差遣而来,使我们能相逢在扬子江头。

给北难

自至镇江,即谋船不可得。至二月二十九日,方得之,喜甚。是午,催过瓜洲。贾馀庆诸人皆渡矣,惟余与吴丞相在河次,得报最迟。于是托故,以来日同吴丞相渡江。幸而北不见疑,驱迫稍缓,是夕遂逃。若非得此一绐,从前经营,皆枉用心,惟有死耳,岂不痛哉?

百计经营夜负舟,仓皇谁趣渡瓜洲?
若非给虏成宵遁,哭死界河天地愁。

序言的意思是:我们一到镇江,就开始找船。一直到二十九日才找到,大家很高兴,中午就催着过江。贾馀庆等人已经过去了,只有我和吴丞相在江边,得到过江的消息最迟。于是,我找借口说明天同吴丞相一道过江。还好,元军对我没有怀疑,也不催我们,当天夜里我们就逃走了。如果没有这一计,以前的苦心经营将全部落空,只有一死,岂不可惜? 绐(dài):欺骗。吴丞相:当时同去的南宋左丞相吴坚。

百计经营夜负舟,仓皇谁趣渡瓜洲——负:凭借。仓皇:匆忙的样子。趣(cù):催促。这两句是说:我们想方设法夜里坐船逃去,而元军在匆忙地催我们赶快渡江。

若非给虏成宵遁,哭死界河天地愁——界河:长江。当时是宋、元分界线。这两句是说：要不是当时设计骗了敌人一把，得以在夜间逃走，那么，只有死在江边了。

定变难

老兵即踏路之人，杜架阁日与之饮，颜情甚狎。是夜，逃者十二人，二人坐舟，犹有十人，作一阵走，太冗，则事易知觉。路必过老兵之门。于是遣三人先就老兵家，伺过门同遁。忽老兵中变，醉不省。其妻诘问之，欲唤四邻发觉。一人疾走报杜架阁，亟呼老兵出来。直至吾前藏之帐中。三人者同时而回。老兵酒醉，以银三百星系其腰，云："事至与之。"遂至二更，引路而行。是举垂成，几为老兵老妪所误，全得杜架阁机警，故诅诈之，将作敌者，又随作使耳。危哉！危哉！

老兵中变意差池，仓卒呼来朽索危。
若使阿婆真一喉，目生随后悔何追。

序言的意思是：杜架阁天天与为我们探路的老兵喝酒作乐，两人很是融洽。这天晚上要逃走的共有十二人，计划两人坐船，还有十人，如果一道走，人多显眼，容易被敌人发觉。因为我们逃跑的路线必须经过老兵家，所以派三人先到老兵家去，等我们路过时再一同逃跑。可是中间出了问题，老兵喝醉了，不省人事。他的妻子盘问是怎么回事，并想喊隔壁邻人。这时，其中一人急忙跑回，把杜架阁找来，赶紧把老兵叫出来，直接来到我藏身的帐篷中。派去的三个人也同时回来了。因为老兵酒醉了，我们把三十两银子系在他的腰间，说："这银子事成才给你！"一直等到二更天，我们才由老兵引路而行。这事在快要成功时差点被老兵的妻子所误，全靠杜架阁的机警才没误事，他当时跑去说谎称诈，才化敌为友。真危险啊！星：银一钱称一星，三百星即三十两。

老兵中变意差池，仓卒呼来朽索危——差池：不一致。仓卒：仓促。朽索危：像腐朽的绳索一样令人感到危险。这两句是说：老兵中途出了差错，情况万分危急，赶忙把他叫来。

若使阿婆真一喉，目生随后悔何追——目生随后：随后就被元军盯上。这两句是说：只要老兵的妻子一声喊叫，元军立马就尾随而来。

出门难

北始款诸宰执于镇江府，惟吴丞相以病不离舟。予为遁计，宿府治。一夕，即托故还里河中，北亦不之疑。予遂于河近，得沈颐家坐卧。初，北分遣诸酋，监诸宰执。从予者曰王千户，狠突可恶，相随上下，不离顷刻。予在沈颐家,彼亦同卧席前后。是夜予醉,居亭主人复醉王千户者,伺其寝熟,启门而出,使微有知觉,吾事殆哉。

　　罗刹盈庭夜色寒,人家灯火半阑珊。
　　梦回跳出铁门限,世上一重鬼门关。

　　序言的意思是:一开始,北人让宋大臣都留住在镇江府,只有吴丞相因病留在船上。我为了逃遁,宿在府治里。一天晚上,我借口回到船上,北人也没有怀疑。此后,我常到江边沈颐家坐卧。起初,北人分派头领监视我们,监视我的是一个王千户,凶狠凌人,非常可恶。他前后跟着我,一刻不离,我在沈颐家坐卧,他也在沈颐家坐卧。这天晚上,我酒喝多了,主人把王千户也灌醉了。等他熟睡以后,我开门逃走,假如他稍有察觉,那我就完了。款:留,止。吴丞相:宋丞相吴坚。狠突:凶狠而盛气凌人的样子。

　　罗刹盈庭夜色寒,人家灯火半阑珊——罗刹:指元军。这两句是说:寒冷的夜晚,剩有几点灯火,元军在庭院里走来走去。

　　梦回跳出铁门限,世上一重鬼门关——梦回:醒来。这两句是说:夜深人静,开门逃走,算是闯过了一重鬼门关。

出巷难

　　北遣兵龊巷,禁夜不得往来。先是,有一酋忽入沈颐家。予问:"何人?""刘百户。"问:"何职?""管夜禁。"问:"官勾当何如?"曰:"官灯提照,往来从便。"杜架阁闻之,即随刘百户出,强与之好,已而约为兄弟。拉之饮于妓舍。杜强刘宿,刘俾杜欢。杜云:"我随丞相在此,夜安置后,方可出,怕禁夜耳。""俺送尔灯,俺送小番随着,不妨事。"杜遂约后一夕。果如约。予变服色,随杜出,诸巷皆不呵问。杜至人家渐尽处,即以银与小番,约之便归,来日候于某所。小番方十五六岁,无知,于是得遁。

　　不时狗铺路纵横,小队戎衣自出城。
　　天假汉儿灯一炬,旁人只道是官行。

　　序言的意思是:元军派兵禁查巷口,夜间不准往来走动。这之前,有一位元军头目窜入沈颐家,我问:"你是谁?"他说:"我是刘百户。"我问:"你是干什么的?"他说:

"我管夜禁。"我问:"怎么管夜禁?"他说:"只要提着官灯,往来随便。"杜浒听后,当即随刘百户出了门,强行与他要好。后来成了把兄弟。杜浒拉他到妓馆里喝酒,强行让他睡在妓馆里。刘与杜同欢共乐,杜说:"我随着丞相在此,晚上安顿好才能出来,因为怕禁夜。"刘说:"我送你官灯,还派一个差使给你,就不会有事了。"杜浒于是又约他第二天晚上再来。第二天晚上他果然如约而至。我换了服装,随着杜浒出去,巷口都不查问。到了人烟稀少的地方,杜浒把钱给了小差使,叫他回去,来日再在什么地方等候。小差使才十五六岁,不懂事,我们就这样逃离了。龊(chuò):整治。沈颐家:沈颐家在河边,作者当时常在此坐卧。勾当:办理。小番:仆从。

不时狗铺路纵横,小队戎衣自出城——狗铺:即巡捕。巡逻的士兵。纵横:到处都是。戎衣:是说作者和杜浒等一队人假扮巡逻兵出城。这两句是说:街上元军的巡逻到处都是,只见一小队穿巡逻服的人出了城。

天假汉儿灯一炬,旁人只道是官行——假:借。这两句是说:是老天给我们这些汉人提供了一盏官灯,我们走在街上,别人还以为我们是元军官员呢!

出隘难

北于市井尽处设险,以十馀马栏路。予等至隘所,马惊,意甚恐。幸北军皆睡,因得脱。

袖携匕首学衔枚,横渡城关马欲猜。
夜静天昏人影散,北军鼾睡正如雷。

序言的意思是:元人在人烟稀少的地方设立关隘,布下十几匹马挡住人的去路。我们到达关隘时,马受惊出声,我们都很恐惧。好在元军都睡着了,我们得以逃脱。

袖携匕首学衔枚,横渡城关马欲猜——袖携:把东西放在衣袖里。衔枚:古代行军偷袭敌人时,为了防止士兵说话被敌人发觉,让每个士兵口里衔着一种形状像筷子的东西。枚:叫作"衔枚"。猜:这里是惊吓的意思。这两句是说:我们随身携带着匕首,像古人打仗时衔枚一样静悄悄地前行;在渡关口时,敌人的马看见我们,很受惊吓。

夜静天昏人影散,北军鼾睡正如雷——鼾(hān)睡:熟睡而打呼噜。这两句是说:夜晚天色昏黑,人迹稀少,元军正睡得沉,鼾声如雷。

候船难

予先遣二校坐舟中,密约待予甘露寺下。及至,船不知所在。意窘甚。

交谓船已失约,奈何?予携匕首,不忍自残。甚不得已,有投水耳。余元庆寒裳涉水,寻一二里许,方得。船至,各稽首以更生为贺。

待船三五立江干,眼欲穿时夜渐阑。
若使长年期不至,江流便作汨罗看。

序言的意思是:我先派了两个军校,约好让他们坐在船中,在甘露寺下等我们。等我们到那儿时,没看见船,大家都慌了,互相议论着船夫失约了,该怎么办呢?我虽带了匕首,可不忍用匕首自杀,万一不行,可以投水自尽。余元庆提起衣服,趟水而行,沿江找了一二里,终于把船找到。船到时,大家拱手相庆,就像死而复生一样高兴。甘露寺:位于镇江城外江边。三国时吴孙权所建。交谓:都说。自残:自杀。寒裳:提起衣裳。更生:死而复生。

待船三五立江干,眼欲穿时夜渐阑——眼欲穿:即望眼欲穿的意思。夜渐阑:夜渐渐深了。阑:尽。这两句是说:我们几个人在江岸边等船,望眼欲穿,夜也渐渐深了。

若使长年期不至,江流便作汨罗看——汨(mì)罗:汨罗江。水名,屈原投汨罗自杀。作者此处用典有两层含义:一是说明当时情况危急;一是以屈原自比,流露出爱国忠诚之心。这两句是说:如果约好的船不能来,那我们就只能像当年屈原一样,把长江当作汨罗江,投水自尽了。

得风难

予方为七里巡船所惊,忽有声如人哨,齿甚清丽。船哨立船头拜且祷曰:"神道来送!"问何神,曰:"江河田相公也,即得顺风送上。"

空中哨响到孤篷,尽道江河田相公。
神物自来扶正直,中流半夜一帆风。

序言的意思是:船行七里,敌人的巡逻船让我大吃一惊,突然传来口哨声,声音很清脆。艄公站在船头向空中作拜并祈祷说:"神道来送!"问是什么神,他说:"江河之神田相公,马上就有顺风来了。"

空中哨响到孤篷,尽道江河田相公——这两句是说:空中传来了口哨声,都说是江河之神田相公来了。

神物自来扶正直,中流半夜一帆风——神物:口哨声。这两句是说:人如果正直,自会有神来相助,半夜时分,江上刮起了大风。

望城难

初得顺风,意五更可达真州城下。风良久遂静。天明,尚隔真州二十馀里,深恐北船自后追蹑,又惧有哨骑在淮岸,一时忧迫不可言。在舟之人,尽力摇桨撑篙,可牵处沿岸拽缆;然心急而力不逮。既望见城,又不克进。甚矣,脱虎口之难。

自来百里半九十,望见城头路愈长。
薄命只愁追者至,人人摇桨渡沧浪。

序言的意思是:风刚起时,心想五更时分可以达到真州城下。过了好一段时间,风停了。天明的时候,离真州还有二十多里,惟恐元军船只追来,又怕岸上有巡逻骑兵,又急又怕,苦不堪言。船上的人,都尽力摇桨撑篙,能到岸上牵,就上岸拽缆拉船;可心里着急而力气不够,真州城可望而不可及。要脱离虎口,真是难而又难。追蹑:追随。淮岸:宋时真州一带属淮南路,所以其长江岸边也称"淮岸"。

自来百里半九十,望见城头路愈长——百里半九十:谚语。意思是路越走觉得越长。这两句是说:自古说百里半九十,真州城虽然已经看得见了,可我们总觉得还很远。

薄命只愁追者至,人人摇桨渡沧浪——沧浪:指长江。这两句是说:担心元军追来,生命随时都有危险;大家奋力摇桨,在长江上行驶。

上岸难

真州濠与江通,然潮涨,舟方可到城。是日,泊五里,遂上岸。城外荒凉,寂无人影,四平如掌,一无关防,幸而及城门无他虑。当行路时,盼盼回首,唯恐有追骑之猝至。既入城门,闻昨日早晨,哨马正到五里头。时三月朔云。

岸行五里入真州,城外荒荒鬼也愁。
忽听路人嗟叹说,昨朝哨马到江头。

序言的意思是:真州有河沟通长江,但要等到涨潮,船才能进去。这天我们在离真州城五里外的地方上岸。城外一片荒凉,寂无人影,四平如掌,没有一处关防,我们安全地走进城门,但在路上行走时却左顾右盼,深怕有骑兵突然追来。进城后,我们才听说昨天元军的哨兵正到了五里江头。这天是三月初一日。

岸行五里入真州,城外荒荒鬼也愁——这两句是说:我们在岸上走了五里进城,城外荒凉得很,鬼见了也发愁。

忽听路人嗟叹说,昨朝哨马到江头——这两句是说:听别人说,昨天元军哨兵正到了江边巡逻。

入城难

既至真州城下,闻者群至。告以"文丞相在镇江走脱,径来投奔"。城子诸将皆出,即延入城。苗守迎见。语国事移时,感愤流涕。既款之州治中,住清边堂。然后从者之始至也,引至直司,搜身上军器。既知无他,然后见信。其关防之严密如此。向使恐疑横于胸中,闭门不受,天地茫茫何所归!嘻,危哉!

　　轻身漂泊入銮江,太守欣然为避堂。
　　若使闭门呼不应,人间生死路茫茫。

序言的意思是:来到真州城下后,听说了的人一齐要来看望。互相转告:"文丞相在镇江逃脱了元军。直接朝这儿来了。"城里各位将领都出得城来,把我请进城。真州守将苗再成迎见了我。我们在一起谈论国事,谈了很长的时间。各各感到愤慨,以致泪流满面。随后在州官的衙署里招待了我。住在清边堂。随后我的随从人员也到了。他们被带到相关主管部门,搜去身上带的兵器,看到没有别的什么,才相信。真州城防备如此严密,假使我来时,他们也心存疑虑,紧关城门,不让我进城,那我就真的走投无路了。唉,真危险啊! 苗守:苗再成,当时真州守将。

轻身漂泊入銮江,太守欣然为避堂——銮江:真州本南唐时之迎銮镇,亦称"銮江"。太守:指苗再成。避堂:下堂,意为出门远迎。这两句是说:我只身一人偷偷来到真州镇,太守高兴地出门迎接我。

若使闭门呼不应,人间生死路茫茫——若使:假使。茫茫:模糊不清的样子。这两句是说:如果守城门的士兵心存疑惧,不敢开门,那我们真的会走投无路,难免一死。

《脱京口》组诗十五首,每首说明一"难",十五首连缀起来读,就是作者脱离元军艰难过程的完整记录。诗歌用七绝体写成,语言通俗易懂。尤其值得注意的是诗前的序言,这些序言的内容与诗歌内容相同,序言与诗互相说明。有的序言具有很高的文学性与可读性,其实已经成为文天祥作品的一个重要部分,是了解爱国主义诗人文天祥的直接资料。

真州杂赋(七首选六)

【题解】

德祐二年二月二十九日,文天祥在被元军胁迫北上途中,从京口走脱。三月初一日,回到南宋控制下的真州。所作组诗《真州杂赋》共七首,这里选六首。组诗表达了他逃离元军拘留后的心情和志向。真州:今江苏仪征。赋:赋诗,作诗。

其 一

予既脱虎口至真州,喜幸感叹,靡所不有。各系之以七言。自正月二十羁縻北营,至二月二十九,一夜京口得脱,首尾恰四十日。一入真州,忽见中国衣冠,如流浪人乍归故乡,不意重睹天日至此!

　　四十羲娥落虎狼,今朝骑马入真阳。
　　山川莫道非吾土,一见衣冠是故乡。

序言的意思是:我在京口脱离元军羁留后,来到真州,百感交集,无所不有。如今把这些感叹用七言诗记下来。自德祐二年正月二十日被北军拘留,至二月二十九日在京口逃脱,前后恰好四十天。一到真州,乍见中国人物衣着,就像浪子乍回故乡,想不到在真州重见宋朝天日。靡:无。系:联缀,这里指用七言诗把思想情感表达出来。羁縻:羁留。衣冠:衣服和帽子,这里指风俗习惯。中国:中原,此处指宋朝。

四十羲娥落虎狼,今朝跨马入真阳——羲娥:日夜的意思。羲,古代神话传说的太阳神,叫"羲和"。娥:嫦娥,即神话中月宫仙女。真阳:真州。这两句是说:被元军拘留四十天,今天终于逃脱,赶快来到真州。

山川莫道非吾土,一见衣冠是故乡——三国魏王粲《登楼赋》抒发怀念故乡的感情,有句云:"虽信美而非吾土兮,曾何足以少留!"文天祥这里反其意而用之。土:故土。这两句是说:虽说真州不是我的故乡,但一看见宋朝风土人物,也就是我的故乡了。

其 二

京口船与梢人,北人皆有籍。予所得船乃并缘北船贩私盐者,船与二水手皆籍所不及，予是以得济，岂非天哉？

卖却私盐一舸回，天教壮士果安排。
子胥流向江南去，我独仓皇夜走淮。

序言的意思是：京口的船与船夫都被元军登记在册。我们坐的船都是贩私盐的船，船和船夫都不在册。能乘船逃脱，也是天意。

卖却私盐一舸回，天教壮士果安排——这两句是说：我们乘坐贩私盐回来的船逃走，这是老天的安排。

子胥流向江南去，我独仓皇夜走淮——子胥：伍子胥，楚人，在奔吴途中遭楚平王派人追杀，得渔夫船逃脱。这两句是说：当年伍子胥乘船成功地逃到吴国，我如今却仓皇地坐在长江中的船上。

其 三

予以夜遁，北人来早方觉，而吾已在汶上矣。

便把长江作界河，负舟半夜泝烟波。
明朝方觉田文去，追骑如云可奈何？

序言的意思是：我夜间逃走，北兵第二天早上才发觉，但我已经逃回到宋朝的土地了。以：乘着，凭着。来早：即第二天早晨。汶上：大汶河以北。大汶河，今山东境内。这里用来说明作者逃回尚未沦陷的宋朝国土。《论语·雍也》："季氏使闵子骞为费宰。闵子骞曰：'善为我辞焉！如有复我者，则吾必在汶上矣。'"

便把长江作界河，负舟半夜泝烟波——界河：当时元军已占领长江以北地区，所以这样说。负舟：依仗舟船。泝：同"溯"，逆流而上。这两句是说：把长江当作宋、元界河，半夜驾舟在烟波中逆流而上。

明朝方觉田文去，追骑如云可奈何——田文：即孟尝君。见前选《求客》诗注释。这两句是说：第二天早上元军才发现我逃回故土，纵然追兵如云，又奈我何呢？

其 四

予逃之明日，北人大索民间，累南人甚多。然予逝矣，不可得矣！

十二男儿夜出关，晓来到处捉南冠。

博浪力士犹难觅,要觅张良更是难。

新解

序言的意思是:我逃走的第二天,北兵在民间大肆搜索,南人受牵连的很多。但是我早走了,找不到了!

十二男儿夜出关,晚来到处捉南冠——十二:指作者一行十二人。夜出关:暗用田文夜逃出函谷关故事。参见上面一首"明朝方觉田文去,追骑如云可奈何"两句注释。南冠:囚徒的代称。《左传·成公九年》:"晋侯观于军府,见钟仪,问之曰:'南冠而絷者谁也?'(那个戴着楚国帽子被拘缚的人是谁?)有司对曰:'郑人所献楚囚也。'"后常以南冠喻囚人。这两句是说:我们十二个男子汉夜半逃出京口,到早晨元军到处搜索我们这些"囚徒"。

博浪力士犹难觅,要觅张良更是难——博浪力士:《史记·留侯世家》:"(张良)得力士,为铁椎重百二十斤。秦皇帝东游,良与客狙击秦皇帝博浪沙(地名,今河南新乡)中,误中副车。秦始皇大怒。大索天下,求贼甚急,为张良故也。"这两句中的"力士"与"张良"都是比喻作者等人。这两句是说:连博浪沙大力士都难以找到,更不用说要捉张良了。

其 五

三月朔旦,予在真州城内,贾馀庆在瓜洲。皆淮境也,而南北分焉,哀哉!

我作朱金沙上游,诸君冠盖渡瓜洲。
淮云一片不相隔,南北死生分路头。

新解

序言的意思是:三月初一日,我到达真州城内,当时贾馀庆在瓜洲。真州与瓜洲本来同属淮地,现在却南北分开,悲哀啊!

我作朱金沙上游,诸君冠盖渡瓜洲——朱金沙:金黄色的沙,指代长江。冠盖:指贾馀庆等人。这两句是说:我乘船在长江上奔逃,贾馀庆等人正在瓜洲。

淮云一片不相隔,南北死生分路头——这两句是说:淮地上空的白云不断,而陆上却分成南北不同的国家。

其 六

诸宰执自京城陷后,无复远略。北人驱之去,皆俯首从之,莫有谋自拔者。予犯死逃归,万一有及国事,志亦烈矣!

公卿北去共低眉,世事兴亡付不知。
不是谋归全赵璧,东南那个是男儿!

序言的意思是:宋朝各位执政大臣,自以临安失陷后,不再思考进取。元军把他们押往北去,都俯首听命,没有人打算逃去。我冒着生命危险逃回,希望对国事有一点帮助。志向不能说不壮烈。宰执:执政大臣。自拔:自救,此处指逃亡。

公卿北去共低眉,世事兴亡付不知——低眉:低头。这两句是说:宋朝那些执政大臣随敌北上,人人低眉顺眼。社稷存亡,已经没有人管了。

不是谋归全赵璧,东南那个是男儿——全赵璧:保全赵国的和氏璧。这里比喻保全南宋江山。《史记·廉颇蔺相如列传》:战国时,赵惠文王得楚和氏璧,秦昭王写信给赵惠王,愿以十五城换璧。蔺相如请求奉璧往使入秦,见秦王无意把城给赵国,乃设计取回和氏璧,使从者送回赵国。这两句是说:我们若不是为了图存社稷而设计逃回,整个宋朝,还有谁是真正的男子汉呢?

《真州杂赋》与《脱京口》一样,都是组诗,此其一;其二,都是记录作者逃离元军拘留后的所见所闻及所感;其三,都是七言;其四,序言与诗本身内容上是互相说明的。这四首诗的内容就在序言中,序言中的意思即为诗的意思。第一首写的是脱离虎口,回到国土的欣喜;第二、三两首是对元军的嘲弄,不过在嘲弄元军的同时,也表达自己的机智与勇敢,这机智与勇敢的原动力是来自"谋归全赵璧"。后几首是对投降派的挖苦,其间爱国、卖国之判也颇为明显。

文天祥七言诗往往语言简约而感情奔放。这里所选的六首诗连同《脱京口》几首,都能体现这一特点。

议纠合两淮复兴(三首选二)

德祐二年(1276)三月初一日,作者一行到达真州(今江苏仪征)。一到真州,文天祥便与真州守将苗再成商计联合两淮兵力,共同抗元复兴事宜。苗再成认为东联李庭芝,西联夏贵,同时举兵,则复兴大业可成。文天祥极力赞成,当即写信给两淮将领。《议纠合两淮复兴》三首,即为此事而作。纠合:集合。两淮:淮东与淮西。当时李庭芝为淮东制置使,驻扬州;夏贵为淮西制置使,驻庐州。

予至真州,守将苗再成不知朝信于兹数月矣。问予京师事,慷慨激烈,不觉流涕。已而,诸将校、诸幕皆来。俱愤北不自堪。"两淮兵力,足以复兴,惜天使李公怯不敢进;而夏老与淮东薄有嫌隙,不得合从。得丞相来,通两淮脉络,不出一月,连兵大举。先去北巢之在淮者,江南可传檄定也。"予问苗守:"计安出?"苗云:"先约夏老,以兵出江边,如向建康之状,以牵制之。此则以通泰军乂打湾头;以高邮、淮安、宝应军乂打扬子桥;以扬州大军向瓜洲;某与赵刺史孟锦,以舟师直捣镇江。并同日举。北不能相救。湾头,扬子桥皆沿江,脆兵守之,且怨北。王师至,即下。聚而攻瓜洲之三面,再成则自江中一面薄之。虽有智者,不能为之谋。此策既就,然后淮东军至京口,淮西军入金城。北在两浙,无路得出,房帅可生致也。"予喜不自制,不图中兴机会在此!即作李公书,次作夏老书。苗各以覆帖副之。及欲予致书戎帅及诸郡,并白此意。予已作朱涣、姜才、蒙亨等书,诸郡将以次发。时与议者皆踊跃。有谓李不能自拔者;又有谓朱涣、姜才各做起来,李不能自由者;又有谓李恨不得脱重负,何幸有重臣辅之。予既遣书,盼盼焉望报。天之欲平治天下,则吾言庶几不枘凿乎!

其 一

清边堂上老将军,南望天家泪湿巾。

为道两淮兵定出,相公同作歃盟人。

序言的意思是:我到真州城,真州守将苗再成与朝廷信息不通已经好几个月了。他问起我朝廷里的事,为之慷慨激烈,泪流满面。过了一会,各位将校、幕僚也来了,大家对元军都极为痛恨。苗再成说:"凭两淮兵力,足以完成复兴大业。可惜淮东制置使李庭芝天生怯弱,不敢进军;而淮西制置使夏贵与李庭芝又有仇隙,不能联合起来。这次你来了,把两淮联合起来,在一个月内,连兵大举。先把在两淮盘踞的元军赶走,江南只要发告示就能安定下来。"我问他:"你有什么好计策吗?"苗说:"首先约好夏贵,让他做出挺军江边、直奔建康的样子,以牵制敌人。这边以通州、泰州的正规军和义勇军攻打湾头;用高邮、淮安、宝应的正规军和义勇军攻打扬子桥;用扬州的优势军力攻打瓜洲,我与赵孟锦,用战船直捣镇江。大家同日举兵,元军彼此不能相救。湾头、扬子桥都是沿江地点,守兵薄弱,并且那里的人都怨恨元军。宋军一到,即刻就可攻下。大家再转而集合起来,以三面攻打瓜洲。我则从江上向瓜洲挺进。如此,元人再聪明,也救不了瓜洲。完了之后,淮东军进兵京口,淮西军进兵金城。在两浙的元军就没有了退路,可以活捉元军首领了。"听了过后,我喜不自禁,没想到中兴的的机会原来在此一举。我当即先后给李庭芝与夏贵写了信,苗再成把回信用的覆帖附在一起给他们送去。苗再成又想让我给各将官以及各郡写信,告诉他们这个复兴计划。我给朱焕、姜才、蒙亨等人及诸郡写了信,依次发下去。当时议论纷纷,大家踊跃发言。有的说李庭芝连自己都不能自保;有的说朱焕、姜才有实力,李庭芝不一定能指挥得了;又有人说李正恨不得摆脱困境,现在有丞相来帮助他们,真是幸运!我写了信过后,就渴盼他们的回音。心想,上苍要是使宋朝天下太平,我的意见是不会遭到他们拒绝的吧!幕:幕僚。旧时军队行署叫幕府,其中办理文书的官员叫幕僚或幕宾,简称"幕"。李公:淮东制置使李庭芝。夏老:淮西制置使夏贵。夏当时已八十多岁,故称夏老。薄有嫌隙:稍有仇隙。合从(zòng):也作"合纵",本来专指战国时六国联合反对秦国的联盟,这里用来说明集合两淮兵力以抗元。北巢:元军的据点。江南可传檄定也:江南只要发布告示就可以安定下来。军义:军队和义勇兵的合称。覆帖:回信用的信纸。戎帅:军官,即下文所说的朱焕等人。自拔:这里是自救的意思。白:告诉。李不能自由:朱焕、姜才等当时为李庭芝手下有实力的将领,这里是说李不一定能控制得了他们。重臣:指作者自己。盻盻(xìxì):盼望的意思。枘(ruì)凿:亦作"凿枘","圆凿方枘"的省略。枘是插孔用的方木头,用方木头插入圆的凿孔里,两不相合。这里比喻意见不一。

清边堂上老将军,南望天家泪湿巾——清边堂:在真州州治。前选《入城难》一诗序言说:"即款之州治中,住清边堂。"老将军:指苗再成。天家:赵宋皇室。这两句是说:真州守将苗再成,南望赵宋皇室,止不住热泪盈眶。这是作者赞扬苗再成忠贞爱国的话。

为道两淮兵定出,相公同作歃盟人——歃(shà)盟:歃血结盟。古代立盟,用血涂口边,表示不反悔,叫作"歃血"。这里用来形容苗再成决心出兵抗元的决心。这两句是说:苗再成与我歃血结盟,表示一定出兵抗元。

其 二

南八空归唐垒陷,包胥一出楚疆还。
而今庙社存亡决,只看元戎进退间。

南八空归唐垒陷,包胥一出楚疆还——"南八"句:南八:南霁云。唐安史之乱时,张巡、许远守睢阳。围久,城中乏粮。当时,贺兰进明以重兵守临淮。张巡派遣帐下士南霁云,夜里用绳子放下出城,求援于贺兰进明。进明不愿出师。霁云哭着说:"睢阳一拔,即及临淮,皮毛相依,理须援助。"并自已咬断一指以示恳切哀求。贺兰进明终不出兵,南霁云空手而还。睢阳城陷,霁云与张巡等同被执,敌以刀胁霁云降,张巡喊道:"南八!男儿死耳,不可为不义屈!"遂同被杀。"包胥"句:包胥是春秋时楚国大夫,姓公孙,因封于申,也叫"申包胥"。吴伐楚,申包胥往秦国求援,立在秦廷,连哭七日七夜。秦哀公怜之,发兵救楚,败吴兵于稷,收复了楚国的失地。这两句是说:南霁云求援不成,空手而归,结果睢阳城落陷;申包胥求援成功,楚国收复失地。

而今庙社存亡决,只看元戎进退间——庙社:宗庙社稷,指代国家政权。存亡决:生死存亡的关头。元戎:主帅。进退间:这里是承接上两句求援一成一败而言,意思是李庭芝有决心就能成功,下不了决心就会失败。这两句是说:而今是国家社稷生死存亡的关键时刻,就看主帅是进还是退了。

这里所选两首诗,一首是赞扬真州守将苗再成,一首是激励淮东制置使李庭芝;同时也表达了作者自己抗元复兴的急切之情与对南方故国的拳拳之心。诗歌本身并无特别之处,倒是长长的序言颇可值得注意。序言中所反映的诸如苗再成与朝廷音讯不通;诸将之间拥兵自重,不能团结一致、共同抗元,以及苗再成的合纵进攻计划都具有很高的历史认识价值。另外,序言中有许多对李庭芝的侧面叙述与烘托,没有这些侧面的叙述与烘托,则"而今庙社存亡决,只看元戎进退间"就没有了着落。

题《苏武忠节图》三首

德祐二年三月一日,作者到达真州,住在清边堂。安抚苗再成请他为自己所收藏的李龙眠画《苏武忠节图》题咏,文天祥便写下了这三首诗。苏武:汉武帝时人。见前选《和言字韵》"死生苏子节,贵贱翟公门"两句注释。

余在京口城外,日夜求脱不得。间谢村去平江,欲逃又不果。至镇江,事益急,议趣真州。余、杜密谋,杜云:"事济,万幸;不幸谋泄,当死,死有怨乎?"余指心自誓云:"死靡悔!"且办匕首,事惧不济,挟以自杀。杜云:"亦请以死自效。"于是计遂定。既至真州城下,问者群至,告以余在镇江走脱,城子诸校皆出。既延入城,苗守遂见,语国事移时,感愤流涕,即往住清边堂。时从亡者始至也,引至直司,搜身上所藏军器,既无他,然后见信。防闲严密如此。向使一疑字横于胸中,闭门不纳,天地茫茫,何所归宿!嘻,其危哉!苗守袖出李龙眠画《汉苏武忠节图》,求余咏题。抚卷凄凉,豪气愤发,使人慷慨激烈,有去国思君之念矣。遂赋三诗,书于卷后。时丙子三月二日也。文天祥执笔于清边堂之寓舍。

其 一

忽报忠图纪岁华,东风吹泪落天涯。
苏卿尚有归时国,老相兼无去后家。
烈士丧元心不易,达人知命事何嗟?
生平爱览忠臣传,不为吾身亦陷车。

　　序言自开头一直到"嘻,其危哉",在前面《定计难》与《入城难》两首诗的序言中已经解释过了,此处可以省略。以下的意思是:真州太守苗再成从衣袖里拿出李公麟画的《汉苏武忠节图》,请我在画上题咏。我抚摸着画卷,心中凄凉;浩然之气,陡然而发,为之慷慨激昂,顿生远离祖国、怀念君王的情感。因而作了三首诗,书写在画卷后面。时间是德祐二年三月初二日,地点在我住的清边堂寓舍。袖出:古人常把贵重东西放在衣袖里,袖出就是从衣袖里拿出的意思。李龙眠:北宋著名画家李公麟(1049—1106),字伯时,号龙眠居士。咏题:在画上题诗。赋:作诗。丙子:德祐二年(1276),德祐元年为乙亥年。

　　忽报忠图纪岁华,东风吹泪落天涯——忽报:忽然听说。纪:记。岁华:岁月,年华。东风吹泪:唐赵嘏《寒食新丰别友人》诗:"东风吹泪对花落,憔悴故交相见稀。"比喻岁月催人衰老。这两句是说:忽听说要我为《汉苏武忠节图》题诗记年岁,我不禁热泪纵横,此时东风浩荡,而我流落天涯。

　　苏卿尚有归时国,老相兼无去后家——苏卿,汉代苏武,字子卿,故称苏卿。老相:作者自称。这两句是说:苏武当年回来时,汉朝依然还在,我而今虽从元军逃脱,却无家可归。

　　烈士丧元心不易,达人知命事何嗟——丧元:被斩首。元:头颅。《孟子·滕文公下》:"志士不忘在沟壑,勇士不忘丧其元。"知命:懂得穷通的命分。《荀子·荣辱》:"自知者不怨人,知命者不怨天。"这两句是说:坚强不屈的人就是被砍头也不变心,明智豁达的人知道自己的命分,有什么事值得长吁短叹的呢?

　　生平爱览忠臣传,不为吾身亦陷车——《宋史·文天祥传》:"自为童子时,见学宫所祠乡先生欧阳修、杨邦乂、胡铨像,皆谥忠,即欣然慕之。曰:'没不俎豆其间,非夫也。'"不为:不谓,没有想到。车:指囚车。这两句是说:我平生本好披览忠臣列传,没有想到自己也曾身陷敌人的囚车,也成了忠臣。

其 二

独伴羝羊海上游,相逢血泪向天流。
忠真已向生前定,老节须从死后休。
不死未论生可喜,虽生何恨死堪忧?
甘心卖国人何处,曾识苏公义胆不!

独伴羝羊海上游,相逢血泪向天流——"独伴"句:《汉书·苏武传》:"匈奴以(苏武)为神,乃徙武北海上无人处,使牧羝羊,羝乳乃得归(公羊产子才能回汉朝)。"又,"武既至海上,廪食不至,掘野鼠去草实而食之。杖汉节牧羊,卧起操持,节旄尽落。""相逢"句:指自己从元军那里九死一生逃归,与苏武在北海牧羊十九年而后回到汉朝一样。如今看见《苏武忠节图》,禁不住热泪纵横。这两是句是说:苏武当年牧羊北海,孤苦伶仃,只有与羝羊为伴;今天我看见《苏武忠节图》,止不住潸然泪下。

忠真已向生前定,老节须从死后休——生前定:指苏武在匈奴经历了种种考验,一直没有投降。《汉书·苏武传》载,匈奴屡次威胁苏武,苏武坚决不投降,又派李陵前往劝说,武曰:"臣事君,犹子事父也,子为父死,无所恨。愿勿复再言!"又曰:"自分已死久矣。王必欲降武,请毕今日之欢,效死于前。"老节:坚持到老的操守。此联表达了苏武忠于汉朝的决心。这两句是说:苏武在生前一直抱定忠贞信念,这种操守不到死不肯罢休。

不死未论生可喜,虽生何恨死堪忧——这两句是说:没有为国而死,就谈不上活着有什么可喜之处;只要坚守忠贞之志,生有何恨,死又有什么担忧的呢?

甘心卖国人何处,曾识苏公义胆不——不:同"否"。这两句是说:如今那些卖国奸臣在哪里呢?他们知道苏武的义胆忠诚吗?

其 三

漠漠愁云海戍迷,十年何事望京师?
李陵罪在偷生日,苏武功成未死时。
铁石心存无镜变,君臣义重与天期。
纵饶夜久胡尘黑,百炼丹心涅不缁。

漠漠愁云海戍迷,十年何事望京师——海戍:长期在北海牧羊。戍:驻守。这里是长时间呆在一个地方的意思。十年:《汉书·苏武传》:"武留匈奴十九岁。始以壮出,及还,须发尽白。"故应为"廿年","十年"为作者误记。京师:汉都城长安。这两句是说：北海牧羊，孤凄冷漠，愁云密布；二十年来，一直遥望长安，盼望能早日回到汉朝。

李陵罪在偷生日，苏武功成未死时——李陵：字少卿，汉将李广孙。率兵攻打匈奴，兵败投降。匈奴派李陵劝苏武投降，遭到拒绝，李陵叹曰："嗟乎！义士。陵与卫律（另一名投降匈奴的汉使）之罪，上通于天！"偷生：苟且活命。这两句是说：李陵的罪过在于为了苟且偷生而投降了敌人；苏武的功绩在于坚守贞操，终于活着回到汉朝。

铁石心存无镜变，君臣义重与天期——无镜变：如同镜子照物，不会改变。与天期：与天地同存，没有终止的时候。期：期限。这两句是说：铁石般的忠诚之心永不改变，君臣大义重如泰山，永无绝期。

纵饶夜久胡尘黑，百炼丹心涅不缁——饶：多。胡尘黑：此处语义双关。一是实指当年匈奴沙尘黑土，一是隐指眼下元军凶残。涅不缁：染也染不黑。《论语·阳货》："不曰坚乎，磨而不磷？不曰白乎，涅而不缁？"涅：把东西染黑。缁：黑色。这两句是说：尽管苏武在匈奴经历了漫长岁月，但胡地的沙尘黑土也不能把苏武的百炼丹心染黑。

《题〈苏武忠节图〉》三首，虽为题画诗，其实是咏史诗。诗中并没有任何关于图画本身诸如画法技巧方面的论述，作者只是就苏武持节牧羊十九年，最后回到汉朝的忠贞大义发议论。在歌咏、赞美苏武的同时，结合自己苦难的爱国经历，注入了诸多感慨，表露了自己至死不渝的忠君爱国信念。这是《题〈苏武忠节图〉》三首诗歌价值的所在。

三首均为七律近体诗。议论、叙说多于描写，缺少唐诗情景交融的审美特征，显出宋诗多议论的特征。气势奔涌，骨力铮铮、挺拔是三首诗共同的长处。

出真州（十三首选十二）

文天祥到真州后，被当时淮东制置使李庭芝所疑，并驱逐。《出真州》十三首，作于德祐二年，记录自三月初一日到真州，三月初三日夜到扬州城下，及其过程中的种种艰辛。《出真州》题下有总序，十三首诗每首前又有小序。总序曰："予既为李制使所逐，出真州，艰难万状，不可殚纪。痛哉！"

其 一

予至真州第三日，苗守约云："早食后，看城子。"予欣然诺之。有顷，陆都统来,导予至小西门城上闲看。未几,王都统至,迤逦出城外。王忽云:"有人在扬州,供得丞相不好。"出制司小引。视之,乃脱回人供北中所见,云:"有一丞相,差往真州赚城。"王执右语不使予见。予方叹惋间,二都统忽鞭马入城,小西门闭矣。不复得入,彷徨城外,不知死所。

早约戎装去看城,联镳壕上叹风尘。
谁知关出西门外,憔悴世间无告人。

新解

序言的意思是说:我到真州的第三天,苗再成约我说:"早饭后,我们看看城防去。"我很高兴地答应了。一会儿,陆都统来了,带我到小西门城上闲看看。又过了一会儿,王都统来了,我们转弯抹角就到了城外。王都统突然说:"有人在扬州说丞相的坏话。"并把驻扬州的淮东制置使发来的公文拿出来。我一看,原来是从元军中逃脱回的人所说的在北方所见所闻的话,说:"元军派了一位丞相作奸细,来骗取真州。"王都统用手把公文上面的文字用手掩住,不让我看见。我正在惋惜感叹时,二位都统突然扬鞭跃马进城,把小西门关上了。我再也进不去城了,在城外徘徊,这回真不知葬身何处了。陆都统、王都统:未详何人。迤逦(yǐlǐ):曲折迂回。制司小引:官方发来的公文,此处指驻扬州的淮东制置使发来的公文。赚城:骗取城镇,此处指骗取真州。右语:古人读文自上而下,自右向左,右语即上面的话。所:地方。

早约戎装去看城,联镳壕上叹风尘——镳(biāo):马衔。联镳就是并排骑马的意思。壕:护城河。风尘:大风扬起的尘土,此处喻指战乱景象。这两句是说:早晨约好穿军装去看城防,然后并排骑马沿着护城河走,边走边感叹战乱景象。

谁知关出西门外,憔悴世间无告人——憔悴:忧愁的样子。无告人:无处诉说冤情的人,指作者自己。这两句是说:没想到却被关在西门外,只得忧愁满腹,何处去诉说冤情呢?

其 二

制使遣一提举官至真州,疑予为北用,苗守贰于予,云:"决无宰相得脱之理。纵得脱,亦无十二人得同来之理。何不以矢石击之?乃开城门,放之使入!"意使苗守杀予以自明。哀哉!

扬州昨夜有人来,误把忠良按剑猜。
怪道使君无见解,城门前日不应开。

序言的意思是：制置使李庭芝派遣一名提举官来到真州，因为他怀疑我是元军的奸细，并怀疑苗再成对朝廷不忠，和我勾结。这位提举官说："文丞相不可能逃脱，就算能逃出来，也不可能十二个人一起逃出来。为什么不用箭把他射死，反而把他放进城来？"意思是让苗再成把我杀死，以证明自己的清白。想想真可悲呀！制使：指李庭芝。贰：不能对某一方表示忠诚。矢石：箭。自明：自己证明自己清白。

扬州昨夜有人来，误把忠良按剑猜——按剑猜：乱猜测别人以致想用剑把他杀掉。这两句是说：扬州昨夜派来一位提举官，把我这个忠良丞相猜为奸细而想加害于我。

怪道使君无见解，城门前日不应开——使君：汉代称刺史为使君，汉代以后尊称州郡长官为使君，这里指苗再成。这两句是说：来人责怪苗再成没有看清问题，前天不应把城门打开放我进来。

其 三

制使欲杀我，苗守不能庇，将信将疑，而怜之之意多也。

琼花堂上意茫然，志士忠臣泪彻泉。
赖有使君知义者，人方欲杀我犹怜。

序言的意思是：淮东制置使李庭芝想杀我，真州守将苗再成不能庇护我，同时对我将信将疑。不过他对我还是同情之意多，加害之意少。

琼花堂上意茫然，志士忠臣泪彻泉——琼花堂：又名琼花台，在旧扬州府东城。这里指代驻在扬州的李庭芝。茫然：愚昧无知。泪彻泉：形容无比心痛。这两句是说：在扬州的李庭芝愚昧无知，不分忠奸，我感到无比悲痛。

赖有使君知义者，人方欲杀我犹怜——"人方"句：系套用杜甫《不见》诗句"世人皆欲杀，我意独怜才"而来。这两句是说：好在真州守将是忠义之人，别人想杀我，他却同情我。

其 四

予少时曾游真州，至是十八年矣。初望纠合复兴，为国家办大事。乃不为制使所容。天乎，哀哉！

一别迎銮十八秋，重来意气落旄头。

平山老子不收拾,南望端门泪雨流。

序言的意思是:我年轻时曾来过真州,距今已经十八年了。这次本来希望能集合兵力进行复兴大业,为国家办大事,却不能为制使所容留。天啊,真悲哀呀!

一别迎銮十八秋,重来意气落旄头——迎銮:指真州。见前选《入城难》"轻身漂泊入銮江"句注释。旄头:也作"髦头",星名。《史记·天官书》:"昴(mǎo)曰髦头,胡星也。"此处以旄头隐指元军。这两句是说:十八年过后再次来到真州,豪情万丈,可以冲落天上的旄头星。

平山老子不收拾,南望端门泪雨流——平山:平山堂,坐落在扬州甘泉蜀冈上,为宋时欧阳修所建。登堂则江南诸山尽收眼底,故云。这里指代扬州。老子:即老人,宋人爱称老人为老子。此处指李庭芝。端门:殿门。指都城临安。这两句是说:扬州的李庭芝不能收拾眼下危难的局面,我南望国都,不禁泪如雨注。

其　五

始见制臣小引,备脱回人朱七二等供云:有一丞相往真州赚城。予颇疑北有智数,见予逃后,遣人诈入扬州供吐,以行反间。既而思之:扬州遣提举官来真州见害,乃三月初二日午前发。予以二月晦夕逃,朔旦北方觉,然不知走何处。是日,使遣人诈入扬州,殆无此理。看来,只是吾书与苗守覆帖初二日早到,制使不暇深省,一概以为奸细而欲杀之。哀哉,何不审之甚乎?

天地沉沉夜溯舟,鬼神未觉走何州。
明朝遣间应无是,莫恐死戎逐客不。

序言的意思是:看见制臣的引谍,上面有从元军逃脱回来名叫朱七二等人的供词,说有一位丞相到真州去劝降。我怀疑是元人在搞鬼,他们发现我逃走了,就派人到扬州去假装告密,设反间计。可转而一想,觉得不对:扬州派人来害我,发生在三月初二午前,我是二月的最后一天逃走的,敌人三月初一早晨才知道,并不知我朝什么方向去,当天就派人去扬州设反间计,这是不可能的。看来,是我写给制使的信以及苗再成的覆帖初二日早晨才传到了,李庭芝不分黑白,一律认为是奸细而杀害之。为什么不细细审查呢?真可悲啊!

天地沉沉夜溯舟,鬼神未觉走何州——这两句是说:天地一片漆黑,我们坐船逃走,鬼神也不知道我们要逃到哪儿去。

明朝遣间应无是，莫恐死戎逐客不——这两句是说：敌人第二天就派人反间是不可能的，没必要担心死于敌人之手，也没有必要担心李庭芝会下逐客令。

其 六

予在门外，久之，忽有二人来，曰："义兵头目张路分、徐路分也。"予告以故。二人云："安抚传语：差某二人来送，看相公去那里。"予曰："必不得已，惟有去扬州见李相公。"路分云："安抚谓：淮东不可往。"予谓："夏老素不识，且淮西无归路。予委命于天，只往扬州。"二路分云："且行，且行。"良久，有五十人弓箭刀剑来随。二路分骑马，以二马从予。予与杜架阁并辔而发。

人人争劝走淮西，莫犯翁翁按剑疑。
我问平山堂下路，忠臣见诎有天知。

序言的意思是：我在门外等了很久，忽然看见两个人来了。他们自我介绍说："我们是义军头目张路分和徐路分。"我把事情的因由和他们说了。二人说："苗再成安抚让我们来看看你想去哪里，我们送你去。"我说："不得已，只能去扬州李庭芝那儿。"他们说："安抚交代了扬州不能去。"我说："淮西的夏老我不认识，且那儿也没有回南方的路。我听天由命，只有去扬州。"他们说："好，走吧，走吧。"过了好一会，又来了五十位弓箭手，一同前往。张、徐二位骑马跟在我后面，我和杜浒并驾齐驱。路分：义兵头目的一种职务称呼。安抚：指苗再成。相公：旧时对人的尊称，多指富贵人家弟子或年轻人。李相公：指李庭芝。夏老：指夏贵。夏贵当时为淮西制置使，驻庐州，年已八十多岁，故称夏老。委命：听命。

人人争劝走淮西，莫犯翁翁按剑疑——翁翁：老人，指李庭芝。按剑疑：指李庭芝疑文天祥此次来是为了给元军作奸细，想叫苗再成杀他。这两句是说：大家都争着劝我到淮西夏贵那儿去，千万不要去李庭芝老人那儿，他本来对我就怀疑，想把我杀掉。

我问平山堂下路，忠臣见诎有天知——平山堂：指代扬州。见上一首诗"平山老子不收拾"句注释。见诎(qū)：受委屈。这两句是说：我向通往扬州的路走去，因为我是忠臣。我受的委屈，上苍自会知道！

其 七

予在小西门外，皇皇无告。同行杜架阁，仰天呼号，几赴壕死。从者皆无人色，莫知所为。予进不得入城，城外不测有兵，露立荒坰，又乏饮食。予心自念：予岂死于是乎？为之踟蹰，心膂如割。后得二路分送行，苗守又遣衣被包袱等来还，遂之扬州。是日上巳日也。

千金犯险脱旃裘，谁料南冠反见仇。
记取小西门外事，年年上巳哭江头。

【新解】

序言的意思是：我们在小西门，惶惶不安。杜浒差点没有跳进深沟自杀，随从人员个个面无人色，不知如何是好。城里进不去，城外有元军，很危险，站在荒郊野外，饥肠辘辘。我心想：难道就死在这儿吗？犹豫不决，心如刀绞。后来，有徐、张二路分送行，苗再成把衣被包裹又送还给我们，这才到了扬州。这天是三月初三日。皇皇：同"惶惶"，惶恐不安的样子。坰（jiōng）：远郊。膂（lǔ）：脊梁骨。上巳日：原为三月上旬的一个巳日（所以叫"上巳"），旧俗以此日临水祓除不祥，叫做修禊。曹魏以后，上巳日定为三月初三日。

千金犯险脱旃裘，谁料南冠反见仇——千金：比喻代价很大。旃裘：这里指代元军。旃：同"毡"。南冠：被俘的人，指作者自己。这两句是说：我们千难万险脱离元军，没想到反而被南宋人当作仇人。

记取小西门外事，年年上巳哭江头——这两句是说：今年上巳日在真州小西门发生的这一切，真叫人一辈子忘不了。

其　八

二路分引予行数里，犹望见真州城。五十兵忽捉刀于野，驻足不行。予自后至。二路分请下马，云："有事商量。"景色可骇。予下马问曰："商量何事？"云："行几步。"行稍远。又云："且坐，且坐！"予意其杀我于此矣，与之立谈。二路分云："今日之事，非苗安抚意，乃制使遣人欲杀丞相。安抚不忍加害，故遣某二人来送行。今欲何往？"予云："只往扬州，更何往？"彼云："扬州杀丞相奈何？"曰："莫管，信命去！"二路分云："安抚令送往淮西。"予云："淮西对建康、太平、池州、江州，皆北所在，无路可归。只欲见李制使，若能信我，尚欲连兵以图恢复；否则，即从通州路，遵海还阙。"二路分云："李制使已不容，不如只在诸山寨中少避。"予云："做什么？合煞生则生，死则死，决于扬州城下耳。"二路分云："安抚见办船在岸下。丞相从江行，或归南归北皆可。"予惊曰："是何言欤？如此，则安抚亦疑我矣！"二路分见予辞真确，乃云："安抚亦疑信之间，令某二人便宜从事。某见相公一个恁么人，口口是忠臣，某如何敢杀相公！既真个去扬州，某等部送去。"乃知苗守亦主张不过,实使二路分觇予语言趋向,而后为之处。使一时应酬不当,被害原野,谁复知之!痛哉,痛哉!时举所携银一百五十两与五十兵,且许以至扬州又以十两。二路分则许以分赐金百两。遂行。

荒郊下马问何之,死活元来任便宜。
不是白兵生眼孔,一团冤血有谁知!

序言的意思是:张、徐二人带我们走了几里,回头还看得见真州城。五十名兵忽然不走了,手里都一起拿着刀。我从后面赶上。张、徐二人让我下马,说:"有事和你商量。"说话的样子很可怕。我下马问道:"有什么事要商量?"他们说:"我们往前走一点。"走了几步,他们又说:"坐下说,坐下说。"我认为他们要在这地方杀我,便站着与他们交谈。他们说:"今天的事,苗守也不想这样,是制使李庭芝想杀你,而苗守不忍心加害于你,所以派遣我们两人来给你送行,丞相你现在想要到哪里去呢?"我说:"只能去扬州,还能到哪儿去呢?"他们说:"扬州李庭芝相杀你,怎么办?"我说:"不管它,听天由命。"他们说:"苗再成想让我们送你去淮西。"我说:"淮西相对的建康、太平、池州、江州等地,都被元军占领了,回不了南方。我只想见到李庭芝,他若能相信我,我还是想联合他共图复兴大业;他若不相信我,我就取道通州,沿海路返回朝廷。"张、徐二人说:"李制使不能容忍你,不如去山寨中躲一躲吧。"我说:"干什么?合该是生是死,去了扬州再说吧。"他们说:"苗守备了船,现在就在岸边。你沿着江走,往南往北随便你。"我大吃一惊,说:"这是什么话!难道苗守也不相信我!"他们二人见我语言恳切,就说:"苗守也将信将疑,他叫我们见机行事。我们听你说话,知道你是忠臣,怎么敢杀你!丞相要是真想去扬州,我们送你去吧。"由此知道,苗再成也没有主意,只是让张、徐二人察颜观色,再作处理。现在想想,当时稍有差错,被张、徐二人杀害在荒郊野外,又有谁知道呢?痛心呀,痛心呀!当时我们就拿出随身携带的银子一百五十两分给五十位士兵,并说好到扬州再给十两。至于张、徐二人,则答应两人每人给黄金一百两。于是又继续往前走。江州:今江西九江。无路可归:没有路回到南方。遵海:沿着海路。阙:指代朝廷,这里指当时在温州的行朝。合煞:合该,吴越方言。见办船:现在就准备好了船。见(xiàn):现成的。予惊曰:二路分说作者"或归南归北皆可"是怀疑作者的话,所以说"予惊曰"。便(biàn)宜:因利乘便,见机行事。《史记·廉颇蔺相如列传》:"(李牧)以便宜置吏。市租皆输入幕府,为士卒费。"恁(nèn)么:这么,如此。觇(chān):察看。趋向:意图。

荒郊下马问何之,死活元来任便宜——元来:即原来的意思。便宜:即序文中所说的"便宜从事"。这两句是说:荒郊野外,他们让我下马,问我何去何从;我的生死原来决定于他们因利乘便,见机行事。

不是白兵生眼孔,一团冤血有谁知——白兵:也叫"白丁",是对乡勇之类士兵的称呼。张、徐二人为义兵头目,故云。生眼孔:有眼力。此处指能看出来作者是一位忠臣。这两句是说:要不是这些乡勇头目有眼力,看出来我是忠臣,那么冤死此地又有什么人知道呢?这两句是借表扬张、徐二位义勇头目来讽刺淮东制置使李庭芝。

其 九

二路分既信予忠义,与予中路言,真州备判司行下,有安民 云:"文相公已从小西门外,押出州界去讫。"为之嗟叹不已。呜呼!予之不幸,乃至于斯。其不死于兵,岂非天哉?

戎衣啧啧叹忠臣,为说城头不识人。
押出相公州界去,真州城里榜安民。

序言的意思是:张、徐二人见我是忠义之人,在路上告诉我,真州府已经派人下去出了安民告示,说:"文丞相已经从小西门被押走了。"我听了后感叹不已。唉!我不幸到这种地步而没有死,真是天意。

戎衣啧啧叹忠臣,为说城头不识人——戎衣:指张、徐二人。这两句是说:张、徐二人啧啧称赞,说我是忠义之人,并说州府里的人不知好歹。

押出相公州界去,真州城里榜安民——这两句是说:州府里的人错误地出安民告示,说我已经被押出真州城外。

其 十

杜架阁几赴壕,以救免。一行人皆谓当死于真州城下矣。后得二路分送行,唯恐有北哨追之。危哉!危哉!

有客仓皇欲赴壕,一行性命等鸿毛。
白兵送我扬州去,惟恐北军来捉人。

序言的意思是:杜浒想跳河自杀,被人救免,大家都说要死就死在真州城下。后来有了二路分护送我们,但又害怕有元军追来。真危险啊!

有客仓皇欲赴壕,一行性命等鸿毛——这两句是说:仓皇之中,有人想跳水自杀。我们这些人的性命轻如鸿毛。

白兵送我扬州去,唯恐北军来捉人——白兵:指二路分等人。这两句是说:二路分护送我们去扬州,我们担心有元军追来。

其十一

　　二路分所引路,乃淮西路,既见予坚欲往扬州,遂复取扬州路。时天色渐晚,张弓挟矢,一路甚忧疑。指处瓜洲也,又前某处,扬子桥也,相距不远。既暮,所行皆北境,惟恐北遣人伏路上,寂如衔枚。使所过北有数骑在焉,吾等不可逃矣。

　　瓜洲相望隔山椒,烟树光中扬子桥。
　　夜静衔枚莫轻语,草间惟恐有鸱鸮。

　　序言的意思是:二路分带我们往淮西去,而我坚持要去扬州,所以又取道往扬州。这时天色渐渐黑下来了,我们一路担心,二路分张弓挟矢,指着说那里就是瓜洲,前方就是扬子桥,相距不远。天黑以后,我们经过的地方都属元军领地,大家深怕路上有元军埋伏,悄无声息,如同衔枚。假使当时有元军骑兵,我们是无法逃走的。

　　瓜洲相望隔山椒,烟树光中扬子桥——山椒:山顶。谢庄《月赋》:"菊散芳于山椒,雁流哀于江濑。"这两句是说:瓜洲不远,只隔几座山峰;扬子桥在烟树暮色中隐隐约约。

　　夜静衔枚莫轻语,草间惟恐有鸱鸮——鸱鸮:比喻元军。这两句是说:我们在夜色中静悄悄地行走,不敢出声;唯恐有元军埋伏。

其十二

　　是日,行至暮,二路分先辞,只留二十人送扬州。二十人者,又行十数里,勒取白金,亦辞去,不可挽。扬州有贩鬻者,以马载物,夜窃行于途,曰"马垛子"。二十人者,但令随马垛子即至扬州西门。予一行如盲,怅怅然行。呜呼!客路之危难如此!

　　真州送骏已回城,暗里依随马垛行。
　　一阵西州三十里,摘星楼下打初更。

　　序言的意思是:这天傍晚,张、徐二路分先告辞了,只留下二十人送我去扬州。

这二十人行了十数里后,向我们索要白金后也走了,不可挽留。当时扬州有贩卖商人,他们以马驮货,晚上偷偷地行路,人称"马垛子"。这二十人说我们只要跟着"马垛子"就可以到扬州西门。我们一行人就像瞎子,很失意地往前走。唉!漂泊的路如此危险艰难。

真州送骏已回城,暗里依随马垛行——骏:良马。回城:回真州城。这两句是说:真州派来送我们的人已经回去了,我们只能在黑暗中随着"马垛子"前进。

一阵西州三十里,摘星楼下打初更——一阵:一队人马。西州:即州西,指扬州西三十里。摘星楼:旧在扬州城西北隅。初更:一夜分五更,初更称"甲夜",也称"初夜"。这两句是说:我们这一队人马到扬州城西三十里的摘星楼时,开始打初更了。

文天祥德祐以后的诗歌记载了他抗元、被捕的艰辛过程。这些诗歌大都采取组诗形式,记录的往往是一种历史事件的全过程,其实是叙事诗。《脱京口》、《真州杂赋》,以及这里所选的《出真州》诸首都是属于这一类型的诗歌。《出真州》记录的是自文天祥在真州被逐至他艰辛到达扬州城下的全过程。诗用绝句形式,虽短小,可便于记录随时随地发生的事件。有的记录作者在真州被逐的经过:自己被诬出城外而不得进城;有的是交代被逐的理由:被疑为元人奸细;有的写自己虽被误解,但自信自己的忠贞;有的写自己一行黑暗中随"马垛子"才到达扬州城下的艰难过程。这些诗歌记录行途苦况乃至生命危险,直写所历、所感,毫无藻饰,明白如话,不但用口语来写,有的还用方言俗语来写,把事理说得极其明透易懂。这些诗,连同序言,成为后人了解作者当年九死一生抗元经历的好材料。

至扬州(二十首选十八)

《至扬州》是由二十首绝句联成的组诗,其总序曰:"予至扬州城下,进退维谷。其彷徨狼狈之状,以诗志其概。"每首诗前面又有小序,可与诗互读。作者于德祐二年三月初三日深夜到达扬州城下,不敢入城,转向高邮。这一组诗,就是为记述此事而作。

其 一

予夜行衔枚,至扬州西门,惫甚。有三十郎庙,仅存墙阶,屋无矣。一行人皆枕藉于地。时已三鼓,风寒露湿,苦不可道。

此庙何神三十郎？问郎行客忒琅珰。
荒阶枕藉无人问，风露满堂清夜长。

【新解】

序言的意思是：我们一行人悄无声息地行走，到达扬州城西门时，已非常疲惫。有一座三十郎庙，房屋全无，只剩下残壁、台阶。我们就横七竖八地躺在那儿。半夜三更，风寒露湿，苦不堪言。衔枚：横衔枚于口中，以防止出声。枚：像筷子，两端有带，可系于颈上，古代行军袭敌用之。《史记·高祖本纪》："秦益章邯兵，夜衔枚出攻梁。"枕藉：纵横相枕而卧。

此庙何神三十郎？问郎行客忒琅珰——忒(tè)：太过。琅珰(lángdāng)：原指铁锁和锁链，表示困重或疲累。这两句是说：我们这些人来到这里，感到非常疲劳，敢问此庙所供三十郎为何人？

荒阶枕藉无人问，风露满堂清夜长——这两句是说：来到这荒凉的地方，横七竖八地睡着，无人过问，漫漫长夜，风寒露湿。

其 二

扬州城中打四更，一行人遂入近城西门，坐漫地上。候启门者无虑百数，城上问何人，从他人应答，予等莫敢语，恐声音不同，即眼生随后。

谯鼓鼕鼕入四更，行行三五入西城。
隔壕喝问无人应，怕恐人来捉眼生。

【新解】

序言的意思是：四更时分，我们一行人来到扬州城下西门，随便坐在地上。等着开门的共有好几百人，城上问都是些什么人，我们都不敢说话，让别人去回答。我们深怕因为口音不同而被发觉。眼生随后：被人盯上。

谯鼓鼕鼕入四更，行行三五入西城——谯鼓：古代城墙上谯楼里有鼓。这两句是说：四更鼓响的时候，我们一行人到了扬州城西门。

隔壕喝问无人应，怕恐人来捉眼生——壕：护城河。眼生：眼生的人，陌生人。这两句是说：城上人问话，我们不敢答应，怕因为是生人而被捉住。

其 三

予出真州，实无所往。不得已趋扬州，犹冀制臣之或见谅也。既至城下，风露凄然，闻鼓角有杀伐声，彷徨无以处。

怅怅乾坤靡所之,平山风露夜何其?
翁翁岂有甘心事,何故高楼鼓角悲?

新解

序言的意思是:我出了真州,真不知往哪儿去才好。不得已,只得往扬州,还是希望李庭芝能理解我。来到了扬州城下,但觉一派凄凉,城楼鼓角声动,杀气腾腾。我徘徊不定,不知怎么办才好。制臣:指李庭芝。

怅怅乾坤靡所之,平山风露夜何其——怅怅:失意、惆怅的样子。晋潘岳《哀永逝文》:"怅怅兮迟迟,遵吉路兮凶归。"靡所之:没有地方可去。平山:指代扬州(见前选《出真州》之四"平山老子不收拾"句注释)。夜何其:不知是夜里什么时候了。其(jī):语气词,表示疑问。《诗经·小雅·庭燎》:"夜如何其?夜未央。"这两句是说:天地之大,我惆怅失意,没有地方可去;风餐露宿,夜晚来到扬州,但不知道究竟是夜里什么时候了。

翁翁岂有甘心事,何故高楼鼓角悲——翁翁:指李庭芝。甘心事:完成而后甘心之事。此处隐指李庭芝非杀文天祥而不能甘心。这两句是说:难道李庭芝有什么不达目的不甘心的事吗?为何扬州城楼上的鼓角声如此悲凄呢?

其 四

制臣之命真州也,欲见杀。若叩扬州门,恐以矢石相加。城外去扬子桥甚近,不测;又有哨。进退不可。

城上兜鍪按剑看,四郊胡骑绕团团。
平生不解杨朱泣,到此方知进退难。

新解

序言的意思是:李庭芝命令苗再成置我于死地。现在如果去喊扬州城门,恐怕要被乱箭射死。而城外离元军哨所扬子桥又很近,很危险。我真是进退两难。矢石:发射的箭和投击的石块。扬子桥:在长江边,当时是元军的一个哨所。不测:有危险。

城上兜鍪按剑看,四郊胡骑绕团团——兜鍪:头盔。这里指代宋军士兵。按剑看:手里按着剑,等着杀人。这两句是说:守城士兵在伺机捕杀我,城外到处是元骑兵的巡逻。

平生不解杨朱泣,到此方知进退艰——杨朱泣:比喻进退两难。见前选《脱京口·定计难》"南北人人若泣岐"句注释。这两句是说:以前我一直不知道杨朱遇岔路而哭是什么意思,现在才真的知道什么叫进退两难了。

其 五

　　杜架阁以为:制臣欲杀我,不如早寻一所,逃哨一日,却夜趋高邮,求至通州,渡海归江南,或见二王伸报国之志,徒死城下无益。

　　　　吾戴吾头向广陵,仰天无告可怜生。
　　　　争如负命投东海,犹会乘风近玉京。

　　序言的意思是:杜浒认为:既然李庭芝想杀我们,不如趁早找一个地方,躲上一天,再夜奔高邮,然后想方设法去通州,走海路到江南,也许能见到益王和广王,再展报国之志。在扬州城下等死有什么用呢?逃哨:逃开哨兵搜查。却:副词,还、再。唐李商隐《夜雨寄北》诗:"何当共剪两窗烛,却话巴山夜雨时。"高邮:今江苏高邮。二王:指益王赵昰(shì)(即后来的端宗)和广王赵昺(bǐng)(即后来的帝昺)。当时二王在温州。

　　吾戴吾头向广陵,仰天无告可怜生——吾戴吾头:我还顶着我的头在脖子上,即留得活命的意思。广陵:今江苏扬州。生:语助词。可怜生:就是多么可怜的意思。这两句是说:我大难不死来到扬州,告天不应,是多么的可怜呀!

　　争如负命投东海,犹会乘风近玉京——争如:即怎如。负命:留命。犹会:还可以。乘风:乘海风,这里是趁机会的意思。玉京:帝都。这两句是说:不如留下一条性命走海路南下,还可以有机会去见到赵王室,再展复兴大业。

其 六

　　金路分谓:出门便是哨,五六百里而后至通州,何以能达!与其为此受苦而死,不如死于扬州城下,不失为死于南。且犹意使臣之或者不杀也。

　　　　海云渺渺楚天头,满路胡尘不自由。
　　　　若使一朝俘上去,不如判命死扬州。

　　序言的意思是:金应说,一出门就是元军的哨所,如此五六百里后才能到达通州,怎么能到!与其这样受苦而死于元军之手,不如去见李庭芝,也许他不会杀我们呢;就是被他杀死,好歹也算死在南宋的土地上。还存侥幸之心,想着李庭芝不会杀我。金路分：金应。

海云渺渺楚天头，满路胡尘不自由——海云：作者意欲取道通州，而通州近海，所以说"海云"。渺渺：遥远的样子。楚天头：江苏战国时地属楚国。满路胡尘：比喻元军戒备森严。这两句是说：遥望通州，远在天边；元军巡逻严紧，我们无法往通州去。

若使一朝俘上去，不如判命死扬州——一朝：某一时刻。俘上去：被元军俘虏北上。判命：拼命。这两句是说：假如有朝一日被元军抓住，押送北方，还不如在扬州一拼，死在扬州。

其 七

予方未知所进退，余元庆引一卖柴人至，云："相公有福！相公有福！"问："能导至高沙否？"曰："能。"曰："何处可暂避一日？"曰："侬家可。"曰："此去几里？"曰："二三十里。"曰："有哨否？"曰："数日不一至。"曰："今日哨至如何？"曰："看福如何耳。"

路旁邂逅卖柴人，为说高沙可问津。
此处侬家三十里，山坳聊可避风尘。

序言的意思是说：正在我们不知所措时，余元庆带来了一位卖柴人，见面说到："相公是福人，相公是福人！"我问他："你能带我们到高沙去吗？"他说："可以。"我又问："哪儿能暂时躲一天？"他说："我家就可以。"我问他："离这儿几里路？"他说："二三十里。"我又问："有哨兵巡逻吗？"他说："几天才来一次。"我又问："你看今天哨兵来不来？"他说："那就看你的福气了。"导至：带某人到某地方去。高沙：即高邮。

路旁邂逅卖柴人，为说高沙可问津——邂逅：偶然碰见。问津：请人指点路径，问路。津：渡口。《论语·微子》："长沮、桀溺耦而耕，孔子过之，使子路问津焉。"这两句是说：在路边偶然遇到了卖柴的人，对我们说他可以带我们到高邮去。

此去侬家三十里，山坳聊可避风尘——风尘：这里指寇警，即元军巡哨。这两句是说：他家离这儿二三十里，在那里可以暂且躲避元军的哨兵。

其 八

予从金之说，恐制臣见杀；从杜之说，恐北骑见捕：莫知所决。时，晓色渐分。去数步，则金一边来牵住，回数步，则杜一边又来拖行。事之难从违，未有如此之甚者。

且行且止正依违,仿佛长空曙影微。
　　从者仓皇心绪急,各持议论泣牵衣。

　　序言的意思是:我听金应的话,怕被李庭芝杀害;听杜浒的话,又怕被元军捕捉。真不知如何是好。当时,天渐渐亮了,朝这边走,金应来拉我,朝那边走,杜浒又来拉我。听谁的呢?事情真没有这么难办过。从违:即下文诗中的"依违",依从或违背。

　　且行且止正依违,仿佛长空曙影微——曙影:曙色。微:弱。这两句是说:走走停停,正不知如何是好时,天慢慢亮了。

　　从者仓皇心绪急,各持议论泣牵衣——这两句是说:我的随从人员匆忙慌乱,情绪烦燥;他们各执己见,哭着要我听他们的。

其　九

　　同行通十二人,行止未决。余元庆、李茂、吴亮、肖发,遽生叛心。所怀白金各一百五十星上下,竟携以走。

　　问谁攫去橐中金,僮仆双双不可寻。
　　折节从今交国士,死生一片岁寒心。

　　序言的意思是:我们同行的共有十二人,是去通州还是留在扬州,不能决定。余元庆、李茂、吴亮、肖发突然想不干了,他们每人身上各带有约十五两白金,走了。通:一共。遽(jù):突然。一百五十星:十五两。星:量词。银子一钱称一星。宋张邦基《墨庄漫录》:"殷复求益,增至百星,始肯出药。"

　　问谁攫去橐中金,僮仆双双不可寻——攫(jué):用强力手段夺取。橐(tuó):口袋。双双:指余元庆、李茂、吴亮、肖发四人。这两句是说:要问是谁把我们的金子拿走了,是我们的四个随从。

　　折节从今交国士,死生一片岁寒心——折节:屈折肢节。比喻屈己下人。国士:国中有志之士。岁寒心:经得起考验、临近危难而不变节的品德。《论语·子罕》:"岁寒然后知松柏之后凋也。"这两句是说:从今而后,要结交有气节的人;人的品德如何,只有在生死存亡的关键时刻才能显示出来。这里作者是针对逃跑的四个人而言。

其　十

予危急中,随行四人,皆负而逃。外既颠跻,内又饥困。行数十步,喘甚不能进,倒荒草中,扶起又行,如此数十,而天明矣。

颠崖一陷落千寻,奴仆偏生负主心。
饥火相煎疲欲绝,满山荒草晓沉沉。

序言的意思是:正当我身处危急中时,随行的四个仆人带着东西逃走了。行路跌跌撞撞,又饥肠辘辘,没走几十步就气喘吁吁,再也走不动,倒在荒草之中,只得起来再走,如此重复不已,而天也亮了。颠跻:跌倒。

颠崖一陷落千寻,奴仆偏生负主心——颠崖一陷:掉进万丈悬崖。比喻陷入困境。这两句是说:正当我陷入困境时,奴仆跑了。

饥火相煎疲欲绝,满山荒草晓沉沉——这两句是说:饥肠辘辘,疲惫不堪,行走在荒草中;天也慢慢地亮了。

其十一

予不得已,去扬州城下,随卖柴人趋其家。而天色渐明,行不能进。至十五里头,半山有土围一所,旧是民居,毁荡之馀,无椽瓦,其间马粪堆积。时惟恐北有望高者。见一队人行,即来追逐,只得入此土围中暂避,为谋拙甚,听死生于天矣。

戴星欲赴野人家,曙色纷纷路愈赊。
仓卒只从山半住,颓垣上有白云遮。

序言的意思是说:我没有办法,只得离开扬州城下,随着卖柴人往他家里走。这时天色慢慢亮起来,不能再走了。走了大概十五里路光景,看见半山腰里有土墙围绕的一块地方,以前是民居,现在已被毁坏,荡然无存了,只有不少马粪堆在那儿。常担心有元军的哨兵,他们只要看见有一队人行走,肯定会来追逐,我们只能在这土围中暂时躲避。我们这些做法都很笨拙,当时只能听命于天。

戴星欲赴野人家,曙色纷纷路愈赊——戴星:头上顶着星星,意为趁着夜晚。野人:乡野之人,农夫,这里指卖柴的人。《国语·晋语》:"乞食于野人。"纷纷:这里是越来越亮的意思。愈:更加。赊:远、长。这两句是说:趁着夜晚我们去村民家,天越仓卒只从山半住,颓垣上有白云遮——仓卒:仓促、匆忙、急迫。《汉书·薛宣传》:"会邛成太后崩,丧事仓卒。"颓垣:败坏的墙。这两句是说:匆忙之间,只得躲在半山腰里的被毁坏的土墙里,要说有什么能遮掩我们,只有白云了。

其十二

既入土围中,四山阒然,无一人影。时无米可饭,有米亦无烟火可炊,怀金无救也。哀哉!

路逢败屋作鸡栖,白屋荒荒鬼哭悲。
袖有金钱无米籴,假饶有米亦无炊。

序言的意思是:躲到土围中,四周寂然无声,连一个人影都没有。当时又没米做饭,不过就是有米也没柴火煮饭。有钱没处使,可悲啊! 阒(qù)然:悄无声息的样子。

路逢败屋作鸡栖,白屋荒荒鬼哭悲——这两句是说:我们像鸡一样躲在路旁的破屋里,四周荒凉,令人悲哀。

袖有金钱无米籴,假饶有米亦无炊——假饶:假若。这两句是说:口袋里有钱,却买不到米,即使有米也做不成饭。

其十三

土围粪秽不可避,但扫净数人地,以所携衣服,贴衬地面。睡起复坐,坐起复睡。日长难过,情绪奄奄。哀哉!

扫退蜣蜋枕败墙,一朝何止九回肠。
睡馀扪虱沉沉坐,偏觉人间白昼长。

序言的意思是:土围中粪秽满地,无法避开,只好扫净一块地方,用所带的衣服铺在地上。睡醒了坐,坐完了睡。日长难熬,情绪低落。悲哀啊! 奄奄:微弱的样子。

扫退蜣蜋枕败墙,一朝何止九回肠——蜣蜋(qiānglāng):虫名。这两句是说:把地扫干净,头靠着墙睡倒,心中无比焦急。

睡馀扪虱沉沉坐,偏觉人间白昼长——扪虱:表示闲得无聊。这两句是说:睡睡坐坐,闲得无聊,觉得白天特别长。

其十四

北法,惟午前出哨,午后各归。若是日起,捱至午后,欢曰:"今日得命矣!"忽闻人声喧啾甚。自壁窥之,乃北骑数千,自东而西。于是追咎不死于扬州城下,而被捉于此,苦矣!苦矣!时大风忽起,黑云暴兴,数点微雨下,山色昏冥,若有神功来救助也。

飘零无绪叹途穷,搔首踟蹰日已中。
何处人声似潮溯,黑云骤起满山风。

新解

序言的意思是:元军的规定,哨兵只在上午出哨,午后就各自回去了。我们在土围中,从太阳升起的时候熬到午后。大家高兴地说:"今天没事了!"就在这时,忽然听到人声嘈杂,从土围墙壁中偷偷地往外看,原来是一队元人骑兵,有好几千人,自东向西而来。于是大家怨声载道,互相推究过失,说现在被元军捕捉,真是太苦了,还不如当时死在扬州城下。这时突然大风四起,乌云翻滚,落下几滴雨,山间一片昏黑,真好像是有神灵来帮助我们。捱(ái):熬,苦苦坚持。喧啾(xuānjiū):嘈杂的声音。

飘零无绪叹途穷,搔首踟蹰日已中——无绪:没有办法。搔首踟蹰:等得不耐烦。搔首,心中烦燥,用手抓头。踟蹰(chíchú),走来走去的样子。这两句是说:我们飘零在野外,无路可走,又无法可想;大家等得很不耐烦,好不容易才熬到中午。

何处人声似潮溯,黑云骤起满山风——潮溯:潮水。这两句是说:从哪儿传来如潮水般的声音呢?突然间乌云滚动,山风呼啸。

其十五

数千骑随山而行,正从土围后过,一行人无复人色,傍壁深坐,恐门外得见。若一骑入来,即无噍类矣。时门前马足与箭筒之声,历落在耳,只隔一壁。幸而风雨大作,骑只径去。危哉!危哉!哀哉!哀哉!

昼阑万骑忽东行,鼠伏荒村命羽轻。
隔壁但闻风雨过,人人顾影贺更生。

新解

序言的意思是:元军数千骑兵随山而行,正从土围后面经过,我们都吓得面无人色,紧靠墙壁坐着,深怕被看见。当时如果有一个骑兵进来,那么我们都活不了。

其时,土围门前的马蹄声、箭筒声只隔一堵墙,历历在耳。幸好,当时风雨大作,敌人直奔而去。危险啊!可叹啊! 噍类:活人。《论衡·辨祟》:"项羽攻襄安,襄安噍类,未必不祷赛也。"

昼阑万骑忽东行,鼠伏荒村命羽轻——这两句是说:傍晚时分,从东边忽然来了许多的骑兵,我们像老鼠一样躲在土围中,生命随时有危险。

隔壁但闻风雨过,人人顾影贺更生——这两句是说:突然外面风雨大作,过后每人看着自己,庆幸还活着。

其十六

早从卖柴人行,不能前,遂至于土围中,约卖柴人入城籴米救性命。云:"不奈何,忍饥一日。城中街,晡后方开门,未至则黄昏矣。"是日,北数百骑薄西城,于是门不开,卖柴人竟不得出。予等饥窘失措;又以土围中露天不可睡卧,于是下山,投古庙中,与丐妇人同居焉。

眼穿只候卖柴回,今日堡城门不开。
籴米已无消息至,黄昏惆怅下山来。

序言的意思是说:天亮了,不能随卖柴人一道去他家,只能躲在土围中。我们让卖柴人进城替我们买米救命。他说:"没办法,你们还得饿一天。因为城里的米店要到午后才开门,等米回来时已经是傍晚了。"这天,元军数百骑兵来到城西门,城西门不开,卖柴人出不了城。我们又饿又慌,不知所措。因为土围是露天的,晚上不能睡觉,只得下山,睡在古庙里,与一个乞丐妇女住在一起。籴(dí):买进粮食。晡(bū):午后三时至五时。薄:迫近。

眼穿只候卖柴回,今日堡城门不开——这两句是说:我们望眼欲穿,盼望卖柴的人回来,可是今天偏偏城门不开。

籴米已无消息至,黄昏惆怅下山来——这两句是说:卖柴的人,一直没有消息,失望之余,我们在傍晚走下山来。

其十七

既至庙中,坐未定,忽有人携梃至;良久,三、四人陆续来,吾意不免矣。乃知其人自城中来。夜讨柴,来早入城赴卖,无恶意也。数人煮糁羹,出其馀以遗我。有未冠者,一夕于庭中烧火照明,诸樵亦不睡。予等且困且睡,苦不可言。

既投古庙觅藜羹,三五樵夫不识名。

僮子似知予梦恶,生柴烧火到天明。

　　序言的意思是:来到庙中,还未坐下来,忽然来了一个人,手里拿着棍棒。过了好一会,又有几个人陆续来了。我想这一次完了。后来知道,他们是从城里来的,来取柴第二天早晨卖,并无恶意。几个人用米和野菜做成羹汤,吃了。他们把吃剩下的给了我。有一个年轻人,在庭院中烧柴照明,几个樵夫都不睡。我们则又疲倦又瞌睡,苦不堪言。梃(tǐng):木棒。糁(sǎn):用米和蔬菜混合做的羹汤。未冠:未成年。冠:古时男子二十岁时加冠的成人礼。且困且睡:又困乏又瞌睡。

　　既投古庙觅藜羹,三五樵夫不识名——藜羹:野菜做的羹。形容食物很差。《荀子·宥坐》:"七日不火食,藜羹不糁,弟子皆有饥色。"这两句是说:来到古庙后,我们吃到了用米和野菜煮的羹汤,是几个樵夫给的,我不知道他们的名字。

　　僮子似知予梦恶,生柴烧火到天明——这两句是说:年轻人似乎知道我夜里做恶梦,他在庭院里生上火,火一直烧到天明。

其十八

　　予见诸樵夫,幸而可与语。告以患难,厚许之,使导往高沙。赖其欣然见从。谓此处不是高沙路,方驻堡城北门贾家庄。少驻一日,却为入城籴米买肉,以救两日之饥;又雇马、办干粮,以备行役。于是,五更随诸樵夫往焉。时樵夫知予无聊,又有所携,使萌不肖心,得财岂不多于所许?淮人依本分感激,岂亦有天意行其间乎?

樵夫偏念客途长,肯向城中为裹粮。

晓指高沙移处泊,司徒庙下贾家庄。

　　序言的意思是说:我与各位樵夫相见,庆幸能谈得来。我把我们的困难跟他们说了,并答应只要带我们去高邮,就给他们优厚的报酬。还好,他们高兴地答应了,说这里不是通往高邮的路,必须住到城堡北门贾家庄去。我们住了一天,再筹划到城里去买米买肉,以救两天没吃饭之饥;又雇马,准备粮食,以做好行路的准备。晚上樵夫们知道我们没有依靠,又有财物,如果萌生不义之心,会不会索要比我许诺的更多的财物呢?但他们没有,只要了本分的东西并对我表示感谢,遇上这么好的人,难道是天意吗?厚许之:答应给他们优厚的报酬。导:带路。赖:好处,这里是还好的意思。见从:听从。方:将,应该。却:再,大。为:计划,筹划。籴(dí):买进粮食。焉:表示处所的代词,指高邮。无聊:没有依靠。所携:指财物。不肖:不贤,不好,此处是不义的意思。淮人:扬州古属淮地,故扬州人也称为"淮人"。

樵夫偏念客途长,肯向城中为裹粮——偏:最为。客:客人,这里指文天祥一行人。裹粮:携带干粮,这里是准备粮食的意思。这两句是说:樵夫们最为担心的是我们的路途遥远,于是愿意到城中为我们准备粮食。

晓指高沙移处泊,司徒庙下贾家庄——泊:船停泊,这里指住下。这两句是说:樵夫们天亮的时候指着高邮的方向叫我们移了住处,于是我们住进了司徒庙下的贾家庄。

和《脱京口》、《出真州》一样,《至扬州》是由二十首七绝联缀起来的组诗,当作一首诗来读也未尝不可。诸诗记录了作者自从真州被逐出后,来到扬州城下,又离开扬州城的艰辛过程。从内容上说,这些诗是叙事诗,有的叙述生活没有依托,有的记录无处安身,有的记录了被元军追逐的惊险过程。二十首诗描绘了一幅宋末战乱图。作者在用诗歌记载这些乱世生活经历时,更多地把自己的心理活动融化在诗句中,使这些叙事诗有了更多的情感成分和理性价值,也启发了读者对作者的命运加以更多的思考。同文天祥其他此类七绝诗一样,诗歌语言明白易懂,常常援口语、方言入诗。由于有强烈的主观情感投入和显豁的主题,这类诗歌往往具有既明白晓畅又挺拔特立的特点。

贾家庄

从内容上说,这首诗是前面《至扬州》诗的继续。德祐二年三月初五日,作者在离开扬州去高邮前,避居贾家庄。这首诗记录了在贾家庄时的苦况。贾家庄:村庄名,在扬州城北。

予初五日,随三樵夫,黎明至贾家庄,止土围中。卧近粪壤,风露凄然。时枵腹已经两夕一日半。恳三樵夫入城籴米买肉,至午而得食。是夜,雁马趋高沙。

行边无鸟雀,卧处有腥臊。露打须眉硬,风搜颧频高。

流离外颠沛,饥渴内煎熬。多少偷生者,孤臣叹所遭!

序言的意思是:德祐二年三月初五日,我们跟随三个樵夫黎明时分来到贾家庄,躲在残垣败墙中。在靠近粪土的地方卧睡,寒风号嚣。其时,腹中空空,已经两三天没吃饭了。我恳求三个樵夫到城里去买米买肉。到中午才吃上饭。当天夜里,我们雇马匹向高邮进发。枵(xiāo):空。枵腹,即空腹的意思。

行边无鸟雀,卧处有腥臊——行边:走的地方。臊:臭味。这两句是说:我们行于荒凉之地,连鸟雀都没有;睡的地方弥漫着腥味与臭气。

露打须眉硬,风搜颧颊高——颧(quán):颧骨。这两句是说:风露所侵,眉毛和胡须都为之挺硬,容颜为之消瘦。

流离外颠沛,饥渴内煎熬——这两句是说:外受颠沛流离之累,内受饥渴煎熬之苦。

多少偷生者,孤臣叹所遭——偷生:苟且活着。偷生者:这里指贾馀庆等人。孤臣:作者自指。这两句是说:有多少人在得过且过地活着,只有我一人在悲叹自己的遭遇。

这是一首五律近体诗,首联两句入韵,对偶。颔联两句中的"硬"、"高"两字尤妙,在于颇能传颠沛流离,风餐露宿之神韵。"流离外颠沛,饥渴内煎熬"则是对自己风餐露宿、颠沛流离的亲身感受的概括;最后两句把自己的辛酸遭遇与国家命运结合起来,这就使诗歌主题得到升华,也就是说,作者不是在为生活的吃、穿、住作琐碎记录,而是对宋末朝廷黑暗、权臣苟且偷生的直接责问,为点睛之笔,文天祥近体诗主题显豁的特点于此诗也可为一例。

高沙道中

德祐二年(1276)三月初五日夜晚,文天祥一行自贾家庄往高邮进发,途中九死一生,备尝辛酸。这首诗就是记录这次行程经历的。诗中记叙了他们一行八人先是迷路,然后又被元军发现,结果是有人被捕,有人受伤。侥幸脱险之后,又遇到两个心术不正的坏人"游手"。作者要表达的是:尽管路途艰辛,生死不测,但始终抱定"慷慨为烈士,从容为圣贤"的决心,渴望实现"中兴奋王业,日月光重宣"的理想。诗前有长长的序言,后有结语。诗本身也很长,共八百六十字。高沙:即高邮。

予雇骑夜趋高沙。越四十里,至板桥,迷失道。一夕,行田畈中,不知东西。风露满身,人马饥乏,且行雾中不相辨。须臾,四山渐明,忽隐隐见北骑。道有竹林,亟入避。须臾,二十余骑绕林呼噪。虞候张庆右眼内中一箭,项二,刀割其髻,裸于地。帐兵王青缚去。杜架阁与金应,林中被获,出所携黄金赂逻者,得免。予藏处距杜架阁不远,北马入林,过吾旁三、四,皆不见,不自意得全。仆夫邹捷,卧丛篠下,马过,踏其足流血。总辖吕武、亲随夏仲,散避他所。是役也,予自分必死。当其急时,万窍怒号,杂乱人声。北仓卒不尽得,疑有神明相之。马既去。闻其有焚林之谋,亟趋对山,复寻丛篁以自蔽。既不识路,又乏粮食,人生穷蹙无以加此!未几,吕武报北骑已还湾头,又知路边鲇鱼坝,传闻不尽信。然他无活策,黾勉趋去,侥幸万一。仓皇匍匐不能行。先是,自扬州来,有引路三人,牵马三人。至是,或执或逃,仅存其二。二人出于无聊,各操梃相随,有无礼之志,逡巡行路,无可奈何。至晚,忽遇樵者数人,如佛下降。偶得一箩,以绳维之,坐于箩中,雇六夫更迭负送,驰至高邮城西,天未晓不得渡,常恐追骑之奄至也。宿陈氏店,以茅覆地,忍饥而卧,黎明过渡,而心始安。痛定思痛,其涕如雨!

三月初五日,索马平山边。疾驰趋高沙,如走阪上圆。
夜行二百里,望望无人烟。迷途呼不应,如在盘中旋。
昏雾腥且湿,怒飙狂欲颠。流澌在须发,尘沫满橐鞬。
红日高十丈,方辨山与川。胡行疾如鬼,忽在山之巅。
谁家苦竹园,其叶青戋戋。仓皇伏幽篠,生死信天缘!
铁骑俄回合,鸟落无虚弦。绕林势奔轶,动地声喧阗。
霜蹄破丛翳,出入相贯穿。既无遁形术,又非缩地仙。
猛虎驱群羊,兔鱼落蹄筌。一吏射中目,颈血仅可溅;
一隶缚上马,无路脱纠缠;一厮蹦其足,吞声以自全;
一宾与一从,买命得金钱;一伻与一校,幸不逢戈鋋。
嗟予何薄命,寄身空且悬!萧萧数竹侧,往来度飞鞯。
游锋几及肤,怒兴空握拳。跬步偶不见,残息忽复延。
当其蹙迫时,大风起四边。意者相其间,神物来蜿蜒。
更生不自意,如病乍得痊。须臾传火攻,燃眉复相煎。
一行辄一跌,奔命度平田。幽篁便自托,仰天坐且眠。

晴曦正当昼,焦肠火生咽。断罂汲勺水,天降甘露鲜。
青山为我屋,白云为我椽。彼草何荒荒,彼水何潺潺!
首阳既无食,阴陵不可前。便如失目鱼,一似无足蚿。
不见道旁骨,委积有万千!魂魄亲蝇蚋,膏脂饱乌鸢。
使我先朝露,其事亦复然。丈夫竟如此,吁嗟彼苍天!
古人择所安,肯蹈不测渊?奈何以遗体,粪土同弃捐?
初学苏子卿,终慕鲁仲连。为我王室故,持此金石坚。
自古皆有死,义不污腥膻。求仁而得仁,宁怨沟壑填!
秦客载张禄,吴人纳伍员。季布走在鲁,樊期托于燕。
国士急人病,倜傥何拘挛!彼人莫我知,此恨付重泉。

鹊声从可来?忽有吉语传:此去三五里,古道方平平。
行人渐复出,胡马觉已还。回首下山阿,七人相牵连。
东野御已穷,而复加之鞭。跰足如移山,携持姑勉旃。
行行重狼顾,常恐追骑先。扬州二游手,面目轻且儇。
自言同脱厄,波波口流涎。白日各持梃,其来何翩翩?
奴辈殊无聊,似欲为鹰鹯。逡巡不得避,默默同寒蝉。
道逢采樵子,中流得舟船。竹舁当安车,六夫共颁肩。
四肢与百骸,屈曲如梧棬。路人心为恻,从者皆涕涟。
星奔不可止,暮达城西阡。饥卧野人庐,藉草为针毡。
诘朝从东渡,始觉安且便。

人生岂无难,此难何迍邅?重险复重险,今年定何年?
圣世基岱岳,皇风遍垓埏。中兴奋王业,日月光重宣。
报国臣有志,悔往不可湔。臣苦不如死,一死尚可怜。
堂上太夫人,鬒发今犹玄。江南昔卜宅,岭右今受廛。
首丘义皇皇,倚门望惓惓。波涛避江介,风雨行淮堧。
北海转万折,南洋泝孤骞。周游大夫蠡,放浪太史迁。
倘复游吾盘,终当耕我绵。夫人生于世,致命各有权。
慷慨为烈士,从容为圣贤。稽首望南拜,著此泣血篇。
百年尚哀痛,敢谓事已遄!

北以高邮米担济维扬,故自湾头夜遣骑截诸津,鲇鱼坝其一。予是夜若非迷途,四更可达坝所,当一网无遗。乃知一夕仓皇失道,亦若有鬼神鼓动于其间。颠沛之馀,虽幸不死,何辜至此极也!

序言的意思是:我们雇马趁夜向高邮进发。走了四十里,到板桥,就迷了路。整个晚上就在田野里转来转去,不知哪是东,哪是西。浑身风尘露水,人马都很饥困。并且,到处弥漫着大雾,对面也看不见。一会儿,四边山峰开始渐渐明朗,忽然隐隐约约看见元军的骑兵。见路边有竹林,就急忙进去躲避。一会儿,二十多个骑兵围着竹林大呼小叫。虞侯张庆右眼内中了一箭,颈子上挨了两箭,发髻被刀割掉,光着身子躺在地上;帐下士兵王青被抓走了;杜浒和金应在竹林中被捉住。最后把所带的黄金收买巡逻的士兵,这才得以脱身。我所藏的地方离杜浒不远,北军的战马进入竹林中,从我旁边经过了三四次,都没有看见,得以保全性命。仆人邹捷,卧藏在一丛羊蹄草之中,马经过时踩伤了他的脚,鲜血直流;总辖吕武、亲随夏仲分散藏在其他地方。这次遇险,我以为必死无疑。正当危急之时,好像到处都是大风的声音,众声嘈杂。元兵在匆忙之中没有把我们全部抓走,我真怀疑是有神在庇佑我们。元兵人马离去后,听说有烧山的计划,于是我们又急忙跑到对面的山上,再找竹林躲起来。既不认识路,又没有粮食充饥,平生穷困没有比这更令人难堪的了!不一会儿,吕武报告说元骑兵已回到湾头去了,又知道路边就是鲇鱼坝。都是传闻,不可信以为真。但我们又没有别的求生办法,只好尽力向前赶去,侥幸万一有什么办法。慌慌张张,连滚带爬,走路的力气都没有了。当时从扬州过来时,有引路的三个人,牵马的三个人,到这时,有的被抓走,有的逃走,仅剩下其中两个人。这两个人也无路可走,只得各自拿着棍子跟随在我们后面,好像心存不轨。我们迟疑不决地走在路上,无可奈何。到了傍晚,忽然遇到几个打柴的樵夫,简直就好像遇到了佛。偶然找到一个箩筐,用绳索套起来,我坐在箩筐里,雇了六个人轮流抬送。到了高邮城西,天还没亮,不能渡江,心里常担心追赶的骑兵突然来到。住进了陈家店子里,把茅草铺在地上,忍着饥饿躺下。黎明渡过江,心中才安定下来。过后想想一路悲苦辛酸,禁不住眼泪潸然而下。田畈:田野。虞候:军校的职名。杜架阁:即杜浒。不自意:没有想到。得全:得以保全。蓧(diào):即羊蹄草。总辖:即总提辖,军校的职名。亲随:古时官员身边的随侍仆役。万窍怒号:形容风声大而杂乱。《庄子·齐物论》:"夫大块噫气,其名为风。是唯无作,作则万窍怒号。"相:帮助。篁:竹子。穷蹙:无路可走。穷:尽头。蹙:急迫。黾(mǐn)勉:努力。执:被抓走。逡巡:游移不前的样子。维:系。更迭:轮流。奄:忽然。痛定思痛:事后追忆从前的痛苦。韩愈《与李翱书》:"如痛定之人,思当痛之时,不知何能自处也。"

三月初五日,索马平山边——索马:找马。平山:指扬州。北宋庆历年间欧阳修在扬州西北蜀冈法净寺内建平山堂,后为扬州名胜,登其堂而江南诸山可见,故名平山。这两句是说:德祐二年三月初五那天,我们在扬州城备马,晚上向高邮进发。

疾驰趋高沙,如走阪上圆——阪上圆:从陡坡上往下滚的圆石头。《孙子·兵势》:"如转圆石于千仞之山。"《汉书·蒯通传》:"犹如阪上走丸也。"阪:山坡。这两句是说:晚上向高邮飞奔而去,速度之快犹如从山坡上往下滚动的圆石头。

夜行二百里,望望无人烟——望望:急切盼望的样子。杜甫《洗兵马》诗:"田家望望惜雨干,布谷处处催春种。"这两句是说:晚上行了二百里路,急切盼望能找到人家,可是不见人烟。

迷途呼不应,如在盘中旋——盘中旋:比喻走不出迷途。这两句是说:大家都迷失方向,呼喊无人答应,就如同在一个盘子里打旋一样。

昏雾腥且湿,怒飙狂欲颠——飙:暴风。这两句是说:昏雾蒙蒙,空气中带有腥臭味,又潮又湿,大风像发疯般地吹着。

流澌在须发,尘沫满櫜鞬——流澌(sī):本意是解冻时随水流动的冰块,这里指空气中的潮气结成的冰霜。櫜鞬(tuójiān):盛弓矢的袋子。这两句是说:头发胡须上都结了冰霜,盛弓矢的袋子也布满了尘土。

红日高十丈,方辨山与川——这两句是说:等到天大亮时,才能辨别出山与水。

胡行疾如鬼,忽在山之巅——胡:指元军。这两句是说:元兵跑得飞快,如鬼一般突然间就出现在山顶上。

谁家苦竹园,其叶青戋戋——戋戋(jiānjiān):多而密的样子。苦竹:野竹。白居易《琵琶行》诗:"住近湓江地低湿,黄芦苦竹绕宅生。"这两句是说:路边有野竹园,竹叶青青繁密。

仓皇伏幽篠,生死信天缘——篠(xiāo):也写作"筱",小的竹子。这两句是说:匆忙之间,躲到小竹丛中,生死只能听天由命了。

铁骑俄回合,鸟落无虚弦——这两句是说:元兵的人马很快围拢起来,个个弓箭没有虚发,鸟儿应声坠落。

绕林势奔轶,动地声喧阗——轶:快跑。喧阗:闹哄哄的声音。这两句是说:元兵绕着竹林奔跑,声音惊天动地。

霜蹄破丛翳,出入相贯穿——丛翳:树丛遮蔽。这两句是说:带霜的马蹄踏破了可躲避的树丛,元兵一个接着一个出没。

既无遁形术,又非缩地仙——遁形术:隐形术,能使形体隐遁不被人看见的法术。缩地仙:能缩短、拉长空间距离的法术。这两句是说:我们既没有隐形法术,能逃避敌人的眼睛，又没有缩地仙人的法术，能逃离而去。

猛虎驱群羊，兔鱼落蹄筌——猛虎：指元兵。群羊：指作者一行。蹄筌：比喻元军布下的罗网。蹄：捕兔器。筌：捕鱼器。这两句是说：元兵来临，就像猛虎扑羊群，我们遇上敌人，就像兔鱼落网一般。

一吏射中目，颈血仅可溅——射：被射的意思。仅：几乎，差不多。这两句是说：我们中的一位官吏（指虞侯张庆）眼睛被射中，颈子上鲜血流淌，差不多作喷溅状了。

一隶缚上马，无路脱纠缠——隶：属从，这里指帐兵王青。这两句是说：帐兵王青被捆上马带走了，无法逃脱。

一厮躏其足，吞声以自全——厮：古代权贵家中从事杂役的人，这里指仆人邹捷。吞声：忍着痛苦不敢出声。这两句是说：我们的一个仆人的脚被元兵的马踩伤了，但为了活命，只能忍声吞痛，不敢哭出来。

一宾与一从，买命得金钱——宾：幕府宾客，指杜浒。从：跟随的人，指金应。得金钱：靠的是金钱。这两句是说：我的一位宾客和一位随从用金钱贿赂元兵，才得以活命。

一伻与一校，幸不逢戈铤——一伻(bēng)：指亲随夏贵。伻：隨從。一校：指總轄吕武。校：中级军官之称。戈铤(chán)：泛指兵器。戈：古代的一种长柄兵器。铤：铁把短矛。这两句是说：亲随夏贵和总辖吕武算是幸运，没有遇到敌人伤害。

嗟予何薄命，寄身空且悬——空且悬：没有依靠的意思。这两句是说：我的命多么悲惨，漂泊人间，无依无靠。

萧萧数竹侧，往来度飞鞯——萧萧：稀稀拉拉的样子。飞鞯(jiān)：这里代指飞快的马。鞯：垫马鞍的东西。这两句是说：在我隐身的稀稀拉拉的竹子旁边，敌人往来，快马如飞。

游锋几及肤，怒兴空握拳——游锋：随意挥舞的刀锋。兴：高涨起来。空握拳：有心抵抗但无能为力的意思。《北齐书·神武帝纪》："纵无匹马只轮，犹欲奋空拳而争。"这两句是说：敌人舞动的刀刃差点就砍到我，我怒火陡起，想和他们拼一死活。

跬步偶不见，残息忽复延——跬(kuǐ)步：半步。息：气息，这里代指生命，残息就是余命的意思。这两句是说：离敌人半步都没有被发现，真是很偶然，余生又得以延续。

当其蹙迫时，大风起四边——这两句是说：正在走投无路的紧急关头，大风四起。

意者相其间，神物来蜿蜒——相：帮助。蜿蜒：龙蛇爬行的样子。这里用以形容神物来临。韩愈《南海神庙碑》："海之百灵秘怪，恍惚毕出，蜿蜿蜒蜒，来享饮食。"这两句是说:我意想大概是有神物降临来庇护我们脱险的。

更生不自意,如病乍得痊——更生:重新获得生命。不自意:自己没有想到。痊:身体恢复健康。这两句是说:没想到又一次侥幸生存,感觉就像大病乍愈后身体康复一样。

须臾传火攻,然眉复相煎——然眉:即燃眉,意思是十万火急。相煎:相逼。曹植《七步诗》:"本是同根生,相煎何太急!"这两句是说:过了一会儿,元兵又计划用火攻,十万火急,危险再次来临。

一行辄一跌,奔命度平田——辄:总是。平田:田野。这两句是说:走一步跌一跤,在田野里拼命奔跑逃命。

幽篁便自托,仰天坐且眠——便:利于。这两句是说:我们便在幽深的竹林里藏起来,仰天而坐,不久就这样坐着睡着了。

晴曦正当昼,焦肠火生咽——曦:指太阳。咽:喉咙。这两句是说:晴空当日,我们非常口渴,差不多喉咙都快生烟了。

断罂汲勺水,天降甘露鲜——罂(yīng):小口大肚的容器。断罂:破了口的瓶子。勺:羹匙之类的器名。勺水:不多的水。这两句是说:用破了的罐子打来一点点水,喝起来像老天降下来的甘露般清甜。

青山为我屋,白云为我椽——椽:屋椽子,放在檩子上的木条。这两句是说:我们无处安顿,只得以青山为房屋,以白云为屋顶。

彼草何荒荒,彼水何潺潺——荒荒:漫无边际的样子。这两句是说:青草无边无际,河水缓缓流动。

首阳既无食,阴陵不可前——首阳:山名,在今山西永济南。殷亡,伯夷、叔齐怀念殷朝,不食周粟,饿死于首阳山下。这里表示饥饿的意思。阴陵:地名,在今安徽淮南境内。西楚霸王项羽被汉高祖刘邦围困,从垓下突围,到了阴陵,迷失道路,为一农夫所骗,向左行,陷入沼泽地,因而被汉兵追及。这里比喻前途凶多吉少。这两句是说:就像伯夷、叔齐在首阳山一样,无以充饥;就像当年项羽在阴陵一样,前面的路充满了危险。

便如失目鱼,一似无足蚿——一:副词,乃、竟。蚿(xián):马蚿虫,有许多足。"无足蚿"与上句"失目鱼"互文,比喻不能行动自由。这两句是说:我们就像没眼睛的鱼一样在水中乱窜,像没有足的马蚿虫一样不能行动自由。

不见道旁骨,委积有万千——委积:累积。这两句是说:难道看不见路旁枯骨,累积何止千千万万!

魂魄亲蝇蚋,膏脂饱乌鸢——蝇:苍蝇。蚋(ruì):虫名,能吸螫人畜的血。鸢:鸟名,老鹰。这两句是说:魂魄与苍蝇蚋虫在一起;肌肉、脂肪都成为了乌鸦和老鹰的食物。

使我先朝露，其事亦复然——朝露：比喻人的寿命短促。《汉书·苏武传》："人生如朝露。"这两句是说：假如这次我被杀的话，也就像路旁许多尸骸那样被遗弃。

丈夫竟如此，吁嗟彼苍天——吁嗟：表示哀叹、叹息。这两句是说：大丈夫落到如此地步，只能哀叹上苍是如此不公！

古人择所安，肯蹈不测渊——这两句是说：古人选择安身立命的所在，怎肯去冒犯危险的境地？

奈何以遗体，粪土同弃捐——遗体：父母给予我们的身体。《礼·祭义》："身也者，父母之遗体也。"这两句是说：怎么能把父母给我们的躯体，如同粪土一样抛弃呢？

初学苏子卿，终慕鲁仲连——苏子卿：苏武字子卿。苏武出使匈奴事，见前选《和言字韵》"死生苏子节，贵贱翟公门"注释。鲁仲连：鲁仲连反对尊秦为帝，见事前选《愧故人》"子产片言图救郑，仲连本志为排秦"注释。这两句是说：我少时学习持节牧羊的苏子卿，后来倾慕排难解忧的鲁仲连。

为我王室故，持此金石坚——王室：指宋朝。金石：比喻坚强的意志。这两句是说：为了大宋王朝，我坚持如金石般的意志。

自古皆有死，义不污腥羶——羶：即"膻"字。腥羶：羊身上发出的腥膻味，这儿代指元军。这两句是说：人终有一死，但我一定要保持民族气节，不被元军玷污。

求仁而得仁，宁怨沟壑填——《论语·述而》："子贡问孔子曰：'伯夷、叔齐何人也？'曰：'古贤人也。'曰：'怨乎？'曰：'求仁而得仁，又何怨！'"沟壑填：穷困而死的意思。杜甫《醉时歌》："但觉高歌有鬼神，焉知饿死填沟壑。"这两句是说：寻求仁德就是为了达到仁德的境界，为此冻饿而死又有什么遗憾呢？

秦客载张禄，吴人纳伍员——张禄：战国时魏国人范雎，被魏国大夫须贾等用竹板拷打，差点被打死，范雎假装死去，得逃，后改名"张禄"。这时，秦国的使者王稽在魏国，认为范雎是有才能的人，用车子把他送往秦国。伍员：即伍子胥。他出奔到吴国，行乞于吴市，吴市有个官吏，把他介绍给吴王。这两句是说：秦国使者用车子把张禄送到秦国；吴国收容了逃亡的伍员。

季布走在鲁，樊期托于燕——季布：楚汉战争时，季布是项羽的部将，几次追击汉高祖刘邦。当项羽败亡，刘邦得天下后，悬赏要捕捉季布，季布逃到鲁地，卖身给一个名叫朱家的人为奴。朱家知道他是季布，就对汝阴侯滕公说："人臣各为其主，季布替项羽出力是当时他职分的事，替项羽做事的人有很多，能杀得尽吗？"滕公向刘邦说明此事，刘邦赦免了季布。樊期：即樊於期，战国时秦国的将军，因得罪秦王，逃往燕国，燕太子丹容纳了他。这两句是说：季布逃到鲁地去避难，樊於期托身燕国太子丹。这两句与上两句引用历史上四个人在危险中得人救助的事，以表示自己在危难中没有人救助的感慨，下面"彼人莫我知"也是同样的意思。

国士急人病，倜傥何拘挛——病：危难。倜傥：举动豪爽，态度大方或不守常规的样子。拘挛：拘束。这两句是说：国之义士能为人排忧解难，豪杰英雄哪会受制于人？这两句是讽刺苗再成的话。

彼人莫我知，此恨付重泉——彼人：指李庭芝。此恨：图谋复兴之大计不能实现。付重泉：到死也不忘的意思。重泉：黄泉。这两句是说：李庭芝不了解我的尽忠报国之心，真令我饮恨黄泉。

鹊声从何来？忽有吉语传：此去三五里，古道方平平——鹊声：传说喜鹊报喜。吉语：好消息。古道：古老的路径。这四句是说：不知从哪儿传来了喜鹊的声音，给我们带来了好消息：离这儿三五里远有一条平坦安全的古道。

行人渐复出，胡马觉已还——这两句是说：路上开始渐渐有了行人，感觉元兵回营了。

回首下山阿，七人相牵连——山阿：山中曲折处。七人：先有八人，王青被缚，故剩下七人。这两句是说：我们七人回头从山坳里下去，互相牵手扶持。

东野御已穷，而复加之鞭——东野御：东野毕驾驶马车。《孔子家语·颜回》："鲁定公问颜回曰：'子亦闻东野毕之善御乎？'对曰：'善则善矣，虽然，其马将必佚（跌倒）。'"这里作者借东野毕的事，比喻他们一行人到达真州和扬州时候已经疲惫不堪；现在还得再奔向前途。这精力上的负担，像在疲马身上加鞭一样。

跰足如移山，携持姑勉旃——跰（pián）足：脚疲乏。勉旃：勉之。旃（zhān）：助词。这两句是说：脚步沉重，举步向前如同移山，大家挽扶着姑且互相勉励，努力向前。

行行重狼顾，常恐追骑先——行行：不停地前行。狼顾：狼在行走时常常回头张望，怕有追袭。这两句是说：一边走一边不停地回头张望，常担心元兵赶到前面。

扬州二游手，面目轻且儇——游手：游荡不做事的人。成语有"游手好闲"。轻且儇（xuān）：轻薄。这两句是说：扬州跟着来的两个游手好闲之徒，一副轻薄嘴脸。

自言同脱虏，波波口流涎——虏：指元军。波波：形容说话很快。涎：口水。这两句是说：那两个家伙总是说大家都是一同从虎口里逃出来的；两人说话时，口舌极快，口水直流。

白日各持梃，其来何翩翩——梃（tīng）：棍棒。这两句是说：这两个家伙白天各自拿一根棍棒在手里，看起来轻狂得很。

奴辈殊无聊，似欲为鹰鹯——无聊：生活无依靠。鹰鹯（zhān）：两种凶猛的鸟，常捕吃小鸟小鸡。此处指扬州二游手。这两句是说：这两个家伙居心叵测，就像鹰鹯一样对我们不利。

逡巡不得避，默默同寒蝉——逡巡：时间短暂，顷刻。寒蝉：秋冬的蝉已不再鸣，比喻不出声说话。这两句是说：这两个家伙一时间还摆脱不了，我们只好默不作声。

道逢采樵子,中流得舟船——中流:河中心。这两句是说:中途遇到打柴的人,我们就像在河中心遇到了舟船一般,有了帮助。

竹畚当安车,六夫共赪肩——畚(běn):盛土的东西。安车:有座位的马车。赪(chēng):红色。赪肩:肩头被磨得红肿。形容轿夫劳苦。这两句是说:樵夫用畚箕当车子抬着我们走,他们六个人轮流着抬,肩膀被磨得通红。

四肢与百骸,屈曲如桮棬——骸:骨。桮棬(bēiquān):即杯圈,形状屈曲的盛酒器物。这两句是说:身子卧在畚箕里,弯曲成桮棬一样。

路人心为恻,从者皆涕涟——恻:悲痛。涕涟:流泪。这两句是说:行路的人都为我悲痛,随从们都流下了眼泪。

星奔不可止,暮达城西阡——星奔:像流星一样飞奔。阡:本指田间的路,这里指田野。这两句是说:像流星一样快速飞奔,晚上到了高邮城西的郊野。

饥卧野人庐,藉草为针毡——针毡:比喻坐卧不得舒适。这两句是说:睡在村民家中,腹中空空,身下垫的是草,坐卧都难受。

诘朝从东渡,始觉安且便——诘朝:次日天明。这两句是说:第二天早晨从城东渡江,这才觉得安全又舒坦。

人生岂无难,此难何迍邅——迍邅(zhūnzhān):处境艰难的样子。这两句的意思是:人生不能说没有磨难,可这样的磨难也太凶险难熬了。

重险复重险,今年定何年——定:疑问词,犹如说"究竟"。这两句是作者的心理活动内容,意思是说:无穷的艰难险阻,今年究竟是什么年份呀?

圣世基岱岳,皇风扇垓埏——圣世:指宋朝。岱岳:泰山。皇风:王朝的教化与影响。扇:流布,感化。垓埏(gāiyán):指边远的地方。这两句是说:宋朝江山的根基,稳如泰山。朝廷教化的影响流布四海。

中兴奋王业,日月光重宣——这两句是说:宋王朝会中兴起来,皇室一定会威震天下。

报国臣有志,悔往不可湔——悔往:追悔往事。湔(jiān):洗涮。这两句是说:追悔往事,自己犯下的错误虽无法改正,但我报国之志不灭。

臣苦不如死,一死尚可怜——一:副词,"一旦"的意思。可怜:值得怜悯、同情。这两句是说:我痛苦之极,生不如死,一旦死去,还能值得别人同情。

堂上太夫人,鬐发今犹玄——堂上:家中。太夫人:对自己母亲的尊敬称呼。玄:黑色。这里是说母亲头发还没有变白。文天祥母亲曾氏,生于嘉定七年(1214),时年六十三岁。这两句是说:家中老母头发还没有变白,我怎能一死了之。

江南曾卜宅,岭右今受廛——江南:文天祥老家在江西省吉州庐陵(今江西吉安),宋时属江南西路。卜宅:卜居,古人选择住宅要占卜,故说卜宅。岭右:此处指惠州。作者起兵抗元时,其弟文璧、文璋奉其母迁居惠州。受廛(chán):得到居地。廛:

古代指一户人家所住有的房地。这两句是说:过去全家住在江南,现在迁居到惠州。

首丘义皇皇,倚门望惓惓——首丘:古时传说,狐死时将头朝向狐穴所在的山丘。《淮南子·说林》:"鸟飞返乡,兔走归窟,狐死首丘。"比喻依恋故土。皇皇:伟大的样子。《诗经·鲁颂·閟宫》:"皇皇后帝,皇祖后稷。"义皇皇:表示就是死也要死在宋朝国土上。倚门:母亲靠在门旁盼望儿子归来的意思。《战国策·齐策》里记载,王孙贾的母亲对王孙贾说:"女(你)朝出而晚来,则吾倚门而望,女暮出而不还,则吾倚闾而望。"惓惓(quán):恳切的样子。这两句是说:我死也要死在赵宋国土上,以成就大义;但母亲却日夜盼望我能回去。

波涛避江介,风雨行淮堧——江介:江边。堧(ruán):河边之地。这两句是说:避难在波涛汹涌的长江边;风雨之夜,行走在淮河岸。

北海转万折,南洋泝孤骞——北海:今广西北海。作者一家人其时在惠州,路远,所以要"转万折"。南洋:旧以江苏以南沿海各省叫南洋。泝:即"溯"字,逆流而上的意思。孤骞:孤飞。骞:通"搴"。这两句是说:千转万折才到得北海,孤苦伶仃在南方奔走。

周游大夫蠡,放浪太史迁——周游:遍游各地。大夫蠡:春秋时越国大夫范蠡。范蠡帮助越王勾践灭吴后,泛舟入五湖,不知所之。放浪:浪游。太史迁:汉时太史公司马迁。司马迁著《史记》,足迹广布四方。这两句是说:范蠡遍游五湖四海;司马迁浪迹东西南北。

倘复游吾盘,终当耕我绵——盘:盘谷,在今河南济源市北,是唐代李愿隐居的地方。韩愈有《送李愿归盘谷序》。文天祥认为他故乡的文山有盘谷之趣,故以盘谷代称文山。绵:绵山,今在山西介休市东南,是春秋时晋国介之推隐居的地方。这两句是说:假如功成名就,则隐退回故乡,过耕种自足的日子。

夫人生于世,致命各有权——夫:发语气,没有实在的意思。致命:献出自己的生命。权:权变,变通常法作合理的措施。这两句是说:人生于世,须能因时制宜地作出不同的贡献。

慷慨为烈士,从容为圣贤——这两句是说:作出贡献的内容,或慷慨地牺牲生命成为烈士,或从容地担负起救国救民的责任成为圣贤。

稽首望南拜,著此泣血篇——稽首:古代的一种跪拜礼。望南:朝南方。这两句是说:我朝南方跪拜,写下这些饱含血泪的诗篇。

百年尚哀痛,敢谓事已遄——遄(chuán):很快地过去。这两句是说:记下这次惨痛的经历,永远纪念它,不会由于事过境迁而忘掉的。

结语的意思是:元军因为高邮把米运去援助扬州,所以从湾头连夜派骑兵在渡口拦截。鲇鱼坝就是他们拦截的地方之一。那天晚上,如果不是因为我们迷路,四更就能到达鲇鱼坝,正好被他们逮个正着而一网打尽。现在想想,那天晚上在慌忙中迷失道路,也好像是有神灵在保佑。颠沛流离之后,虽然没死,但我们又由于什么罪过而遭此大难呢?担:挑,运去。津:渡口。鼓动:鬼使神差。辜:罪过。

　　这是一长篇叙事诗,篇章之巨乃宋代文坛少有。整首诗从内容上可以分为三个部分:第一部分从开头到"彼人莫我知,此恨付重泉"止,交代作者一行人去高邮,途中遭遇元军围攻,以及大难不死的全过程,是诗的主体部分。在这一段中,作者描写细腻,纤毫毕现。把元军的嚣张凶猛,以及我方的旦夕生死、被困受伤等惊心动魄的过程形象而细致地呈现在读者面前。读来字字血,句句泪。这段苦难的描写过后,作者发出了"国士急人病,倜傥何拘挛!彼人莫我知,此恨付重泉"的沉痛考问,使这一过程具有了更浓厚的悲壮色彩。第二部分从"鹊声从何来,忽有吉语传"起,到"诘朝从东渡,始觉安且便"止,交代的是作者一行人逃离元兵捕杀后,到达高邮这段辛酸的经历。这一段仍可以看作是上一部分内容的继续。这段由于相继描写了"游手"与"樵子",一凶一吉,情绪起伏,读来有一种紧张压迫感。读者于此,对乱世失路英雄的心理也有感同身受的体验。第三部分从"人生岂无难,此难何迍邅"起到结尾,这一段是作者痛定思痛后的理性考虑,议论多于描写。作者要告诉后人的是:纵然千难万险,爱国之心不改,而近乎奢望的功成而退、躬耕南亩,更是作者坚强抗元意志的曲折流露。《高沙道中》这首诗记录了作者抗元人生中一次死里逃生的感人经历。

　　文天祥于杜甫诗读之甚熟,《高沙道中》是作者刻意学习了杜甫《北征》、《自京赴奉先县咏怀五百字》的叙事方法的名篇。作者运用平易畅晓的散文化语言,叙述所历险境,周详而不琐碎,于复杂的记事中贯穿一条"自古皆有死,义不污腥膻"的线索。全诗五言,隔句押韵,长达八十多韵,而且一韵到底,读来有一种浑灏流转的感觉。宋人叶梦得评杜甫《北征》说:"《北征》、《述怀》诸篇,穷极笔力,如太史公纪传,此古今绝唱也。"这首《高沙道中》,篇幅之长有逾《北征》,笔力遒健。

至高沙

　　德祐二年三月初六日傍晚,作者一行达到高邮城西。这首绝句,便是记录作者到达高邮时的感受,诗前有序言,后有结语,相映成篇。高沙:高邮。

　　予仓皇至高沙,惊魂靡定。回思初四土围中,初五竹林里,几死于是。

使果不免,委骨草莽,谁复知之!

　　江南自好筑金台,何事风花堕向淮?
　　若使两遭豺虎手,而今玉也有谁埋!

　　予至高沙,奸细之禁甚严。时予以箩为轿,见者怜之。又张庆血流满面,衣衫皆污。人皆知其为遇北,不复以奸细疑。然闻制使有文字报诸郡,有以丞相来赚城,令觉察关防。于时不敢入城,急买舟去。

　　序言的意思是:我们在惊慌失措之中赶到了高邮。惊魂未定,回想三月初四那天在土墙中,初五那天在竹林中,两次差点丢失性命。如果真的死了,弃身草莽之中,又有谁知道呢?靡:不,没有。不免:不免于死。

　　江南自好筑金台,何事风花堕向淮——筑金台:战国时燕昭王于易水上筑台,置千金于台上,以招纳天下豪杰英雄。风花:《南史·范缜传》:"竟陵王子良问曰:'君不信因果,何得有富贵贫贱?'缜答曰:'人生如树花同发,随风而堕,自有拂帘幌坠于茵席之上,自有关篱墙落于粪溷(hún,厕所)之中。堕茵席者,殿下是也。落粪溷者,下官是也。贵贱虽复殊途,因果竟在何处?'子良不能屈。"这两句是作者对以往苦难经历原因的探究,悔恨自己以前的失策,意思是说:本可以在江南召集英雄豪杰,以图复兴,为什么竟在两淮受此折磨呢?

　　若使两遭豺虎手,而今玉也有谁埋——两遭:指序言中所说的"初四土围中,初五竹林里"两次历险。豺虎:指元军。《晋书·庾亮传》:"亮将葬,何充会之(送葬),叹曰:'埋玉树于土中,使人情何能已!'"这两句是说:如果当时死了,只有委骨荒野而已。

　　结语的意思是:我们到了高邮。当时奸细防范非常严。我以箩筐为轿,让人抬着我走,凡是见到我们的人都深表同情,又看见张庆血流满面,衣衫上都有血渍,便知道我们遭遇了元兵,不再怀疑我们是奸细。我们听说李庭芝给各郡县发了一道告示,说有一位丞相是元军奸细,来骗取城市,叫大家侦察防范。当时我们不敢进城,匆匆忙忙买了船离去。遇北:遇到元兵。北:指元兵。文字:告示。于时:当时,在那时。

　　这首诗是作者对过去经历的总结与感叹。总结的内容有两个方面:一是皋亭山议和之会的失策;一是被元军拘留,以及逃出元军魔掌的九死一生过程。感叹的是大难不死。文天祥绝句诗往往用典贴切,善于隐括复杂的情感思想。这首诗中的用典使事同样具有这种艺术效果,"筑金台"体现的是坚强的抗元意志;"风花"则是对自己失策的追悔,而"埋玉"则流露了自己大难不死的庆幸。自皋亭山之会到流落高邮,其间发生了许许多多惊心动魄的事件,这些事件既关个人生死,又关社稷存亡,不免有诸多感慨,但作者能把它们隐括在不多的典故中,不能不叹服作者技艺之高超。

发高沙(四首选三)

德祐二年三月初六日傍晚,作者一行来到高邮,由于李庭芝已经发布告示说有位丞相是元军奸细来骗城,作者只得买船离去。就在一个月前的二月初六日,宋元军队在高邮进行了一场战斗,宋军获胜。《发高沙》四首,主要就是写这场战斗的。发高沙:从高沙出。

其 一

平淮千里,莽为丘墟。自出高沙,满目空暵暵。高邮水与湾头通,下海陵,入射阳,过涟水,皆其路也。二月六日,城子河一战,我师大捷。人指某处是战场。

晓发高沙卧一航,平沙漠漠水茫茫。
舟人为指荒烟岸,南北今年几战场。

序言的意思是:淮河南北,千里沃野,已经荒为废墟。出了高邮城,满目荒凉。高邮水路通湾头,经海陵入射阳湖,再过涟水县。二月初六日,在城东南的城子河一带,宋元军队展开了一场战斗,宋军获胜。人们指点说哪儿哪儿就是战场。暵(hàn):干旱。海陵:今江苏泰县。射阳湖:今江苏淮安东南。涟水:今江苏涟水县。城子河:在高邮城南。

晓发高沙卧一航,平沙漠漠水茫茫——平沙:河岸。漠漠:寂寞的样子。这两句是说:早晨坐一叶孤舟从高邮出发,河岸上一片寂静,河水茫茫。

舟人为指荒烟岸,南北今年几战场——南北:指南方宋军与北方元军。这两句是说:船夫指着荒无人烟的河岸说,宋元军队在这儿已经进行了几次战斗。

其 二

自至城子河,积尸盈野,水中流尸无数,臭秽不可当,上下几二十里无间断。乃北以二月六日,载奉使柳岳、洪雷震,并辎重俱北。稽家庄击其前,高邮击其腰,北大丧败。柳岳死焉,洪雷震今在高邮。见说北入江淮,惟此战我师大胜。

城子河边委乱尸,河阴血肉更稀微。
太行南北燕山外,多少游魂逐马蹄。

序言的意思是:一到城子河,田野里到处是死尸,河水中也漂流着无数的死尸,河水臭不可闻,这样绵延二十里不间断。原来是二月初六日元军载奉使柳岳、洪雷震带着辎重向北进行时,稽家庄人攻击他们的前部,高邮人攻击他们的后腰,元军被打得落花流水,在这场战斗中柳岳被打死,洪雷震至今还被押在高邮。听说自元兵入江淮以来,只有这一场战斗,宋军获得了胜利。见说:听说。

城子河边委乱尸,河阴血肉更稀微——河阴:河北岸为阳,南岸为阴。稀微:依稀可见。这两句是说:城子河边到处是横七竖八的尸体,河南岸还依稀见到战后留下的血肉。

太行南北燕山外,多少游魂逐马蹄——太行:太行山。此处与燕山均用来指代北方。这两句是说:这场战斗元军伤亡惨重,那些阵亡元兵的游魂,追随着战马的马蹄回到北方。

其 三

是日经行战场,四顾阒然。樟人心恙,长恐湾头有人出来,又恐岸上有马来赶。正慌急间,偶然柁折,整柁良久。危哉!险哉!

一日经行白骨堆,中流失柁为心摧。
海陵樟子长狼顾,水有船来步马来。

序言的意思是说:三月初六日这天,船经过宋元军队战斗过的地方,四面寂然无声。船夫心里害怕,深怕湾头有人出来,又怕岸上有元骑兵追来。恰在慌乱之中,船舵又坏了,修了很长时间。真是危险啊!阒(qù)然:寂静的样子。恙:忧愁。柁:通

"舵",船舵。拆:裂开,坏了。

一日经行白骨堆,中流失柂为心摧——这两句是说:船在白骨乱尸中行驶了一整天,中途船舵坏了,船夫担心、害怕,惊恐不已。

海陵棹子长狼顾,水有船来步马来——海陵:即泰州。棹子:船夫。狼顾:狼行走时常回头张望,恐怕有追袭。这里比喻船夫害怕有元兵追赶。步:同"埠",码头,与"水"对文。这两句是说:从泰州来的船夫不时回头张望,既担心水中有船追来,又害怕岸上有元骑兵追来。

《发高沙》是组诗,共四首,这里选三首。诗歌体式为七言绝句。组诗以发生在高邮城子河一带的宋元战斗为叙述对象,说明了战争给人民带来的悲痛,抒发了作者沉痛的乱世情怀。这里所选的第一首与第三首诗,是以船夫为重点来叙事与抒情的。第一首通过船夫的"眼",揭示了战争造成的荒凉,第三首则通过船夫的"心",来叙说战争给当地百姓造成了巨大的心灵创伤,抒发了作者山河沦陷的凄凉心理。第二首则流露出作者对元军无辜士兵阵亡的同情,体现了作者博大的民族心怀。

文天祥诸如此类的七言绝句,记述道途苦难,直写所历、所感。往往既有细处刻画,又有阔大意境营造,并有情景并融之致。在《发高沙》组诗中,"中流失柂为心摧"、"海陵棹子长狼顾"为细节描写,具有电影特写镜头的艺术效果,将船夫对元军恐惧心理毕现纸上。"平沙漠漠水茫茫"、"太行南北燕山外,多少游魂逐马蹄"则苍凉悲壮,抒发作者深沉的时代悲剧意识。

稽庄即事

德祐二年三月初七日晚,作者一行人来到稽家庄,受到水寨统制官稽耸的盛情款待。临行,稽耸之子德润和馆客林孔时一直把他们送至泰州。稽庄即事:在稽庄有所感叹,发而为诗。稽庄:即稽家庄,位于高邮东南十五里城子河边。即事:旧诗中有就当前的事抒发感想的,多以"即事"标题。

乃心王室故,日月奔南征。蹈险宁追悔,怀忠莫见明!
雁声连水远,山色与天平。枉作穷途哭,男儿付死生。

乃心王室故,日月奔南征——乃:语首助词,无实在意思。故:原因。征:程、行。

如同杜甫《北征》之"征"。这两句是说:由于心向赵宋王室,日日夜夜向南方奔去。

蹈险宁追悔,怀忠莫见明——宁:岂能。见明:被人察觉、了解。这两句是说:我对于自己经历的种种险境一点也不后悔,可我对宋王朝的一片忠诚却不被人知道,反而被人怀疑而欲加追杀。

雁声连水远,山色与天平——这两句是说:大雁的叫声与远水相连接,山色融化在蓝天中。这里流露出作者英雄失路、天高地迥之感。

枉作穷途哭,男儿付死生——枉:徒劳无益。穷途哭:《晋书·阮籍传》:"(籍)时率意独驾,不由径路,车迹所穷,辄恸哭而返。"付死生:献出生命,不怕死的意思。付:交与。这两句是说:何必像阮籍那样,为不得志而恸哭;男子汉就应该为国家社稷献出生命。

新评

这是一首五律近体诗。作者感叹自己一心忠于王室,却无法向人们表白。但是,尽管天高地迥,无依无靠,几乎穷途末路,作者并不灰心,表示要为祖国抵御外侮而献身。诗歌一方面对过去作了追述,一方面表达了自己对未来的决心。中间巧妙地由"雁声连水远,山色与天平"过渡,情绪也由低沉转入高扬,流露出作者为国捐躯的豪情壮志。正如黄兰波先生所说,"有侠气宏拔,快字凌纸的优点"。

泰 州

题解

德祐二年三月十一日,作者由稽德润和林孔时护送,从稽家庄来到泰州。这首诗表达了作者对家国命运的深切担忧,以及盼望见到亲人、回到南宋朝廷的急切心情。泰州:今属江苏。

予至海陵,问程趋通州。凡三百里河道。北与寇出没其间,真畏途也。

羁臣家万里,天目鉴孤忠。心在坤维外,身游坎窞中。
长淮行不断,苦海望无穷。晚鹊传佳好,通州路已通。

新解

序言的意思是:我来到泰州,询问到通州去的路程。由泰州到通州走水路共三百里,这三百里水路中,时常有元军与强盗出没其间,真是令人可怕的险途。海陵:即泰州。通州:今江苏南通。北:指元兵。畏途:可怕的险路。

羁臣家万里，天目鉴孤忠——羁臣：古时称在外旅行漂泊的官员，这里指作者自己。《左传》庄公二十二年："羁旅之臣。"天目：星名。《晋书·天文志》："舆鬼五星天目也，主视，明察奸谋。"作者要求天目星鉴其忠诚。鉴：鉴察，明察。孤忠：耿耿忠心而不为人所知。陆游《书愤》："白发萧萧卧泽中，只凭天地鉴孤忠。"这两句是说：我漂泊在外，家在万里之遥，我对朝廷的忠诚只有老天知道。

心在坤维外，身游坎窞中——坤维：指西南方。《易》之坤卦为西南之卦，故坤维指西南方。又，《淮南子》："坤维在西南。"当时作者一家人和益王赵昰及卫王赵昺都在西南方。坎窞（dàn）：地底深穴。比喻困境。《易·坎卦》："入于坎窞，凶。"坎：洞穴。窞：穴中的小穴。这两句是说：我的心牵挂着远在万里之外的西南方，我的身陷入非常危险的境地。

长淮行不断，苦海望无穷——长淮：辽阔的江淮大地。扬州、高邮、泰州都属淮南东路，所以说"长淮"。苦海：佛教认为人间烦恼，苦深于海。这两句是说：无穷无尽的漂泊奔波，没完没了的艰辛悲苦。

晚鹊传佳好，通州路已通——鹊：传说能给人报喜讯。路已通：以"通州"之"通"说明道路通畅，同时暗含着只要回到南方，复兴大业就一定有办法的意思。这两句是说：傍晚喜鹊传来好消息，到通州的道路已经通畅了。

这是一首五律近体诗，音韵婉转，对偶工稳。从内容上说，前六句说一层意思，最后两句说的是另一层意思。前六句说的是自己长淮奔波，历经千难万险，而自己对赵宋王朝的拳拳之心却不被人了解和支持。最后两句笔锋陡转，眼前一亮：尽管自己正经历重重困难，但对于将来却充满了无限希望，寄托了作者永不磨灭的爱国之心。文天祥德祐后诗歌大多用来记录自己苦难的奔波历程，但作者从不作无病呻吟，发个人牢骚。他的这类诗歌在叙说自己苦难的经历后，往往以乐观的笔墨出之，读之令人振奋。这与作者顽强的抗元意志，以及永不褪色的爱国忠君热忱有关，是作者乐观无畏、奋勇前进精神的流露。

即事二首

德祐二年三月十一日，作者到达泰州。作者《集杜诗·自淮归浙东序》曰："至泰州城下，伏十馀日，趋通州。"在这十多天时间，作者写了诸如《泰州》《旅怀》《忆太夫人》《纪闲》《即事》等诗歌。这里选的两首以"即事"为题的诗，原本不在一个题下，今合而解评之。

其 一

痛哭辞京阙,微行访海门。久无鸡可听,新有虱堪扪。
白发应多长,苍头少有存。但令身未死,随力报乾坤。

　　痛哭辞京阙,微行访海门——辞京阙:指作者德祐二年正月二十日离开临安去皋亭山会见伯颜会议一事。京阙:京城。这里指南宋都城临安。微行:古称尊贵的人出行不让人知道为"微行"。海门:今江苏海门,在通州东,当长江入海处。这里前句是说过去,后句是说未来。这两句是说:当年挥泪离开京城,而今又要偷偷地到海门去。

　　久无鸡可听,新有虱堪扪——久:这里借音为"旧",与下句"新"对,这是借对。无鸡可听:作者很长时间走的是水路,没有听到鸡鸣声,这里实写。同时也是用典,借祖逖、刘琨闻鸡起舞的故事以抒其志。参看《夜坐》"闻鸡坐欲驰"句注释。有虱堪扪(mén):《晋书·苻坚载记》:"王猛字景略,桓温入关,猛被褐(hè)而谒之(穿着粗布衣去访问他),一面谈当世之事,扪虱(用手摸捉身上的虱子)而言,旁若无人。温罕而异之。"扪:摸。作者当时闲着无事,摸身上的虱子,这是写实。兼用典故,则表示作者对国事在作新的谋划与打算。这两句是说:好久没有听到令人奋进的鸡鸣声了,闲着无事摸捉身上的虱子,一边为未来国事作新的考虑。

　　白发应多长,苍头少有存——长(zhǎng):生长。苍头:古时奴仆或士卒之称,因其着青色头巾,故称。又写作"仓头"。这两句是说:白头发已长出不少,而身边的士兵和奴仆都没有了。

　　但令身未死,随力报乾坤——但令:只要。随力:尽力。乾坤:指国家。这两句是说:只要身还在,就许身为挽救社稷而奋斗。

其 二

船只时间锁,城孤日闭关。惊心常有马,极目奈无山。
出路相传险,行囊愈觉悭。归心风絮乱,无奈一身闲。

　　船只时间锁,城孤日闭关——只:单,单一。锁:封闭起来。时间锁:时常封闭起来。城孤:指泰州城得不到别的城镇的援助。这两句是说:孤零零的一只船,时常锁闭起来;得不到援助的泰州城,大白天城门都关闭着。

　　惊心常有马,极目奈无山——马:指元骑兵。极目:用尽目力远望。奈:无可奈何。这两句是说：经常担心元骑兵来了，一眼望去，连一座山都没有。言下之意，元兵来了，连躲藏的地方都没有。

出路相传险，行囊愈觉悭——出路：指从泰州到通州的道路。也隐指救国的出路。行囊：出外时用来装行李的袋子。悭(qiān)：欠缺，不多。这里指缺少钱用。这两句是说：听说到通州的路很危险，而随身所带的钱愈来愈少了。

归心风絮乱，无奈一身闲——归心：归家之念。风絮：风吹柳絮。归心则如飞絮一样狂乱。一身：只身，独自一人。这两句是说：去见家人的渴望之心如风吹柳絮般狂乱，可是又无可奈何，不能有所作为，只是独身一人，闲着无事。

这两首诗是近体五律诗。诗歌记录了诗人身处江湖，身不由己的苦闷和矛盾。第一首前六句总结了自德祐二年正月到三月以来自己所经历的一切，失望有余。但最后两句一跃而起，表示了自己为国捐躯的决心，令人眼前一亮。这种内容构思之匠心与前面《泰州》一诗有同工之妙。第二首语气比较低沉，心情较为沉重，是自己当时被困孤舟而不能有所作为的心情记录。

文天祥诗歌风格多样，这里两首《即事》诗，第一首慷慨悲壮，气贯长虹，使人激昂奋发；后一首则沉郁苍凉，叫人低徊感叹。第一首用典贴切，对仗工稳，能把自己当时欲回天而不可的心情隐括在一些典故当中；第二首直抒胸臆，不加修饰，明白如话。吴之振说："自《指南录》以后，与初集格力相去殊远，志益愤而气益壮，诗不琢而日工，风雅正教也。"(《文山诗钞·序》)是颇有见地的。

纪　闲

德祐二年三月十一日，作者到达泰州，在泰州躲避伏居十多日。一边寻找去通州的机会，一边也使数月来的艰难跋涉的疲劳得以缓解。但更主要是心有余而力不足的无可奈何，所以说"纪闲"，其实这里的"纪闲"也就是"即事"的意思，是用来抒发当时当地所思所感的。

九十春光好，周流人鬼关。人情轻似土，世路险于山。
俯仰经行处，死生谈笑间。近时最难得，旬日海陵闲。

九十春光好，周流人鬼关——九十春光：立春后九十天，正是大好春天的时候。周流：转来转去。人鬼关：或为人或为鬼的关头，即生死关头。这两句是说：时当大好春光，我却在生死关上转来转去。

人情轻似土，世路险于山——人情：指作者三个月以来所经历的诸如苗再成骗作者出城、僮仆逃跑等等不近人情之事。轻似土：像尘土一样轻细。世路：指作者所遇到的诸如李庭芝欲加害于作者、路遇元兵、死里逃生这样一些事。险于山：比险峻的山还要险。这两句是说：人情冷暖就如同尘土一样轻细，世路艰辛如同攀登危险的山峰。

俯仰经行处，死生谈笑间——俯仰：回顾。《兰亭诗序》："俯仰之间，已为陈迹。"经行处：所经历过的地方。这两句是说：所到之处，只得随机应变，与之周旋；生死存亡，系于一旦。

近时最难得，旬日海陵闲——旬：十天为一旬。这两句是说：最近时光难得，在泰州十多天，无事可做。

这是一首五律近体诗，直抒胸臆，不加修饰，明白如话，主题显豁。诗歌首先以高度概括的笔墨回忆了三个月以来的坎坷困顿，最后对这十几天的"清闲"表示"难得"，所谓"清闲"，就是暂时没有风尘仆仆、生命之虞，其实未尝不是一种自嘲。结合上面两首"即事"诗，不难看出，当时作者并不是真正乐于这种"海陵闲"，这种"清闲"只是一种无可奈何的孤舟躲避，图的是"但令身未死，随力报乾坤"。作者以"纪闲"为题，道出了自己身处江湖的辛酸，以及忠诚莫白的冤屈，读来令人心寒。

发通州三首

德祐二年三月二十一日，作者从泰州出发，二十三日到通州城西。闰三月十七日，从通州出发，走海路南下。《发通州》三首记录了作者在通州时的见闻及其感想。

予万死一生，得至通州，幸有海船以济。闰月十七日发城下，十八日宿石港。同行有曹太监镇两舟，徐新班广寿一舟。舟中之人，有识予者。

其 一

孤舟渐渐脱长淮，星斗当空月照怀。
今放分明栖海角，未应便道是天涯。

序言的意思是：我九死一生，历尽艰险，来到通州，很幸运还有船可以南下。闰三月十七日，我们从通州城出发，十八日我们住在石港。同行的有太监曹镇的两条船，还有新班徐广寿的一条船。他们的船上，有认识我的人。闰月：宋德祐二年闰三月。

孤舟渐渐脱长淮，星斗当空月照怀——脱：离开。长淮：辽阔的江淮大地。这句隐隐道出作者在江淮之地，经历了太多的苦难。星斗：这里用来点明时间是在夜里。这两句是说：孤舟终于离开了让我备尝艰辛的江淮之地；趁着夜晚，我们坐船，沿海路南下。

今夜分明栖海角，未应便道是天涯——分明：显然，明明是。栖：停泊。海角：指石港。未应：不应该。天涯：天边。"天涯"与上句"海角"互文，"天涯海角"常常指天的尽头，比喻道路已尽。此处反其意而用之，因为石港虽是海的一角，但已经属于南方。这两句是说：今晚我们停泊的石港虽然是海之一角，但不是天涯尽头。

其 二

白骨丛中过一春，东将入海避风尘。
姓名变尽形容改，犹有天涯相识人。

白骨丛中过一春，东将入海避风尘——白骨丛中：指从死亡中走过来。一春：作者自正月二十日赴皋亭山议和被拘留，至现在闰三月十八日，已是春天将尽之时，所以说"一春"。风尘：这里指战乱。"东将"句：杜甫《送孔巢父谢病归游江东兼呈李白》诗中有"东将入海随烟雾"句，由此化出。这两句是说：出生入死过了一个春天，现在乘船入海，可以逃避战乱了。

姓名变尽形容改，犹有天涯相识人——姓名变尽：文天祥《集杜诗·行淮东》序说："是日（三月初四日），虏万骑自屋后过，幸而苟免。自是变姓名，趋高邮。"又《过黄岩》诗序说："予至淮，即变姓名。"形容：容貌。这两句是说：尽管我常改变自己的姓名，并且颜容日非，可是不管走到哪儿，还是有人认出我来。

其 三

淮水淮山阻且长，孤臣性命寄何乡？
只从海上寻归路，便是当年不死方。

淮水淮山阻且长,孤臣性命寄何乡——阻且长:《诗经·秦风·蒹葭》:"溯洄从之,道阻且长。"意思是道路艰难而漫长。寄:寄托。这里是承上一首中的"姓名变尽形容改,犹有天涯相识人"两句而发,这两句是说:在江淮地带,有太多的艰难险阻,我的性命应该寄托在哪里呢?

只从海上寻归路,便是当年不死方——不死方:能长生不死的方法。《史记·秦始皇本纪》说:秦始皇遣方士徐市(fú)等入海求仙人不死之药方。这里比喻只有回到南方,复兴大业才有出路。作者其时已得到益王赵昰建元帅府于永嘉的消息,决定泛海南归。这两句是说:只有沿海路回到南方,才是唯一的生路。

自通州入海南下,对文天祥来说,以往在江淮间被元军围追堵截,被李庭芝、苗再成等人误解而欲加害,以及不得不到处颠沛流离的苦难可以说是告一段落了。《发通州》三首,第一首点明自己终于离开历经"万死一生"的两淮之地;第二首回顾了一春以来的种种生命冒险,说明了两淮环境的险恶;第三首接着第二首的意思而下,先设问,后回答,流露出对未来的希望。

文天祥善于在一起一伏的节奏中叙事抒情。《发通州》三首,第一首说危险已经解脱,第二首退回来,回顾过去的种种危险,第三首则乐观地指出出路在哪里。这种起伏不定的诗歌节奏带来了诗歌波澜突兀、笔力横逸的审美特征。正因为如此,文天祥的许多这类诗歌,尽管语言平朴、直露,明白如话,但读起来毫无平滞、干枯的感觉,倒是让人觉得颇有叙事曲尽,抒情婉转之妙。

出海二首

作者《北海口》一诗序言说:"淮海本东海,地于东中,云南洋北洋。北洋入山东,南洋入江南。人趋江南而经北洋者,以扬子江中诸沙为北军所用。故经道于此,复转而南,盖辽绕数千里云。"德祐二年闰三月二十二日,作者船由北海口进入大海。《出海》二首,记录了作者从江淮重重危难中解脱出来,为大海景色所陶醉时的欢快之情。

二十一夜宿宋家林,泰州界。二十二日出海洋。极目皆水,水外惟天,大哉观乎!

其 一

一团荡漾水晶盘,四畔青天作护阑。
著我扁舟了无碍,分明便作混沦看。

序言的意思是:闰三月二十一日夜住在宋家林,这地方属泰州地界。二十二日出海,极目望去,海水茫茫,水天相接,真壮观啊!

一团荡漾水晶盘,四畔青天作护阑——护阑:即护栏。这两句是说:大海与蓝天相映衬;大海就像一个大大的水晶盘子,而蓝天就是这个水晶盘四周的栏杆。

著我扁舟了无碍,分明便作混沦看——扁(piān)舟:小船。混沦:原是形容水波翻滚轮转的样子,这里用来描写水天相接、无边无际的景色。这两句是说:水天一片茫茫,没有边际;我乘一只小船,于其间任意往来,无拘无束。

其 二

水天一色玉空明,便似乘槎上太清。
我爱东坡南海句,"兹游奇绝冠平生"。

水天一色玉空明,便似乘槎上太清——水天一色:王勃《滕王阁序》:"落霞与孤鹜齐飞,秋水共长天一色。"此处指水天相接。玉空明:像玉一样明澈澄净。这里是写月光下的大海。乘槎(chá):晋张华《博物志》卷十载,天河与海相通,年年八月有浮槎往来。有居住在海滨的人乘槎浮海而至天河,见到牛郎织女。后便以"乘槎"指到了天上。槎:竹、木筏。这两句是说:月光下海天一色,就像玉一般澄澈透明。我似乎也像古人一样,乘木筏来到天上了。

我爱东坡南海句,"兹游奇绝冠平生"——苏轼于宋哲宗绍圣四年六月渡南海往海南岛贬所,有《六月二十日夜渡海》诗。最后两句是"九死南荒吾不恨,兹游奇绝冠平生"。冠(guàn):位居第一的意思。这两句是说:我很欣赏苏轼赞美月光下的大海的那句诗:"兹游奇绝冠平生。"

这是文天祥诗集中比较欢快的两首诗,是作者艰难困苦流亡生活告一段落后喜悦心情的流露。作者似乎远离了乱世的喧嚣,"著我扁舟了无碍",既是解脱后的轻松,又是鲲鹏展翅的希冀,"便似乘槎上太清"则似乎是飘飘欲仙了。

作者在这两首诗中,不仅善于写景,而且能做到景情交融,并且毫无拼凑的痕迹。第一首诗写的是青天白日下的大海,作者以巨人倚天的气概,在极为宽广的空间背景下把大海比作一个水晶盘,而蓝天此时则成为这个水晶盘的栏杆。想象奇特,比喻新奇。第二首诗把月光下的大海比作一块浑然一体、澄澈透明的玉石,与张孝祥"玉界琼田"之比有同工之妙。

扬子江

长江的下游一带,古称"扬子江",扬子江口即长江口。这首诗是作者由通州而北海,再南下经过长江口时有所感发的记录。诗歌结合作者北上复南下这一行程,发出了"臣心一片磁针石,不指南方不肯休"的千古爱国绝唱。作者诗集《指南录》,也由此而得名。

自通州至扬子江口,两潮可到。为避渚沙,及许浦顾诸从行者,故绕去,出北海,然后渡扬子江。

几日随风北海游,回从扬子大江头。
臣心一片磁针石,不指南方不肯休。

序言的意思是:从通州到扬子江口的行程,本来两次涨潮的时间就可以了。为了避免长江中小岛及许浦上的元兵,以及照顾随从的人们,我们先绕道北海,再南下渡长江口。两潮:两次涨潮之间的时间。渚沙:江中陆地。当时为元兵占领。许浦:即浒浦。在大江南岸,与通州相对。

几日随风北海游,回从扬子大江头——这两句是说:这几天一直在北海随风行驶,现在又回到扬子江口,再由扬子江口向南行驶。

臣心一片磁针石,不指南方不肯休——磁针石:应为"磁石针",之所以作"磁针石",一方面是出于平仄的需要,另一方面是为了突出"石"字,以便达到以"石"比喻"心"的效果,更好地表示作者忠于朝廷的坚定意志。这两句是说:我的心犹如磁石针,始终指向南方。

这首诗是近体七绝诗。寥寥数语,直白如话,主题突出,气势如注,豪情万丈。

"臣心一片磁针石,不指南方不肯休",是作者万死不渝、忠君爱国品质的形象概括,与杜甫"葵藿倾太阳,物性固莫夺",都成为了千古爱国名句。此诗匠心独运还体现在将叙事、抒情、设喻,巧妙地浑然一体。具体说来,首先由北上而南下这段经历引出对指南针的比喻,然后再以指南针的比喻而抒发爱国决心,可谓水到渠成,毫无生搬硬套之感。

过扬子江心

作者德祐二年闰三月坐船南下,经过长江口,看见江水冲进大海中,形成一条波涛滚滚的巨大淡水带。观澜溯源,作者自然想到长江的源头,并由此发出"何日眠山看发源"的感叹,表示如果大宋江山不改,自己在复兴大业完成后,将隐居深山,观看大江的发源。

大海中一条,自扬子江直上淡者是。此乃长江尽处,横约百二十里,吾身乘风过之,一时即咸水。

渺渺乘风出海门,一行淡水带潮浑。
长江尽处还如此,何日眠山看发源?

序言的意思是:在长江口,看见一条巨大的淡水带直冲而来,这是长江的尽处。这条淡水带宽有一百二十里。我乘的船借风而过,过后立即就是海水。直上:因为作者是从海中看长江口,所以说"直上"。横:宽。

渺渺乘风出海门,一行淡水带潮浑——渺渺:水面辽阔。海门:此处指北海口。一行:一条。浑:浑为一体。这两句是说:船乘风出了北海,在辽阔的海面上行驶;在长江口,一条巨大的淡水带和潮水混合在一起。

长江尽处还如此,何日眠山看发源——这两句是说:如果宋朝江山不改,长江口还是如此壮观,我以后将高卧深山,去看长江的发源地。

这首七绝诗可分为状景与抒情两部分。前两句状景,境界阔大,把长江口处巨大的淡水带所造成的泾渭分明之势生动地呈现在人们眼前。后两句抒情,流露出作者社稷永保、江山不改的信念与希冀,以及作者功成身退的愿望。

入浙东

【题解】

这首诗是作者乘船南下,经过浙东台州境内的金鳌山时所作。当时四明山已落入元军之手,天台山存亡未卜,作者心忧如焚。这首诗就是作者其时焦虑心情的反映。

金鳌山在台州界,高宗皇帝曾舣舟于此。寺藏御书。四明既陷,不知天台存亡。忧心如捣,见于此诗。

厄运一百日,危机九十遭。孤踪脱虎口,薄命付鸿毛。
漠漠长淮路,茫茫巨海涛。惊魂犹未定,消息问金鳌。

【新解】

序言的意思是:金鳌山在台州境内,当年高宗皇帝曾在此停泊过船。山上的寺庙里至今还藏着他的御书。四明山失陷后,天台山不知怎么样了。我忧伤的心情,于此诗可见一斑。金鳌山:在象山港附近。高宗:即宋高宗赵构。舣:船靠岸。四明:四明山。天台:天台山。均在浙东。捣:用木棒打击。

厄运一百日,危机九十遭——厄运:艰难困苦的遭遇。一百日:作者自从德祐二年正月二十日赴皋亭山议和被拘留,至今闰三月下旬,正好一百天左右。这两句是说:自被元军拘留以来,遭遇艰难困苦已有一百天,其间大大小小的磨难有九十多次。

孤踪脱虎口,薄命付鸿毛——孤踪:偷偷的行踪。鸿毛:这里是容易丧生的意思。《汉书·司马迁传》:"人固有一死,死有重于泰山,有轻于鸿毛。"这两句是说:我们偷偷地逃离元兵的拘留,经历了种种生命冒险。

漠漠长淮路,茫茫巨海涛——漠漠:寂寞、孤单。这里是无援无助的意思。茫茫:失意的样子。这两句是对以前艰难的回忆与概括,意思是:寂寞地逃亡在江淮之地,到处布满杀机;失望地行驶在大海上,到处是艰难辛酸。

惊魂犹未定,消息问金鳌——问金鳌:到金鳌山寺庙里去问卜。这两句是说:直到现在还心有余悸,对于前途,还不知如何,只得到金鳌山寺庙里问卜去。

【新evaluation】

这首诗,作为作者抗元爱国经历的一个记录,为我们提供了作者南下途中焦灼的心灵状态资料,是文天祥"传史"内容的一个重要组成部分。诗歌从时间、空间两个方面回顾、概括了自皋亭山议和以来的种种艰难历程与生死冒险。最后两句交代惊魂未定而未来又难以预料。孤臣内心沉痛,社稷飘摇之中,千载而下,读来仍让人感叹。

至温州

题解

德祐二年四月初八日,文天祥南下到温州。《纪年录》载:"四月八日,至温州,闻端宗皇帝于福安(今福建福州)建大元帅府。公(文天祥)奉书劝进,议遂决。"这首诗抒发了作者初到温州时大难不死的自我庆幸之情,以及誓死为宋朝复兴社稷的决心。温州:今浙江永嘉。

> 万里风霜鬓已丝,飘零回首壮心悲。
> 罗浮山下雪来未?扬子江心月照谁?
> 只谓虎头非贵相,不图羝乳有归期。
> 乘潮一到中川寺,暗读中兴第二碑。

新解

万里风霜鬓已丝,飘零回首壮心悲——这两句是对往日艰难岁月的感叹。意思是:辗转万里,风餐露宿,头发都已经白了;回首飘泊零落的岁月,深感悲壮。

罗浮山下雪来未?扬子江心月照谁——罗浮山:在惠州。作者家人当时在惠州,这句诗表达了作者对家人的怀恋。扬子江:作者不久前从扬子江口回到南方,故云。这句诗表达了作者对祖国山河的担忧。这两句是说:罗浮山不知下过雪没有,扬子江上的月光现在照着谁呢?

只谓虎头非贵相,不图羝乳有归期——"只谓虎头非贵相"实际是"只道非虎头贵相"的意思,为与下句对偶而调整了语序。羝:公羊。《汉书·苏武传》:"单于徙武北海上无人处,使牧羝,曰:'羝乳乃得归。'"这两句是说:只知道我自己没有虎头富贵之相,但不料我竟能死里逃生,有回来的一天。

乘潮一到中川寺,暗读中兴第二碑——中川寺与第二碑:《浙江通志》卷二三四"寺观"九:温州府永嘉县有江心寺,在江心孤屿,唐咸通时建,宋建炎四年,高宗驻跸,御书"清耀"、"浴光"二轩刻石。中兴:指北宋灭亡,高宗建南宋事。这里的意思是:作者希望宋王朝能够像当年一样,复兴社稷。这两句是说:乘船东到中川寺,拜读当年中兴时期高宗留下的两块石碑。

这首诗开头交代了作者经历千难万死之后回到南方时的感慨：万里飘零，千里风霜，两鬓灰白，心底悲壮。接下来两句分别说明对亲人的牵肠挂肚与对江山国土的担忧。三、四两句说，好在自己总算大难不死，回到亲人及赵宋王室身边。最后两句表达了对"中兴"的展望。全诗入之以低沉，出之以高扬，表达了一个民族英雄誓死挽江山社稷于危亡的决心。

　　文天祥的律诗，往往得杜甫律诗法则，能够以特别经济的手法来传达比较复杂的心境。作者九死一生后抵达后方，当然是百感交集，对于家国，对于亲人，对于未来无不有许多感慨与关怀，作者能把这些千头万绪的情感，条理清楚地融于一首七律之中。剪裁得当，用典贴切。

林附祖

　　德祐二年三月初四日，元军捕得福州秀才林附祖，以为是文天祥，后来验证得释。同年，当林附祖把这件事告诉作者时，作者便写了此诗以嘲笑元兵。林元龙，字附祖，福州秀才。

　　　林附祖，福州秀才。今年三月四日，在无锡道中，忽为数酋擒去，指为
　　文相公。云："你门年四十，头戴笠，身着袍，脚穿黑靴，文书载了你门，如何
　　不是？"缚至京口辨验，然后得释。附祖名元龙，至南剑，为予言。

　　　　画影图形正捕风，书生薄命入罝中。
　　　　胡儿一似冬烘眼，错认颜标作鲁公。

　　序言的意思是：林附祖是福州的秀才。今年三月初四日在无锡路上被元军捉去，以为是文天祥，元军说："你年纪四十，头戴斗笠，身穿长袍，脚穿黑靴，跟文书上说的一样，不是你是谁？"带到镇江验证，才得以脱身。林附祖名叫元龙，后来在福建南剑，林附祖把这事跟我说了。今年：德祐二年。酋：对少数民族长官的称呼。你门：你们，就是你的意思。为元人口语。南剑：今福建南平。

　　画影图形正捕风，书生薄命入罝中——图：动词，即画图形的意思。捕风捉影。比喻没有效果的行动。罝(jū)：捕兽的网。这两句是说：元军画图像到处捉我，

真是捕风捉影;林附祖真是不幸,被元军当作我抓去了。

胡儿一似冬烘眼,错认颜标作鲁公——胡儿:指元兵。一似:竟然就像。冬烘(hōng):糊涂,迂腐。"错认"句:唐懿宗咸通年间,郑薰主试,错认寒士颜标为颜真卿的后人,遂以颜标为状元。当时有人讥讽他说:"主司头脑太冬烘,错认颜标作鲁公。"鲁公:颜真卿。颜真卿于唐代宗时封鲁郡公,世称"颜鲁公"。这两句是说:元兵军官真是糊涂,把林附祖当成了文天祥给抓走了。

在文天祥诗集中,有不少嘲笑元军愚蠢的诗,如前选《真州杂赋》中的几首就是。这首诗嘲弄了元军军官们的糊涂,对林附祖的遭遇表示同情。同时,也从一个侧面反映了元军对文天祥的防范之严,追捕之急。诗虽短小,却是兵荒马乱年代的一个缩影。

呈小村

宋端宗赵昰景炎元年(1276,这年五月改元)十月,作者离开南剑,十一月到汀州(今福建长汀),作者的好友刘沐去迎接他。这首诗便是当时写给刘沐的。刘沐:字渊伯,号小村。

见《所怀》"刘小村"注。《集杜诗·刘沐》序:"宣较郎,督府机宜、带行太府寺簿刘沐,字渊伯,予邻曲朋友,从勤王,补官。予陷,渊伯领诸军还。及予归国。渊伯牧部曲赴府,会于汀,专将一军,为督帐亲卫。沉实有谋,圆机应物,凡江西忠义,皆渊伯所号召,昼夜酬应,精力不倦。"呈:恭敬地送上。

予自剑进汀,小村过清流来迎。不图此生复相见。

万里飘零命羽轻,归来喜有故人迎。
雷潜九地声元在,月暗千山魄再明。
疑是仓公回已死,恍如羊祜说前生。
夜阑相对真成梦,清酒浩歌双剑横。

序言的意思是:我从南剑到汀州,小村到清流来迎接我,没想到我们此生还能再次相逢。清流:今属福建。宋时置县,属汀州府。

万里飘零命羽轻,归来喜有故人迎——羽轻:生命像羽毛一样轻,意思是容易丧生,此句与《入浙东》诗句"薄命付鸿毛"意同。故人:指小村。这两句是说:身经万里漂泊,九死一生,而今归来,有故人迎接,真令我高兴。

雷潜九地声元在,月暗千山魄再明——潜:潜伏,深藏不露。雷潜:《论衡·雷虚》:"正月阳动,故正月始雷;五月阳盛,故五月雷迅;秋冬阳衰,故秋冬雷潜。"九地:比喻地下极深的地方。元:原来,本来。这句是说小村的军队仍然还有抵抗元军的力量,只不过眼下就像雷声潜伏在地下一样。魄:月轮无光处叫魄,即月亮的亏缺部分。这句与上句为互文,都是说小村旧部还在。这两句是说:雷潜伏在很深的地下,但声音还存在;月亏了,千山为之暗淡,但还有月圆的时候。

疑是仓公回已死,恍如羊祜说前生——仓公:指汉代的淳于意。淳于意在齐地做官,为太仓长,世称"仓公"。淳于意精于医术,为人治病能知人死生。羊祜(hù):晋干宝《搜神记》:"祜年五岁时,令乳母取所弄金镮(huán)(玉或金属做的圆形、中间带孔的装饰品)。乳母曰:'汝先无此物。'祜即诣邻人李氏东垣桑树中,探得之。主人惊曰:'此吾亡儿所失物也,云何持去?'乳母具言之。李氏悲惋。时人异之。"这两句是说:自己死里逃生,好像是由能够起死回生的仓公救活的;今昔比照,恍如隔世。

夜阑相对真成梦,清酒浩歌双剑横——"夜阑"句:杜甫《羌村》三首第一首:"夜阑更秉烛,相对如梦寐。"说明大难后相逢,是真却似假。浩歌:放声歌唱。这两句是说:半夜两人坐在一起,就像是在梦中;我俩饮酒高唱,两把剑摆在面前,豪情万丈。

这是一首七律近体诗。头两句说明自己经过重重磨难以后,回到故园,受到朋友迎接,真是喜上眉梢。三、四两句承题意发挥,关涉时势,既是对小村的鼓舞嘉奖,又是对自己的希望。五、六两句转到眼前,两人都有劫后余生之感,恍如梦中。尾联两句则是作者坚强不屈抗元意志的表露。

文天祥德祐后许多诗歌,感情奔放,气势磅礴。此诗在一起一伏的意绪中将叙事、抒情贯注而下,波澜汹涌,侠气宏拔。文天祥诗歌总是能很贴切地化用杜诗语句,言简意赅。

二月晦

这首诗作于景炎二年(1277)二月最后一天。据《纪年录》载:"景炎二年正月,北兵大入,汀关失守。"作者移军漳州龙岩县。二月,收复梅州(今广东梅县)。三月,作者至梅州,与母亲兄弟相见。这首诗追忆去年今日从京口走脱的往事,表达了渴望早日报仇雪恨,结束战乱,过上安宁日子的美好愿望。晦:每月的最后一天。

  元年二月晦,予从镇江脱北难,险阻艰难。于今再见仲春下浣,追感堕泪,八句。

  塞上明妃马,江头渔父船。新仇谁共雪?旧梦不堪圆!
遗恨常千古,浮生又一年!何时暮春者,还我浴沂天。

  序言的意思是:景炎元年二月的最后一天,我从镇江脱离元军魔掌。现在又到了二月下旬,想起去年此时所经历的艰难险阻,真叫人泪流满面,为此赋诗八句。元年:景炎元年也就是德祐二年(德祐二年三月改元)。再:第二次。仲春:二月,夏历正月为孟春,二月为仲春,三月为季春。下浣:每月的下旬。浣:洗衣服。唐代制度,职官第十日给休沐假一天。故以上、中、下旬为上、中、下浣。八句:疑前有脱文。

  塞上明妃马,江头渔父船——"塞上"句:据《后汉书·匈奴列传》载:汉元帝时选良家女入宫。会匈奴单于入朝,求美人为王后。帝以昭君赐之。昭君戎服乘马,抱一琵琶,出塞而去。明妃:即王嫱,又名王昭君。这句比喻自己出使元军。"江头"句:指德祐二年二月二十九日,作者从京口乘船走脱一事。前选作者《脱京口》组诗中《得船难》一诗对此事有记录,可参看。这两句是说:王昭君骑马塞北去,我乘船逃离元军的拘留。

  新仇谁共雪?旧梦不堪圆——新仇:从景炎元年十一月起,福安行都陷,处州、南剑州、泉州也先后沦陷。景炎二年正月,汀州陷。"新仇"就是指这些宋廷丧师失地之事。旧梦:往日的计划、理想。此处指实现中兴的愿望。堪:能够,可以。李商隐《和友人戏赠》之二:"明珠可贯须为珮,白璧堪裁且作环。"圆:实现。这两句是说:新添的仇恨我和谁去共同昭雪呢?以前的愿望至今还未能实现。

  遗恨常千古,浮生又一年——遗恨:即指上文所说新仇不能昭雪,长期以来的理想不能实现这些事。恨:遗憾。浮生:《庄子·刻意》:"其生若浮,其死若休。"这两句是说:多少事情给人留下千古遗憾;想想去年这时候,又虚度了一年。

  何时暮春者,还我浴沂天——《论语·先进》:"暮春(三月)者,春服既成,冠者五六人,童子六七人,浴乎沂(yí,水名,在山东南部),风乎舞雩(yú,舞雩为古代祭天祈雨的地方),咏而归。"这是孔子的学生曾点自言自己的理想生活。作者这里隐括这段话来表示自己对安宁、和平生活的向往。这两句是说:什么时候才能过上曾点理想中的太平生活呢?

这是一首五律近体诗。首联两句选择了两个具有代表性的历史事件,概括说明了一年以来的艰难经历。颔颈两联四句可以当作一个意思看,作者要说明的是一年以来,旧梦未圆,新仇又添,而自己只能抱恨终生。最后两句是作者满怀仇恨的呼声,与当年民族英雄岳飞"还我山河"一样,都是祖国受到外侮,国土沦陷时代的最强音。

过零丁洋

宋帝昺祥兴元年(1278)十二月二十日,文天祥在广东海丰五坡岭为元军追及,被擒。作者被擒时,随即服下脑子(俗称冰片,有毒)二两自杀;昏睡了很长时间,但没有死。祥兴二年正月初六日被元军押送离潮阳,十三日至厓山(广东新会县南大海中。这时张世杰奉帝昺设立行朝于此)。当时元军统帅张弘范要文天祥写信招降张世杰,文天祥严辞拒绝,并赋此诗交给了张弘范。诗后有注言。零丁洋:又名"伶仃洋",在广东珠江口、厓山外。有内零丁与外零丁之分。

　　　　辛苦遭逢起一经,干戈落落四周星。
　　　　山河破碎风抛絮,身世飘摇雨打萍。
　　　　皇恐滩头说皇恐,零丁洋里叹零丁。
　　　　人生自古谁无死,留取丹心照汗青。

上元日,张元帅令李元帅过船,请作书招谕张少保投拜。遂与之言:"我自救父母不得,乃教人背父母,可乎?"书此诗遗之。李不能强,持诗以达张。但称:"好人!好诗!"竟不能逼。

辛苦遭逢起一经,干戈落落四周星——辛苦:这里是可叹的意思。"辛苦"二字起着总领全诗的作用。遭逢:君臣际遇。这里指得到皇帝赏识。宋理宗赵昀(yún)宝祐四年(1256),文天祥参加礼部考试,对策集英殿,被理宗亲擢为第一名。起一经:从一部经书起家。指通过科举考试而做官。干戈:泛指兵器。这里指战争。落落:繁多的样子。四周星:四周年。古人把北斗柄在天上转动的轨道分为一周天十二格,每格代表一月,以十二地支命名,称为"月建",与阴历十二个月正好相等。所以一年就是一周星。作者从德祐元年正月起兵勤王,到这时已四年。这两句是说:感叹我读书明经,受皇帝赏识;四年来,抗元救国,戎马倥偬。

山河破碎风抛絮,身世飘摇雨打萍——这两句是说:山河被外族侵占,支离破碎,如同风中柳絮;我奔波漂泊,如同水中浮萍。

皇恐滩头说皇恐,零丁洋里叹零丁——皇恐滩:也写作"惶恐滩",原名"黄公滩",后以音讹。滩在江西万安县境内赣江中,地势险要。作者德祐元年起兵勤王,四月领兵下吉州,皇恐滩为必经之地。这里所谓"说惶恐"并非害怕的意思,而是指为社稷命运所应有的谨慎与深谋远虑。这两句是说:当年在皇恐滩头,为国家命运深谋远虑;而今身处零丁洋,感叹只身一人,孤苦伶仃。

人生自古谁无死,留取丹心照汗青——丹心:赤诚之心。照汗青:照耀史册,名垂千古。汗青:古时无纸,字写在竹简上,为了好写和防蛀虫,先用火烤熏竹简,使之蒸发水分。这道工序叫杀青,因为像人流汗,故又称"汗青"。后以汗青代称历史。这两句是说:人都是要死的,但要死得其所,要名垂史册。

诗后注解的意思是:上元日正月十五这天,元军都元帅张弘范派副元帅李恒来到我的船上,让我写信给张世杰少保,叫他投降。我对李恒说:"我自己不能保卫祖国,还叫别人背叛祖国,这怎么行呢?"并写了这首诗给他。李恒只得作罢,拿着我的诗送给张弘范。张见到诗连连说:"好人!好诗!"也只得作罢。上元日:本作上巳日,据黄兰波先生《文天祥诗选》注径改。正月十五日为上元日。张元帅:张弘范,字仲畴,河北定兴人。在元军中为蒙古汉军都元帅。李元帅:李恒,字德卿,以张弘范荐,为副元帅。张少保:宋朝张世杰,河北范阳人。当时奉帝昺设行朝于厓山,掌握兵权。投拜:投降。父母:这里指祖国。《孟子·万章下》:"迟迟吾行也,去父母国之道也。"

诗歌一开头就交代了作者自从及第开始,就不断为国操劳。四年来的浴血奋战,更是出生入死,艰苦卓绝。他感到心情悲痛的是如今"山河破碎","身世飘摇"。想到士卒损伤,国破人亡,难免有无限的悲寂之感。尽管如此,作者最后还是喊出了"人生自古谁无死,留取丹心照汗青"的千古绝唱以自勉,可谓豪气贯日,震古烁今。其笔力千钧,掷地有声,表现了作者宁死不屈、视死如归的英雄气概。难怪连劝降的敌人都说:"好人!好诗!"文天祥爱国诗篇往往有一个共同的特征,那就是在叙述爱国艰难过后,突然笔锋一扬,以坚决的态度、明朗的笔调点明题旨。整首诗也因此而如银河直流而下,气势磅礴,读后让人拍手称快。

《宋诗钞》评语说:"自《指南录》后,与初集格力相去殊远,志益愤而气益壮,诗不琢而日工,此风雅正教也。"这首《过零丁洋》诗不用一典,不使一事,就好像是作者脱口而出之作。之所以传诵千古,除了它的爱国内容外,就是因为作者不是为作诗而作诗,而是有感而发,有激而言。另一方面,作者毕竟满腹经纶,熟读杜诗,有极强的锤炼字句的功夫,所以,发而为诗则往往不事雕琢而自工。

二月六日,海上大战,国事不济。孤臣天祥坐北舟中,向南恸哭,为之诗曰

题解

祥兴二年二月初六日一战,南宋王朝灭亡,国祚结束。这首诗是作者被俘在元军舟中,亲眼目睹战事惨烈,厓山行朝覆灭时写的,是一曲哀悼宋王朝气数已尽的挽歌。这一天,宋军主力由张世杰率领,元军由张弘范分兵四路统率,在厓山海面决战。至午,宋军大溃。据明陈邦瞻《宋史纪事本末》:"秀夫(陆秀夫,字君实。端宗死,秀夫扶立帝昺即位,为左丞相,与张世杰共秉政)因帝舟大,且诸舟环结,度不能出走,乃先驱其妻子入海。谓帝曰:'国事至此,陛下当为国死,德祐皇帝辱已甚,陛下不可再辱。'即负帝同溺。"张世杰逃出后,遇飓风,舟覆人死。几天后,厓山海面浮尸达十馀万具。不济:不成功。

长平一坑四十万,秦人欢欣赵人怨。
大风扬沙水不流,为楚者乐为汉愁。
兵家胜负常不一,纷纷干戈何时毕!
必有天吏将明威,不嗜杀人能一之。
我生之初尚无疚,我生之后遭阳九。
厥角稽首并二州,正气扫地山河羞。
身为大臣义当死,城下师盟愧牛耳。
间关归国洗日光,白麻重宣不敢当。
出师三年劳且苦,咫尺长安不得睹。
非无虓虎士如林,一日不戒为人擒。
楼船千艘下天角,两雄相遭争奋搏。
古来何代无战争,未有锋镝交沧溟。
游兵日来复日往,相持一月为鹬蚌。
南人志欲扶昆仑,北人气欲黄河吞。

一朝天昏风雨恶,炮火雷飞箭星落。
谁雌谁雄顷刻分,流尸漂血洋水浑。
昨朝南船满厓海,今朝只有北船在。
昨夜两边桴鼓鸣,今夜船船鼾睡声。
北兵去家八千里,椎牛酾酒人人喜。
惟有孤臣雨泪垂,冥冥不敢向人啼。
六龙杳霭知何处,大海茫茫隔烟雾。
我欲借剑斩佞臣,黄金横带为何人!

【新解】

长平一坑四十万,秦人欢欣赵人怨——长平:即战国时有名的秦赵长平之战。秦赵将战,秦用反间计,说只怕赵括,不怕廉颇。结果赵国中计,用纸上谈兵的赵括取代廉颇。长平一战,秦将白起射杀赵括,活埋赵国将卒四十万。这两句是说:长平之战,秦国活埋赵国士兵四十万人,秦人为此高兴,赵人为此怨恨。

大风扬沙水不流,为楚者乐为汉愁——《史记·项羽本纪》载,汉王刘邦率兵五十六万攻楚,项羽率三万兵在彭城(今江苏徐州)大破汉军,杀十多万人。乘胜追击,汉军十多万人夺睢(suī)水逃命,"睢水为之不流。围汉王三匝。于是,大风从西北而起,折木发屋扬沙石",刘邦才得以和数十骑逃脱。这两句是说:楚汉相争,楚军杀得汉军落花流水,睢水为之不流,楚军为之高兴,汉军为之忧愁。

兵家胜负常不一,纷纷干戈何时毕——纷纷:混乱错杂的样子。《汉书·陈平传》:"汉王谓平曰:'天下纷纷,何时定乎?'"这两句是说:胜负乃兵家常事,没有定准,只是天下纷争,乱作一团,何时才是个了结。

必有天吏将明威,不嗜杀人能一之——天吏:《孟子·公孙丑上》:"无敌于天下者,天吏也。"注曰:"奉行天命,谓之天吏。"将明威:奉行天帝的赏罚威权。语出《尚书·多士》:"我有周佑命,将天明威。""不嗜"句:《孟子·梁惠王上》:"不嗜杀人者能一之。"一:统一。这两句是说:元军多杀宋人,违反"天意",不可能统一天下。

我生之初尚无疚,我生之后遭阳九——疚:艰难困苦。阳九:道家谓三千三百年为小阳九,小百六;九千九百年为大阳九,大百六。天厄谓之阳九,地厄谓之百六。后因以"阳九"指灾年与厄运。这两句是说:我刚出生时,天下太平,我出生之后天下大乱,兵戈四起。

厥角稽首并二州,正气扫地山河羞——厥角稽首:跪拜叩头。《汉书·诸侯王表》:"汉诸侯王,厥角稽首。"厥:触、磕。角:指人的额骨。稽首:头着地。并:兼并。这里指被元军占领。二州:指池州、饶州二州。德祐元年正月,元军至安庆,贾似道带

100

军队到芜湖,停下来,向元军求和,请输岁币,称臣。尽管如此,元军仍然进兵,占领池州(今安徽池州)和饶州(今江西鄱阳)。扫地:破坏无馀,完全丧失。杜甫《哭台州郑司户苏少监》诗:"豪俊何人在?文章扫地无。"这两句中,"正气扫地"是针对上句的"厥角稽首"而言,"山河羞",对上句的"并二州"而言。这两句是说:权臣们跪拜磕头,把池州、饶州让元兵占领,他们正气全无,使山河都蒙上耻辱。

身为大臣义当死,城下师盟愧牛耳——这里指德祐二年正月二十日作者奉命出使,往皋亭山议和一事。义当死:议和时,作者曾对伯颜说:"吾南朝状元宰相,但欠一死报国,刀锯鼎镬(huò),非所惧也。"城下师盟:战败国在兵临城下的情况下被迫订立的屈辱盟约。牛耳:古时盟会,主盟者执牛耳(取血)。此处指与元军订盟。这两句是说:我身为宋朝宰相,义当为国牺牲。皋亭山订盟未成,并被元军拘留,深感有愧。

间关归国洗日光,白麻重宣不敢当——间关:辗转。洗日光:使太阳重现光明。古人以太阳比喻国君,"洗日光"就是重新树立皇帝的权威,这里指作者辅佐端宗于福安即位。白麻:白麻纸,这里指诏书。唐朝凡是遇大事的诏书用白麻纸。重宣:作者于德祐二年后月十九日已除授右丞相兼枢密使,都督诸路军马;景炎元年五月二十六日又诏授右丞相,枢密使,都督诸路军马,所以说"重宣"。不敢当:再次拜相的诏书中把他比作皋陶、周公旦,所以说"不敢当"。这两句是说:后来辗转回到南方,希望辅佐王室,再振国威。两次拜相,诏书把我比作古时皋陶、周公,真是愧不敢当。

出师三年劳且苦,咫尺长安不得睹——三年:这里的"三年"指从景炎元年七月作者出南剑州督师起,至祥兴元年十二月在五坡岭被执止,计两年六个月,这里举成数。长安:这里代指宋朝行都。"咫尺"句:指祥兴元年六月作者请求入朝参见帝昺为张世杰阻止一事。这两句是说:三年中挥戈抗元,艰难辛苦,离行都不远,可就是不得面见皇上。

非无虓虎士如林,一日不戒被人擒——虓虎:咆哮的虎,比喻勇猛的兵士。不戒:不戒备。为人擒:指作者五坡岭被捕一事。这两句是说:军中并非没有勇猛之士,我只是疏于一时,才被元军擒获。

楼船千艘下天角,两雄相遭争奋搏——楼船:高大的战船。楼船千艘:这里指宋朝战船很多。作者《集杜诗·祥兴》序:"行朝有船千余艘,内大船极多。"天角:指厓山。这两句是说:宋军战船千艘在厓山排开,宋元两军遭遇,奋勇激战。

古来何代无战争,未有锋蝟交沧溟——锋:刀锋。蝟:同"猬",刺猬。这里表示箭矢像刺猬的针毛那样多。沧溟:大海。这两句是说:自古以来哪个朝代没有战争呢?可是从未见过如此刀箭密集的海上激战。

游兵日来复日往,相持一月为鹬蚌——游兵:散兵游勇,非正规主力部队。鹬蚌

(yùbàng):鹬鸟和蚌壳。鹬:鸟名,属涉禽类。蚌:一种软体动物,两片黑褐色的椭圆形介壳可以开闭。《战国策·燕策》:"蚌方出曝(pù)(晒太阳),而鹬啄其肉。蚌合而钳其喙。鹬曰:'今日不雨,明日不雨,即有死蚌。'蚌曰:'今日不出,明日不出,即有死鹬。'两者不肯相舍。"这里比喻战斗难舍难分。这两句是说:散兵游勇你来我往,一个月下来,相持不下。

南人志欲扶昆仑,北人气欲黄河吞——昆仑:向来被认为是中国最高大的山,这里比喻国君。黄河:是中原文化发源地,这里代称中原山河。这两句是说:宋人志在保卫社稷,元人则想吞并山河。

一朝天昏风雨恶,炮火雷飞箭星落——一朝:一天,指祥兴二年二月初六日这天。天昏风雨恶:据明陈邦瞻《宋史纪事本末》载:"时黑气出山西。会日暮风雨,昏雾四塞,咫尺不相辨。"这两句是说:二月初六日这天天昏地暗,风雨大作,炮火连天,乱箭飞舞。

谁雌谁雄顷刻分,流尸漂血洋水浑——这两句是说:胜负顷刻之间就见分晓,宋军大败,尸体漂流在海面上,鲜血染红了海水。

昨朝南船满厓海,今朝只有北船在——厓海:厓山海边。此两句是说:昨天宋人的战船排满了厓山的海岸,而今天却只剩下元军的战船了。

昨夜两边桴鼓鸣,今夜船船齁睡声——两边:宋军这边和元军那边。桴鼓鸣:士兵们跃跃欲试,准备去战斗。桴(fú)鼓:鼓槌与鼓。桴:通"枹",鼓槌。古时作战,击鼓进攻,鸣锣收兵。齁(hān)睡:熟睡而打呼噜。这句交代的是元军情况。这两句是说:昨天夜里,两军战鼓雷鸣,双方准备战斗,而今天夜里,只剩下元军在船上齁睡的呼噜声了。

北兵去家八千里,椎牛酾酒人人喜——北兵:元军。去家:离家。椎(chuí)牛:杀牛。酾(shī)酒:斟酒。这两句是说:元军士兵离家很远,现在又杀牛又饮酒,人人欢天喜地。

惟有孤臣雨泪垂,冥冥不敢向人啼——雨泪:泪如雨下。冥冥:本意指昏暗,这里是偷偷忍受的意思。这两句是说:只有我倾泪如雨,还偷偷忍受悲痛,不敢放声大哭。

六龙杳霭知何处,大海茫茫隔烟雾——六龙:这里指皇帝赵昺。古时皇帝用六马驾车,御马称"龙"或马高八尺称"龙",所以多用"六龙"指代皇帝。杳霭:深远的样子。这里是音信全无的意思。这两句是说:皇帝现在在哪儿呢?一点消息也没有,只见茫茫大海,烟雾笼罩。

我欲借剑斩佞臣,黄金横带为何人——借:凭借,借助。佞臣:奸臣。这里指贾似道等人。佞:花言巧语。黄金横带:比喻黄金很多。横带:缠在衣带上,即腰缠万贯的意思。这两句是说:我想用剑斩杀奸臣,这些人因为投降了元人而腰缠万贯。

新评

　　这是一首记述战争的长篇诗歌,是悲壮历史事件的真实记录,堪称"诗史"。这首诗是一曲南宋王朝的挽歌,悲情奔涌,饱含着作者沉痛的亡国之恨。通篇七言,四十四句。每句押韵,两句一换韵,读起来声调急促,犹如身临战场。诗歌从内容上可分为四个部分:第一部分从开始到"不嗜杀人能一之",写的是对战争的谴责;第二部分从"我生之初尚无疚"始到"咫尺长安不得睹",写的是自己几年来的遭遇,谴责了权臣误国;第三部分从"非无虓虎士如林"到"椎牛酾酒人人喜",写的是宋元之间最后一役的惨烈;剩下的为第四部分,表示了对宋朝的留恋与对权臣的痛恨。

　　整首诗以叙事为主,说古道今,事无巨细。以议论为点睛之笔,表达了作者对家国社稷,以及个人命运的理性反思。"厥角稽首并二州,正气扫地山河羞",这两句既说明了国家丧师失地的原因,又给了投降派以极有力的痛斥;"我欲借剑斩佞臣,黄金横带为何人",这两句既可算是对南宋覆灭原因的总结,又声讨了权臣卖国之罪。这些都可以当诗歌主题来读。

　　作者在叙述历史事件时,善于用经济的语言,传达最丰富的内容。如"一朝天昏风雨恶,炮火雷飞箭星落;谁雌谁雄顷刻分,流尸漂血洋水浑",只四句,就把战争的惨烈境况形象地呈现在读者眼前;"昨朝南船满厓海,今朝只有北船在。昨夜两边桴鼓鸣,今夜船船鼾睡声",也只四句,不仅描摹了战后海上凄惨的场面,而且把北军大功告成后的轻松心理也形象地表达出来,可谓言简而意赅。

言　志

题解

　　这首诗是祥兴二年四月作者在广州即将被元军押送北上时写的。厓山海战后,元军回到广州,文天祥将被押送北上。此时,对作者来说,一切都是心有余而力不足:身陷罗网,就要远离故国,复兴理想全然成空,能做的只有以死报国了。诗以"言志"为题,所言"志"即是"求仁得仁"、"取义从容"、"以身殉道"。体现了作者视死如归的英雄胸怀。

　　　　九垠化为魅,亿丑俘为虏
　　　　既不能变姓名卒于吴,又不能髡箝奴于鲁。
　　　　远引不如四皓翁,高蹈不如仲连父。
　　　　冥鸿堕矰缴,长鲸陷网罟。

鹦燕上下争谁何,蝼蚁等闲相尔汝。
狼藉山河岁云杪,飘零海角春重暮。
百年落落生涯尽,万里遥遥行役苦。
我生不辰逢百罹,求仁得仁尚何语?
一死鸿毛或泰山,之轻之重安所处!
妇女低头守巾帼,男儿嚼齿吞刀锯。
杀身慷慨犹易勉,取义从容未轻许。
仁人志士所植立,横绝地维屹天柱。
以身殉道不苟生,道在光明照千古。
素王不作《春秋》废,兽蹄鸟迹交中土。
闰位适在三七间,礼乐终当属真主。
李陵卫律罪通天,遗臭至今使人吐。
种瓜东门不可得,暴骨匈奴固其所。
平生读书为谁事?临难何忧复何惧。
已矣夫!易箦不必如曾参,结缨犹当效子路。

新解

九垠化为魅,亿丑俘为虏——垠(yín):边际。九垠在这里指全国土地。《尔雅·释地》:"九天之际曰九垠。"魅:鬼魅,怪物。这里指元军占领了赵宋国土。丑:众。《诗经·小雅·吉日》:"升彼大阜,从其群丑。"这两句是说:辽阔的山河被元军占领,亿万同胞成为元军的俘虏。

既不能变姓名卒于吴,又不能髡箝奴于鲁——"既不能"句:《汉书·梅福传》:"汉时寿春(今安徽寿县)人梅福,为南昌尉,多次上书论事。后王莽专权,他弃妻子而遁去;其后,有人见梅福在会稽,已改变姓名,为吴市门的守门卒。""又不能"句:《史记·季布列传》:"刘邦缉捕季布,季布逃匿,自己加以髡箝之刑,化装为受过刑的人,并卖身给鲁地朱家为奴,以为躲避之计。"季布:参看《高沙道中》"季布走在鲁"句注释。髡(kūn):古代剃去头发的刑罚。箝(qián):古代以铁夹颈的刑罚。这两句是说:我不能像汉代梅福一样改名变姓去隐藏,又不能像季布一样削发带枷想方设法去躲避。

远引不如四皓翁,高蹈不如仲连父——远引:远远地退避。引:退,退隐。四皓:汉高祖时隐居在陕西南部商山的四位老人东园公、绮里季、夏黄公、甪(lù)里先生。皓:老人。李白《金陵歌送别范宣》:"送尔长江万里心,他年来访南山皓。"高蹈:指隐居。仲连父:即鲁仲连。战国时人,高蹈不仕,喜为人排难解忧。齐王攻下聊城,要给他封官,他便逃隐到海上。父(fǔ):同"甫",古代对男子的美称。这两句是说:我比不上汉时商山的四皓,他们可以远远地退避隐居;我也比不上鲁仲连,他功成身退。

冥鸿堕矰缴,长鲸陷网罟——冥鸿:高飞的鸿雁。多用来比喻高才之士或隐居的人。这里作者自比。矰缴(zēngzhuó):系着丝绳的短箭。网罟(gǔ):捕鱼的工具。此句中的"长鲸"也是作者自比。这两句是说:高飞的大雁被射落掉下来,气吞江海的鲸鱼被鱼网捕得。

鹝燕上下争谁何,蝼蚁等闲相尔汝——鹝燕:鹝雀和燕子,它们都是小鸟。争谁何:争辩。讽刺比它们飞得高的大雁。这句是承接上句中的"冥鸿"而言,隐括了《庄子·逍遥游》中的意思:大鹏展翅九万里,"尺鹝笑之曰:'彼奚适也?我腾跃而上,不过数仞;而下,翱翔蓬蒿之间,此亦飞之至也。而彼且奚适也!'"这里作者以冥鸿喻自己的志节,以鹝燕比喻目光短浅、以成败论人的庸俗之徒。蝼蚁:蝼蛄和蚂蚁,它们都是小虫。等闲:随便。相尔汝:被轻贱的意思。尔汝:古代尊长对幼者以"尔汝"相称。引申为轻贱之称。《魏书·陈奇传》:"尝众辱奇,或尔汝之,或指为小人。"这句是承接上句中"长鲸"而言,隐括了《战国策·齐策》中的意思:"君不闻海大鱼乎?网不能止,钩不能牵,荡而失水,则蝼蚁得意焉。"这里作者以长鲸自比,以蝼蚁比喻轻侮他的元统治者。这两句是说:高飞的大雁被射下来,鹝雀和燕子就上跳下蹿,说长道短;鲸鱼陷身鱼网,连蝼蛄和蚂蚁也随随便便地轻视它。

狼藉山河岁云杪,飘零海角春重暮——狼藉:杂乱的样子。岁云杪(miǎo):年终,岁末。这里指大宋江山气数已尽。云:语助词。杪:末尾。这两句是说:山河破碎,宋王朝走到了尽头;我飘零天涯海角,如今又是暮春。

百年落落生涯尽,万里遥遥行役苦——百年:指人的一生。落落:开朗,坦率。这两句是说:我的一生,坦荡无私,就要走到尽头。此去北方,万里之遥,困顿辛苦。

我生不辰逢百罹,求仁得仁尚何语——辰:时候。《诗经·大雅·桑柔》:"我生不辰,逢天僤(dàn)怒。"罹(lí):忧患,苦难。《诗经·王风·兔爰》:"我生之初,尚无为;我生之后,逢此百罹。""求仁"句:参看前选《高沙道中》"求仁而得仁"句解释。这两句是说:我生不逢时,遭时代大难;我为了追求高尚的理想而牺牲生命,还有什么可以怨叹的?

一死鸿毛或泰山,之轻之重安所处——汉司马迁《报任安书》:"人固有一死,或重于泰山,或轻于鸿毛,用之所趋异也。"之:代词,指人之一死。安所处:即"用之所趋异也"的意思。这两句是说:人有一死,或重于泰山,或轻于鸿毛,就看你如何去对待它。

妇女低头守巾帼,男儿嚼齿吞刀锯——守巾帼:此处用来隐指那些甘心接受羞辱的投降派。《晋帝纪》载:"诸葛亮北伐中原,屯兵渭南,司马懿不敢出战。诸葛亮送了巾帼给司马懿,以羞辱并激怒他,司马懿却接受了。"巾帼:妇女盖头发用的头巾。啮齿:《新唐书·张巡传》载:"唐安史之乱时,张巡守睢阳,每次督战大呼,以致目眦迸裂,血流满面,咬碎牙齿。"吞:咽下去。这里指受刀锯之刑。这两句是对比而言,是说:男人就应该不怕死,敢于身受刀锯之刑,不应该像妇女一样怯弱。

杀身慷慨犹易勉,取义从容未轻许——这两句是说:一个人慷慨就死并不难,但视死如归、从容就义却并不是一种容易的事。这是作者自勉的话。

仁人志士所植立,横绝地维屹天柱——仁人志士:《论语·卫灵公》:"志士仁人,无求生以害仁,有杀身以成仁。"植立:树立。地维:古人认为地是方的,有四角,以大绳维系着,叫"地维"。屹(yǐ):高耸的样子。天柱:比喻最高的山。《淮南子·天文》:"昔者共工与颛顼(zhuānxū)争为帝,怒而触不周之山,天柱折,地维绝。"这两句是说:仁人志士所达到的境界,就是能顶天立地。

以身殉道不苟生,道在光明照千古——殉:为了一定的目的而死。《孟子·尽心上》:"天下无道,以身殉道。"这两句是说:要为大义而献身,决不苟且偷生,大义的光辉会照耀千古。

素王不作《春秋》废,兽蹄鸟迹交中土——素王:古称有王者之道而无王者之位的人,后用以称"孔子"。《春秋》:书名,是孔子根据鲁国史而编订的。"尊王攘夷"是《春秋》里面的一个重要思想。这里作者就是以这种思想而说的。"兽蹄"句:《孟子·滕文公上》:"兽蹄鸟迹之道交于中国,尧独忧之,举舜而敷治焉。"这里指元军入侵中原。这两句是说:像孔子这样的贤人,现在没有了,《春秋》大义也废弛了,于是牛鬼蛇神来侵犯中原了。

闰位适在三七间,礼乐终当属真主——闰位:非正统的帝位,就像因为岁月之余而多出来的闰月一样。三七:厄运。《汉书·路温舒传》:"温舒从祖父受历数天文,以为汉厄三七之间。""汉厄三七之间"的意思是:汉朝的厄运大概出现在立国后二百一十年左右。礼乐:这里指一个朝代相应的政治制度,也就是"正统"帝位。真主:真命天子的意思。这两句是说:元军入侵并非有正统帝位,南宋灭亡只不过是一个厄运罢了,最后的帝位还是属于汉人真命天子的。

李陵卫律罪通天,遗臭至今使人吐——"李陵"句:李陵:字少卿,汉名将李广之孙。天汉二年率步卒五千击匈奴,战败后与汉使者卫律一起投降。当时苏武出使匈奴被扣,匈奴酋长让李陵劝苏武投降,遭苏武拒绝,李陵喟然叹曰:"嗟乎!义士。陵与卫律之罪,上通于天!"吐:唾弃。这两句是说:李陵与卫律投降匈奴,背叛祖国,罪恶极大,遗臭万年,至今令人唾弃。

种瓜东门不可得,暴骨匈奴固其所——种瓜东门:秦时邵平,封东陵侯,秦亡后,隐居长安东门种瓜。这两句就是对李陵、卫律而言,意思是:他们连隐居起来种瓜东门的机会都没有,暴骨匈奴是他们应有的下场。

平生读书为何事？临难何忧复何惧——这两句是作者以状元宰相的身份所发的议论。意思是：平生读圣贤书是为了什么呀？不就是为了在大难临头时，毫无所惧吗！

已矣夫——算了吧！

易箦不必如曾参，结缨犹当效子路——易箦(zé)：《礼记·檀弓》说，曾参临死时，要把病床上所用华美而不切合他身份的床垫换掉。箦：竹席。结缨：《左传·哀公十五年》说，孔子的学生子路在和敌人打仗时，帽带被砍断，子路曰："君子死，冠不免。"结缨而死。缨：帽带子。这两句是说：现在身为俘虏，死的时候还能不能像曾参那样坚守礼法，已经很难说了；但一定要像子路那样，死得很从容，很勇敢。

【新评】

这首《言志》诗，仅以作者所言"志"看，就是"一死鸿毛或泰山"的选择。作者所选择的是重于泰山的"取义从容"。若进一步分析，这首诗是作者主体精神思想的流露。文天祥的思想，主要是儒家思想，他讲忠讲孝，反对"乱臣贼子"。他在《白沟河》一诗中说："天地垂日月，斯人未云亡。文武道不坠，我辈终堂堂！"很好地说明了他维护"文武"圣人之道的大义。诗中多次提到儒家人物及儒家主张，讲究"正统"，这些都是文天祥儒家思想的体现。也正是这种儒家思想的精神支撑，使得他有了坚强的"以身殉道"的信念。

全诗分为两大部分：第一部分从开头到"万里遥遥行役苦"，写国破家亡，身陷囹圄，无法做到像古人那样，或全身远祸，或高蹈世外。第二部分说的是只能以死报国，并要做到"以身殉道"、"取义从容"，体现的是一位状元宰相的生死信念。

诗歌是以七言为主的杂言体。隔句压韵，一韵到底，共十九韵，读来有一种浑灏的感觉。诗歌虽通篇议论，但感情饱满。说古道今而是非分明，让人于悲壮慷慨的情绪中，体味出一位远去英雄视死如归、从容坦荡的天地胸怀。

张元帅谓予："国已亡矣，杀身以忠，谁复书之？"予谓："商非不亡，夷齐自不食周粟。人臣自尽其心，岂论书与不书。"张为改容。因成一诗

【题解】

这首诗作于元世祖元至元十六年(1279)三月十四日或稍后。至元十六年三月十四日，元军元帅张弘范在海上摆酒，劝文天祥投降，"公(文天祥)流涕曰：'国亡不能救，为人臣者，死有余罪，况敢逃其死而贰其心乎？殷之亡也，夷齐不食周粟，亦自尽其义耳，未闻以存亡易心

也。'弘范为之改容。"(邓光荐《文丞相传》)这首诗便是为此事而作。诗歌体现了作者"烈士死如归"的英雄大义。谁复书之:谁会把你忠贞不贰的事迹记载在史册上呢?改容:改变容态。《汉书·贾谊传》:"今自王侯三公之贵,皆天子之所改容而礼之也。"这里是为之肃然起敬的意思。

　　高人名若浼,烈士死如归。智灭犹吞炭,商亡正采薇。
　　岂因徼后福,其肯蹈危机? 万古《春秋》义,悠悠双泪挥。

　　高人名若浼,烈士死如归——高人:高尚出俗之人。浼:玷污,污染。烈士:坚守信念而牺牲生命的人。死如归:曹植《白马篇》:"捐躯赴国难,视死忽如归。"这两句是说:高尚之人总怕自己的名节被玷污,坚守信念而死的人,把死就当成回家一样。

　　智灭犹吞炭,商亡正采薇——"智灭"句:《史记·豫让传》记载:"豫让,战国时晋人,事智伯,甚被尊宠。智伯为赵襄子所灭,豫让要替智伯报仇,用漆涂在身上化装为有癞疾的人;又吞吃了炭,使声音变哑,目的是让人不能辨识,然后去刺杀赵襄子。不成,被捕自杀。""商亡"句:《史记·伯夷列传》记载:"商朝灭亡后,伯夷和叔齐耻为周民,不食周粟,隐居于首阳山,采薇而食,后饿死。"薇:山菜,茎叶皆似小豆,可食。这两句是说:智伯死了,豫让尚能吞炭变哑去为他报仇;商朝灭亡了,伯夷和叔齐宁愿饿死也不食周粟。

　　岂因徼后福,其肯蹈危机——徼(jiǎo):求,求取。这两句是说:哪有追求个人利益的人,肯愿意为了国家而赴难牺牲呢?

　　万古《春秋》义,悠悠双泪挥——万古:不朽的意思。《春秋》义:《春秋》大义。悠悠:水流悠长的样子。这里形容泪水潸然的样子。这两句是说:一想到不朽的《春秋》大义现在废弛了,不禁眼泪潸然而下。

　　诗歌主题明确,那就是坚守《春秋》大义。在作者看来,宁愿从容就义,也不愿清白的名誉受到玷污。整首诗语气平缓,意绪也没有以前诗歌中常常见到的波澜起伏,似是自言自语,又似是与你娓娓道来,说着古老的先贤故事。作者所有的情感似乎都溶进了"悠悠双泪挥"五个字之中。这里有对亡国的痛恨,有对自己身世的悲叹,更有对张弘范等人无耻的反击。作者坚守民族气节,与豫让苦肉复仇、伯夷叔齐不食周粟等历史事件,其实在性质上很不一样,但作者用来表达自己对国破家亡之痛及誓不为贰臣的决心,还是让人深受感动。

生朝 五月初二日

题解

元至元十六年五月初二日,作者四十岁生日。当时作者被元军押送北行,于四月二十日离广州,五月初四日出大庾岭。写这首诗时,大约行程是在广东和江西的交界处。诗中表达了他对亲人和家园的怀念,以及对故国的拳拳之心。

客中端二日,风雨送牢愁。昨岁犹潘母,今年更楚囚。
田园荒吉水,妻子老幽州。莫作长生祝,吾心在首丘!

新解

客中端二日,风雨送牢愁——客中:流落之中。端二日:即五月初二日。《岁时杂记》:"京师市廛(chán)人,以五月初一日为端一,初二日为端二,数以至五谓之端五。"牢愁:忧郁,愁闷。这两句是说:五月初二生日这天,我在被押途中;风雨袭人,忧愁满腹。

昨岁犹潘母,今年更楚囚——昨岁:去年。潘母:潘岳的母亲。这里指代自己的母亲。潘岳:字安仁,晋时人。所作《闲居赋序》说:"太夫人在堂,有羸老之疾,尚何能违膝下色养。"意思是说,老母亲在家,年老多病,怎么能不赡养呢?文天祥母亲曾氏卒于上一年九月,五月还在世。所以说,去年这时候像潘岳一样,还有母亲可奉养。更:又。这是作者第二次被捕,故云。楚囚:见前选《真州杂赋》"晓来到处捉南冠"句注释。这两句是说:去年的今天,母亲还健在,而今不在了,自己则又成了元军的俘虏。

田园荒吉水,妻子老幽州——吉水:指代作者故乡吉州庐陵富田县。古人常用家乡的山水名来代称故乡。"妻子"句:景炎二年八月十七日,作者率兵攻赣州、吉州失败,元军追至兴国县(今属湖南)的空坑,作者仅以身免,妻子儿女俱被捕,并被送往燕京。幽州:指燕京。这两句是说:家乡的田园已经荒芜了,妻子儿女被禁在遥远的燕京。

莫作长生祝,吾心在首丘——首丘:参见前选《高沙道中》"首丘义皇皇"句注释。这两句是说:今天是生日,无意于长寿的祈盼,所恋恋不舍的是江南故国。

新评

这首五律诗,首联两句交代的是作者在被押途中的忧愁心理,给全诗笼罩上凄凉的气氛。接下来四句将这种悲凉的感受内容交代清楚:老母已经去世,身为囚徒,家破人亡,故园成荒。最后两句关题旨,表示自己已经将生死置之度外,只能永怀故国赤子之心。

此诗可以与前选《生日和谢爱山长句》对比阅读。在《生日和谢爱山长句》一诗中,作者表达了"夜阑拂剑碧光寒,握手相期出云表"的报国之志;到此时,作者的报国之志差不多已经成为泡影,虽然报国不成,但故国挚爱之心不灭,从《生日和谢爱山长句》中的"夜阑拂剑碧光寒,握手相期出云表"到《生朝》中的"莫作长生祝,吾心在首丘",我们可知作者矢志不渝的爱国心路历程。

南安军

元至元十六年五月初四日,文天祥被元军押解北行出大庾岭,到达南安军。南安军:今江西大庾县。军:宋代行政区域名称,与府、州、监同隶属于路。这首诗是作者被押经过南安军时所作,表达了作者身陷囹圄而经过故乡时的复杂心情,同时表达了作者与元人不共戴天的意志。

  梅花南北路,风雨湿征衣。出岭谁同出,归乡如不归。
  山河千古在,城郭一时非。饿死真吾事,梦中行采薇。

梅花南北路,风雨湿征衣——"梅花"句:大庾岭上多梅花,故又称"梅岭"。又是南北交通要道,在江西大庾县之南,广东南雄县之北,过岭即是所谓的"岭南"。征衣:远行时穿的衣服。这两句是说:由南而北经过大庾岭口,风雨把衣服都淋湿了。

出岭谁同出,归乡如不归——出岭:指走出大庾岭,到达南安军。如不归:作者到南安军离家乡已经不远,但作者当时身为俘囚,只是经过故乡,所以说"如不归"。这两句是说:走出大庾岭后,谁同我一道呢?只是经过故乡而已,就像根本没有回故乡一样。

山河千古在,城郭一时非——山河:参见前选《渡瓜洲》"眼前风景异山河"句注释。"城郭"句:假名陶潜撰《搜神后记》载:"汉道士丁令威,得道后化为仙鹤归辽,翱翔空中。歌道:'有鸟有鸟丁令威,去家十年今始归,城郭如故人民非,何不学仙去?空伴冢累累!'"此句即由此化出。这里用来说明宋朝江山易主,已被元人侵占。这两句是说:山河万古千秋不变样,但眼下已经落入元人之手中。

饿死真吾事,梦中行采薇——饿死:此处语义双关:一是指作者绝食一事。作者在将要到达南安军时,即开始绝食,希望在到达庐陵时饿死,这样就能死在家乡,成全上一首诗中所说的"首丘"之志;二是与下句"采薇"相关联,意思是要像伯夷、叔齐那样宁愿饿死也不食周粟。采薇:见前选《张元帅谓予:"国已亡矣,杀身以忠,谁复书之?"……》"商亡正采薇"句注释。这两句是说:宁愿饿死在家乡,也不与元人合作,为此,我常常梦见自己像伯夷、叔齐一样在首阳山采山菜。

【新评】

前面说过文天祥德祐以后的诗歌,总的说来只有一个主题,那就是爱国救国,坚贞不屈。前选《生朝》一诗,是作者就自己的生日表达了自己"吾心在首丘"的坚贞思想。这一首则是作者就故乡而表达了自己"饿死真吾事,梦中行采薇"的忠贞不贰的故国依恋情怀。诗虽以议论为主,但其间真挚的情感,哀婉的口气,舒缓的韵律节奏,却感人至深。

金陵驿二首

【题解】

元至元十六年六月十二日,作者被元军押解至金陵(今江苏南京)。八月二十四日,从金陵出发,渡江北上。这两首诗就是作者离开金陵、临行前在驿舍写下的。驿:驿站,驿舍。古时官方传送文书的人员中途休息换马的处所。

其 一

草合离宫转夕晖,孤云飘泊复何依。
山河风景元无异,城郭人民半已非。
满地芦花和我老,旧家燕子傍谁飞?
从今别却江南日,化作啼鹃带血归。

【新解】

草合离宫转夕晖,孤云飘泊复何依——合:围起来。这里指野草生长在建筑物的周围,又高又密。离宫:行宫、别宫。古代帝王出巡时临时居住的馆舍。这里泛指金陵的建筑物。之所以说"离宫"是为了关联金陵作为古都的建筑特点。转:移动。夕晖:夕阳,傍晚的阳光。这句中"转"的主语是"夕晖"。孤云:隐指作者自己。这两句的是说:金陵城中的房舍周围长满了野草;夕阳抹在这些房屋上,渐渐西沉。孤云在空中飘荡,无所傍依。

山河风景元无异,城郭人民半已非——"山河"参看前选《渡瓜洲》"眼前风景异山河"句注释。"城郭"句:参看前选《南安军》"城郭一时非"句注释。这两句是说:山河依然,风景不异,还是原来的样子,但现在城郭已被异族占领,百姓遭殃,已经不再是过去的好时光了。

满地芦花和我老,旧家燕子傍谁飞——芦花:金陵地处江边,秋天多芦花,"满地芦花"应是实写。同时,芦花色白,容易使人联想白发而感叹岁月无情。和我老:阴历八月,正是芦花扬花并渐渐枯萎的季节。老:衰老,疲惫。"旧家"句:杜甫《归燕》诗:"故巢傥未毁,会傍主人飞。"意思是庆幸房屋没有被摧毁,因而又可以回到故巢。刘禹锡《乌衣巷》诗:"旧时王谢堂前燕,飞入寻常百姓家。"感叹世事变迁,过去风光不再。以杜、刘二诗去推敲文诗,这句的意思应该是:经过改朝换代的战乱过后,金陵城已经是面目全非了。这两句是说:八月江边芦花似雪,正渐渐枯萎,就像我一样衰老不堪;金陵古城已经是萧条满目,失去往日繁华,旧时的燕子飞向哪里呢?

从今别却江南日,化作啼鹃带血归——啼鹃带血:传说杜鹃鸟为蜀王杜宇所化。杜宇死后不忘故乡山河人民,化为杜鹃鸟后,每年春天都飞回故乡,哀鸣不止,直到口角流血。这两句是说:今天渡江而过,就告别江南了,只有死后化成啼血的杜鹃鸟,才能飞回江南故国。

其 二

万里金瓯失壮图,衮衣颠倒落泥涂。
空流杜宇声中血,半脱骊龙颔下须。
老去秋风吹我恶,梦回寒月照人孤。
千年成败俱尘土,消得人间说丈夫!

万里金瓯失壮图,衮衣颠倒落泥涂——金瓯:比喻国土完固。壮图:宏大的愿望。衮(gǔn)衣:古代帝王的绣龙礼服。落泥涂:意思是一败涂地。这两句是说:复兴山河的愿望没有实现,宋王朝已经荡然不存了。

空流杜宇声中血,半脱骊龙颔下须——杜宇:见上一首诗"化作啼鹃带血归"句注释。骊(lí)龙:长有长须的黑龙。这里的"骊龙"与诗意无关,只是用龙须来代称自己的胡须。这两句是说:我就像杜宇一样,空流思恋故国之泪;颔下的胡须也脱落了很多,衰老了。

老去秋风吹我恶,梦回寒月照人孤——恶:不快,悲伤。《晋书·王羲之传》:"中年以来,伤于哀乐,与亲友别,辄作数日恶。"梦回:从梦中醒来。这两句是说:寒冷的秋风吹得我无比悲伤;梦中醒来,只见一轮寒月照着孤独的我。

千年成败俱尘土,消得人间说丈夫——消得:抵得上,换来。这两句是说:在历史的长河中,成功与失败都犹如尘土,只要还有后人能说你是个男子汉,那就够了。

新评

《金陵驿》二首，第一首诗的艺术效果远远超出第二首，成为传诵千古的爱国名篇。作者触景生情，把山河依旧、人事已非的深沉感慨溶化在对金陵战后萧条描写及对金陵古都的凭吊之中，写景抒情，情景交融。而作者个人悲辛的遭际及对故国的无限依恋之情，又在这种对世事日非的哀叹中自然地流露出来。"草合离宫转夕晖，孤云飘泊复何依"两句中，"草合离宫"、"夕晖"、"孤云"这些极为凄凉的物象构成了一幅古都金陵破败图，表达了失国孤臣凄凉的心理感受。"山河风景元无异，城郭人民半已非"，借用东晋初新亭对泣的典故，寄托了对南宋遗民不幸的同情和对南宋王朝覆灭的哀思。这两句是大笔荡开，"满地芦花和我老，旧家燕子傍谁飞"两句，则是就眼前景抒心中情。作者笔锋一转，通过自然物象来抒发心中沉痛之感。这种自然物象的选择，由于与典故联系起来，便具有较大的艺术感染力。结尾两句极其沉痛，绾合题意，于东南故国作生离死别，此后只能是化作杜鹃，啼血哀鸣了。

第二首更多的是作者对自己未来命运的想象与哀叹。和作者许多其他德祐以后的诗歌一样，在沉痛的个人感慨之后，突然笔锋一转，昂首挺立，语气高扬，理直气壮地道出自己的信念。在这首诗中，文天祥认为作为沙场英雄不必以成败论之，凡是大丈夫则一定能名垂千古。"老去秋风吹我恶，梦回寒月照人孤"，在意境上与李煜的一些亡国词相类，但语气挺拔，不失为好诗句。

早 秋

题解

这首诗是作者被元军押解北上，暂驻金陵时写的。诗中表达了作者身为俘囚，被押北上的孤寂之感及对亲人儿女的无限思念之情。早秋：阴历以七月为早秋。

只影飘零天一涯，千秋摇落欲何之。
朝看带缓方嫌瘦，夜怯衾单始觉衰。
眼里游从惊死别，梦中儿女慰生离。
六朝无限江山在，搔首斜阳独立时。

新解

只影飘零天一涯，千秋摇落欲何之——只影：只身，孤身一人。天一涯：即天涯。摇落：凋谢，零落。陈子昂《感遇》诗之二："岁华尽摇落，芳意竟何成？"欲何之：

想怎么样呢?即无可奈何的意思。这两句是说:只身一人将要飘零到天涯海角;秋天来了,万物凋谢,可又有什么办法呢?

朝看带缓方嫌瘦,夜怯衾单始觉衰——带:衣带。缓:松下来。方:方才。衾(qīn):被子。这两句是说:早晨起来,发现衣带松了,才知道自己瘦了;晚上睡觉时,总是害怕被子单薄,才知道自己衰老了。

眼里游从惊死别,梦中儿女慰生离——眼里:以前见过的,现在还历历在目。游从:身边的随从,来去不定,所以称"游从"。"死别"与"生离"互文。这两句是说:与随从们生离死别的场景还历历在目,让我心惊肉跳;梦中梦见儿女们还能安慰我离别亲人的痛苦心灵。

六朝无限江山在,搔首斜阳独立时——六朝:三国吴、东晋、南朝宋、齐、梁、陈都建都于建康(即金陵),史称"六朝",也称"六代"。搔首:抓头,是心绪烦乱有所思虑时的动作。独立:孤立。李密《陈情表》:"茕茕(qióngqióng)独立,形影相吊。"这两句是说:江山还是六朝时的江山,我现在一个人忧郁地站立在夕阳中,感叹物是人非。

这是一首思想内容含量很大的七律近体诗。首联两句交代了只身一人的凄凉环境,又说明了时间是在万木萧萧的秋天。从抒情方式上说,是传统的"士悲秋"手法的运用。接下来三、四两句说明自己身为俘囚的身体、心理状况:身体消瘦了,心理衰老了。一个"怯"字把作者的主要精神状态呈现出来。当然这不是胆小怕死的之"怯",而是一颗苦难的心所具有的本能反应。五、六两句回忆了与战友的生离死别,表达了对儿女骨肉的铭心思念。最后把对江山的无限感叹同自我孤寂身世相结合,这种双重悲情无疑大大加强了诗歌的悲剧艺术效果。

燕子楼

元至元十六年九月初七日,作者被押送北上行至徐州,这首诗是作者到达徐州后所作。燕子楼:唐德宗贞元年间,尚书张建封镇徐州,筑燕子楼以居爱妾关盼盼。张建封死后,盼盼独居楼中凡十五年,后绝食"殉节"。后人对关盼盼坚守贞操多有咏叹,如白居易《燕子楼》:"满窗明月满帘霜,被冷灯残拂卧床。燕子楼中霜月夜,秋来只为一人长。"文天祥这首诗则借歌咏关盼盼表达了自己对宋室故国忠贞不贰的坚强意志。

自别张公子,婵娟不下楼。遂令楼上燕,百岁称风流。

我游彭城门,来吊楚王阙。问楼在何处,城东草如雪。
蛾眉代不乏,埋没安足论?因何张家妾,名与山川存?
自古皆有死,忠义长不没。但传美人心,不说美人色。

【新解】

自别张公子,婵娟不下楼——张公子:指张建封。婵娟(chánjuān):美女的代称。这里指代关盼盼。这两句是说:自从张建封死后,关盼盼就再也没有下过燕子楼。

遂令楼上燕,百岁称风流——楼上燕:指关盼盼。风流:风俗教化。这里是关盼盼被后人称为榜样的意思。这两句是说:因为关盼盼坚守贞操,所以一直被后人称为楷模。

我游彭城门,来吊楚王阙——彭城:即徐州。楚王:指西楚霸王项羽。阙:宫阙。这两句是说:我走出徐州城门,去凭吊西楚霸王项羽当年的项王宫。

问楼在何处,城东草如雪——楼:指燕子楼。草如雪:作者阴历九月初七日到达徐州,时值深秋,故云。这两句是说:我问人家燕子楼在什么地方,人们告诉我说在城东;城东秋草披霜,色白如雪。

蛾眉代不乏,埋没安足论——蛾眉:也写作"娥眉",指代美人。这两句是说:美女哪一朝哪一代没有呢?一位美女死了,化为尘土又有什么值得大惊小怪的呢?

因何张家妾,名与山川存——张家妾:指关盼盼。这两句是说:关盼盼虽已死去,可为什么她的名声与山河长存呢?

自古皆有死,忠义长不没——这两句是对上面两句的回答,是说:人生自古都有一死,但只要怀抱忠义,就会名流千古,虽死犹生。

但传美人心,不说美人色——传:传扬、赞美。这两句是进一步回答上面的问题,是说:后人之所以记住关盼盼,是因为赞美她的忠义之心,并非只记住她美丽的外貌。

【新评】

这首诗语言简朴,意脉也没有多大的起伏开阖。所说话头也并非新颖别致,前此后此都有多人论述过,但作者能跳出前人多从同情一路来叙说的窠臼,拈出"忠义"二字,对关盼盼予以高度赞美。特别是最后"但传美人心,不说美人色"两句,逼出题旨,语句平淡却至为警策,容量大,寓意深,读来隽永深长。诗明写燕子楼、关盼盼,但读者总能体味出作者宁死不屈、坚守贞操的顽强意志。

六 歌

《六歌》是组诗,是作者分别悲叹其妻、妹、女、子、妾及自己的作品。这组诗是作者在被元军押送北上途中所作,时间大概在至元十六年九月中旬。《六歌》在章法、风格上尽量模仿杜甫的《同谷七歌》。组诗分别悲叹了妻、妹、女、子、妾和自己在战乱中的悲惨遭遇,表达了对亲人的一片深情和刻骨的垂怜。

其 一

有妻有妻出糟糠,自少结发不下堂。
乱离中道逢虎狼,凤飞翩翩失其凰。
将雏一二去何方,岂料国破家亦亡。
不忍舍君罗襦裳,天长地久终茫茫,
牛女夜夜遥相望。
呜呼一歌兮歌正长,悲风北来起彷徨!

有妻有妻出糟糠,自少结发不下堂——妻:指作者妻欧阳氏。糟糠(zāokāng):酒糟和谷皮。比喻粗劣食物,后指在贫穷时候娶的妻。《后汉书·宋弘传》说:东汉光武帝要以其姊湖阳公主嫁给已有妻室的宋弘,宋弘拒绝说:"贫贱之交不可忘,糟糠之妻不下堂。"结发:成婚之夕,男左女右束发共髻,以示正式结为夫妇,后指原配夫妻。《文选·苏子卿诗》:"结发为夫妻,恩爱两不疑。"下堂:旧时指妻子被丈夫遗弃而被迫离婚。这两句是说:贤淑的妻子啊,我们为原配夫妇,自结婚以后,从来没有分离过。

乱离中道逢虎狼,凤飞翩翩失其凰——逢虎狼:指景炎二年空坑兵败时,作者妻子被俘一事。凤:凤凰为二,雄为凤,雌为凰。翩翩:鸟疾飞的样子。这里比喻空坑兵败,作者仅以身免。这两句是说:战乱中遇到虎狼,从此凤凰相失,不得见面。

将雏一二去何方,岂料国破家亦亡——雏(chú):本意是小鸡,常用来比喻幼儿。杜甫《徐卿二子歌》:"丈夫生儿有如此二雏者,名位岂肯卑微休。"将雏一二:指带着几个孩子。据作者《纪年录》载:"空坑败后,其妻与其子佛生,女柳小娘、环小娘,妾颜氏、黄氏等均被捕。"这两句是说:你带着孩子们去了哪里呢?你哪能想到现在已经是国破家亡了。

不忍舍君罗襦裳,天长地久终茫茫,牛女夜夜遥相望——罗襦(rú)裳:丝织的

116

衣服。襦:短袄。裳:下身穿的衣服。茫茫:遥远的样子。这里是落空的意思。牛女:牛郎、织女二星。这三句是说:你穿的衣服我舍不得扔掉,原本指望今生永不分离,而现在已经是不可能了,以后我们只能像牛郎织女一样隔着天河遥遥相望。

呜呼一歌兮歌正长,悲风北来起彷徨——一歌:这第一首诗歌,与以下"再歌"、"三歌"等相对而言。歌正长:即"长歌当哭"之"长歌",意思是哀婉的诗歌。悲风:令人悲哀之风。彷徨(pánghuáng):来回走动,心神不定的样子。这两句是说:唉! 这是第一首诗歌真悲伤。北风吹来,又让我无限忧愁,我来回走动,心神不定。

其 二

有妹有妹家流离,良人去后携诸儿。
北风吹沙塞草凄,穷猿惨淡将安归?
去年哭母南海湄,三男一女同欷歔,
惟汝不在割我肌。
汝家零落母不知,母知岂有瞑目时!
呜呼再歌兮歌孔悲,鹡鸰在原我何为?

【新解】

有妹有妹家流离,良人去后携诸儿——有妹:文天祥有妹三人:懿孙、叔孙、顺孙。这首诗歌是为懿孙写的。懿孙嫁孙实甫。据《宋史·忠义传》:作者起兵勤王时,孙实甫招募义兵,后被元军所捕,被杀。下句"良人去后"即指孙实甫被杀。流离:流离失所,不得安居。携诸儿:作者《集杜诗·长妹》序:"不幸,孙氏倾覆,家没入燕。妹奉孙氏生母,携子肖翁、约翁及一女,零丁孤苦,客食万里。妹虽患难中,侍养抚教,各尽其所,可谓贤矣。哀哉!"这两句是说:长妹懿孙流离失所,不得安居。自从她丈夫为国捐躯以后,一直自己拖儿带女,侍奉公婆。

北风吹沙塞草凄,穷猿惨淡将安归——"北风"句:这是作者想象其妹在北方塞外的恶劣环境。穷猿:比喻无所投靠,没地方安居,是隐括《晋书·李充传》中"穷猿投林,岂暇择木"一语而来。惨淡:凄凉的意思。欧阳修《秋声赋》:"盖夫秋之为状也,其色惨淡,烟霏云敛。"这两句是说:北风吹着塞外黄沙枯草,一片凄凉;你们无依无靠,无比悲惨,你们在哪儿安身呢?

去年哭母南海湄,三男一女同欷歔,惟汝不在割我肌——哭母:为母亲哀悼。南海湄(méi):这里指惠州。上一年作者母亲曾氏逝世于此。湄:水与草相连接的地方。三男一女:指作者及其弟文璧、文璋、次妹淑孙四人。文璧《齐魏两国夫人(曾氏于祥兴元年八月受封为齐魏国夫人)行实》:"倏报先人感疾,扶服省侍,中道得讣音,号呼奔赴,及天祥、璋、次妹淑孙哭敛,惟长妹懿孙不在侧。"欷歔(xūxī):哽咽、啼

117

哭。《后汉书·冯衍传下》:"盖忠臣过故墟而歔欷,孝子入旧室而哀叹。"割我肌:如割肌之痛,形容极度悲痛。这三句是说:去年母亲在潮阳逝世时,为母亲哀悼有我、文璧、文璋和淑孙,我们哀痛不已。当时只有你不在,我感到万分痛心。

　　汝家零落母不知,母知岂有瞑目时——零落:衰落。瞑目:死去而无牵挂。这两句是作者赞扬懿孙的孝道,意思是:为了不让母亲难过,你没有把你家里衰落的情况同母亲说,因为你怕母亲知道了,她会死不瞑目的。

　　呜呼再歌兮歌孔悲,鹡鸰在原我何为——再歌:即第二首诗歌。孔悲:非常悲哀。孔,很,甚。鹡鸰(jílíng):鸟名。《诗经·小雅·棠棣》:"鹡鸰在原,兄弟急难。"后以此喻兄弟友爱。这两句是说:唉!这第二首诗歌真悲哀。我妹妹有难,可我却无能为力给她帮助。

其　三

有女有女婉清扬,大者学帖临钟王,
小者读书声琅琅。
朔风吹衣白日黄,一双白璧委道傍。
雁儿啄啄秋无粱,随母北首谁人将?
呜呼三歌兮歌愈伤,非为儿女泪淋浪?

　　有女有女婉清扬,大者学帖临钟王,小者读书声琅琅——有女:作者《集杜诗·二女》序说:"予六女:长定娘,次柳娘,次环娘,次监娘,次奉娘,次寿娘。丙子(德祐二年,五月改景炎元年),定娘、寿娘以病死于河源之三角。丁丑(景炎二年),柳娘、环娘陷;惟监娘、奉娘得存。戊寅(景炎三年,五月改祥兴元年)潮阳之败,复死乱兵中。哀哉!"这首诗是为柳娘、环娘写的。婉清扬:眉目婉然美丽的意思。《诗经·齐风·野有蔓草》:"有美一人,清扬婉兮。"钟王:指魏时的钟繇(yáo)和晋时的王羲之,合称"钟王"。钟繇:三国魏书法家,字元常,颍川长社(今河南长葛)人。王羲之,东晋大书法家,字逸少,琅琊临沂(今山东临沂)人。琅琅(lángláng):清脆响亮的声音。这三句是说:我的两个女儿柳娘和环娘都眉目清秀,柳娘学书画,临摹钟繇和王羲之的帖子;环娘读书的声音,清脆悦耳。

　　朔风吹衣白日黄,一双白璧委道傍——朔风:北风。朔:北方。一双白璧:指柳娘与环娘。委道傍:傍,同"旁"。本意是被遗弃在路边,这里是指景炎二年空坑兵败,二女被俘一事。这两句是说:空坑之战那天,北风猛烈,太阳昏暗无光,两个女儿被元军俘虏,以此委弃路旁。

　　雁儿啄啄秋无粱,随母北首谁人将——无粱:无食。北首:向北方。这里是被元军押着北行的意思。将:带领,扶携。这两句是说:雁儿到了秋天没有吃的;你们与母亲一同被俘到了北方,又有谁照顾你们呢?

呜呼三歌兮歌愈伤,非为儿女泪淋浪——淋浪:本意是水流不断的意思,这里形容泪流不止的样子。这两句是说:唉!这第三首诗歌更加令人悲伤。我不仅仅是为了女儿,乃是为国为家而悲痛。

其 四

有子有子风骨殊,释氏抱送徐卿雏。
四月八日摩尼珠,榴花犀钱络绣襦。
兰汤百沸看似酥,欻随飞电飘泥涂。
汝兄十三骑鲸鱼,汝今知在三岁无?
呜呼四歌歌以吁,灯前老我明月孤!

有子有子风骨殊,释氏抱送徐卿雏——有子:作者《集杜诗·长子》序曰:"予二子,长曰道生,姿性可教。不幸乱离,随家飘泊。空坑之败,能脱身自全。钟爱于太夫人。以疾,以太夫人六十日,死于惠阳郡治中。生十三年矣。哀哉!"这首诗写的是次子佛生。空坑兵败,佛生与欧阳夫人同被俘,自隆兴(今江西南昌)北行时失散。风骨:气质。殊:超群拔俗。释氏:指佛教始祖释迦牟尼。徐卿雏:杜甫《徐卿二子歌》:"君不见徐卿二子生绝奇,感应吉梦相追随。孔子释氏亲抱送,并是天上麒麟儿。"这里以徐卿的儿子比喻佛生。这两句是说:儿子佛生气质超拔,简直就是杜甫笔下的徐卿之子,是释迦牟尼亲手抱送来的。

四月八日摩尼珠,榴花犀钱络绣襦——四月八日:佛教以夏历四月初八日为浴佛节、佛诞日。摩尼珠:佛珠。榴花犀钱:用犀角制成石榴花形状的洗儿钱。络:系(jì),结。绣襦:绣花的护胸,小孩用来围裹在肩颈以接口水、唾液的胸前短片。这两句是说:佛生就像四月初八日浴佛节的佛珠宝贝一样让人疼爱,他的护胸上系上了犀角做的榴花洗儿钱。

兰汤百沸香似酥,欻随飞电飘泥涂——兰汤百沸:指小孩洗三朝(zhāo)与洗儿会。古时婴儿生三天洗身,叫"洗三朝"。至满月,举行洗儿会。酥(sū):乳酪制成的食品。这里用来比喻佛生肌肤的鲜润洁白。欻(xū):很快的意思。泥涂:本义是泥泞的道路,这里是受人折磨的意思。《左传·襄公三十年》:"使吾子辱在泥涂久矣。"这两句是说:当年给他洗三朝和举行洗儿会时,肌肤如酥,散发香气,可转眼之间就不知去向了。

汝兄十三骑鲸鱼,汝今三岁知在无——骑鲸鱼:这里是死亡的意思。扬雄《羽猎赋》:"乘巨鳞,骑鲸鱼。"后用以指隐遁、游仙或死亡。这两句是说:你的哥哥十三岁那年死去,你失散至今已有三年了,你还在这个世界上吗?

呜呼四歌兮歌以吁,灯前老我明月孤——吁(xū):叹息。老我:即"我老"的倒文。这两句是说:唉!这第四诗歌借以用来表达我一声沉痛的叹息。一轮孤月照进屋内,我一人独坐在灯影里,垂垂老矣。

其 五

有妾有妾今何如?大者手将玉蟾蜍,
次者亲抱汗血驹。
晨妆靓服临西湖,英英雁落飘璚琚。
风花飞坠鸟鸣呼,金茎沆瀣浮汙渠。
天摧地裂龙凤殂,美人尘土何代无?
呜呼五歌兮歌郁纡,为尔迎风立斯须。

有妾有妾今何如?大者手将玉蟾蜍,次者亲抱汗血驹——有妾:作者有妾二人,为颜靓妆与黄璚英。颜氏为环娘生母,黄氏为佛生生母。作者《集杜诗·妻》序言:"丁丑八月十七日,空坑之败,夫人欧阳氏,女柳娘、环娘,子佛生,环之生母颜,佛之生母黄,并陷失。"玉蟾蜍(chánchú):指女儿环娘。古代传说月中有蟾蜍,因以蟾蜍代称月亮。又,古人以月属阴,故又以之代称女性。汗血驹(jū):本为古代一种骏马,这里指佛生。驹:小马仔。这三句是说:颜氏与黄氏你俩如今怎样?以前,颜氏常常手牵着女儿环娘,黄氏则亲自抱着儿子佛生。

晨妆靓服临西湖,英英雁落飘璚琚——晨妆靓(jìng)服:颜氏早晨起来的穿着打扮。妆:打扮。靓:用脂粉来妆饰打扮。临:差不多。西湖:苏轼《饮湖上初晴后雨》诗:"欲把西湖比西子,淡妆浓抹总相宜。"这里用西湖比喻颜氏打扮得美丽得体。英英:俊美的样子。雁落:即"沉鱼落雁"的省说。璚琚(qióngjū):美玉。这里分别是衍"靓妆"、"璚英"两人名字而成。这两句是说:颜氏早晨起来打扮,淡妆浓抹,相宜得体,如西湖般美丽;黄氏则俊秀如璚琚美玉,有沉鱼落雁之貌。

风花飞坠鸟鸣呼,金茎沆瀣浮汙渠——风花飞坠:如风中之花,坠落在地。这里比喻颜、黄二人身陷元军。鸟鸣呼:鸟失伴相呼。金茎沆瀣(hàngxiè):铜柱上承接的露水。这里用来比喻颜、黄二人的高洁。金茎:汉武帝好神仙,于宫中立铜柱,上置铜盘,名仙人掌,以承天露,和玉屑服之,以求长生。沆瀣:夜间的水气。汙渠:肮脏的水沟。汙:即"污"字。这两句是说:颜、黄二妾身陷元军,自此如鸟失伴相呼,又如同仙露漂进臭水沟。

天摧地裂龙凤殂,美人尘土何代无——天摧地裂:比喻南宋被元军灭亡。龙凤殂(cú):南宋行朝覆灭,陆秀夫背赴帝昺投海死,全太后被俘。龙凤即指帝昺和全太后。殂:死。尘土:化为尘土,香消玉殒。这两句是说:改朝换代,连皇帝、太后都不在了;美人香消玉殒的事情,在哪一朝代没有发生过呢?

呜呼五歌兮歌郁纡,为尔迎风立斯须——郁纡(yùyū):忧思萦回。斯须:一会儿,短暂的片刻。这两句是说:唉!这第五首诗歌表达的是我无穷无尽的思念。这种思念亲人的痛苦,只有在当风而立时,才有片刻的减缓。

其 六

我生我生何不辰,孤根不识桃李春。
天寒日短重愁人,北风吹随铁马尘。
初怜骨肉钟奇祸,而今骨肉相怜我。
汝在北兮婴我怀,我死谁当收我骸?
人生百年何丑好,黄粱得丧俱草草。
呜呼六歌兮勿复道,出门一笑天地老。

我生我生何不辰,孤根不识桃李春——"我生"句:见前选《言志》"我生不辰逢百罹"句注释。孤根:指自己孤直的本性。不识桃李春:不知道像桃树、李树迎春而发一样,去趋炎附势。李白《颍阳别元丹丘之淮阳》诗:"松柏虽苦寒,羞逐桃李春。"这两句是说:我来到人间不是时候,而且自己还很孤直,不能趋炎附势。

天寒日短重愁人,北风吹随铁马尘——天寒日短:作者写此诗时,已是阴历九月中旬,所以说"天寒日短"。重(chóng):重迭,重复。铁马:披着铁甲的战马。这两句是说:天又冷,日又短,让人痛苦忧愁;北风刺面,只得跟在风尘仆仆的战马后面。

初怜骨肉钟奇祸,而今骨肉更怜我——钟:聚集。这里是遭受太多苦难的意思。这两句是说:当初我为亲人受到太多的灾祸而悲伤,现在我的亲人们更为我的下场而痛苦。

汝在北兮婴我怀,我死谁当收我骸——婴:被……所纠缠。这两句是说:你们在北方,我牵肠挂肚,我死了以后谁收我尸体归葬呢?

人生百年何丑好,黄粱得丧俱草草——丑:丑恶,不好。黄粱:黄粱一梦。比喻人生虚幻。唐沈既济《枕中记》传奇:"卢生赴举途中寓邯郸客舍,道士吕翁授之瓷枕。"卢生入梦,尽享荣华富贵,醒来时,主人黄粱米饭还未熟,顿悟回家。得丧:得失。草草:匆促。这两句是说人生一世什么叫好与不好,成败得失都不过是匆匆黄粱一梦而已。

呜呼六歌兮勿复道，出门一笑天地老——出门一笑：黄庭坚《王充道送水仙花五十枝，欣然会心，为之作咏》诗："坐对真成被花恼，出门一笑大江横。"意思是不在乎成功得失。天地老：即前文"人生百年何丑好"的意思。这两句是说：唉！唱完第六首歌就不再唱了。人间万事悠悠，都是过眼烟云。

【新评】

《六歌》组诗是文天祥在国破家亡、自披枷锁后，为亲人和自己所写的诗歌，是作者儿女情长一面的流露。这些诗，一方面让我们认识到作为顶天立地的英雄，文天祥内心深处有着比一般为夫、为父的男人更火热的心；另一方面又让我们看到乱世的血风腥雨给无辜百姓所带来的家破人亡的惨景。特别是妇女和小孩，一旦无依无靠，就只能听天由命。其实，像作者一家如此悲惨的结局，当时不知有多少啊！

作者在抒发对亲人的悲叹时，不是仅仅从一人一事、一时一地着笔，而是将笔墨荡开，在抒发对亲人的悲叹时，往往把它同国家社稷的命运联系在一起；在抒发眼下的悲哀时，往往能连及过去；在抒发对母亲的怜悯时，往往带及子女，反之也是如此。这种互为渲染的抒情、叙述手法，从艺术效果上说，一方面加重了悲剧气氛，另一方面又加深了对主题的挖掘。例如第一首，是对妻子欧阳氏的悲叹，作者以妻子为焦点，在对妻子（"乱离中道逢虎狼，凤飞翩翩失其凰"）的悲叹后，又及子女（"将雏一二去何方"），再及国家（"岂料国破家亦亡"），最后借古老的传说（"天长地久终茫茫，牛女夜夜遥相望"），悲叹了夫妇的生离死别。读罢掩卷，则知作者为之扼腕的不仅是个人、家庭，还有社稷与时代。

文天祥《六歌》是模仿杜甫《同谷七歌》而来。《六歌》不仅在章法、句式、音节等形式上模仿《同谷七歌》，而且在沉郁顿挫、凄凉宛转的风格上也与《同谷七歌》有相同之处。当然，更重要的是这背后二人经历、情感的相通之处。《同谷七歌》是杜甫安史之乱后，入蜀途中，颠沛于同谷（今甘肃成县）时所作，咏叹自己、妻子、弟妹，以及同谷景物。文天祥模仿《同谷七歌》作《六歌》，主要是出于这种颠沛流离、家破人亡经历的相似和失群相呼情感的相通，用文天祥自己的话来说，就是"子美于吾隔数百年，而其言语为吾用，非情性同哉！"

邳州哭母小祥

【题解】

祥兴元年（1278）九月七日，作者母亲曾氏病逝于惠州。作者《集杜诗·母》序说："先母，齐魏国太夫人。盖自房难后，弟璧奉侍赴惠州，弟璋从焉。已而之广、之循、之梅。余来梅州,母子兄弟始相见……(祥兴元年)八月,两国之命下,时已得疾,九月七日寅时,薨逝。弟璧卜地于惠循之深山间。"次年九月七日,为曾氏周年祭日,时作者被押北上正经过邳州,哭祭并作此诗。邳(pī)州:今江苏邳州。小祥:丧祭名。父母死后周年祭为小祥。《仪礼·士虞礼》:"期而小祥。"

  我有母圣善,鸾飞星一周。去年哭海上,今年哭邳州。
  遥想仲季间,木主布筵几。我躬已不阅,祀事付支子。
  使我早沦落,如此终天何! 及今毕亲丧,于分亦已多。
  母尝教我忠,我不违母志。及泉会相见,鬼神共欢喜。

【新解】

  我有母圣善,鸾飞星一周——圣善:通达事理,心地善良。《诗经·邶风·凯风》:"母氏圣善,我无令人。"鸾飞:比喻逝世。常用来指女性。星一周:一周年。参看前选《过零丁洋》"干戈落落四周星"句注释。这两句是说:我的母亲通情达理,心地善良,逝世已经一周年了。

  去年哭海上,今年哭邳州——"去年"句:指去年此时母亲曾氏病逝于惠州。因地处海滨,所以说"海上"。这两句是说:去年今日,在惠州哭殓母亲,而今年只能在邳州哭祭母亲了。

  遥想仲季间,木主布筵几——仲季:古代按行次称兄弟为伯、仲、叔、季。这里指作者弟文璧、文璋两人。木主:为死者立的木制牌位,相当于灵位、灵牌。布:放在……的上面。筵(yán)几:即祭席,神灵凭倚、所坐的几席。这两句是作者想象他的两个弟弟在远处祭母亲小祥的场面,意思是:今天文璧和文璋,摆好了祭席,然后把母亲的灵位放在上面。

  我躬已不阅,祀事付支子——躬:本身。阅:经历。这里是亲自操办的意思。支子:古代宗法制度规定,嫡长子受族人兄弟尊敬,继承大宗,故称为"宗子",其余称为支子,这里指作者的两个弟弟。这两句是说:我不能亲自到场祭奠母亲,祭事只能托付给两个弟弟。

  使我早沦落,如此终天何——使:致使。沦落:这里是漂泊的意思。白居易《琵琶行》:"同是天涯沦落人,相逢何必曾相识?"如此:指不能给亡母祭拜。终天:长久,久远。这里是终身的意思。这两句是说:我过早地被元军俘获,以致现在漂泊天涯;不能给母亲祭拜,让我抱憾终身。

  及今毕亲丧,于分亦已多——这两句是说:如今母亲的丧事已完毕,而母亲的恩德,我却终生受用。

  母尝教我忠,我不违母志——这两句是说:母亲曾经教导我要精忠报国,我决不会违背母亲的愿望。

及泉会相见，鬼神共欢喜——及泉：到了黄泉之下，死后。《左传·隐公元年》："不及黄泉，无相见也。"这两句是说：死后与母亲在黄泉相会，成为鬼神，也其乐融融。

这首五言古体诗，风格淳朴，感情深厚。诗歌内容可以分两个层次去把握：第一个层次从开头到"如此终天何"，写想象中的亡母小祥祭祀场面及自己不能亲祭的椎心痛恨；第二个层次写自己不忘母亲教诲，表达自己以死报国的决心。诗歌宣扬的是儒家两大传统伦理主题："孝"与"忠"。于民族沦亡之际，这种宣扬颇见其青松傲霜的民族气节。

平原十八日

"十八日"为作者原题，是指元至元十六年九月十八日。此日，作者被押北上到达平原，即今山东平原县。诗歌歌颂了唐代平原太守颜真卿，在安史之乱中面对强敌坚强不屈的英勇精神，鞭挞了乱臣贼子误国殃民的丑恶行径，是结合自己身世的有感而发之作。

平原太守颜真卿，长安天子不知名。
一朝渔阳动鼙鼓，大河以北无坚城。
公家兄弟奋戈起，一十七郡连夏盟。
贼闻失色分兵还，不敢长驱入咸京。
明皇父子将两狩，由是灵武起义兵。
唐家再造李郭力，若论牵制公威灵。
哀哉常山惨钩舌，心归朝廷气不慑。
崎岖坎坷不得志，出入四朝老忠节。
当年幸脱安禄山，白首竟陷李希烈。
希烈安能遽杀公？宰相卢杞欺日月。
乱臣贼子归何处？茫茫烟草中原土。
公死于今六百年，忠精赫赫雷行天。

平原太守颜真卿，长安天子不知名——颜真卿：字清臣，京兆万年（今陕西西安）人。擅长书法。历仕至吏部尚书、太子太师，封鲁郡公，人称"颜鲁公"。天宝末，宰相杨国忠恶真卿直言，出为平原太守。"长安"句：安禄山之变，唐玄宗听说河北诸郡多失陷，叹息道："河北二十四郡，岂无一忠义之士乎？"后来听说颜真卿坚守平原，大喜曰："朕不识颜真卿形状何如，所为得如此！"这两句是说：唐朝时平原郡太守颜真卿默默无闻，京城的皇帝根本不知道他是谁。

一朝渔阳动鼙鼓，大河以北无坚城——渔阳：唐代郡名，今河北蓟（jì）县、平谷县一带。天宝十四载（755）冬，安禄山在此起兵叛唐，即"安史之乱"。鼙（pí）鼓：战鼓。白居易《长恨歌》："渔阳鼙鼓动地来，惊破霓裳羽衣曲！"大河：指黄河。这两句是说：安禄山在渔阳兴兵反叛时，叛军风卷残云，黄河以北，没有可以坚守的城池。

公家兄弟奋戈起，一十七郡连夏盟——公家兄弟：指颜真卿及其堂兄颜杲（gǎo）卿。杲卿时为常山（今河北正定）太守，安史之乱中真卿派人约杲卿同时起兵讨伐安禄山。奋戈：拿起武器。"一十七"句：颜真卿联络杲卿，杲卿派遣崔安石等联络河北诸郡，结果河北二十四郡中有十七郡响应杲卿号召。连夏盟：连盟支持唐朝的意思。夏：中国。这里指唐朝。这两句是说：颜真卿和他的族兄杲卿奋起反抗，与河北十七郡联盟保卫唐朝。

贼闻失色分兵还，不敢长驱入咸京——咸京：今陕西咸阳，秦时都城，这里指代唐都长安。这两句是说：安禄山听说颜氏兄弟与河北十七郡联盟，大惊失色，立刻从前方分兵回救，不敢立马进攻长安门户潼关。

明皇父子将两狩，由是灵武起义兵——明皇父子：指唐玄宗（又称"明皇"）李隆基和太子李亨（即后来的唐肃宗）。狩（shòu）：古代称冬季打猎为狩。皇帝外出巡行各地叫"巡狩"，皇帝被迫外出也讳称"狩"。这句中的"两狩"就是对明皇父子西逃的委婉说法。天宝十五载（756）六月初九日，潼关失守，唐明皇父子逃奔西蜀。"由是"句：在逃奔蜀地的路上，太子李亨没有入蜀，而是北上，于天宝十五载七月十三日，在灵武（今属宁夏）即皇帝位，招兵平叛。这两句是说：唐玄宗父子西逃蜀地，后来太子李亨在灵武即皇帝位，招兵讨逆。

唐家再造李郭力，若论牵制公威灵——唐家再造：即"再造唐家"的倒文。意思是平定安史之乱，保住了唐朝江山社稷。李郭：李光弼和郭子仪。二人在平定安史之乱过程中，功勋卓著，论为第一。唐肃宗在慰劳郭子仪时说："虽吾之国家，实由卿再造。"威灵：声威。这两句是说：平定安史之乱，江山再造全靠李光弼、郭子仪二位的力量，但要论牵制叛军，还是靠你的军威。

哀哉常山惨钩舌，心归朝廷气不慑——"哀哉"句：安史之乱中，安禄山派史思明攻常山。颜杲卿苦战六昼夜,粮尽弹绝,城陷被擒。杲卿被送至洛阳见禄山时,大骂禄山,安禄山大怒,准备缚杲卿于天津桥柱而剐之。杲卿仍骂不绝口。禄山钩断杲卿的舌头,问杲卿:"复能骂否?"杲卿在含糊的骂声中气绝。慑(shè):恐怕,害怕。这两句是说:颜杲卿被安禄山钩舌剐肉而死,真令人痛心,他一心向着朝廷,无所畏惧。

崎岖坎坷不得志,出入四朝老忠节——崎岖(qíqū):比喻处境困难艰险。坎坷(kǎnkě):比喻不得志。这句中的"坎坷"与"崎岖"互文,说明颜真卿一生因直言敢谏反而常遭人迫害。按,杨国忠出颜真卿为平原太守,李辅国贬颜真卿为蓬州长史,元载贬颜真卿为岐州别驾,最后遭卢杞(qǐ)陷害,以致死于李希烈之手。出入四朝:颜真卿历仕玄宗、肃宗、代宗(李豫)、德宗(李适 kuò)四朝。老忠节:真卿被李希烈缢杀后,德宗在优恤颜真卿的诏书里有"出入四朝,坚贞一志"一语。这两句是说:颜真卿历任四朝,一生道路坎坷,受人排挤陷害,但到死都对朝廷忠心耿耿。

当年幸脱安禄山,白首竟陷李希烈——白首:颜真卿被李希烈缢杀时已高龄七十七岁(708—784),所以说"白首"。李希烈:燕州辽西(今北京顺义)人,德宗时为淮西兼淄(zī)青节度使。建中三年(782),李希烈叛唐,德宗听宰相卢杞的话,命颜真卿前往慰抚。真卿前往,至其军中,希烈要以真卿为相,真卿叱曰:"君等闻颜杲卿乎?是吾兄也。吾今守吾兄之节,死后而已,岂受汝辈诱胁耶!"希烈几次以死威吓真卿,真卿不屈,终被希烈缢杀。这两句是说:颜真卿当年庆幸没有死于安禄山之手,没想到最后受卢杞陷害,竟死于李希烈之手。

希烈安能遽杀公?宰相卢杞欺日月——安能:怎能。遽(jù):就。卢杞:字子良。德宗时为相,专权自恣,恶真卿直言,多次想逐之出朝廷。李希烈叛唐,卢杞向德宗说:"颜真卿很得各方面的信仰,可派他前往慰抚李希烈。"意在借希烈之手加害于他。日月:比喻皇帝。这两句是说:凭李希烈哪里就能杀得了颜真卿?还不是卢杞这奸臣欺君瞒上的结果。

乱臣贼子归何处?茫茫烟草中原土——乱臣贼子:指安禄山、史思明、李希烈、卢杞等人。归何处:安禄山为其子安庆绪所杀,李希烈为其将陈仙奇毒死,卢杞贬谪死。烟草:寒烟衰草。这两句是说:那些乱臣贼子现在在哪里呢?早已成了寒烟衰草中的一抔黄土。

公死于今六百年,忠精赫赫雷行天——六百年:应为"五百年"之误。颜真卿死于唐德宗兴元元年(784),文天祥写此诗时为元至元十六年(1279),前后495年,举成数应为"五百年"。忠精:忠诚的精灵、精神。赫赫(hèhè):显耀。这两句是说:颜鲁公于今已逝去五百年了,但他忠贞的精神却如雷震天。

这首诗是作者缅怀唐朝名将颜真卿忠贞节烈之作,同时也寄寓自我遭遇及自我追求于其中。作者是把颜真卿同两类人放在一起来对比叙述其"忠精赫赫雷行天"的,爱憎分明,意旨凸显。诗中热情歌颂颜真卿在安史之乱中,在社稷存亡攸关之时,勇于奋戈而起、结盟河北诸郡、牵制叛军的英雄豪举。感叹他虽"崎岖坎坷",但"出入四朝",忠贞如一。其实,作者本人何尝不是如此!

诗歌体式为七言古体,韵脚不拘,随叙述需要而转韵,一气呵成,音韵流转。诗歌具有急促的叙述节奏和起伏迭宕的意绪,一抑一扬,折射了作者的悲壮情怀。诗歌开头"长安天子不知名"为抑,"公家兄弟奋戈起"为扬,"大河以北无坚城"为抑,"不敢长驱入咸京"为扬,如此等等,不一而足。这种曲折起伏的意绪流动,使得文天祥这类爱国诗篇,具有侠气恢宏的艺术特点。

文天祥另有《鬃杲卿》诗曰:"常山义旗奋,范阳哽喉咽。胡雏一狼狈,六飞入西川。哥舒降且拜,公舌膏戈铤。入世谁不死,公死千万年。"

己卯十月一日至燕,越五日罹犴狴,有感而赋(十七首选五)

题解

元至元十六年(1279)十月初一日晚,作者被押北至燕京,十月初五日入狱。本题下共有十七首五七言律诗,是作者入狱后所作。诗歌或回忆以前金戈铁马生涯,或抒发国土沦丧、家破人亡之哀痛,也有流露世事虚幻之感慨,但更多的是表示要坚守民族气节及决心流芳千古的顽强意志。己卯:即元至元十六年。罹(lí):遭遇不幸,这里指被投进监狱。狴犴(bì'àn):监狱。

其一

落落南冠自结缨,桁杨卧起影纵横。
坐移白日知何世,梦断青灯问几更。
国破家亡双泪暗,天荒地老一身轻。
黄粱得失俱成幻,五十年前元未生。

落落南冠自结缨,桁杨卧起影纵横——落落:开朗、豁达的样子。南冠:参见前选《真州杂赋》"晓来到处捉南冠"句注释。自结缨:参见前选《言志》诗"结缨犹当效子路"句注释。桁(háng)杨:带在颈上和脚上的刑具。这两句的意思是:虽身为俘囚,但我无畏豁达;虽身披枷锁,但起卧自如,连身影都纵横矫健。

坐移白日知何世，梦断青灯问几更——青灯：指油灯，其光青莹，故称。这两句是说：白天坐在狱中，但见太阳升起落下，不知道究竟是什么日子；夜里以灯为伴，不知道是什么时间。按此诗后面原附作者自注云："范晔(yè)在狱中，为士题扇云：'去白日之皎皎，即长夜之悠悠。'"说的也是这个意思。

国破家亡双泪暗，天荒地老一身轻——这两句是说：现在国破家亡，为之痛心，泪已流尽。对我来说，虽天地之大，时光悠悠，但我已无所牵挂了。

黄粱得失俱成幻，五十年前元未生——黄粱：见前选《六歌》第六首"黄粱得丧俱草草"句注释。五十：作者出生于宋理宗端平三年（1236），此时年四十四，举成数。元：原来，本来。这两句是说：世间万事，风风雨雨，转眼成空，只不过是黄粱一梦；想想五十年前，我还没有出生呢！

其 二

亦知戛戛楚囚难，无奈天生一寸丹。
铁马行鏖南地热，赭衣坐拥北庭寒。
朝飧淡薄神还爽，夜睡崎岖梦自安。
亡国大夫谁为传？祗饶野史与人看。

亦知戛戛楚囚难，无奈天生一寸丹——戛戛(jiájiá)：艰难的样子。一寸丹：一颗赤诚之心。这两句是说：尽管身陷牢狱，艰难困苦，但我坚守我自己一片赤胆忠心。

铁马行鏖南地热，赭衣坐拥北庭寒——鏖(áo)：激烈的战斗。南地：这里指作者战斗过的福建、江西、广东等南方地区。赭(zhě)衣：古代囚徒穿的衣服。这里借指作者已经身为囚徒。北庭：这里指元朝都城燕京。这两句是说：当年金戈铁马激战在炎热的南方，而今身为囚徒被关在寒冷的燕京。

朝飧淡薄神还爽，夜睡崎岖梦自安——飧(sūn)：也写作"飱"或"飡"，本义是晚餐，泛指一日三餐。崎岖：这里指狱中睡的地方高低不平。这两句说明了作者坦然自安的狱中心态。意思是：一日三餐，虽然淡薄，可我的精神还很爽快；睡的地方高低不平，但是我睡得很安闲。

亡国大夫谁为传？祗饶野史与人看——"亡国"句：作者在五坡岭被捕时，张弘范劝降，曾对作者说："国已亡矣，杀身以忠，谁复书之？"参看前选《张元帅谓予："国已亡矣，杀身以忠，谁复书之？"予谓："商非不亡，夷齐自不食周粟。人臣自尽其心，岂论书与不书。"张为改容。因成一诗》"题解"部分。大夫：对有官位者的通称，这里指作者自己。祗(zhǐ)：仅仅，恰好。饶：增加，添加。野史：私家的记载，以别于官书正史。这两句是说:我这个亡国官僚,以后谁给立传呢?我所有的经历,只能给野史增加一些内容罢了。

其 三

风雪重门老楚囚,梦回长夜意悠悠。
熊鱼自古无双得,鹄雀如何可共谋。
万里山河真堕甑,一家妻子枉填沟。
儿时爱读忠臣传,不谓身当百六秋。

风雪重门老楚囚,楚回长夜意悠悠——重门:这里指狱门。这两句是说:风雪之夜,我在狱中醒来,显得衰老,思绪悠长。

熊鱼自古无双得,鹄雀如何可共谋——熊鱼:两种都想得到的选择。《孟子·告子上》:"鱼,我所欲也,熊掌,亦我所欲也,二者不可得兼,舍鱼而取熊掌者也;生,亦我所欲也,义,亦我所欲也,二者不可得兼,舍生而取义者也。"这句诗便是隐括《孟子》这段话而来。意思是:当生命与大义不能两全的时候,宁可牺牲生命也要坚守大义。鹄雀:《史记·陈涉世家》:"燕雀安知鸿鹄之志哉!"作者用来说明,作者坚守节操是凡夫俗子所无法理解的。这两句是说:自古以来熊掌和鱼不能同时得到,大雁与燕雀不可能在一起共谋大计。

万里山河真堕甑,一家妻子枉填沟——堕甑(zèng):《郭林宗别传》载,孟敏买了甑,挑着走,甑坠地碎了,孟敏连头都不回。郭泰问他,他说:"甑已破了,看它有什么用处?"甑:古代一种蒸饭用的瓦器。枉:徒然的意思。填沟:即填沟壑,比喻白白地死去。杜甫《醉时歌》:"但觉高歌有鬼神,焉知饿死填沟壑。"这两句是说:大好河山已经破碎,无法再完复;一家妻小全部被俘,白白地送死。

儿时爱读忠臣传,不谓身当百六秋——不谓:没想到。当:遭遇。百六:指厄运、多灾多难的时期。参看前选《二月六日,海上大战,国事不济,孤臣天祥坐北舟中,向南恸哭,为之诗曰》"我生之后遭阳九"句注释。秋:时期。这两句是说:我从小就爱读忠臣传,立志成为一名忠臣,可没想到身遭乱世,以致如此。

其 四

环堵尘如屋,恍然一故吾。解衣烘稚虱,匀镊救残须。
坐处心如忘,吟馀眼已枯。不应留滞久,何日裹籧篨。

环堵尘如屋,砉然一故吾——环堵:四周的土墙。常用来形容居室的隘陋。屋:

这里指盖棺材的小帐。傫(léi)：囚禁。一：相同，一样。故吾：从前的我，本来的我。《庄子·田子方》："虽忘乎故吾，吾有不忘者存。"这两句是说：四周土墙上的灰尘如同覆盖棺材的帐子，我被囚禁在里面，可是我依然如故。

解衣烘稚虱，匀镲救残须——镲(suǒ)：同"锁"。这里指因人颈上的锁链。这两句是说：把衣服解下来，对着火把小虱子给烘出来；转动锁链，使之均匀，然后把夹在里面的胡须拨拉出来。

坐处心如忘，吟馀眼已枯——处：时。眼已枯：欲哭无泪的意思。这两句是说：整日坐在那儿不动，置生死于度外，心中忘记了自己的处境；常常自唱自吟，唱完了，欲哭还无泪。

不应留滞久，何日裹籧篨——留滞：这里指活在世上。籧篨(qúchú)：用苇或竹编的粗席。《晋书·皇甫谧传》："气绝之后，便即时服幅中故衣，以籧篨裹尸。"这两句的意思是：这世界已无可留恋了，什么时候才能一死呢？

其 五

俨然楚君子，一日造王庭。议论探坚白，精神入汗青。
无书求出狱，有舌到临刑。"宋故忠臣墓"，真吾五字铭。

俨然楚君子，一日造王庭——俨(yǎn)然：庄重的样子。楚君子：即楚囚。造：亲自到。王庭：这里指燕京。这两句是说：虽身为囚徒，来到元都燕京，可我依然保持庄重。

议论探坚白，精神入汗青——探：探讨。坚白：战国时，赵国平原君有门客名叫公孙龙，善辩论，他最著名的论辩就是"离坚白"。这里用来说明作者敢于同敌人辩论，表现了作者的大无畏精神。汗青：史书。这两句是说：在敌人面前，我敢于同敌人辩论；我伸张正义的精神将会流传史册。

无书求出狱，有舌到临刑——"无书"句：汉景帝时邹阳游于梁。梁孝王听了羊胜、公孙诡等的坏话，下邹阳于狱，将要杀他。邹阳在狱中上书自辩，后得释，为梁孝王上宾。"有舌"句：参见前选《平原》"哀哉常山惨钩舌"一句注释。这两句是说：不能像邹阳那样上书自救，却能像颜杲卿那样伸张正义。

"宋故忠臣墓"，真吾五字铭——铭(míng)：碑铭。刻在墓碑上的文字。这两句是说：只要我的墓碑上有"宋故忠臣墓"五个字，就够了。

正如题中所说，这些诗是作者"有感而赋"。作者此时身陷囹圄，国破家亡。他的精神状态肯定与此前大不一样，甚至有相反的转变。但有一点是不容怀疑的，那就是作者"从容取义"的坚强信念,这也是作者被捕后在狱中想得最多的。对于国破家亡,作者以"天荒地老一身轻"超越之;对艰难的狱中生活,作者反觉"神还爽"、"梦自安";对于狱中的寂寞难忍,作者以"解衣烘稚虱、匀镊救残须"排遣之,这些都表现了中国古代士大夫"谋道不谋身"的高尚精神境界。作者所在乎的是"宋故忠臣墓"这五个字的价值。其实,身陷缧绁而孜孜追求人格的完美,比沙场立功建勋更难以做到。理解到这一点,对于文天祥诗中诸多对于苏武、颜真卿等人的赞美就不难理解了。

组诗均用五七律近体写成,就所选的这几首诗而言,既没有像作者《高沙道中》、《二月六日,海上大战,国事不济。孤臣天祥坐北舟中,向南恸哭,为之诗曰》、《言志》、《平原》等五、七言长歌那样感情奔放,笔力浩瀚,也没有像《过零丁洋》、《金陵驿》等律体诗那样意绪起伏,行气如虹。在这些诗歌中,作者用一种低沉的口吻,平静的语气,诉说着自己的囚徒生活过程及在狱中的感想。诗歌节奏舒缓,语意也没有巨大的跳跃,这大概与作者具有"孟敏坠甑"的平静心态有关。

正月十三日

这首诗写于元至元十七年(1280)正月十三日,是作者在上年被俘至厓山的周年纪念日。诗中说到了南京行朝的覆灭。因此,也可以看作是作者为上年二月初六日海上一战及厓山行朝灭亡的周年祭。诗歌还抒发了对故国的思念,流露出理想未能实现的失意。

去年今日遁厓山,望见龙舟咫尺间。
海上楼台俄已变,河阳车驾不须还。
可怜羝乳烟横塞,空想鹃啼月掩关。
人世流光忽如此,东风吹雪鬓毛斑。

去年今日遁厓山,望见龙舟咫尺间——遁:隐匿。这里是指作者自己被元军囚禁而未能参加战斗。龙舟:指皇帝赵昺所坐的船。这两句是说:去年的今天我被元军押在厓山,宋朝皇帝坐的船离我很近。

海上楼台俄已变,河阳车驾不须还——海上楼台:指南宋行朝及战船。河阳车驾:《春秋·僖公二十八年》:"天王狩于河阳。"意思是周襄王受制于晋侯而被迫出走河阳。这里隐指被俘北去而拘留燕京的宋恭帝赵㬎(xiǎn)。这两句是说:南宋行朝及战船转眼之间已不复存在,被拘留在北方的恭帝已无国可归了。

可怜羝乳烟横塞,空想鹃啼月掩关——羝乳:参见前选《至温州》"不图羝乳有归期"句注释。鹃啼:参看前选《金陵驿》第一首"化作啼鹃带血归"一句注释。"烟横塞"和"月掩关"是互文,都是遥远的意思。这两句是说:当年苏武在遥远的匈奴牧羊,最后还是回到了汉朝,可我被困在北国燕京,只能死后化作啼血杜鹃才能回到故国了。

人世流光忽如此,东风吹雪鬓毛斑——流光:逝去的时光。李白《古风》之十一:"逝川与流光,飘忽不相待。"忽:迅速。东风吹雪:比喻冬去春来。斑:头发花白。杜甫《涪江泛舟送韦班归京》诗:"天涯故人少,更益鬓毛斑。"这两句是说:人世岁月如此之快,冬去春来,我的头发都花白了。

语言洗炼,感情奔放,主题突出,是文天祥近体诗的一个重要特征。这首诗在短短八句之中,把一年来包括江山社稷、个人遭遇在内诸多事情概括进来,同时抒发深沉的感慨。剪裁布局,可谓匠心独运。诗歌开头"去年今日"破题,说明这是一首伤逝、纪念的诗。接着交代地点与事件。三、四两句感叹的是国家,五、六两句感叹的是个人,体现了作者高超的用典手段。家国、个人命运,以及由此引发的感想,即在这几个典故中可以慢慢去体味。"可怜羝乳烟横塞,空想鹃啼月掩关"两句,对仗工稳,写景凄凉,衬托作者天高地迥、孤寂无助的心情,情景交融。最后两句回应题意,于种种感叹之后,总之以表现时事沧桑、人生恍惚的虚无。诗歌在婉转的音韵中,意脉自然流动,一气呵成。

哭母大祥

元至元十七年(1280)九月初七日,作者母亲曾氏逝世两周年。这首诗是作者在狱中为母亲两周年哭祭而作。大祥:与"小祥"相对而言,是古代为父母逝世二周年的祭祀。《礼记·间传》:"父母之丧……又期而大祥。"

九月七日,先母夫人大祥之辰。某为子不孝,南望呜咽,为哀章一首。

前年惠州哭母敛,去年邳州哭母暮。
今年飘泊在何处?燕山狱里菊花时。
哀哀黄花如昨日,两度星周俄箭疾。

人间送死一大事,生儿富贵不得力。
　　只今谁人守坟墓,零落瘴乡一堆土。
　　大儿狼狈勿复道,下有二儿并二女。
　　一儿一女亦在燕,佛庐设供捐金钱。
　　一儿一女家下祭,病脱麻衣日晏眠。
　　夜来好梦归故园,忽然海上见颜色。
　　一声鸡叫泪满床,化为清血衣裳湿。
　　当年嫠纬意谓何?亲曾抚我夜枕戈。
　　古来全忠不全孝,世事至此甘滂沱。
　　夫人开国分齐魏,生荣死哀送天地。
　　二郎已作门户谋,江南葬母麦满舟。
　　不知何日归兄骨,狐死犹应正首丘。

【新解】

　　序言的意思是:九月初七日是亡母齐魏国夫人逝世两周年祭日。我为人子而不孝,不能亲祭,只能遥望南方而泣,并作此诗,以示悲哀。先母:已故的母亲。《论衡·四讳》:"丘墓之上,二亲也,死亡谓之先。"南望:作者母亲坟墓在南方,故云。哀章:用来悼念死者的诗文。

　　前年惠州哭母殓,去年邳州哭母朞——殓:通"殓",给死者穿衣入棺。朞(jī):同"期",一周年。这两句是说:前年母亲在惠州病逝,我们给母亲入殓;去年我被押北上,在邳州给亡母哭祭逝世周年。

　　今年飘泊在何处?燕山狱里菊花时——菊花时:菊花多在阴历九至十月盛开。古人称九月为"菊月"。这两句是说:今年我已被押到北方,在菊花盛开之时,身陷燕京牢狱之中。

　　哀哀黄花如昨日,两度星周俄箭疾——哀哀:悲痛不已。黄花:这里语义双关,一是由上句"菊花"而来,是实指,一是指代自己亡母。俄:迅速。这两句是说:我哀痛不已。两年时间如飞箭一般迅速,好像母亲昨天才离开我们。

　　人间送死一大事,生儿富贵不得力——"人间"句《孟子·离娄下》:"养生者不足以当大事,惟送死可以当大事。"不得力:指不能为母亲送葬祭祀。这两句是说:为父母送葬祭祀是人间一件大事,生儿子是荣华富贵,但如果不能尽孝,那又有什么用呢?

　　只今谁人守坟墓?零落瘴乡一堆土——守坟墓:古代父母死后要守丧,时间为三年,也叫"守孝"。零落:这里是孤独冷清的意思。瘴(zhàng)乡:充满瘴气的地方,这里指惠州。瘴,南方林中的湿热空气。这两句是说:如今有谁在为您守孝呢? 您的坟墓孤独冷清,只不过是瘴疠之地的一堆黄土而已。

大儿狼狈勿复道,下有二儿并二女——大儿:指作者自己。狼狈:这里指作者身为囚徒,无法给母亲行祭。二儿并二女:指作者弟文璧、文璋及妹懿孙、叔孙。这两句是说:我自己现在不用再说了,另外您还有两个儿子和两个女儿。

一儿一女亦在燕,佛庐设供捐金钱——一儿一女:这里指文璧和懿孙。作者《纪年录·庚辰(1280)》:"五月,弟璧自惠州入觐(jìn)(拜见皇上叫"觐"。这里指文璧见元主)。又,《纪年录·辛巳(1281)》:"诗三卷,号《指南录》,以付弟璧归。夏,璧与孙氏妹(懿孙嫁孙氏)归。"由以上可知,元至元十七年作者母大祥时,文璧与懿孙在燕京。亦在燕:意思是和我一样在燕京,不能亲自去墓上行祭。佛庐:佛寺。设供:摆设祭祀供品。捐金钱:捐钱给庙寺以超度亡灵。这两句是说:文璧和懿孙也在燕京,只能到寺庙里去为您祭祀。

一儿一女家下祭,病脱麻衣日晏眠——一儿一女:指文璋和叔孙。麻衣:丧服。晏:晚上,夜里。这两句是说:只有文璋和叔孙能在家中行祭,他们身染重病,整日整夜卧床不起,连孝服都没办法穿戴。

夜来好梦归故国,忽然海上见颜色——海上:道家认为海中有仙山,人得道成仙后,在那儿居住。白居易《长恨歌》:"忽闻海上有仙山,山在虚无缥缈间。"作者旨在说明他母亲并没死,而是升仙了。颜色:指亡母的容颜。这两句是说:夜里做梦回到故国,梦见在海中仙山之上看到母亲的容颜。

一声鸡叫泪满床,化为清血衣裳湿——一声鸡叫:指醒来。清血:没有颜色的血。这里比喻泪水。这两句是说:醒来泪流满面,连衣服都湿了。

当年嫠纬意谓何? 亲曾抚我夜枕戈——嫠(lí)纬:"嫠不恤纬"的省略。《左传·昭公二十四年》:"嫠不恤其纬,而忧宗周(东周王都洛邑)之陨,为将及焉。"意思是:寡妇不惜织布用的线,而忧虑周朝之存亡,因为国家灭亡会祸及于自己。后因以表示忧国忘私。嫠:寡妇。恤:顾惜。纬:线。枕戈:即"枕戈待旦"的省略。意思是枕着兵器等待天明。形容随时准备参加战斗的急切心情。《晋书·刘琨传》:"吾枕戈待旦,志枭逆虏,常恐祖生先吾著鞭。"这两句是说:母亲当年忧国忧民,亲身教导我要随时为国战斗。

古来全忠不全孝,世事至此甘滂沱——滂沱(pāngtuó):形容泪流得很多。这两句是说:自古以来忠孝不能两全,我现在无比伤心,但无能为力,只有潸然流泪而已。

夫人开国分齐魏,生荣死哀送天地——开国:这里指朝廷赠封曾氏齐魏国夫人名号这回事。分:名分。生荣死哀:生时受封荣耀,死时后人哀痛。送天地:即安葬的意思。《庄子·列御寇》载:"庄子曰:'吾以天地为棺椁(guǒ),以日月为连璧,星辰为珠玑,万物为赍(jī)送。吾葬具岂不备邪?何以加此!'"这两句是说:亡母生前被封齐魏国夫人,生时荣耀;寿终正寝,后人哀痛。

悠悠国破与家亡,平生无憾惟此事——惟此事:即上文说的"夫人开国分齐魏,生荣死哀送天地"这件事。这两句是说:国破家亡让我忧愤终身,只有亡母生前被封为齐魏国夫人,享受荣华富贵而后寿终正寝这些事还让我略有慰藉。

二郎已作门户谋,江南葬母麦满舟——二郎:指文璧。门户谋:为保全家族门户着想。这里指文璧降元一事。文璧《齐魏两国夫人行实》:"璧以宗祀不绝如线,皇皇无所于归,遂以城附。"江南葬母:作者母亲祥兴元年(1278)九月逝世后,暂葬惠州,也就是作者《集杜诗·母》序言所说:"卜地于惠循之深山间。"元至元二十三年(1286)归葬江西庐陵老家祖茔。"江南葬母"即是指准备将亡母归葬这回事。麦满舟:是"麦舟"的衍说。宋惠洪《冷斋夜话》卷十:"宋代范仲淹之子范纯仁从姑苏运麦五百斛(hú),船过丹阳,遇石延年无钱改葬亲人,就把全船麦子作为助丧之资赠送。"后引以"麦舟"为表示助丧的典故。这两句是说:二弟文璧为了保存家族门户,已作好了打算;归葬亡母,也有了丧资。

不知何日归兄骨,狐死犹应正首丘——兄:这里指作者自己。这两句是说:不知二弟什么时候能把我的尸骨归葬祖茔,哪个人不希望死后能葬在故土呢?

在这首诗中,作者一方面表达了对亡母的深深悼念,一方面表达了自己忠孝不能两全的遗憾。具体说来,全诗可以按照三个层次去阅读:第一个层次从开头到"病脱麻衣日晏眠",写母亲逝世已经两周年,如今大祥之祭,子女都不能亲临坟墓设供行祭,想到亡母孤坟冷清,不禁无限悲伤;第二层次从"夜来好梦归故国"到"世事至此甘滂沱",写对亡母的无限怀念,怀念她生前的教导;最后一个层次写自己感到欣慰的是,母亲生前享受荣华,死后尚可得以归袝祖茔。

艺术手法上,全诗以议论为主。一般说来,这类诗需要真挚的情感作为支撑,要用主题句点明题旨。作者怀着对亡母的无限崇敬、眷恋之情,倾泻满腔哀思于笔端,情真意切,感人至深。"一声鸡叫泪满衣,化为清血衣裳湿"两句,语言虽为夸张,感情却毫无做作,非人子于慈母而不能道。"亲曾抚我夜枕戈"、"悠悠国破与家亡"、"狐死犹应正首丘",则可以看作是这首诗的主题句,这些诗句把亡母大祥之祭与家国命运结合起来,大大升华了诗歌的意旨。

诗歌隔句押韵,四句一转韵,读来曲屈婉转,也大大加重了诗歌的悲哀气氛,让人觉得作者似乎在哭诉,而不是在写诗。

去年十月九日予至燕城，今周星不报，而赋长句

元至元十六年（1279）十月初一日，文天祥被押北上至燕京。至第二年十月，还没有论罪判决。这首诗即是作者被押北上至燕京周年纪念之作。十月九日：据作者《纪年录·己卯（1279）》记载："十月一日，至燕。"题中"十月九日"当为"十月一日"之误，各家选本已有考订。燕城：即燕京。周星：一周年。报：断狱，判决罪人。长句：古时称七言古体诗为长句。

> 君不见常山太守骂羯奴，天津桥上舌尽刳。
> 又不见睢阳将军怒切齿，三十六人同日死。
> 去冬长至前一日，朔庭呼我弗为屈。
> 丈夫开口即见胆，意谓生死在顷刻。
> 赭衣冉冉生苍苔，书云时节忽复来。
> 鬼影青灯照孤坐，梦啼死血丹心破。
> 只今便作渭水囚，食粟已是西山羞。
> 悔不当年跳东海，空有鲁连心独在。

　　君不见常山太守骂羯奴，天津桥上舌尽刳——君不见：这首诗采用的是乐府体式，"君不见"是乐府歌辞《行路难》常用的开头语。常山太守：指唐代常山太守颜杲卿。参见前选《平原》"公家兄弟奋戈起"和"哀哉常山惨钩舌"两句的注释。羯奴：安禄山。这里隐指元人。羯（jié）：古时北方少数民族之一。刳（kū）：挖空，割去。这两句是说：难道你没听说过唐代常山太守颜杲卿痛骂安禄山，最后在天津桥上被割去舌头一事吗？

　　又不见睢阳将军怒切齿，三十六人同日死——睢阳将军：指唐安史之乱时睢阳守将张巡。参见前选《言志》"男儿嚼齿吞刀锯"一句的注释。"三十"句：张巡与其将南霁（jì）云、雷万春等三十六人，同日被杀。这两句是说：难道你没听说过当年睢阳守将张巡嚼齿吞刀、英勇守城的故事吗？当年三十六位勇士同一天遇难。

　　去冬长至前一日，朔庭呼我弗为屈——去冬：指去年冬至日前一天，即元至元十六年（1279）十一月初九日。长至：这里指冬至节，因为这天夜最长，所以又叫"长至"。朔庭：元人的朝廷，这里指元枢密院。弗为屈：不为所屈。据作者《纪年录·己卯》

载,作者至元十六年十月初一日至燕京,十一月初九日枢密院官博罗召见,作者抗辩不屈。这两句的意思是:去年十一月初九日,元枢密院官博罗召见我,我不为之所屈。

丈夫开口即见胆,意谓生死在顷刻——开口即见胆:比喻敢于直言。意谓:打算。这两句是说:大丈夫敢于直言,早做好了随时牺牲的准备。

赭衣冉冉生苍苔,书云时节忽复来——赭(zhě)衣:囚服。冉冉:渐进的样子。书云时节:这里指冬至日。古代于春分、秋分、夏至、冬至等节日,必登台观望云气,把所见天象记录下来,以备占卜人事凶吉,叫"书云"。这两句是说:身上的囚衣慢慢地都生出苍苔来了,一转眼冬至又到了。

鬼影青灯照孤坐,梦啼死血丹心破——死:这里是泪已流尽而继之以血的意思。这两句是说:一个人孤独地坐在狱中,油灯青光恍惚,犹如鬼影;夜里梦中痛哭,泪水流尽,继之以血,伤心透顶。

只今便作渭水囚,食粟已是西山羞——只今:如今。渭水囚:比喻被杀害。刘向《新序》:"卫鞅(yāng)一日临渭而论(处决)囚七百余人,渭水尽赤。""食粟"句:伯夷、叔齐义不食周粟,"及饿且死,作歌。其辞曰:'登彼西山兮,采其薇矣。以暴易暴兮,不知其非矣!'遂饿死于首阳山。"(《史记·伯夷列传》)这两句是说:纵使如今被杀,但一年来在元人的狱中,吃的是元人的饭,已经是伯夷等人所引以为羞耻的了。

悔不当年跳东海,空有鲁连心独在——鲁连:即鲁仲连,义不帝秦。鲁仲连对魏王派来劝赵王尊秦王为帝的将军新垣衍说,假如秦王为帝,"则连有蹈东海而死耳"。这两句是说:后悔当初没有跳入东海,杀身成仁;现在空有鲁仲连义不帝秦之志。

这是一首乐府体诗,诗人就来燕京一周年、抗辩不屈这一经历,缘事而发感慨。诗歌首先叙述唐安史之乱中颜杲卿、张巡等人,虽身陷敌人之手,却能临危不惧,敢于在敌人面前伸张正义的英雄气概,接着写自己虽曾与敌人犯颜抗辩,却没有被杀而不得不苟活,因而后悔当初没能跳东海以成仁。

诗歌一开头连用两个设问,语气豪迈,然后通过频繁的转韵,跳动的意脉,将作者万丈豪情与满腔悲愤倾泻在纸上。文天祥古体诗深得杜甫长篇古体笔力,往往感情奔放,行气如虹,结构终始不懈,而急促沉痛的声调与跳动的意绪,又可见其深得高、岑歌行长篇之特长,凡此种种,于宋诗中并不多见,值得注意。

五月十七夜大雨歌

题解

此诗作于元至元十八年(1281)五月。在诗歌中,作者借"大雨"而发挥,表达了自己在狱中坦然的胸怀,以及虽身陷牢狱却以天下苍生为念的宽阔胸襟。

去年五月望,流水满一房。今年后三夕,大雨复没床。
我辞江海来,中原路茫茫。舟楫不复见,车马驰康庄。
矧居圆土中,得水犹得浆。忽如避巨浸,仓卒殊傍徨。
明星尚未启,大风方发狂。叫呼人不应,宛转水中央。
壁下有水穴,群鼠走跟跄。或如鱼泼剌,垫溺无所藏。
周身莫如物,患至不得防。业为世间人,何处逃祸殃!
朝来辟沟道,宛如决陂塘。尽室泥泞涂,化为糜烂场。
炎蒸迫其上,臭腐黑其傍。恶气所侵薄,疫疠何可当!
楚囚欲何之,寝食此一方。羁栖无复望,坐待仆且僵。
乾坤莽空阔,何为此凉凉?达人识义命,此事关纲常。
万物方焦枯,皇皇祷穹苍。上帝实好生,夜半下龙章。
但愿天下人,家家足稻粱!我命浑小事,我死庸何伤!

新解

去年五月望,流水满一房——去年:指至元十七年(1280)。望:每月十五日叫望。这两句是说:去年五月十五日那里,雨水流满了牢房。

今年后三夕,大雨复没床——后三夕:指十五日以后的第三个晚上,即十七日晚上。这两句是说:今年五月十七日晚上天下大雨,雨水淹没了牢床。

我辞江海来,中原路茫茫——"我辞"句:作者自五坡岭被俘后,张弘范便把他置于船上,在海上约有四月之久;元至元十六年(1279)四月二十二日离广州北行,由赣江入长江,东下至建康。八月二十四日渡江,九月初一日至淮安,这一段都是水路,所以说"我辞江海来"。中原路:指从淮安到燕京这一段路,是陆行。这两句是说:我坐船由海到江,在淮安上岸;从淮安到燕京,路途遥远。

舟楫不复见,车马驰康庄——舟楫:指代水路。这两句是说:从淮安上岸后,就再没坐过船了,走的都是宽阔的大道。

矧居圆土中,得水犹得浆——矧(shěn):况且,何况。圆土:牢狱。《周礼·地官·

比长》:"若无授无节,则惟圆土内之。"浆:酒浆。这两句是说:何况我被囚在狱中,有了水就好像得到酒浆一样。

忽如避巨浸,仓卒殊傍徨——巨浸:大水。这两句是说:但这一次却忽然如同躲避洪水,匆匆忙忙来回走动。

明星尚未启,大风方发狂——明星:金星。亦称太白星、启明星。这两句是说:天还没有亮,而狂风刮得非常凶猛。

叫呼人不应,宛转水中央——宛转:辗转多次。这里是走来走去的意思。这两句是说:大声呼唤也没有人答应,只得在水中走来走去。

壁下有水穴,群鼠走踉跄——走:奔跑的意思。踉跄(liàngqiàng):行走不稳的样子。这两句是说:墙根下有洞,洞里注满了水,一群群的老鼠斜着身子在奔跑。

或如鱼泼剌,垫溺无所藏——泼剌(bōlà):鱼在水中跳跃的声音。垫:这里是沉溺的意思。《尚书·益稷》:"洪水滔天,浩浩怀山襄陵,下民昏垫。"这两句是说:有的老鼠像鱼一样,在鱼中跳得泼剌泼剌响,它们被水淹没,无处藏身。

周身莫如物,患至不得防——周身:自我保护。物:这里指鼠。这两句是说:能自我保护的动物莫过于老鼠了,但也不能不防备这样的祸患。

业为世间人,何处逃祸殃——业:已经。这两句是说:既然已经是世间人,走到哪里也不能躲避灾祸。

朝来辟沟道,宛如决陂塘——辟:打开。陂(bēi)塘:水塘。这两句是说:早晨决沟引水,水很大,就像水塘决了口一样。

尽室泥泞涂,化为糜烂场——糜(mí):粥。这两句是说:整个牢房都是泥浆,就像一锅粥一样。

炎蒸迫其上,臭腐熏其傍——蒸:向上散发。这两句是说:泥浆上面散发着热气,屋子四周臭烘烘的。

恶气所侵薄,疫疠何可当——恶:污秽。薄:逼近。疫疠(lì):病疫。当:抵挡。这两句是说:污浊的空气侵袭着我,怎能不生病呢!

楚囚欲何之,寝食此一方——楚囚:指作者自己。这两句是说:我还能怎么样呢?吃饭睡觉只能在这一个地方。

羁栖无复望,坐待仆且僵——羁栖:被关在牢狱里。仆且僵:即"仆僵"的衍说,死亡的意思。这两句是说:被关在牢狱里,还能有什么指望呢?只能坐以待毙。

乾坤莽空阔,何为此凉凉——莽:广阔,旷远。《后汉书·马融传》:"骋望千里,天与地莽。"凉凉:自甘寂寞的样子。这两句是说:天地如此之大,我为何要在此受折磨呢?

达人识义命,此事关纲常——达人:通达事理的人。识义命:知道关于大义的教导。命:教导。《诗经·大雅·抑》:"匪面命之,言提其耳。"此事:指作者忍受折磨,不向元人妥协。这两句是说：我是通达事理的人，我知道关于大义的教导，我忍受苦难，因为这事关涉到纲常礼教。

万物方焦枯，皇皇祷穹苍——皇皇：诚惶诚恐的样子。穹苍：上苍，老天。这两句是说：正当大旱，万物焦枯，人们正在因干旱而祈雨。

上帝实好生，夜半下龙章——好生：爱护生灵。龙章：饰有龙纹的旗。这里用来指代"雨神"。这两句是承上两句的意思而来，是说：上苍实在是爱护众生，于是半夜就下起雨来。

但愿天下人，家家足稻粱。我命浑小事，我死庸何伤——浑：全然。庸：岂，难道。伤：悲伤。这四句是说：老天下大雨，农民有了庄稼，家家有了余粮；至于我的生死全不算什么，就是死了，又有什么可悲的呢？

这首五言长篇歌行，入之以狱中苦难的生活环境，出之以超然的人生态度，表现了作者虽身为囚徒，却抱有乐观的胸怀及先天下之忧而忧的博大胸襟。诗歌从开头到"坐待仆且僵"是第一个内容层次，写的是大雨所带来的种种苦难，表达了作者作为囚徒的无可奈何。剩下的部分为第二个层次，写作者不以自己苦难乃至生命为念，只要天下人丰衣足食，自己的死则不足惜。

这首诗从立意到结构、体式，无疑是受到杜甫《茅屋为秋风所破歌》的影响。先是不厌其烦地描写大雨所带来的恶果，从白天到夜晚，从风到雨，从人到鼠，不一而足，极尽铺叙之能事，体现了歌行体的特征。最后三言两语，突出诗人态度，凸显诗歌主旨。全诗隔句押韵，共二十四韵，一韵到底，读来颇有快舟顺流、直泻而下之感。

七月二日大雨歌

此诗作于元至元十八年（1281）七月。作者《纪年录·辛巳》载："七月大雨，兵马司墙壁颓落，移司宫籍监，得一室，颇潇洒。十一日，回旧兵马司。"诗歌一方面描写了大雨所带来的苦难，另一方面则表达了作者自己追求道义的决心。

燕山五六月，气候苦不常。积阴绵五旬，畏景淡无光。
天漏比两极，地湿等南方。今何苦常雨，昔何苦常旸。
七月二日夜，天工为谁忙。浮云黑如墨，飘风怒如狂。
滂沱至夜半，天地为低昂。势如蛟龙出，平陆俄怀襄。

初疑倒巫峡,又似翻潇湘。千门各已闭,仰视天茫茫。
但闻屋侧声,人力无支当。嗟哉此圆土,占胜非高岗。
赭衣无容足,南房并北房。北房水二尺,聚立惟东箱。
桎梏犹自可,凛然覆穹墙。嘈嘈复杂杂,烝汗流成浆。
张目以待旦,沉沉漏何长。南冠者为谁,独居沮洳场。
此夕水弥满,浮动八尺床。壁老如欲压,守者殊皇皇。
我方鼾鼻睡,逍遥游帝乡。百年一大梦,所历皆黄粱。
死生已勘破,身世如遗忘。雄鸡叫东白,渐闻语声扬。
论言苦飘扬,形势犹仓黄。起来立泥涂,一笑褰衣裳。
遗书宛在架,吾道终未亡。

燕山五六月,气候苦不常——燕山:这里指代燕京所在的北方地区。这两句是说:燕京这地方,五六月的时候天气变化多端,令人苦不堪言。

积阴绵五旬,畏景淡无光——绵:延续不断。旬:一旬十天。景(yǐng):阳光。这两句是说:阴雨的日子连续五十天,整日昏昏沉沉,暗淡无光,让人深怕。

天漏比两极,地湿等南方——天漏:比喻雨下得非常大。两极:古人认为天、地、东、南、西、北都有尽头,"两极"就是两边的尽头。这两句是说:天,就像两边极地那样多雨;地,如同南方土地那样湿热。

今何苦常雨,昔何苦常旸——旸(yáng):天晴。这两句是说:有时候苦于雨水太多,有时候又苦于晴天太多。

七月二日夜,天工为谁忙——天工:上天所作所为。这里比喻下大雨。这两句是说:七月二日晚,上天不知为谁在忙活着,一直下大雨。

浮云黑如墨,飘风怒如狂——这两句是说:乌云翻滚,狂风怒吼。

滂沱至夜半,天地为低昂——这两句是说:这天夜里,大雨一直下到半夜,天地都起伏动荡起来。

势如蛟龙出,平陆俄怀襄——平陆:陆地。怀襄:这里是淹没的意思。怀:包围。襄:水面上升。这两句是说:整个形势如同蛟龙出海,雨水一会儿就把陆地都给淹没了。

初疑倒巫峡,又似翻潇湘——巫峡:三峡之一,水湍流急。潇湘:湘江和潇水的并称。这两句是说:雨下得很大,开始以为是巫峡江水翻倒过来,后来又以为是潇湘之水在翻腾。

千门各已闭,仰视天茫茫——茫茫:这里是昏暗不明的意思。这两句是说:千家万户门窗紧闭,抬头望见天空一片迷濛。

但闻屋侧声,人力无支当——屋侧:墙壁。支当:抵挡的意思。这两句是说:只听到房屋四周雨打墙壁的声音,人在这场大雨面前无能为力。

嗟哉此圜土,占胜非高岗——嗟哉:可叹啊!圜土:牢狱。占(zhàn)胜:所在的位置。这两句是说:可叹的是,我所在的牢房,它位置不在高处。

赭衣无容足,南房并北房——赭衣:囚衣。这里指代囚徒们。这两句是说:不管是牢里的南房还是北房,都无立足之地。

北房水二尺,聚立惟东箱——箱:后作"厢"。正房两边的侧屋。这两句是说:北房的积水已有二尺深,囚徒们都一同站在东厢房里。

桎梏犹自可,凛然覆穹墙——桎梏(zhìgù):束缚犯人手脚的两种刑具,这里是关押的意思。凛然:这里是令人恐惧的意思。这两句是接上两句的意思而来,是说:东厢房关押囚徒倒是可以的,但上面高高的屋顶覆盖在四壁上,却令人恐惧。

嘈嘈复杂杂,烝汗流成浆——烝(zhēng):烘烤。这两句是说:大家在一起,人声嘈杂,流汗如雨,热气烘熏着汗水。

张目以待旦,沉沉漏何长——张目:因恐惧而睁大眼睛。旦:天亮。漏:古代计时器,这里用来指代夜晚的时间。这两句是说:大家恐惧地张大眼睛等待着天亮,夜晚的时间多么漫长啊!

南冠者为谁,独居沮洳场——南冠:指作者自己。这里的"南"还关涉到上文中的"北房"的"北"字,意思是被关在南房里的囚徒。沮洳(jùrù)场:低湿泥泞的地方。这两句是说:那被关在南房里的囚徒是什么人呢?他怎么被单独关在如此潮湿泥泞的地方呢?

此夕水弥满,浮动八尺床。壁老如欲压,守者殊皇皇——皇皇:同"惶惶":恐惧不安的样子。这四句是说:七月二日这天晚上,积水满房,把八尺的牢床都浮起来了。牢房的墙壁好像马上就要倒塌下来,连狱守都恐惧不安。

我方鼾鼻睡,逍遥游帝乡——帝乡:京城。这里指燕京。"逍遥"一句是写梦中情景。这两句是说:我却鼾然大睡,梦中我悠闲自在地在燕京城中游玩。

百年一大梦,所历皆黄粱——百年:指代人的一生。道家认为人生虚幻,犹如一场梦。这两句是说:人生不过是一场梦,一切都是虚幻的。

死生已勘破,身世如遗忘——勘破:就是"看破"的意思。这两句是说:对于生与死,我已经想通了;对于身世遭遇,我已不放在心上,早已置之脑后了。

雄鸡叫东白,渐闻语声扬——东白:东方发白,指天亮了。扬:升高。这两句是说:鸡叫了,天也亮了,听到外面说话的声音渐渐高起来。

论言苦飘扬,形势犹仓黄——犹:仍然。仓黄:匆忙急迫,慌慌张张的意思。这两句是说:外面叫哭连天,人声鼎沸,形势依然危急。

起来立泥涂,一笑褰衣裳——一笑:比喻对眼前的危险不屑一顾。褰(qiān):提起。这两句是说:早晨起来站在泥泞中,一笑而已,然后把下身衣服提起来以免被泥水打湿。

遗书宛在架,吾道终未亡——遗书:指作者在狱中写给其弟的遗书。宛:清楚可见。吾道:这里指作者置生死于度外,坚守民族气节之大义。这两句是说:看见遗书还放在架子上,我的大义精神永远不会消亡。

这是一首五言长篇歌行体。全诗隔句押韵,一韵到底,共二十七韵。诗歌内容可分四个层次来掌握:第一个层次从开头到"昔何苦常旸",可以看作是引子,交待燕京夏季气候特征;第二个层次从"七月二日夜"到"人力无支当",写雨水之大,雨势之猛,运用了诸多的比喻、夸张等艺术手法;第三个层次从"嗟哉此圜土"到"守者殊皇皇",写别的囚徒及狱守的恐惧;最后一部分是主旨所在,写自己对苦难与生死的超越,这种超越的内在动力源于作者取义成仁的凛然大义,最后两句"遗书宛在架,吾道终未亡"点明题旨。

自　叹

在燕京狱中所作。诗歌再次表现了自己宁死不屈的决心,斥责了宋朝的误国权臣们。

> 绿槐云影弄黄昏,月照牢愁半掩门。
> 一片心如千片碎,十分须有二分存。
> 竖子溷人漫不省,红缨白马意轩轩。
> 沙边黄鹄长回首,江上杜鹃空断魂。

绿槐云影弄黄昏,月照牢愁半掩门——绿槐:古时狱署中多植槐树。牢愁:忧郁,愁闷。这两句是说:黄昏时分,乌云飞度,狱外绿槐弄影;夜里,牢门半掩,皓月当空,令人烦闷不已。

一片心如千片碎,十分须有二分存——一片心:一片爱国之心。须有:只有。这两句是说:我的心因亡国之痛而破碎;生命犹如游丝般脆弱。

竖子溷人漫不省,红缨白马意轩轩——竖子:愚昧无知之人。溷:污浊。此处竖子漱人都是指宋朝的误国权臣们。漫不省：一点也不自知。红缨白马：戴着红缨帽，骑着白马。是古代高官厚禄者形象，这里用来嘲笑那些投降元朝的宋朝官员。轩轩：自鸣得意的样子。这两句是说：那些误国小人一点都没有羞耻之心，投降元朝还自鸣得意。

沙边黄鹄长回首，江上杜鹃空断魂——黄鹄：据《列女传》载，古时鲁国有陶婴，年轻寡居，有人向她求婚，她作《黄鹄歌》以示守节不嫁之意。此处作者用来表示不事元朝的决心。这两句是说：沙边黄鹄为过去深情而频频回首，江上杜鹃为故国之思而断魂失魄。

诗歌选取黄昏、月明时分物象来营造意境，使诗歌笼罩了浓厚的哀愁气氛，也充分地表达出作者在狱中的爱国之心与对南方故国的忧思。三、四两句与五、六两句形成强烈的对比：尽管心已破碎，命如游丝，但爱国之志不改。而最后两句与五、六两句则又是进一步对比：一边是自己对祖国的苦苦眷恋，一边是叛国者的洋洋得意。诗歌就是在逐层对比中表达了鲜明的爱国主题。

得女儿消息

这首诗是作者在燕京狱中收到女儿柳娘的信后所作。作者借歌咏诸葛亮表达了自己复兴大业不成的遗憾，借歌咏陶渊明表达了自己忠贞不贰的气节，还借与柳娘的父女关系表达了自己以死报国的决心。

故国斜阳草自春，争元作相总成尘。
孔明已负金刀志，元亮犹怜典午身。
肮脏到头方是汉，娉婷更欲向何人？
痴儿莫问今生计，还种来生未了因。

故国斜阳草自春，争元作相总成尘——争元作相：争取状元功名和两次拜相。宋理宗宝祐四年（1256），作者对策于集英殿，皇帝把他的卷子取在第一名，成为状元；恭帝德祐元年（1275）、端宗景炎三年（1278），作者两次拜除右丞相。总成尘：一切都成为过去。这两句是说：南方故国夕阳依然，青草成春，我在那儿考取状元，两次拜相，可一切都已成为过去了。

孔明已负金刀志，元亮犹怜典午身——孔明：三国时诸葛亮字孔明。金刀：古人以"金刀"隐指刘姓，因为"刘"字繁体"劉"拆开为"卯"、"金"、"刀"三字。汉朝和三国蜀汉的皇帝都是刘姓，诸葛亮志在使刘氏再次统一天下，但没有成功。作者借孔明来说明自己没有能实现复兴赵宋的大业。典午：古人以"典午"隐指司马姓，因为古代"典"、"司"常常连用，午属马。晋朝的皇帝是司马姓，典午指晋朝。陶渊明从晋安帝义熙末年看到刘裕将篡晋，便不肯出来做官。这里作者借陶渊明表明自己忠贞不贰的决心。这两句是说：诸葛亮没有完成帮助刘姓统一天下的大业；陶渊明一直以晋民自处，不贰于晋。

肮脏到头方是汉，娉婷更欲向何人——肮脏（āngzàng）：顽强不屈的样子。娉婷：美好的样子。这两句是说：男子汉应永远坚强不屈，岂能向他人献媚讨好？

痴儿莫问今生计，还种来生未了因——痴儿：对作者女儿柳娘的爱称。今生计：此生作如何打算。"还种"句：佛家有轮回因果之说，认为人死后还会转生。人与人之间的关系都是由因果缘分决定的。这两句是说：女儿不要问我此生如何打算，我已抱定以死报国的决心，我们父女缘分已尽，来世还一定与你为父。

此诗可以看成是作者给女儿及家人的绝笔。开头两句发河山依旧、风景殊异之感，语气较为低沉。颔、颈二联四句申事业未成之恨而转觉悲壮，虽寥寥数语，却立顽强不息之英雄形象于目前。最后两句出之以父女亲情，尤觉悲痛、苍凉。诗歌由开头的"斜阳"、"故国"到结尾的父女因缘，于大小之对比中，体现了作者为家国社稷而生死的民族伟人胸怀。

为或人赋

此诗为作者在燕京狱中所作。或人：某人。这里泛指那些投降元朝的宋朝权贵。赋：作诗。"为或人赋"即为某人题诗画像的意思。

悠悠成败百年中，笑看柯山局未终。
金马胜游成旧雨，铜驼遗恨付西风。
黑头尔自夸江总，冷齿人能说褚公。
龙首黄扉真一梦，梦回何面见江东！

悠悠成败百年中,笑看柯山局未终——悠悠:长久的样子。百年:指人的一生。柯山局未终:南朝梁·任昉《述异记》载:"晋时,樵夫王质入山砍柴,见桥下二童子对弈,质以所持斧置地,坐而观之。局终,童子指示之曰:'汝斧柯(斧柄)烂(朽烂)矣。'王质归,见乡里中人(中年人)已及百岁。后人名此山为烂柯山。"这两句是说:人生匆匆,世事恍惚,就像柯山对弈,一局未终而百年已尽。

金马胜游成旧雨,铜驼遗恨付西风——金马:汉宫金马门。《汉书·扬雄传》:"历金马,上玉堂。"后以金马代称翰林院。旧雨:过去的朋友。铜驼遗恨:亡国之恨。见前选《求客》"眼看铜驼燕雀羞"句注释。这两句是说:那些当年在宋朝共事的朋友有的已经投降了元朝,他们早已把亡国之恨忘记得干干净净。

黑头尔自夸江总,冷齿人能说褚公——"黑头"句:江总,南朝人,初任梁为太子中书舍人,入陈,为太子詹事,后主即位,擢仆射尚书令;陈亡,入隋,拜上开府。江总年少便有才名,工文辞,梁亡入陈时才三十七岁。杜甫《晓行口号》:"远愧梁江总,还家尚黑头。"这句以江总年轻时在梁做官比喻那些投降元朝的权臣年轻时在宋朝做官,意思是说:宋亡了,那些投降元朝的人还在夸耀自己早年在宋朝的科弟官阶,以取得元人赏识。冷齿:讥笑的意思。褚(chǔ)公:南齐时褚渊。褚渊在南朝宋时为宋武帝女婿,官尚书右仆射。明帝终时顾命辅幼主。后来,褚渊帮助萧道成篡宋,封南康郡公,加尚书令。齐武帝时改授司空,骠骑将军。《南史·乐预传》:"人笑褚公,至今齿冷。"这里作者以褚渊比喻那些投降元朝的宋朝权贵,说人们在讥笑他们。这两句是说:他们夸赞江总在梁朝当官时年纪很轻;人们却讥笑褚渊的背叛刘宋。

龙首黄扉真一梦,梦回何面见江东——龙首:龙头。用来代称状元。黄扉:黄阁。古时宰相所居的地方。梦回:梦醒。何面见江东:《史记·项羽本纪》:"项王乃欲东渡乌江。乌江亭长舣(yǐ)船待,谓项王曰:'江东虽小,地方千里,众数十万人,亦足王也。愿大王急渡。今独臣有船,汉军至,无以渡。'项王笑曰:'天之亡我,我何渡为!且籍与江东子弟八千人渡江而西,今无一人还,纵江东父兄怜而王我,我何面目见之?纵彼不言,籍独不愧于心乎?'"这两句是写作者自己,叹息过去的一切已成旧梦,痛恨复兴大业未成,对不起江南故人。

诗歌感叹的是改朝换代时期不同人物的不同命运。头两句借传说入手,说明了人生虽然漫长,却恍如一梦,变幻无常。三、四两句说明旧日故友分道扬镳,各投新主,还有谁记着亡国之痛呢? 五、六两句嘲笑了那些变节权贵。最后两句绾合首联,叹息自己过去的一切荣耀已经成为泡影,为自己不能完成复兴大业而惭愧。诗歌腾挪跌宕,很好地体现了作者其时人生、世事感悟心理。

读杜诗

题解

此诗入《指南后录》卷之三,该卷作者自序曰:"予《指南后录》,第一卷起正月十二日赋《零丁洋》,第二卷起八月二十四日《发建康》,今第三卷,盖自庚辰元日为始。"则该诗应作于元至元十七年后,于狱中。

> 平生踪迹只奔波,偏是文章被折磨。
> 耳想杜鹃心事苦,眼看胡马泪痕多。
> 千年夔峡有诗在,一夜耒江如酒何!
> 黄土一丘随处是,故乡归骨任蹉跎。

新解

平生踪迹只奔波,偏是文章被折磨——"平生"句:杜甫自安史之乱后,一直在兵燹中流离失所。文章:此处指诗歌。折磨:这里是无法摆脱,也就是喜爱的意思。正话反说。这两句是说:杜甫一生辛苦,到处奔波,最为喜爱的就是写诗。

耳想杜鹃心事苦,眼看胡马泪痕多——耳想:这里音借"响"为"想",目的是与下文"心"字关联及与"看"字对偶。杜鹃:杜诗中有不少以"杜鹃"立意的忠君爱国诗篇。作者这里拈出"杜鹃"二字,就是为了突出杜诗中的忠君爱国思想。心事苦:指杜甫忠君爱国的良苦用心。胡马:杜甫《哀江头》诗寄寓了深沉的国破家亡之痛,最后两句为"黄昏胡骑尘满城,欲往城南望城北"。泪痕多:指国破家亡之痛。这两句是说:杜甫耳听杜鹃声就生忠君之情,看到胡马则有国破家亡之痛。

千年夔峡有诗在,一夜耒江如酒何——夔(kuí)峡:夔州(今重庆奉节)和三峡。耒(lěi)江:在湖南境内,流经耒阳,至衡阳东入湘水。《新唐书·杜甫传》载:杜甫于大历中"出瞿塘,下江陵,溯沅湘以登衡山;因客耒阳,游岳祠。大水遽至,涉旬不得食。县令具舟迎之,乃得还。令尝馈牛炙白酒;大醉,一夕卒。年五十九。"杜甫卒于大历五年(770)。这两句是说:杜甫在夔州和三峡时写下的诗歌,流传千古;可惜他在耒江上饮酒过多,一夜而亡。

黄土一丘随处是,故乡归骨任蹉跎——黄土一丘:比喻死后安葬的地方。任:听任。蹉跎:耽搁下来。这里是说杜甫死后没有能及时归葬故里。按:杜甫死后,灵柩一直停厝在岳州,直到元和八年(813),才由其孙杜嗣业把遗柩运回河南归葬,这时距杜甫去世已四十三年了。这两句是说:人死了葬在哪儿都可以,至于什么时候归葬故国,则任它去吧。

这首七律诗在短短的篇幅中,以高度经济的语言概叙了唐代诗人杜甫生时的颠沛流离,死时的贫寒寂寞及身后的冷清凄凉。颔联"耳想杜鹃心事苦,眼看胡马泪痕多"两句拈出"杜鹃"与"胡马",凸显出杜甫诗中爱国忠君的思想内容,也是作者爱国忠君意识的流露。诗歌哀杜甫而叹自己,羡称杜甫"杜鹃"、"胡马"及夔州诗,目的也是为了表明自己的忠君爱国情怀和自己诗歌中的忠君爱国内容。于此我们可以知道:文天祥于杜甫诗之所以能入其奥堂,得其三昧,并非出于偶然,而是出于生命经验的相似与爱国忠君感情的沟通。

正气歌

此诗作于元至元十八年(1281)夏天,其时文天祥身陷囹圄已近两年。其间,元朝统治者,包括元世祖忽必烈本人,一再威逼利诱,要他投降,他始终不屈服。最终,在历经种种磨难后,于元至元十九年(1282)十二月,壮烈殉国。诗中热情地歌颂了古代那些为正义而斗争的人们,张扬了祖国传统的民族气节,表现了自己在任何环境下都能经得住考验的顽强意志。

予囚北庭,坐一土室,室广八尺,深可四寻,单扉低小,白间短窄,污下而幽暗。当此夏日,诸气萃然:雨潦四集,浮动床几,时则为水气;涂泥半朝,蒸沤历澜,时则为土气;乍晴暴热,风道四塞,时则为日气;檐阴薪爨,助长炎虐,时则为火气;仓腐寄顿,陈陈逼人,时则为米气;骈肩杂遝,腥臊污垢,时则为人气;或圊溷,或毁尸,或腐鼠,恶气杂出,时则为秽气。叠是数气,当侵沴,鲜不为厉。而予以孱弱,俯仰其间,于兹二年矣,无恙,是殆有养致然。然尔亦安知所养何哉?孟子曰:"我善养吾浩然之气。"彼气有七,吾气有一,以一敌七,吾何患焉。况浩然者,乃天地之正气也。作《正气歌》一首。

天地有正气,杂然赋流形:下则为河岳,上则为日星;
于人曰"浩然",沛乎塞苍冥。皇路当清夷,含和吐明庭。
时穷节乃见,一一垂丹青:在齐太史简,在晋董狐笔,
在秦张良椎,在汉苏武节;为严将军头,为嵇侍中血,

为张睢阳齿,为颜常山舌;或为辽东帽,清操厉冰雪;
或为《出师表》,鬼神泣壮烈;或为渡江楫,慷慨吞胡羯;
或为击贼笏,逆竖头破裂。是气所磅礴,凛烈万古存。
当其贯日月,生死安足论!地维赖以立,天柱赖以尊。
三纲实系命,道义为之根。嗟予遘阳九,隶也实不力。
楚囚缨其冠,传车送穷北。鼎镬甘如饴,求之不可得。
阴房阒鬼火,春院闷天黑。牛骥同一皂,鸡栖凤凰食。
一朝蒙雾露,分作沟中瘠。如此再寒暑,百沴自辟易。
哀哉沮洳场,为我安乐国。岂有他谬巧,阴阳不能贼?
顾此耿耿在,仰视浮云白。悠悠我心悲,苍天曷有极!
哲人日以远,典型在夙昔。风檐展书读,古道照颜色。

新译

序言的意思是:我被元人囚禁在一间土牢里。牢房宽八尺,进深有三丈二尺,坐落低下。单扇门,又低又小,窗子又短又窄,污浊黑暗。在这炎炎夏日里,各种气味混杂在一起:下雨天雨水从四方汇集而来,连牢床和小桌子都浮在了水中,这时是水气;阴雨天牢房的土墙半截是潮湿的,时间一长,热气蒸腾,散发着土气;雨后乍晴,天气暴热,牢房四面丝风不透,这时热气熏人;屋檐下有人烧柴做饭,使本来就炎热的天气更加炎热,这时火气灼人;附近粮仓里,陈米腐谷,层层积压,散发出霉腐气味;囚徒众多,汗垢腥臊,弥漫着难闻的人气味;由厕所或死尸或腐烂的死老鼠散发出的恶臭气味,这是污秽之气。这几种气味混在一起,人受其浸染毒害,不生病是很少见的。我身体虚弱,整天生活在这些恶气之中,已经有两年了,可是我无病无灾,这大概是我有所修养的缘故。但你知道我所修养的是什么吗?孟子说:"我善养吾浩然之气。"那些有害之气共有七种,但我有一种浩然之气,以我的浩然之气去抵挡那些恶毒之气,我还怕它们什么呢?况且我这种浩然之气乃是天地之间的刚正之气。为此,我作《正气歌》一首。寻:长度单位。古人以八尺为一寻。扉(fēi):门扇,单扉即单扇门。白间:窗户。萃(cuì):聚集。潦(lǎo):积水。涂泥:湿润的泥土。《史记·夏本纪》:"其草惟夭,其木惟乔,其土涂泥。"这里指墙土。朝:疑为"潮"。沤(òu):浸泡。历澜:浸泡的时间长。爨(cuàn):烧火煮饭。寄顿:存放而变坏。骈(pián)肩:肩并肩。形容人多拥挤。杂遝:众多纷乱的样子。腥臊(xīngsāo):臭恶的气味。圊溷(qīnghùn):厕所。当侵沴(lì):面对这些袭人而来的恶气。沴:阴阳之气不协调。这里指种种污秽之气。厉:灾疫。孱弱(chánruò):衰弱。于兹:到现在为止。殆(dài):大概。致然:致使这样。"我善养吾浩然之气"语出《孟子·公孙丑上》:"我善养吾浩然之气……其为气也,至大至刚,以直养而无害,则塞于天地之间。"在我国古代儒家和道家思想中,常认为这种浩然正气于人身体、心理都有巨大的力量。文天祥正是承袭了这种传统认识,所以说:"况浩然者,乃天地之正气也。"

天地有正气,杂然赋流形——杂然:多种多样。赋:表现为。流形:不同的形式。这两句是说:天地之间有正义之气,它表现为各种各样不同的形式。

下则为河岳,上则为日星——这两句是说:正气在下表现为江河山岳,在上表现为日月星辰。

于人曰"浩然",沛乎塞苍冥——沛乎:充盈的样子。苍冥:天上和地下。这两句是说:这种正义之气,对于人来说就是刚正之气,它无处不在,充满天地之间。

皇路当清夷,含和吐明庭——皇路:国运。清夷:清平,太平。含和:蕴含祥和之气。吐:表露的意思。明庭:政事修明的朝廷。这里比喻政治清明。这两句是说:每当天下太平时,这种正义之气含蓄祥和,表现为政治清明。

时穷节乃见,一一垂丹青——时:时势。这里指国运。穷:处于困境。节乃见(xiàn):忠节于是显现出来。丹青:丹册与青史,泛指史籍。这两句是说:每当时势处于困境时,正气表现为忠贞操守而凸显出来;史书中,这些忠贞气节班班可考。

在齐太史简,在晋董狐笔——"在齐"句:春秋时,齐国大夫崔杼(zhù)杀其国君,齐国史官在史册上写道:"崔杼弑其君。"崔杼怒,杀史官。史官之弟继为史官,仍作同样记载,又被杀。太史:史官。简:古代用来书写的竹片。"在晋"句:春秋时,晋灵公为赵穿所杀,晋大夫赵盾没有表明态度,晋史官董狐在史策上写道:"赵盾弑其君。"后人称赞董狐为良史。这两句都是赞美历史上具有正义感、秉笔直书的良史,意思是说:正气在古代齐国表现为记载史实的简册,在晋国就是董狐的直书笔法。

在秦张良椎,在汉苏武节——"在秦"句:指张良博浪沙椎杀秦始皇事。见前选《真州杂赋》"博浪力士犹难觅,要觅张良更是难"句注释。"在汉"句:指汉苏武匈奴牧羊十九年,最终得还一事。见前选《和言字韵》"死生苏子节"一句注释。这两句是说:这种正气在秦时表现为张良的铁椎,在汉时就表现为苏武的符节。

为严将军头,为嵇侍中血——严将军头:汉末,刘璋使严颜守巴郡,为张飞所擒,张飞要他投降,严颜说:"我州但有断头将军,无降将军。"嵇侍中血:晋惠帝时,河间王司马颙(yóng)、成都王司马颖反叛。晋惠帝与他们作战时,所有的侍卫都跑了,只有侍中嵇绍以身体保护惠帝。嵇绍被杀,血溅惠帝衣服。平叛后,惠帝不让人洗这带血的衣服,说:"此嵇侍中血,勿洗。"这两句是说:正气在汉末表现为严颜不屈的头颅,在晋则为嵇绍忠贞的血。

为张睢阳齿,为颜常山舌——张睢阳:唐安史之乱时睢阳守将张巡。参见前选《言志》"男儿嚼齿吞刀锯"一句注释。颜常山:唐安史之乱时常山太守颜杲卿。见前选《平原》"哀哉常山惨钩舌"一句注释。这两句是说:在唐代这种正气表现为张巡、颜杲卿痛骂乱臣贼子的齿舌。

或为辽东帽,清操厉冰雪——辽东帽:汉末,管宁避乱居辽东,魏文帝征为大中大夫,明帝征为光禄勋,皆辞不受。居辽东三十年,戴皂(黑色)帽,着布裙,安贫讲学。清操:高洁的操守。厉:严厉,这里是意动用法。这两句是说:正气者表现为汉末管宁头上的黑帽,管宁甘贫若饴,其操守严厉如冰雪。

或为《出师表》,鬼神泣壮烈——三国蜀诸葛亮出兵伐魏,临行向后主刘禅上《出师表》。陆游《书愤》诗:"出师一表真名世,千载谁堪伯仲间。"这两句是说:这种正气还表现为诸葛亮的《出师表》,其壮怀激烈,鬼神为之哭泣。

或为渡江楫,慷慨吞胡羯——东晋时,祖逖率军渡江北伐,中流击楫而誓曰:"予生不能清中原而后济者,有如此江!"胡羯(jié):对我国古代北方少数民族的泛称。这两句是说:正气还表现为东晋祖逖击楫中流、气吞胡虏的英雄气概。

或为击贼笏,逆竖头破裂——击贼笏:唐德宗时,朱泚(cǐ)欲称帝篡唐,想使司农卿段秀实附己,召段议事。段秀实假装与之谋议,乘机用象笏(hù)(古代君臣朝见时手中所执手板)击打朱泚,中其额,血流满面,大骂曰:"狂贼,吾恨不斩汝万段,岂从汝反耶?"逆竖:对叛逆之人的蔑称。这里指朱泚。这两句是说:正气还表现为唐代段秀实手中痛击叛逆小人的象笏。

是气所磅礴,凛烈万古存——是气:这种正气。磅礴:充满的意思。凛烈:使人敬畏的样子。这两句是说:这种浩然之气所表现出来的形式很多很多,它们令人敬畏,万古长存。

当其贯日月,生死安足论——贯日月:遮避日月光芒。这里是说正气之光芒与日月同辉。安足论:不值得论说。这两句是说:正气光芒与日月同辉,人之生死与正气相比,不值得论说。

地维赖以立,天柱赖以尊。三纲实系命,道义为之根——地维:维系大地的绳子。又称"天纪"。古人认为大地是方的,四角有大绳维系,使有定位。天柱:比喻最高的山。尊:高大。三纲:指传统儒家君臣、父子、夫妇之道,是我国古代封建社会中三种主要的道德准则。系命:维持生命。这里是延续的意思。这四句是说:地维因正气而得以定位,天柱因正气而高大;三纲靠正气而永存,道义是正气的根本。

嗟予遘阳九,隶也实不力——遘(gòu):逢,遇到。阳九:厄运。见前选《二月六日,海上大战,国事不济……》"我生之后遭阳九"句注释。隶也:《晋书·石苞传》载:"阳翟(dí)郭玄信奉使求人为御(驾马车),司马(掌管马的人)以后苞及邓艾给之。行十八里,信谓二人曰:'子后当并至卿相。'苞曰:'御,隶也,何卿相乎?'"这里是作者自指。这两句是说:可叹自己身逢乱世,心有余而力不足。

楚囚缨其冠,传车送穷北——缨其冠:比喻临难也要保持操守。见前选《言志》"结缨犹当效子路"一句注释。传车(zhuànchē):驿车。穷北:极北之地,这里指燕京。

这两句是说：我虽身为囚徒却坚贞不屈，最终被胡人用囚车押送到燕京。

鼎镬甘如饴，求之不可得——鼎镬(huò)：烹人的刑具。古代用鼎镬煮人，是一种酷刑。镬：似鼎而无足的大锅。饴(yí)：一种软糖。"求之"句：作者被捕后，向张弘范、博罗、元世祖屡次求死而不能，所以说"求之不可得"。这两句是说：虽身受酷刑，我无所畏惧；其实我多次向元人求死，但他们不允许。

阴房阒鬼火，春院闷天黑——阴房：阳光照不到的地方。阒(qù)：寂静，空寂。春院：春天的院子。闷(bì)：关闭。这两句是说：阴沉的牢房里一片寂静，时有鬼火跳动；春天的牢房紧闭，漆黑一团。

牛骥同一皂，鸡栖凤凰食——皂：通"槽"，牲口食槽。《史记·鲁仲连邹阳列传》："使不羁之士与牛骥同皂，此鲍焦所以忿于世而不留富贵之乐也。"这两句是对自己不得不与狱卒及囚犯们共处的愤慨。意思是：牛与千里马同槽共食，而凤凰却不得不与鸡同栖在一起。

一朝蒙雾露，分作沟中瘠——蒙：遭受。雾露：本指气候不和，这里指迫害。分(fēn)：料想，想必。瘠(zì)：通"胔"，泛指躯体。这两句是说：一旦遭遇迫害，肯定成为沟壑中的尸体。

如此再寒暑，百沴自辟易——再寒暑：两度寒暑，即两年。百沴：各种病害。辟易(bìyì)：因畏惧而退缩。这里指躲过各种病害而没死。这两句是说：我被囚两年，竟然没有病死。

哀哉沮洳场，为我安乐国——沮洳(jùrù)场：低湿泥泞的地方。这两句是说：低湿泥泞的牢房对我来说犹如安乐窝。

岂有他谬巧，阴阳不能贼——谬巧：诈术巧计。贼：伤害。这两句是说：我难道还有什么诈术巧计可以抵御这种种病害吗？

顾此耿耿在，仰视浮云白——顾：只是。耿耿：忠直的样子。浮云白：比喻自己没有受到病害的侵袭。这两句是对上面提问的回答，意思是：只是因为我怀有忠诚之心，所以不受病害攻击，就像天上浮云一样洁白。

悠悠我心悲，苍天曷有极——语出《诗经·唐风·鸨(bǎo)羽》："悠悠苍天，曷其有极？"悠悠：忧思的样子。曷(hé)：何，为什么。极：尽头。这两句是说：亡国之痛与苍天一样，无边无际。

哲人日已远，典型在夙昔——哲人：才智极高的人。这里指上面提到的齐太史、晋董狐等人。日已远：渐渐地离我越来越远了。典型：古人的模范行为。夙昔：往日，从前。这两句是说：那些具有正气的才智之人离我们越来越远了，但他们都名垂史册。

风檐展书读，古道照颜色——风檐：不蔽风雨之短屋檐。这里指牢房。古道：古代的道理、原则等。这里指上文所说的"哲人"、"典型"等所具有的崇高情操。照颜色:相互比照,即鼓励的意思。这两句是说:我在牢房中披览史册,使自己与古人正气的光辉形象相比照,让他们来激励自己。

　　这是一首流传千古、脍炙人口的五言古体诗。序言由牢房中污浊的气味说起,自然地过渡到孟子的"浩然之气",引出《正气歌》创作的原因。全诗可分为四个层次:从开头到"沛乎塞苍冥"为第一层,说明正气无处不存,表现形态各异。第二层次从"皇路当清夷"到"逆竖头破裂",作者拈出国运艰难时期正气的具体表现形态,来说明历史上备受称赞的种种忠义情操。这一层次虽句式缺少变化,但叙说内容时空转换幅度大,因而读起来感情充沛,气势磅礴,是全诗最精彩的部分。第三层次从"是气所磅礴"到"道义为之根",作者给"正气"以形而上的定义,它之所以能予人以巨大的精神力量,就在于"道义为之根",这是文天祥儒家传统思想的集中表现。最后一个层次,作者以自己为例来说明"正气"的伟大力量,也是对序言中提出问题的回答。诗歌用韵不拘,随表达需要,随时转韵,不像作者很多其他长篇歌行那样,一韵到底。

　　《正气歌》酣畅淋漓地表现了文天祥的忠肝义胆,铮铮铁骨,充分显示了文天祥松贞霜洁的民族气节、永不褪色的爱国精神和顽强的抗元斗志。作者所歌颂的浩然之气,是富贵不淫、贫贱不移、威武不屈,忠于民族和国家,为正义而斗争的坚贞意志;正是这种浩然之气使诗人在数年的牢狱生活中,经受住一切威逼利诱,肉体的折磨,疾病的侵袭,坚定地选择了杀身报国的道路。虽则,这种浩然之气,与封建的纲常伦理是紧密结合在一起的,然而,诗中所表现的为理想而斗争的顽强意志及强烈的爱国精神却永垂史册!

◎ 词

酹江月

南康军和苏韵

题解

文天祥祥兴元年(1278)十二月五坡岭被捕,于元至元十六年(1279)六月初五日过隆兴(南昌),大约后一、两天到达南康军。这首词是作者过南康军时所作。南康军:宋行政区划名称,属江西,治所在星子县,辖星子、都昌、建昌、安义四县。和韵:依照别人诗词的韵来写诗填词。这首词是和苏轼《念奴娇·赤壁怀古》词韵而成。酹(lèi)江月:词牌名,是词牌[念奴桥]的别称。苏轼《念奴娇·赤壁怀古》词的起句为"大江东去"末句为"一樽还酹江月",后人因以[大江东去]或[酹江月]作为[念奴娇]词牌的别名。

  庐山依旧,凄凉处无限江南风物。空翠晴岚浮汗漫,还障天东半壁。　雁过孤峰,猿归老嶂,风急波翻雪。乾坤未歇,地灵尚有人杰。　堪嗟飘泊孤舟,河倾斗落,客梦催明发。南浦闲云连草树,回首旌旗明灭。三十年来,十年一过,空有星星发,夜深愁听,胡笳吹彻寒月。

  庐山依旧,凄凉处无限江南风物——庐山:坐落在江西北部。此处作者用来关涉"南康军"地点。南康军的星子县,在鄱阳湖西岸、庐山之东。"庐山"、"凄凉处"、"江南"为互文,均为"江南"的意思。这三句是说:庐山风景依然,无限江南河山依旧,但已被元军占领,所以行经之处,倍感凄凉。

  空翠晴岚浮汗漫,还障天东半壁——空翠晴岚:晴空下空碧翠绿的山影和山头雾气。岚:山间雾气。汗漫:宽阔无边的水面,这里指长江。障:阻隔。天东:即东半边。半壁:半边。这两句是说:庐山好像一道屏障,把东西阻隔开来,空碧翠绿的山影及山上的雾气倒映在宽阔的江面上。

  雁过孤峰,猿归老嶂,风急波翻雪——"雁过"、"猿归"两句:因为作者是江西人,所以说"雁过"、"猿归"。"峰"、"嶂"这里都是庐山的代称。因为这次是作者被押北上,所以用"孤"与"老"来修饰庐山以表达作者孤寂悲凉的心情,下句的"风急"也应如此理解。波翻雪:波浪翻滚,犹如白雪。这三句是说:大雁飞过孤峰,猿猴来到旧居的山中,山下狂风吹着江水,波涛滚滚犹如堆堆白雪。

乾坤未歇,地灵尚有人杰——未歇:没有停止。此处喻指宋朝"气运"未尽,有复兴的时候。"地灵"句:这里作者用来说明南康军依山临湖,地势险要,将来会有人在这里为故国复兴做出一番事业。这两句是说:天地仍在运转,世事仍在变化,南康军地势险要,人才辈出。

堪叹飘泊孤舟,河倾斗落,客梦催明发——河倾斗落:银河和北斗星渐渐消失,即天色将亮的意思。客梦:旅途中的梦。明发:黎明。这三句是说:可叹我身处孤舟,漂泊江河。梦中醒来,星河沉落,天色将明。

南浦闲云连草树,回首旌旗明灭——"南浦"句:王勃《滕王阁》诗:"画栋朝飞南浦云,珠帘暮卷西山雨。闲云潭影日悠悠,物换星移几度秋?"明灭:忽明忽暗,时隐时现。这两句是说:南昌上空悠悠白云与树木相连,回忆以前这里军旗隐约,抗元斗争不断。

三十年来,十年一过,空有星星发——"三十"两句:作者于宋理宗开庆元年(1259)送弟文璧赴京,取道鄱阳湖,这是第一次过南康军;宋度宗咸淳五年(1269)十一月,作者知宁国府,由鄱阳湖入长江至宣州,这是第二次过南康军;第三次便是这次,在元至元十六年(1279),所以说"三十年来,十年一过"。星星:形容头发斑白。这三句是说:这三十年来,每隔十年都经过南康军一次,如今已是头上白发点点。

夜深愁听,胡笳吹彻寒月——胡笳:管乐器,从外族传入中原,故称"胡笳"。此处指元军中的乐声。这两句是说:听到元军中传来的乐声,令人忧愁含恨;夜深人静,只剩下一轮寒月映照在水面上。

【新evaluation】

这首词作者注明是和苏轼《念奴娇·赤壁怀古》一词韵而作。其实除韵脚外还有很多方面可以对比着看:首先谋篇布局一样,两词都是上片写景,下片抒情;其次,词总体情感类型一样,都哀婉惆怅,只不过苏轼词哀叹的是个人的困顿不遇而文山词哀叹的是家国兴亡。也就是诗人刘熙载在《艺概》中所评说的有"风雨如晦,鸡鸣不已之意"。当然,说上片状景、下片抒情只是概括论之。就文山词而论,上片对庐山、长江、岚翠晴空、孤峰老嶂等的描写自不必说,但其中作者对家国沦丧的悲哀之情亦溢于言表。特别是"孤""老"两字,着笔无意,滋情浓厚。下片以抒情为主,但情由境生,境由景成。"河倾斗落"、"南浦闲云连草树"、"寒月"都是很精致的抒情意象。这种情景交融,意境浑成的词风颇得五代、宋初词人手法。王国维先生在《人间词语》中说:"文文山词,风骨甚高,亦有境界,远在圣与、叔夏、公谨(宋代词人王沂孙,字圣与;张炎,字叔夏;周密,字公谨)诸公之上。"所谓"亦有境界"云云,应该就是指这一方面而言。

词创作到宋代,有一显著特征就是好隐括乃至直接挪用前人诗句、词句,是非姑且不论,就这首词而言,它的语句来源主要有三个方面:即王勃诗句,如"地灵"、"人杰"、"南浦"、"闲云"等;杜诗,如"回首旌旗明灭"等;苏词,如"波翻雪"、"星星发"等。但这些不防碍作者表达自己的真实情感。总体上说,这首词感情充沛真挚,爱国主题显豁,与作者爱国诗篇的风格有相通之处。

酹江月

和友人《驿中言别》

这首词是作者为和友人邓光荐《酹江月·驿中言别》一词而作,写作时间与《金陵驿》同时,在元至元十六(1279)年八月。邓光荐,原名剡(yān),字中甫,号中斋,庐陵人,与文天祥是同乡,曾在厓山行朝官礼部侍郎。厓山行朝覆灭时,光荐跳海自杀,未遂,被捕。元军把他与文天祥囚禁在一起。到金陵时,光荐因病留金陵天庆观,得免北行。两人在金陵分别时,邓光荐写了《酹江月·驿中言别》一词给作者,作者和作此篇。

　　乾坤能大,算蛟龙、元不是池中物。风雨牢愁无着处,那更寒蛩四壁。横槊题诗,登楼作赋,万事空中雪。江流如此,方来还有英杰。　　堪笑一叶飘零,重来淮水,正凉风新发。镜里朱颜都变尽,只有丹心难灭。去去龙沙,江山回首,一线青如发。故人应念,杜鹃枝上残月。

乾坤能大,算蛟龙、元不是池中物——能:如此,这样。蛟龙:这里比喻英雄豪杰。池中物:意思是英雄豪杰就像蛟龙不会生活在水池中一样,总不肯长久受屈服。这三句是说:天下如此之大,蛟龙生来就不会生活在小小的水池中。

风雨牢愁无着处,那更寒蛩四壁——着:这里是排遣的意思。那更:无奈,"那"是"奈何"的合音。这两句是说:国破家亡的忧愁无处排遣,无奈又有蟋蟀在四壁低吟。

横槊题诗,登楼作赋,万事空中雪——"横槊"句:三国时,曹操伐吴,率军沿江而下,在长江上横槊赋诗。"登楼"句:三国时魏人王粲,因战乱往依荆州刘表,尝登湖北当阳县城楼,作《登楼赋》。这两句是说:不论是当年曹操的横槊赋诗,还是王粲的登楼作赋,都如同空中飞雪,转眼成空。

江流如此,方来还有英杰——方来:将来。这两句是说:世事犹如江水流动,后浪推前浪,将来还会有英雄人物出现。

堪笑一叶飘零,重来淮水,正凉风新发——一叶:孤舟小船。凉风新发:时值八月,故云。这三句是说:可叹我孤舟飘零,又一次来到金陵时,正值仲秋时分,凉风飕飕。

镜里朱颜都变尽,只有丹心难灭——朱颜:青春红润的面容。这两句是说:揽镜自照,青春不再,面容憔悴,只有赤诚之心依然不改。

去去龙沙,江山回首,一线青如发——去去:远去。龙沙:龙堆沙漠。一线青如发:远处的山峦就像一根头发。这三句是说:此去到极北的地方,回首中原故国,青山连绵犹如一丝头发。

故人应念,杜鹃枝上残月——故人:指邓剡。这两句是说:分别后思念友人,如同残月下枝头上悲切哀鸣的杜鹃鸟。

【新评】

这首词一开头就突兀而来,气势奔放,与友人共勉应当要如蛟龙一样,不可营营苟且。结尾则向友人表露自己对故国山河无尽的拳拳思念之心。虽为言别之作,不作儿女沾巾之态,而是把民族的命运和自己的遭遇联系起来,既慷慨悲凉,又乐观向上。这首词与邓剡唱词都是和苏轼《念奴娇·赤壁怀古》词韵而作,构思上有同工之妙:上片吊古,下片伤今;上片感叹古代英雄人物,下片哀叹自己困顿坎壈。不过毕竟时代不相同,苏轼感叹的纯粹是身世浮沉,文天祥哀叹的是家国命运。对比、衬托是文天祥诗词重要的艺术表现手法,词开头便把"蛟龙"与"池中物"对比,体现出作者虽身为囚徒,但英雄之心不灭的凌云壮志。此外,"横槊题诗"、"登楼作赋"与"一叶飘零"对比,"朱颜"与"丹心"对比;"寒蛩四壁"衬托"风雨牢愁","凉风新发"衬托"朱颜"等等,都收到了较好的艺术效果。清刘熙载对此词评价说:"词之妙全在衬跌。如文文山……《酹江月·和友人》云:'镜里朱颜都变尽,只有丹心难灭',每二句若非上句,则下句之声情不出矣。"(《艺概·词曲概》)既指出了这首词的匠心独运,又道出了对比、衬托手法的艺术效果。

邓剡《酹江月·驿中言别》词如下:"水天空阔,恨东风不惜世间英物。蜀鸟吴花残照里,忍见荒城颓壁。铜雀春情,金人秋泪,此恨凭谁雪?堂堂剑气,斗牛空认奇杰。　　那信江海余生,南行万里,送扁舟齐发。正为鸥盟留醉眼,细看涛生云灭,睨柱吞嬴,回旗走懿,千古冲冠发。伴人无寐,秦淮应是孤月。"

满江红

代王夫人作

满江红:词牌名。王夫人:南宋度宗赵禥时宫廷昭仪(女官名)王惠清。恭帝德祐二年(1276),临安沦陷,王惠清随三宫后妃一起被掳往元大都。在被掳北上途经汴京夷山驿站时,王惠清题《满江红》词一首于壁上,一时广为传诵。文天祥认为该词末句"问姮娥,于我肯从容,同圆缺"不妥,于是代作一首。

　　试问琵琶,胡沙外怎生风色!最苦是姚黄一朵,移根仙阙。王母欢阑琼宴罢,仙人泪满金盘侧。听行宫半夜雨淋铃,声声歇。

　　彩云散,香尘灭;铜驼恨,那堪说!想男儿慷慨,嚼穿龈血。回首昭阳离落日,伤心铜雀迎新月。算妾身不愿似天家,金瓯缺。

试问琵琶,胡沙外怎生风色——琵琶:汉武帝时,西域乌孙国与汉和亲,汉武帝以江都王刘建女儿细君为公主,嫁给乌孙王,令马上琵琶作乐,以慰道路之思。这里指遥远的北方。怎生:怎么样。风色:景色。这两句是说:不知道北方胡沙地带是什么样的风物景色。

最苦是姚黄一朵,移根仙阙——姚黄:牡丹花中的名贵品种。移根仙阙:从宫廷里移植到别的地方。这两句是说:最为悲苦的是名贵的姚黄牡丹,它从宫廷里被移植出去。

王母欢阑琼宴罢,仙人泪满金盘侧——王母:指当时宋朝的全太后。"仙人"句:汉代建章宫前立有高大铜人,手托承露盘以承接露水,被称为"捧露仙人"。曹魏明帝景初元年(237),命宫官从长安拆移铜人,迁至洛阳,相传铜仙人被拆离时曾流泪。后用"铜仙坠泪"比喻亡国之痛。这两句是说:全太后被元人掳走,过去的欢乐再也没有了;宋朝已经亡国,人人为之痛心。

听行宫半夜雨淋铃,声声歇——雨淋铃:宋王灼《碧鸡漫志》卷五引《明皇杂录》及《杨妃外传》云:"帝幸蜀,初入斜谷,霖雨弥旬,栈道中闻铃声。帝方悼念贵妃,采其声为《雨淋铃曲》以寄恨。"歇:散发,传来。这两句是说:半夜里,行宫外面传来一阵阵风雨吹打风铃的凄惨声音。

彩云散,香尘灭——彩云、香尘:形容宫廷里的繁华。这两句是说:过去的一切如同烟消云散。

铜驼恨,那堪说——铜驼恨:亡国之恨。这两句是说:深深的亡国之恨哪能说得完、道得尽呢?

想男儿慷慨,嚼穿龈血——男儿:指唐安史之乱时睢阳守将张巡。见前选《言志》诗"男儿嚼齿吞刀锯"句注释。龈:牙齿根部的肉。这两句是说:唐代张巡面对敌人英勇不屈,嚼碎牙龈,真有英雄气概。

回首昭阳离落日,伤心铜雀迎新月——昭阳:昭阳宫,代称宋朝后宫。落日:比喻失位的国君宋恭帝。铜雀:铜雀台。曹操于建安十五年在邺城所筑,置姬妾歌伎于其上。这里指元朝后宫。新月:比喻新主子。这两句是说:回想过去在宋后宫离别失位的皇帝,令人心痛;现在在元朝后宫里又要面对新主子,更是伤心。

算妾身不愿似天家,金瓯缺——算:打定主意。天家:帝王家。金瓯:国土的代称。这两句是说:我决心守身如玉,不像宋室江山那样,被人侵犯占有。

这是一首模拟亡国宫女口吻之作。词首先极写亡国宫女离乡别故的悲哀;或是对往日宫中歌舞盛宴的回忆,或是行宫旅途的故国哀思,或是面对新主子的巨大痛苦;最后表示下决心要做巾帼须眉,坚守贞操,体现了作者宁死不屈的民族气节。这首词强烈的艺术感染力也正来源于这种深沉亡国之痛与高尚民族气节的对比表达。

王清惠《满江红》词为:"太液芙蓉,浑不似、旧时颜色。曾记得,春风雨露,玉楼金阙。名播兰簪妃后里,晕潮莲脸君王侧。忽一声,鼙鼓揭天来,繁华歇。 龙虎散,风云灭。千古恨,凭谁说。对山河百二,泪盈襟血。驿馆夜惊尘土梦,宫车晓碾关山月。问姮娥,于我肯从容,同圆缺。"

满江红

和王夫人《满江红》韵,以庶几后山《妾薄命》之意

这首词为作者和王清惠《满江红》一词而作。北宋诗人陈师道,字无己,号后山居士。后山诗集中有《妾薄命》二首,是为哀悼其师曾巩而作。诗中有"古来妾薄命,事主不尽年","忍著主衣裳,为人作春妍"等句,表现一种对故主深深依恋的感情。文天祥这首和词借王清惠字字句句表达了自己对故国生死不渝的赤胆忠心。

燕子楼中,又捱过几番秋色。相思处,青年如梦,乘鸾仙阙。

肌玉暗销衣带缓，泪珠斜透花钿侧。最无端蕉影上窗纱，青灯歇。曲池合，高台灭。人间事，何堪说！向南阳阡上，满襟清血。世态便如翻覆雨，妾身元是分明月。笑乐昌一段好风流，菱花缺。

燕子楼中，又捱过几番秋色——燕子楼：见前选《燕子楼》一诗。捱：耐苦坚持。秋色：指代岁月。这两句是说：燕子楼上的关盼盼，不知道又熬过了几个年头。

相思处，青年如梦，乘鸾仙阙——青年：青春。乘鸾：《异闻录》："开元中，唐明皇与申天师游月宫，见素娥十余人，皓衣，乘白鸾，笑舞于广庭大桂树下。"此处借喻王夫人在宋朝的欢乐生活，也隐指作者自己在宋朝为宰相时的经历。这两句是说：现在回想起在宋宫廷那些美好的日子，简直是如梦如醉。

肌玉暗销衣带缓，泪珠斜透花钿侧——肌玉：即"玉肌"的倒文。暗销：渐渐消瘦。花钿：镶嵌金花的首饰。这两句是说：如玉般温润的肌肤慢慢消瘦；泪流满面，首饰斜侧，衣冠不整。

最无端蕉影上窗纱，青灯歇——歇：散发光芒。这两句是说：芭蕉的影子映在窗纱上，平添了一段忧愁；夜里只有孤灯发出青光，寂寞难耐。

曲池合，高台灭——曲池：曲江池，为唐京城长安游览胜地。高台：姑苏台。这两句是说：曲江池已经合为平地，姑苏高台已经荡然无存。

人间事，何堪说——这两句是说：人世沧海桑田，谁能说得清楚呢？

向南阳阡上，满襟清血——南阳阡：《汉书·原涉传》载："汉武帝时，京兆尹曹氏葬茂陵，称其墓道为'京兆阡'，原涉见而慕之。涉父为南阳太守，父死，涉大治冢舍，买地开道，立表署曰'南阳阡'。"后以"南阳阡"比喻祖先坟墓所在的故国。这两句是说：南望故国家园，想到祖先前辈都安葬在那里，不禁潸然泪下。

世态便如翻覆雨，妾身元是分明月——翻覆雨：比喻人情世态变化无常。分明月：如月亮般明洁。这两句是说：尽管世事变化无常，但我还是保持贞洁操守。

笑乐昌一段好风流，菱花缺——"笑乐昌"句：唐孟棨《本事诗·情感》载，南朝陈太子舍人徐德言妻是后主之妹，封乐昌公主，才色冠绝。时陈政方乱，德言谓其妻曰："以君之才容，国亡必入权豪之家。"乃破一镜，各执其半，以为他日再见信物。相约道："他日必以正月望日卖于都市。"及陈亡，其妻果没入越公杨素家。德言遂以正月望日访于都市。有奴仆卖半镜者，德言出其半合之，题诗曰："镜与人俱去，镜归人不归。无复嫦娥影，空留明月辉。"其妻得诗，涕泣不食。杨素知之，即召德言，还其妻。菱花：镜子的代称。这两句是说：可笑乐昌公主虽给后人留下一段风流佳话，但毕竟圆镜残破，没能坚守贞操。

在中国古代诗词中,有很多借女子命运遭际来抒发感慨的作品,这首《满江红》与上一首《代王夫人作》都属这一类。词一开头借赞美燕子楼里的关盼盼守节不嫁来总领全文,接着叙述了王夫人在他乡异国的艰难以进一步升华题旨。下片嘲笑乐昌公主未能以死殉节,只赢得一段风流佳话而已,于正反对比中凸显出坚守贞操的可贵。作者虽没有明写自己的赤胆忠心,但通过对关盼盼、王昭仪、乐昌公主等女性的咏叹,完全表露了自己的心迹。作品用简洁的笔墨,巧妙的比喻,选择恰切的典故,围绕"忠诚"这一主题,把材料有机浑成地组织起来,表现了作者高超的词作技巧。

沁园春
题张许双庙

沁园春:词牌名。"张许双庙":奉祀唐安史之乱时睢阳守将张巡、太守许远二公,庙非止一所。这首词极力颂扬了英勇不屈的张巡、许远二公,无情鞭挞了可耻的叛国投降者,流露了作者忠贞不贰的人格精神。

为子死孝,为臣死忠,死又何妨!自光岳气分,士无全节,君臣义缺,谁负刚肠?骂贼睢阳,爱君许远,留得声名万古香。后来者,无二公之操,百炼之钢。　　人生欻欷云亡,好轰轰烈烈做一场。使当时卖国,甘心降虏,受人唾骂,安得流芳!古庙幽沉,遗容俨雅,枯木寒鸦几夕阳?邮亭下,有奸雄过此,仔细思量!

为子死孝,为臣死忠,死又何妨——这三句是说:为人子死于孝,为人臣死于忠,是尽忠尽孝,死又何妨呢?

自光岳气分,士无全节——光岳:三光五岳,即天地。这两句是说:自从开天辟地以来,士人很少有能保全节操的。

君臣义缺,谁负刚肠——负:具有。这两句是说:君臣之间的道德准则受到破坏,还有谁能始终怀抱忠心刚肠呢?

骂贼睢阳,爱君许远,留得声名万古香——睢阳:指唐代安史之乱时睢阳守将张巡。许远:字令威,唐杭州盐官(今浙江海宁)人。安史之乱时任睢阳太守,与张巡同守睢阳,城陷,被执送洛阳,不屈被杀。这三句是说:唐代张巡痛骂逆贼,许远忠君爱国,二公忠贞之名万古芳香。

后来者,无二公之操,百炼之钢——百炼之钢:比喻经过种种磨难、考验而不失节操的人。这两句是说:后来之人再也没有谁能像张、许二公那样,经历种种磨难而保全操守,真可谓百炼而成钢。

人生翕歘云亡,好轰轰烈烈做一场——翕歘:迅速的样子。云亡:烟消云散。这两句是说:人生短暂,如过眼烟云,真应该轰轰烈烈地做一番事业。

使当时卖国,甘心降虏,受人唾骂,安得流芳——这四句是说:假如张、许二公当年不誓死守城,而是选择卖国投降,那么他们一定遭后人唾骂,怎能永垂史册呢?

古庙幽沉,遗容俨雅,枯木寒鸦几夕阳——遗容:张、许二公塑像的面容。俨雅:庄重典雅。这三句是说:张许双庙,幽静肃穆;二公塑像,容貌娴雅;寒来暑往,已经经历了多少岁月呢?

邮亭下,有奸雄过此,仔细思量——奸雄:指当时弄权误国之人。这三句是说:往来于邮亭的人,其中如有奸诈之辈,不妨来张许双庙一拜,慢慢反省。

【新评】

这首《沁园春》与前面所选《酹江月》及《满江红》相比,无论是在内容还是风格上都大不一样。《酹江月》两首更多的是身世困顿的哀叹、国破家亡的悲歌,使人深沉哀婉,而这首《沁园春》则是对杀身成仁的摇旗呐喊,大义凛然,理直气壮;也没有了《满江红》中借红颜薄命来委婉地表达"落花流水春去也"的失国之痛,而是对奸雄酣畅淋漓的痛骂与对从容取义者由衷的赞美。

文天祥生活在七百多年前的南宋,又是出生在理学气氛浓厚的江西,他跳不出时代的窠臼,他是基于封建伦理道德标准这个立场来伸张大义的。词首举"死孝""死忠",这只是封建制度下的最高伦理道德标准,有愚孝愚忠的成分,此不可不审;但从另一个方面来说,宋亡之际,叛国投降者甚多,作者正是借张巡、许远二公遗烈来张扬民族精神,则此词又不可仅以封建伦理道德一端论之。

◎ 文

论宜分天下为四镇奏

题解

宋恭帝德祐元年(1275)正月,朝廷得报元军渡江,诏诸路"勤王"。文天祥时在江西,尽以家产充军费,组织义军,起兵"勤王"。八月到达临安。八月二十六日,除浙西、江东制置使,兼江西安抚大使,知平江府(今江苏苏州)事。作者上了这一封奏疏,针对当时形势提出了自己的主张。作者认为,宋鉴于五代之乱,削藩镇,建郡邑,固然可以革唐代尾大不掉之弊,但这大大削弱了地方御敌力量。于是,文天祥建议应分天下为四镇,各镇建都督,指挥作战。奏疏同时指出,自古立国,都是以人心为本。奏疏还指出,得人心不难,失人心亦易,体现了作者深远的治国眼光。文章观点鲜明,气势奔放。

　　臣本起书生[1],天性愚戆[2]。遭逢理宗皇帝[3],以直言取人,臣区区芹曝小忠[4],误蒙亲擢[5]。间于忧虞[6],则开庆透渡之祸急矣[7]。臣推见当时致祸之人,上书阙庭,乞磔狐鼠以谢天下[8]。理祖皇明赫赫[9],自咸淳至于今日[10],无疆惟休[11]。自时厥后[12],臣之踪迹,或百日于朝,或一月斥去[13]。有言不信,忠愤徒深,则皆元奸专国之岁月也[14]。不图今日,臣以忧患之身,奉诏入卫,太皇太后陛下、皇帝陛下以神明御极[15],炎德当天[16],宵旰顾忧[17],不以臣为不肖,授之以三路制抚职事[18],兼赞督府,就戍吴门[19]。臣非不知国家阽危[20],民命如缀[21],朝命夕道[22],为国效死。复以私门忧戚[23],展转陈情,乞归终制[24]。章五、六上,冀两全之节,以不为盛代名教羞[25]。天听高高[26],终不听许[27]。而学士大夫交口责臣,谓有国家有朝庭有州县,然后臣得以有其身,得尽为人子之职。臣所以感泣,誓死而不敢复言去也。今当陛辞[28],即日就道[29],恸哭流涕,何以为陛下告!

　　自古立国,一是以人心为本[30]。齐一日丧七十馀城[31],以人心失也;田单一日复七十馀城[32],以人心固也。元奸得罪于天下,天下怨愤郁抑,十有五年,遂使诸侯解体[33],强吾民北面而役之[34]。彼知归怨元奸[35],未尝归过朝廷也。乃今三百餘年，祖宗涵育之遗黎[36]，无辜荼毒于敌人之手，讴吟思汉[37]，日徯王师[38]。所以义民抗敌者，大或数万，小亦数千，此拨乱反正之大机栝也[39]。然人心易得，其失亦易。顷者朝廷弛公田，蠲常赋[40]，宽商禁，起谪籍之淹滞[41]，解科举之靡文，天下诵之，以为快活条贯[42]，人心顿苏，敌势顿沮。我是以有独松关诸屯之捷[43]。通国上下，以为元奸失人心之事已尽洗濯，今日收人心之具已尽举行。而臣恤纬之忠[44]，独以为未也。草间豪杰[45]，方且量朝廷之意向[46]；边头诸将，方且视庙堂之指授[47]；学校之聚议游谈[48]，闾阎之道听途说，方且觇执政之然否[49]，追行事之得失。于传有之[50]：得国常于斯[51]，失国常于斯。今上自宫闱与嗣皇起居，下自政府与公卿百执事，必人人一心，以殄此患为主[52]，则诸将莫不用命，英雄莫不归心。以此众战，孰能御之？以此攻城，何城不克[53]？如大臣有避嫌远疑之迹，而无推车必行之心[54]，群公持便安自营之私，而无同舟共济之志，宫中与府中不相闻[55]，闽内与闽外不相应[56]，赏罚混淆，正邪贸乱[57]，姑息牵制之意多，奋发断制之义少。敌人以此轻中国，奸雄以此觇朝廷[58]，人心之愤悱者日以怠[59]，公论之激昂者日以靡，而我之人民，将有甘心于敌人之庭而不悔者矣。其祸可胜言哉！裴度有言[60]，承宗敛手削地[61]，韩弘舆疾讨贼[62]，岂朝廷之力能制其死命哉！由处置得宜，能服其心耳。

国家惩五季之乱，削除藩镇[63]，创建郡邑，一时虽足以矫尾大之弊[64]，国势浸弱[65]，亦坐于此[66]。是以敌至一州则陷一州，敌至一县则陷一县，中原陆沉[67]，痛不可追。今不幸长江失险，戎马驰于近郊[68]。救时之危，须稍更革。《诗》云："淠彼泾舟，烝徒楫之[69]。"又传云[70]：大树将颠，非一绳所维[71]。臣尝妄谓今日大势[72]，宜分天下为四镇，而都督统御于中。以广西益湖南而阃于长沙[73]，以广东益江西而阃于豫章[74]，以福建益江东而阃于番阳[75]，以淮西益淮东而阃于维扬[76]。责长沙以取荆、鄂，责豫章以取蕲、黄[77]，责番阳以取江东六郡，责维扬以取两淮诸城。使各阃地大力众，足以抗敌，分所任事，约日齐奋，而都督府指授诸将，随地接应，有进无退，日夜以图之[78]。敌备多而力分，疲于奔命，而吾遗民必有豪杰伺间横击于其中[79]，如是则使彼只轮不返[80]，进而问罪，河南尽为晋可也[81]，而何日蹙国百里之忧[82]？臣愿睿慈下臣此章[83]，见之施行，使内而朝廷举措有以当天下之心，外而边阃布置有以合天下之势，则臣得以督幕分司[84]，尽瘁一面[85]，布宣威灵，勉效尺寸[86]，不惟得以忠先帝、报陛下[87]，而臣亦有词以白丘墓[88]，虽死之日，犹生之年也。

〔1〕起书生：书生出身。作者《过零丁洋》诗："辛苦遭逢起一经，干戈落落四周星。""起书生"、"起一经"都是由读书、科举而进入仕途的意思。

〔2〕愚戆(zhuàng)：愚直。

〔3〕遭逢：遇到明主，碰上好运。　理宗：宋理宗赵昀(yún)。

〔4〕芹曝(pù)：也作"曝芹"，谦言所献、所赠之物微薄，不足道。《列子·杨朱》："昔者宋国有田夫，常衣缊黂(yùnfén)，仅以过冬。暨春东作，自曝于日，不知天下之有广厦隩(ào)室，绵纩(kuàng)狐貉(hé)。顾谓其妻曰：'负日之暄(xuān)，人莫知者；以献吾君，将有重赏。'里之富室告之曰：'昔人有美戎菽，甘枲(xǐ)茎、芹萍子者，对乡豪称之。乡豪取而尝之，蜇(zhē)于口，惨于腹，众哂而怨之，其人大惭。子，此类也。'"

〔5〕亲擢(zhuó)：宋理宗宝祐四年(1256)，文天祥二十一岁，成进士，对策于集英殿，皇帝把他的卷子取在第一名，为状元。

〔6〕间于忧虞：分担忧虑。这里指参与朝廷政治事务。间，参与。　忧虞：忧虑。

〔7〕开庆：宋理宗年号(1259)。透渡之祸：开庆元年(1259)九月，宋朝得到蒙古军从黄州武口渡江的边报，朝野震惊，内侍董宋臣请理宗迁都四明(今浙江宁波)，以避敌锋。　透渡：渡江。

〔8〕磔(zhé)：古代一种分裂肢体的酷刑。　孤鼠：这里指董宋臣等人。作者于宋理宗开庆元年十一月作《己未上皇帝书》，痛责"奸人当国"，"乞斩董宋臣以一人心，以安社稷"。

〔9〕理祖：理宗皇帝。　皇明赫赫：皇威正大光明，盛大显赫。

〔10〕咸淳：宋度宗赵禥(qí)年号(1265—1274)。

〔11〕无疆惟休：安然无恙，永世长存。　休：美好，安好。

〔12〕自时厥后：从此以后。　时：通"是"。　厥：助词，相当于"之"。

〔13〕或百日于朝，或一日斥去：文天祥呈《己未上皇帝书》，乞斩董宋臣，但董宋臣是理宗所宠信的人，文天祥的奏疏，皇帝置之不理。因为此次上书，文天祥到京第一次做官还不到两个月，便弃官返里。

〔14〕元奸：首奸，罪魁祸首。这里指权相贾似道。《宋史·奸臣传》载，贾似道自开庆元年(1259)任宰相，至德祐元年(1275)罢相被杀，专国柄凡十五年，内外侧目。这十五年间，文天祥两次罢官归里，居文山共有五年，其余十年，外任之日较在朝之日为多。

〔15〕御极：登皇帝位。宋度宗赵禥死于咸淳十年(1274)十一月，同月，恭帝赵㬎即位于临安，次年改元德祐。

〔16〕炎德：即火德。古人认为，帝王受命，是承金、木、水、火、土五行之运，五行交替往复。宋为火德。

〔17〕宵旰(gàn)：即"宵衣旰食"的省略，天未亮就起床穿衣，天黑了才吃饭。多用以称颂帝王勤于政事。

〔18〕三路制抚职事：德祐元年八月，朝廷命文天祥为浙西、江东制置使，兼江西安抚大使，知平江府事。

〔19〕吴门：吴县别称，是当时平江府治所在地。

〔20〕阽(diàn)危：危险。

〔21〕民命如缀：老百姓的命运如同挂在空中，没有着落。表示处境危急。

〔22〕朝命夕道：早晨接到任命，晚上已经出发在道路上了。形容动作很快。

〔23〕私门忧戚：指德祐元年五月，作者祖母刘夫人辞世一事。　私门：私家。

〔24〕终制：古代亲长死去，晚辈守丧，称为守制。　终制：居丧期满的意思。

〔25〕名教：以等级名分为核心内容的封建礼教。

〔26〕天听高高:指皇帝居高位而处理民情是否得当。 听:处理。
〔27〕听许:听任允许。
〔28〕陛辞:辞别朝廷。
〔29〕就道:动身上路。
〔30〕一是:全部是,都是。 一:全部。
〔31〕丧七十馀城:《史记·乐毅列传》载,战国时,燕昭王使乐毅率兵伐齐,大破之,下七十多座城。
〔32〕田单一日复七十馀城:《史记·田单列传》载,田单为齐将,用反间计令燕剖齐之降者,掘齐人祖墓,以激怒齐人,齐人上下一心,终收复七十多座城。
〔33〕诸侯:掌握诸路军民防务的官侯。
〔34〕北面而役之:让天下人屈从他,听他奴役。北面,古代尊长见卑幼,南面而坐。
〔35〕彼:这里指百姓。
〔36〕涵育:涵养培育。 遗黎:先祖遗留下来的黎民百姓。
〔37〕讴吟思汉:悲歌吟叹,思念着汉族正统的宋王朝。比喻人心所向在宋朝。
〔38〕日徯王师:每天都在等待着宋朝军队的到来。徯(xì),等待。王师,宋朝的军队。
〔39〕拨乱反正:治理乱世,使之恢复正常。 机栝(guā):弩牙和箭栝,分别是弩和箭上的关键部位。这里比喻到了关键时刻。
〔40〕蠲(juān):废除。
〔41〕淹滞:一直没有机会升迁的官职。
〔42〕快活条贯:通畅无碍,条理贯通。
〔43〕独松关:地名,今浙江杭州附近。
〔44〕恤纬:"嫠不恤纬"的省文。《左传·昭公二十四年》:"嫠不恤其纬,而忧宗周(东周王都洛邑)之陨,为将及焉。"意思是:寡妇不顾惜织布用的线,而忧虑周朝之存亡,因为国家灭亡会祸及于自己。用来表示忧国忘私。 嫠:寡妇。 恤:顾惜。 纬:线。
〔45〕草间豪杰:指民间英雄豪杰。 草间:草野之中,民间。
〔46〕方且:副词,正要。 量:判断。
〔47〕庙堂:朝廷。 指授:指意,意向。
〔48〕游谈:交游叙谈。
〔49〕劘(mó):这里是讨论的意思。
〔50〕于传有之:记载史实的古书上有这么一条。 传:记载史实的古书。
〔51〕斯:指代能否"以人心为本"。
〔52〕殄(tiǎn):灭绝,断绝。
〔53〕以此众战,孰能御之? 以此攻城,何城不克:此处套用《左传·僖公四年》中的现成句子。
〔54〕推车必行:意思是说大家齐心协力,一同把事办成。
〔55〕宫中与府中:皇室与相府。
〔56〕阃(kǔn)内与阃外:在朝廷的兵府与统兵在外的将帅。 阃:这里指朝廷。
〔57〕贸乱:混乱。《汉书·董仲书传》:"廉耻贸乱,贤不肖混淆,未得其真。"
〔58〕觇(chān):窥视。
〔59〕悱(fěi):想说而说不出。
〔60〕裴度有言:裴度立下的誓言。《新唐书·裴度传》:"(裴度)入对延英(殿),曰:'主忧臣辱,义在必死。贼未授首,臣无还期!'帝壮之,为流涕。"裴度,唐宪宗时任宰相,元和间平淮西之乱时立了大功。

〔61〕承宗敛手削地：唐节度使王承宗反叛，元和十二年，裴度率军讨吴元济，承宗惧，献德、棣二州，并纳质子。　敛手：缩手，不敢胡作非为。　削地：这里是献地的意思。

〔62〕韩弘舆疾讨贼：韩弘抱病率军讨伐逆贼。　韩弘：唐大将，授淮西诸军行军都统，曾抱病率兵讨淮西，后封许国公。　舆疾：抱病登车。

〔63〕国家惩五季之乱，削除藩镇：宋代统一天下后，鉴于唐后期及五代藩镇割据、天下大乱的教训，解除石守信、王审琦、王彦超等地方兵权，以加强中央集权。　惩：鉴于。　五季：指唐灭亡后的后梁、后唐、后晋、后汉、后周五个朝代。

〔64〕尾大之弊：即尾大不掉之弊，尾巴太大了就不好摆动，比喻下属势力太大，不听指挥，这里比喻藩镇势力强大，中央政权难以控制。

〔65〕浸弱：慢慢变弱。　浸：副词，逐渐的意思。

〔66〕坐：因为。

〔67〕陆沉：国土沦丧。《晋书·桓温传》："遂使神州陆沉，百年丘墟。"

〔68〕今不幸长江失险，戎马驰于近郊：德祐元年正月元军渡江，渡江后，分三路长驱直入，逼近临安。戎马，指元军骑兵。

〔69〕"淠(pì)彼泾舟，烝徒楫之"：语出《诗经·大雅·棫(yù)朴》。意思是：船在水中行走，靠的是大伙齐心协力划动船桨。淠，船行的样子。烝，众多的意思。

〔70〕传：谚语，传说。

〔71〕"大树将颠，非一绳所维"：大树要倒下，一根绳子是拉不住的。意思是说，挽救时局要靠大家齐心协力。

〔72〕"臣尝妄谓"句：作者曾在《己未上皇帝书》中提出："今日之事，惟有略仿方镇遗规，分地立守，为可以纾(shū)祸。"并提出了具体的分镇御敌方案。

〔73〕阃于长沙：在长沙建立大本营。　阃：建立据点。

〔74〕豫章：今江西南昌。

〔75〕江东：长江下游以南地区。《史记·项羽本纪》："江东已定，急引兵西击秦。"　番阳：即鄱阳。　番：同"鄱"。

〔76〕维扬：今江苏扬州。

〔77〕蕲、黄：蕲州与黄州。　蕲州：今湖北蕲春。　黄州：今湖北黄冈。

〔78〕日夜以图之：日夜伺机打击敌人。

〔79〕伺间：乘机。

〔80〕只轮不返：形容把对方消灭得干干净净。《公羊传·僖公三十三年》："匹马只轮无返者。"

〔81〕河南尽为晋可也：就像当年东晋那样，收复黄河以南诸地归晋。东晋安帝义熙五年(409)、十二年(416)，刘裕曾两次统率晋军北伐，先后灭掉南燕、后秦，收复洛阳、长安等地。

〔82〕而何日蹙国百里之忧：哪里会有每天失去国土百里的忧患呢？　蹙：减缩。

〔83〕睿慈：指当时主政的太皇太后谢氏。

〔84〕督幕分司：在外指挥作战。　幕：幕府，将帅在外临时设置作为府署的营帐。

〔85〕尽瘁一面：独挡一面，死而后已。

〔86〕勉效尺寸：努力作出功绩。　尺寸：尺寸之功。

〔87〕先帝：指宋理宗赵昀。

〔88〕以白丘墓：对着祖宗坟墓陈述自己的功绩。意思是对得起列祖列宗。丘墓：祖宗坟墓。司马迁《报任安书》："亦何面目复上父母之丘墓乎？"

这虽是一封奏疏,但并没有多少礼节客套的话语;也并不是作泛泛空谈,而是一篇内容充实、气势奔放、开阖自如的政论文。文章一开头就把眼下事关社稷江山存亡的问题摆出来,有"透渡之祸"、"元奸专国"、"民命如缀"三个方面,可谓单刀直入。紧接着提出了解决问题的办法:第一是"以人心为本",第二是"分天下为四镇,而都督统御于中"。作者在论证方案时正反对比、纵横照应,不仅分析其可能性,还给出具体的操作过程,丝丝入扣,流露出作者卓绝的洞察力与深刻的历史观。作者"以人心为本"的兴国指导思想,尤其具有积极的历史意义。

西涧书院释菜讲义 知瑞州日

本文作于宋理宗景定四年(1263)。当时作者知瑞州(今江西高要)不久,受瑞州西涧书院邀请,为书院入学祭祀典礼讲话,这篇文章便是这次讲话的底稿。释菜:古代入学时以蘋蘩之类祭祀先师。《礼记·文王世子》:"始立学者,既兴器用币,然后释菜。"

孟子曰:"人之患在好为人师[1]。"韩子犯之[2],而世怪且骂,柳子厚所谓"惴惴然而不敢"也[3]。某承乏此邦[4],其于教化,号为有一日之责[5]。盖尝告朔而履乎学宫[6],得闻诸君之所以授受者,而亲陟皋比[7],与逢掖讲师弟子礼[8],则僭之为尤[9]。书堂有事乎先贤[10],诸君不鄙,而固以请,则虽寡陋,夫焉得辞?某初被命来守,尝启政路曰:古之为诸侯,先政化而后簿书期会[11],世之不淑[12],乃倒置,此则相与病夫风俗之弊,而士行不立,且伤夫教道之久废,而未有一救之也。固尝有及于君子德业之义,而重反覆焉。辄诵所闻,并绎其旨[13],与诸君茂明之[14]。

《易》曰:"君子进德修业。忠信,所以进德也;修辞立其诚,所以居业也[15]。"中心之谓忠,以实之谓信,无妄之谓诚,三者一道也。夫所谓德者,忠信而已矣。辞者德之表,则立此忠信者,修辞而已矣。德是就心上说,业是就事上说。德者统言,一善固德也,自其一善以至于无一之不善,亦德也。德有等级,故曰进。忠信者,实心之谓。一念之实固忠信也,自一念之实以至于无一念之不实,亦忠信也。忠信之心,愈持养则愈充实[16],故曰忠信所以进德。修辞者,谨饬其辞也[17]。辞之不可以妄发,则谨饬之故。修辞所以立其诚,诚即上面忠信字。居有守之之意。盖一辞之诚固是忠信,以一辞之妄间之,则吾之业顿隳[18],而德亦随之矣。故自其一辞之修,以至于无一辞之不修,则守之如一,而无所作辍,乃居业之义。德、业如形影,德是存诸中者,业是德之著于外者。上言进,下言修,业之修,所以为德之表也。上言修业,下言修辞,辞之修即业之修也。以进德对修业,则修是用力,进是自然之进。以进德对居业,则进是未见其止,居是守之不变。惟其守之不变,所以未见其止也。辞之义有二,发于言则为言辞,发于文则为文辞。子以四教:文、行、忠、信。虽若岐为四者[19],然文、行安有离乎忠、信?有忠信之行,自然有忠信之文;能为忠信之文,方是不失忠信之行。子曰:"言忠信,行笃敬[20]。"则忠信,进德之谓也;言忠信,则修辞立诚之谓也。未有行笃敬而言不忠信者,亦未有言不忠信而可以语行之笃敬者也。天地间只一个诚字,更颠扑不碎。观德者只观人之辞,一句诚实便是一德,句句诚实便是德进而不可御。人之于其辞也,其可不谨其口之所自出,而苟为之哉?

嗟乎!圣学浸远[21],人伪交作,而言之无稽甚矣。诞谩而无当[22],谓之大言;悠扬而不根,谓之浮言;浸润而肤受[23],谓之游言;遁天而倍情[24],谓之放言。此数种人,其言不本于其心,而害于忠信,不足论也。最是号为能言者,卒与之语,出入乎性命道德之奥,宜若忠信人也;夷考其私[25],则固有行如狗彘而不掩焉者。而其于文也亦然。滔滔然写出来,无非贯串孔孟、引接伊洛[26],辞严义正,使人读之,肃容敛衽之不暇[27];然而外头如此,中心不如此,其实则是脱空诳谩。先儒谓这样无缘做得好人,为其无为善之地也。外面一幅当虽好,里面却踏空,永不足以为善。盖由彼以圣贤法语,止可借为议论之助,而使之实体之于其身,则曰"此迂阔也,而何以便吾私",是以心口相反,所言与所行如出二人。呜呼!圣贤千言万语,教人存心养性,所以存养此真实也,岂以资人之口体而已哉!俗学至此,遂使质实之道衰,浮伪之意胜,而风俗之不竞从之。其陷于恶而不知反者,既以妄终其身,而方来之秀习于其父兄之教,良心善性亦渐渍汩没[28],而堕于不忠不信之归。

昔人有言:"今天下溺矣。"吾党之士犹幸而不尽溺于波颓澜倒之冲,缨冠束带[29],相与于此求夫救溺之策,则如之何?噫,宜亦知所勉矣!或曰:至诚无息,不息则久。积之自然如此,岂卒然旦暮所及哉!今有人焉,平生无以议为,而一日警省,欲于诚学旋生用工夫,则前妄犹可赎乎?曰:无伤也。温公五六岁时[30],一婢子以汤脱胡桃皮,公绐其女兄曰[31]:"自脱也。"公父呵之曰:"小子何得谩语!"公自是不敢谩语。然则温公脚踏实地,做成九分人,盖自五六岁时一觉基之。温公犹未免一语之疵也。元城事温公凡五年[32],得一语曰"诚"。请问其目,曰:"自不妄语入。"元城自谓:"予初甚易之。及退而自櫽括日之所行[33],与凡所言自相掣肘矛盾者多矣[34]。力行七年而后成。"然而元城造成一个言行一致,表里相应,盖自五年从游之久,七年持养之熟。前乎此,元城犹未免乎掣肘矛盾之愧也。不患不知方耳,有能一日涣然而悟,尽改心志,求为不谩不妄,日积月累,守之而不懈,则凡所为人伪者,出而无所施于外,入而无所藏于中,自将销磨泯没,不得以为吾之病,而纵横妙用,莫非此诚,《乾》之君子在是矣[35]。

或曰:诚者道之极致,而子直以忠信训之,反以为入道之始,其语诚若未安。曰:诚之为言,各有所指,先儒论之详矣。如周子所谓"诚者圣人之本[36]",即《中庸》所谓"诚者天之道",盖指实理而言也。如所谓"圣,诚而已矣",即《中庸》所谓"天下至诚",指人之实有此理而言也。温公、元城之所谓"诚",其意主于不欺诈,无矫伪,正学者立心之初所当从事,非指诚之至者言之也。然学者其自温公、元城之所谓"诚",则由《乾》之君子以至于《中庸》之圣人,若大路然,夫何远之有?不敏何足以语诚,抑不自省察,则不觉而陷于人伪之恶,是安得不与同志极论其所终,以求自拔于流俗哉?愚也请事斯语,诸君其服之无斁[37]。

〔1〕"人之患在好为人师":语出《孟子·离娄上》。

〔2〕韩子:唐代古文家、诗人韩愈,字退之,河南河阳(今河南孟县)人。 犯之:指韩愈不顾世俗偏见,抗颜为人师。

〔3〕柳子厚:唐代古文家、诗人柳宗元,字子厚,河东(今山西运城)人。"惴惴然而不敢":柳宗元《答韦中立论师道书》曰:"仆自卜固无取,假令有取,亦不敢为人师。为众人师且不敢,况敢为吾子师乎?"

〔4〕承乏:在任官吏常用的谦词。意思是所任职位一时无适当人选,暂由自己充数。

〔5〕一日之责:在任一日便有一日的职责。

〔6〕告朔:古时诸侯每月朔日要告祭祖庙。这里泛指祭祀。

〔7〕亲陟皋比:成为书院讲师的意思。皋比,虎皮做的座席。常用来指学师的座席。

〔8〕逢掖:宽袖之衣,古代儒者所服,后来成为士人的代称。

〔9〕僭:越礼,过分。 尤:错误,罪过。

〔10〕有事:有祭祀之事。
〔11〕期会:约期聚集。
〔12〕世之不淑:世道很坏。 淑:美好。
〔13〕并绎其旨:并且阐发它的宗旨。 绎:阐发。
〔14〕茂明:使其内容丰富而明了。
〔15〕"君子进德修业。忠信,所以进德也;修辞立其诚,所以居业也":语出《易经·乾卦》。
〔16〕持养:坚守并不断培养。
〔17〕谨饬:谨慎整饬,细密周到。《晋书·刘超传》:"子讷嗣,谨饬有石庆之风。"
〔18〕隳(huī):毁坏。
〔19〕岐:分开,分离。
〔20〕"言忠信,行笃敬":语出《论语·卫灵公》。
〔21〕浸远:影响深远。 浸:浸润。引申为影响的意思。
〔22〕诞漫(dànmàn):荒诞。
〔23〕肤受:肌肤所受,浮泛不实的意思。
〔24〕遁天而倍情:违背自然规律与人之常情。倍,通"背"。
〔25〕夷考:剖析考察。
〔26〕伊洛:代称宋程颢、程颐兄弟。程颢,字伯淳;程颐,字正叔,河南伊川(今属河南)人。长期在洛阳讲学,为宋明理学创始人。
〔27〕肃容敛衽:严肃端庄的样子。 衽(rèn):衣襟。
〔28〕渐渍汩没:潜移默化。
〔29〕缨冠韦带:整饰好帽子,系好腰带。是古代士大夫装束的标志,这里用来指代仁人志士。缨:帽带。
〔30〕温公:宋代司马光,字君实,陕州夏县(今山西夏县)人。赠太师温国公,人称"温公"。
〔31〕绐(dài):哄骗,欺骗。 女兄:姐姐。
〔32〕元城:宋刘世安,字器之,魏(今河北大名)人。人称"元城先生"。刘世安的父亲与司马光为知交,因得侍学司马光。
〔33〕椠括:这里是反省的意思。
〔34〕掣(chè)肘:不一致。
〔35〕《乾》之君子:《易经·乾卦》中所说的君子。
〔36〕周子:宋周敦颐,字茂叔,道州营道(今湖南道县)人。为理学开山之祖,程颢、程颐的老师。
〔37〕斁(yì):厌弃。

　　这篇讲话稿以"君子进德修业"立论,首先指出"忠"、"信"、"诚"是"三者一道"的关系,继而说明三者统之于德。德之为德,是一种理念,是一种伦理标准。当人们在生活中实践这种标准时,便是"业"。所以高尚之人进德修业。文章虽然充满说教味,但作者并非仅仅从概念到概念,纯粹作伦理观念的解释,作者强调的是言行一致。指出"大言"、"浮言"、"游言"、"放言"等等是"遁天而倍情",其人则"行如狗彘";而那些只会"贯串孔孟、引接伊洛"之人,虽"辞严义正","其实则是脱空诳漫"。针对这种情况,作者倡导"进德修业",追求实实在在的作风,不要踏空。要从小事做起,从头做起,并举温公、元城故事说明之,方法就是"日积月累,守之而不懈"。凡此种种议论的确颇中两宋以来道学疏阔、虚伪的要害,无论在当时还是而后,都具有极大的行为指导意义。

《集杜诗》自序

题解

杜甫是唐代伟大的诗人,杜甫的诗,以其"善陈时事,律切精深"(《唐书·杜甫传赞》)而被后人称为诗史。文天祥本人在德祐以后所作诗歌,无一不指陈时事,继承了杜甫现实主义的创作传统。文天祥熟读杜诗,他的诗中或化用杜甫诗句,或直接挪用杜诗现成语句,比比皆是,随手拈来。其《纪年录·辛巳》载:"集杜甫五言句,为绝句二百首,且为之叙。"在序言中,作者说自己对杜诗的娴熟,主要原因在于他与杜甫经历的相似及忠君爱国情感的相通。这篇序言是了解文天祥诗歌理论的重要资料。

余坐幽燕狱中[1],无所为,诵杜诗,稍习诸所感兴[2],因其五言,集为绝句。久之,得二百首。

凡吾意所欲言者,子美先为代言之。日玩之不置[3],但觉为吾诗,忘其为子美诗也。乃知子美非能自为诗,诗句自是人情性中语[4],烦子美道耳。子美于吾,隔数百年,而其言语为吾用,非情性同哉[5]?昔人评杜诗为诗史,盖其以咏歌之辞,寓纪载之实,而抑扬褒贬之意,粲然于其中[6],虽谓之史可也。予所集杜诗,自余颠沛以来[7],世变人事,概见于此矣[8],是非有意于为诗者也[9]。后之良史,尚庶几有考焉[10]。岁上章执徐,月祝犁单阏,日上章协洽[11],文天祥履善甫叙[12]。

是编作于前年[13],不自意流落馀生[14],至今不得死也。斯文固存[15],天将谁属?呜呼!非千载心,不足以语此。壬午正月元日[16],文天祥书。

〔1〕幽燕:指元都燕京。
〔2〕稍习诸所感兴:对杜甫诗歌的感慨兴会有了一定的掌握。 感兴:感慨兴会。
〔3〕日玩之不置:每天欣赏玩味,爱不释手。 玩:玩味,欣赏。 置:弃置。
〔4〕诗句自是人情性中语:诗句是有感而发的结果,是人情感的自然流露。
〔5〕非情性同哉:意思是作者与杜甫有着相似的经历,因而才会有相同的感慨兴会。
〔6〕粲然:清楚明白。

〔7〕自余颠沛以来：指自作者入京做官以来。
〔8〕概：差不多，全部。
〔9〕是非有意于为诗者也：这并不是出于为了写诗而写诗。言下之意是出于有感而发。
〔10〕庶几：或许，差不多。
〔11〕岁上章执徐：即庚辰年。月祝犁单阏：己卯月。 日上章协洽：庚未日。
〔12〕文天祥履善甫叙：文天祥一字履善。
〔13〕前年：即庚辰年(1280)。
〔14〕不自意：自己没想到。
〔15〕斯文：指这篇序言。
〔16〕壬午：壬午年(1282)。

除《集杜诗》二百首外，文天祥又集杜诗为《胡笳十八拍》；《六歌》也是完全套用杜甫《同谷七歌》而来。另外，文天祥五七言古诗的结构章法也多胎息于老杜。这些都说明了作者于杜诗之精熟。在这篇序言里，作者从自己的诗歌创作经验出发，探讨了这一文学现象及其深层原因，丰富了诗歌审美理论。作者对杜甫"诗史"含义的概括尤为精当，是对杜诗批评与欣赏的一种理论贡献。文天祥认为，杜诗之所以被后人称为"诗史"，就在于"以咏歌之辞，寓纪载之实，而抑扬褒贬之意，粲然于其中"。作者自己集杜诗"是非有意于为诗"，而是一种需要，是为了记录自己自颠沛以来所经历的世变人事，目的是为了"后之良史，尚庶几有考焉"。重要的是，文天祥认为杜甫诗句之所以能为我所用，就在于他与杜甫有着同样的感受而发为同样的歌吟。"子美于吾，隔数百年，而其言语为吾用，非情性同哉！"这正揭示了现实主义诗歌创作的一条重要规律，即无论在杜甫还是在作者自己，"诗史"不是诗人凭空而来，相反，是诗人有感而发的结果。"子美非能自为诗"、"是非有意于为诗"两句，说的也是这个意思。

《指南录》后序

《指南录》四卷，为文天祥自编诗集。作者为《指南录》先后作过两篇序，此为后序。作者《扬子江》一诗中"臣心一片磁针石，不指南方不肯休"两句，是诗集名称的由来，表达了作者对南方故国的不胜眷恋情怀。《指南录》编录了文天祥出使皋亭山、被押北行、中途脱险及颠沛流离，最后到达永嘉(今浙江温州)这一历程的诗歌作品。这篇序言则概括地追叙了作者抗元犯敌、九死一生的种种艰险经历，表明了作者坚贞不屈、视死如归的爱国精神。

德祐二年二月十九日[1]，予除右丞相兼枢密使[2]、都督诸路兵马。时北兵已迫修门外[3]，战、守、迁皆不及施。缙绅、大夫、士萃于左丞相府[4]，莫知计所出。会使辙交驰[5]，北邀当国者相见。众谓予一行为可以纾祸[6]。国事至此，予不得爱身，意北亦尚可以口舌动也[7]。初，奉使往来，无留北者，予更欲一觇北[8]，归而求救国之策。于是辞相印不拜[9]，翌日，以资政殿学士行[10]。

初至北营，抗辞慷慨[11]，上下颇惊动，北亦未敢遽轻吾国[12]。不幸吕师孟构恶于前[13]，贾馀庆献媚于后[14]，予羁縻不得还[15]，国事遂不可收拾。予自度不得脱，则直前诟虏帅失信[16]，数吕师孟叔侄为逆[17]。但欲求死，不复顾利害。北虽貌敬，实则愤怒。二贵酋名曰馆伴[18]，夜则以兵围所寓舍，而予不得归矣。未几，贾馀庆等以祈请使诣北[19]，北驱予并往，而不在使者之目。予分当引决[20]，然而隐忍以行[21]。昔人云："将以有为也[22]。"

至京口[23]，得间奔真州[24]，即具以北虚实告东西二阃[25]，约以连兵大举。中兴机会，庶几在此[26]。留二日，维扬帅下逐客之令[27]，不得已，变姓名，诡踪迹，草行露宿，日与北骑相出没于长淮间[28]。穷饿无聊[29]，追购又急[30]，天高地迥，号呼靡及[31]。已而得舟，避渚洲，出北海[32]，然后渡扬子江，入苏州洋[33]，辗转四明天台[34]，以至于永嘉[35]。

呜呼！予之及于死者不知其几矣！诋大酋[36]，当死；骂逆贼[37]，当死；与贵酋处二十日，争曲直，屡当死；去京口，挟匕首以备不测，几自刭死；经北舰十余里，为巡船所物色[38]，几从鱼腹死[39]；真州逐之城门外，几彷徨死[40]；如扬州，过瓜洲扬子桥[41]，竟使遇哨[42]，无不死；扬州城下，进退不由[43]，殆例送死[44]；坐桂公塘土围中[45]，骑数千过其门，几落贼手死；贾家庄几为巡徼所陵迫死[46]；夜趋高邮，迷失道，几陷死；质明[47]，避哨竹林中，逻者数十骑，几无所逃死；至高邮，制府檄下[48]，几以捕系死；行城子河[49]，出入乱尸中，舟与哨相后先，几邂逅死[50]；至海陵[51]，如高沙[52]，常恐无辜死；道海安、如皋，凡三百里，北与寇往来其间，无日而非可死；至通州，几以不纳死[53]；以小舟涉鲸波[54]，出无可奈何，而死固付之度外矣。呜呼！死生，昼夜事也，死而死矣，而境界危恶，层见错出[55]，非人世所堪。痛定思痛[56]，痛何如哉！予在患难中，间以诗记所遭，今存其本，不忍废，道中手自钞录。使北营，留北关外，为一卷[57]；发北关外，历吴门[58]、毗陵[59]、渡瓜洲，复还京口，为一卷；脱京口，趋真州、扬州、高邮、泰州、通州，为一卷；自海道至永嘉来三山[60]，为一卷。将藏之于家，使来者读之，悲予志焉。

呜呼！予之生也幸，而幸生也何所为？求乎为臣，主辱臣死，有馀僇[61]；所求乎为子，以父母之遗体[62]，行殆而死[63]，有余责。将请罪于君，君不许；请罪于母，母不许；请罪于先人之墓，生无以救国难，死犹为厉鬼以击贼，义也。赖天之灵，宗庙之福，修我戈矛，从王于师[64]，以为前驱，雪九庙之耻[65]，复高祖之业，所谓誓不与贼俱生，所谓鞠躬尽力，死而后已[66]，亦义也。嗟夫，若予者，将无往而不得死所矣[67]！向也使予委骨于草莽[68]，予虽浩然无所愧怍[69]，然微以自文于君亲[70]，君亲其谓予何？诚不自意返吾衣冠[71]，重见日月[72]，使旦夕得正丘首[73]，复何憾哉！复何憾哉！

是年夏五，改元景炎[74]，庐陵文天祥自序其诗，名曰《指南录》。

[1]二月：据史实，应为"正月"之误。
[2]右丞相：南宋时置左右丞相，实为宰相之职。右丞相即副宰相，略次于左。　枢密使：宋代掌管国家军政的最高长官。
[3]北兵已迫修门外：当时元军驻皋亭山，离临安城门只有三十里。北兵，元兵。修门，南宋都城临安城门。
[4]萃(cuì)：聚集在一起。
[5]会使辙交驰：正当双方使者来往频繁之时。　辙：车辙，这里代称双方使者。
[6]纾(shū)：排解。
[7]意北亦尚可以口舌动也：心想可以用谈判的方式改变元军的主意，阻止其南下。
[8]觇北：察看元军的军情。　觇(chān)：窥视。
[9]辞相印不拜：不就丞相职。
[10]资政殿学士：官名，是皇帝为了对罢政宰相示宠而设的虚位，到南宋时则秉政。
[11]抗辞慷慨：与对方抗争，言辞慷慨激烈。
[12]未敢遽轻吾国：不敢随便轻视宋朝。　遽(jù)：轻易。
[13]吕师孟构恶于前：吕师孟为襄阳守将吕文焕之侄，吕文焕叛变降敌，时为兵部侍郎的吕师孟替敌人作内应，德祐元年出使元军，投降。作者曾上书乞斩吕师孟，故怀恨之。
[14]贾馀庆献媚于后：贾馀庆时为同签书枢密院事，知临安府，与文天祥同使元军，向元军首领伯颜献策囚禁文天祥。
[15]羁縻(jīmí)：拘禁，扣留。
[16]诟(gòu)：辱骂，指责。
[17]数吕师孟叔侄为逆：当面指责吕师孟叔侄的叛逆罪行。　数(shǔ)：列举罪状。

〔18〕二贵酋名曰馆伴：两位元军的高级将领名义上是来宾馆当招待，其实是为了监视作者。

〔19〕祈请使：奉表请降的使节。　诣北：到燕京(今北京)去。

〔20〕分当引决：理当自杀。　分(fèn)：按理说。

〔21〕隐忍：忍耐。

〔22〕"昔人"句：语出韩愈《张中丞传后叙》："(张)巡呼云(南霁云)云：'南八，男儿死耳，不可为不义屈！'云笑曰：'欲将以有为也。公有言，云敢不死！'"

〔23〕京口：今江苏镇江。

〔24〕得间奔真州：伺机逃往真州。　间：偷偷地。　真州：今江苏仪征。

〔25〕东西二阃：指宋淮南东路和淮南西路掌管边防的两位军事长官。阃(kǔn)：这里指代边帅。

〔26〕庶几：差不多。

〔27〕维扬帅下逐客之令：文天祥到真州，扬州谣传元朝派了一个丞相来真州劝降。扬州帅李庭芝信以为真，命苗再成杀文天祥，苗不忍，放其出城。维扬，今江苏扬州。

〔28〕长淮间：指淮河以南、长江以北之间的广大地区。

〔29〕无聊：生活没有依赖。

〔30〕追购：悬赏追捕。

〔31〕号呼靡及：叫天不应，叫地不灵，无援无助。

〔32〕北海：长江口以北的海域。

〔33〕苏州洋：今上海附近的海域。

〔34〕四明：今浙江宁波。

〔35〕永嘉：旧郡名，今浙江温州。

〔36〕诋大酋：指前文"诋房帅失信"一事。　诋(dǐ)：辱骂。　酋：古代对少数民族首领的称呼。

〔37〕逆贼：指吕氏叔侄。

〔38〕物色：搜寻。

〔39〕几从鱼腹死：好几次差点投水葬身鱼腹。

〔40〕彷徨死：作者《出真州》诗序言说："不复得入，彷徨城外，不知死所。"

〔41〕瓜洲扬子桥：即瓜洲的扬子津渡口。瓜洲，地名，今江苏江都南四十里江边。

〔42〕竟使：假使。

〔43〕进退不由：进退不得自己。

〔44〕殆例送死：几乎等于送死。　殆(dài)：近于。例，如同。

〔45〕桂公塘：小丘名，在扬州城外。

〔46〕贾家庄几为巡徼所陵迫死：在贾家庄差点被巡查的哨兵欺凌迫害而死。贾家庄，村庄名，在扬州城北门外。巡徼(jiào)，巡查的哨兵。

〔47〕质明：黎明。

〔48〕制府檄下：作者《至高沙》诗后注文云："予至高沙(今江苏高邮)，奸细之禁甚严……然闻制使有文字报诸郡，有以丞相来赚城，令觉察关防。于时不敢入城，急买舟去。"　制府：指当时的淮东制置使的府署。　檄(xí)：晓谕或讨伐的文书。

〔49〕城子河：今江苏高邮东南。

〔50〕几邂逅死：差点遭遇敌人而死。　邂逅(xièhòu)：不期而遇。

〔51〕海陵：今江苏泰州。

〔52〕如高沙：情况如同在高沙一样。

〔53〕几以不纳死:作者《集杜诗·自淮归浙东》序云:"达通州城,反复诘问,数日不纳。"
〔54〕鲸波:大海的代称。
〔55〕层见错出:层出不穷。　见(xiàn):出现。错,交错。
〔56〕痛定思痛:事后回想当时遭受的痛苦。韩愈《与李翱书》:"如痛定之人,思痛之时,不知何能自处也!"
〔57〕使北营,留北关,为一卷:把出使北营、被拘留在敌营中写的诗编为一卷。北关,临安北面,时元军驻扎北关外皋亭山。
〔58〕吴门:今江苏苏州。
〔59〕毗(pí)陵:古县名,今江苏常州。
〔60〕三山:今福建福州。因有九仙山、闽山、越王山而得名。
〔61〕主辱臣死,有馀僇:主上受辱,臣子理应为之而死,如果不死,则有馀罪。僇(lù),罪责。
〔62〕父母之遗体:父母给的身体。《孝经·开宗明义章》说:"身体发肤,受之父母,不敢毁伤,孝之始也。"
〔63〕行殆而死:为冒险而死。　殆:危险。
〔64〕修我戈矛,从王于师:意思是同仇敌忾,奔赴战场。语出《诗经·秦风·无衣》:"王于兴师,修我戈矛,与子同仇。"
〔65〕雪九庙之耻:为祖国社稷雪耻。　九庙:古代天子九庙,这里指代国家。
〔66〕鞠躬尽力,死而后已:勤奋努力,直到死为止。语出诸葛亮《后出师表》:"臣鞠躬尽瘁,死而后已。"
〔67〕将无往而不得死所矣:处处都可以为报效祖国而死。
〔68〕向也:以往。
〔69〕无所愧怍:无愧于心。　怍(zuò):惭愧。《孟子·尽心上》:"仰不愧于天,俯不怍于人。"
〔70〕然微以自文于君亲:然而也无法在皇上、亲人面前为自己辩解。　微以:无以。　文:掩饰。
〔71〕返吾衣冠:回到宋朝。　衣冠:衣装服饰,引申为风俗习惯,这里用来指代故国。
〔72〕重见日月:又见到皇上。　日月:指代皇上。
〔73〕正丘首:意思是死于故国。参看前选《高沙道中》诗"首丘义皇皇"句注释。
〔74〕是年夏五,改元景炎:德祐二年(1276)五月,端宗赵昰即位,改年号为"景炎"。

《指南录后序》是文天祥散文中的名篇,文章描述了作者出使元营、面斥敌酋汉奸、被扣留然后冒死逃脱、颠沛流离、万死南归的艰辛经历,反映了民族英雄文天祥坚定不移的抗元意志,坚贞不屈的民族气节和生死不渝的爱国激情。孙昌武先生称赞《指南录后序》为一曲"爱国精神和民族气节的颂歌"。文章首先叙述自己出使元营、英勇抗争、被驱北行和历经千难万险逃回南方的过程,接着连用二十二个"死"字,回顾了自己九死一生的遭遇。最后交代了《指南录》诗集的由来,编诗集的想法,以及诗集命名的用意。文章叙事、抒情手法交替运用,浑然一体,语言质朴,气势奔放,风格慷慨悲壮苍凉,非有其经历与胸怀而不能作。

文山宅记

题解

此文由文天祥《纪年录·辛未》中析出,今《全宋文》不载,题目为解评者所加。文山,在庐陵(今江西吉安)东南,离作者居处不远,风景优美。作者于故乡山水情感笃深,尤其对于文山,并以为号。《集杜诗·思故乡》序曰:"余始创文山,其间水石竹林,萧然有辋川盘谷之趣,盖将终焉。"作者始创文山在咸淳元年(1265)罢官归来时。咸淳四年(1268),作者再次罢官归乡,作《文山观大水记》等文。咸淳六年(1269)七月,作者被台臣张志立奏免官,次年起文山宅。作《山中堂屋上梁文》等文及《山中感兴》等诗。本文记录了文山水石竹林之优美及起宅之经过。文字清丽,叙述晓畅。

  山在庐陵南百里,居予家上游[1]。两山夹一溪,溪中石林立。水曲折其间,从高注下,姿态横出。山下石尤奇怪,跨溪绵谷[2],低昂卧立[3],各有天趣[4]。山上下流泉四出,随意灌注[5],无所不之[6]。其高处,面势数百里[7],俯视万壑,云烟芊绵[8],真广大之观也。其南曰南涯,可五里,主人日领客其间,穷幽极胜,乐而忘疲。其北曰北涯,以南长潭为止,清远深绝,盖以时至焉[9]。

  宅基在南涯,其地平旷,长可百丈馀,深可三十丈。溪水至其前,泓渟演迤[10],山势盘礴[11],如拱如趋[12]。盖融结非偶然者[13],宅当其会[14],青山屋上,流水屋下,诚隐者之居也。

  予于山水之外,别无嗜好。衣服饮食,但取粗适,不求鲜美;于财利至轻[15],每有所入,随至随散,不令有馀。常叹世人乍有权望[16],即外兴狱讼,务为兼并,登第之日,自矢之天[17],以为至戒。故平生无官府之交[18],无乡邻之怨。闲居独坐,意常超然,虽凝尘满室,若无所睹,其天性澹如也[19]。于宦情亦然[20],自以为起身白屋[21],邂逅早达[22],欲俟四十三岁,即请老致仕[23],如钱若水故事[24]。使国家无虞,明良在上[25],退为潜夫[26],自求其志[27],不知老之将至矣[28]。时之不淑,命也何尤[29]。山中新宅,后闻江上有变[30],即罢匠事,惟厅堂仅成[31]。

〔1〕居:位于。
〔2〕跨溪绵谷:延绵到整个河谷。 绵:延续不断。
〔3〕低昂卧立:高低起伏,似卧似立。
〔4〕天趣:天然的趣味。
〔5〕随意灌注:从山上下来的水,随地势流动。
〔6〕无所不之:水可以流到任何地方。之,往,到。
〔7〕面势数百里:山从对面看上去有数百里高。
〔8〕芊绵(qiān mián):弥漫。
〔9〕盖以时至焉:大概随着时令才到那里去。 盖:大概。 以:根据。 焉:方位代词,指代"北涯"。
〔10〕泓渟演迤:溪水清澈长流。 泓渟(tíng):水清澈的样子。 演迤(yí):延伸。韩愈《蓝田县丞厅壁记》:"泓涵演迤,日大以肆。"
〔11〕盘礴:即磅礴,形容山势高大。
〔12〕如拱如趋:这里是描写山势的动态感,意思是有的山作环绕拥抱状,有的作奔跑状。
〔13〕盖融结非偶然者:在这里建宅并非出于偶然冲动。 融结:修建房屋。
〔14〕宅当其会:房宅正好在山水交会处。
〔15〕于财利至轻:把财利看得很轻。
〔16〕"常叹"句:我常常感叹世人,一旦有了权力和声誉,就立即在外面惹起讼案,与别人争名夺利,占有别人的好处。
〔17〕自矢之天:对天发誓,引以为戒。 矢:通"誓"。《史记·孔子世家》:"孔子矢之曰:'予所不者,天厌之!天厌之!'"
〔18〕故平生无官府之交:所以我在官府里从不做结党营私的事。 交:即"交通"的省略,暗中勾结的意思。
〔19〕其天性澹如也:我天生就这样澹泊。澹,淡。
〔20〕于宦情亦然:在官场上也是这样。
〔21〕起身白屋:出身贫寒。 白屋:用茅草覆盖的房屋。
〔22〕邂逅(xièhòu)早达:文天祥二十一岁时成进士,对策于集英殿,皇帝把他的卷纸取在第一名,为状元。邂逅:偶然遇到,这里是谦词。
〔23〕请老致仕:告老退休。 请老:古代官吏请求退休叫"请老"或"告老"。 致仕:交还官职,即退休的意思。
〔24〕如钱若水故事:像钱若水那样,三十四岁就退休。钱若水,字澹成,一字长卿,宋河南新安(今属河南)人。
〔25〕明良在上:皇上聪明睿智。
〔26〕退为潜夫:身退隐居。
〔27〕自求其志:做自己想做的事。
〔28〕不知老之将至矣:无忧无虑,在不知不觉中变老了。语出《论语·述而》载,叶公问孔子于子路,子路不对。子曰:"女奚不曰:'其为人也,发愤忘食,乐以忘忧,不知老之将至云尔。'"
〔29〕时之不淑,命也何尤:这两句与上面"使国家无虞……不知老之将至矣"几句相对,意思是:如果生不逢时,也没有什么可以抱怨的。
〔30〕后闻江上有变:咸淳七年(1271),元军围攻沿江城镇襄阳、樊城;咸淳九年二月,襄阳守将、京西安抚副使吕文焕以襄阳降元,南宋告急。

〔31〕惟厅堂仅成：只有客厅和前室建成了。 厅：宅中会客或从事其他工作的房间。 堂：宅中的前室，正厅部分。

这篇文章以山中建宅为线索，前半写景，后半言志，自然浑成。写景以方位为转移，先从近处的小溪写起，再写到山。写山则从山上写到山下，方位由南而北。写山石，则各呈姿态，各有天趣；写山泉，则随意流泻，清澈澄碧；一山一水，穷形尽相，意足神完，读来令人心旷神怡。后半言志，写自己唯山水是好，"天性澹如"。作者在写景言志之后，转入时事，"闲居独坐，意常超然"的志趣与"江上有变"的现实形成强烈冲突，冲突的结果是"即罢匠事，惟厅堂仅成"，体现了作者先天下之忧而忧，后天下之乐而乐的博大胸怀。

文山观大水记

文天祥《纪年录·戊辰》载，咸淳四年（1268）正月，作者被台臣黄镛（yōng）弹劾，免官回乡。这是作者第二次被排挤出官场。这篇《文山观大水记》是文天祥这次被排挤出官场，回到家乡后，于五月十四日，同友人一起观看文山大水的记述，是一篇游记文。文章先说明文山最高处及江流的位置，为下文描写大水作铺垫；接着交代了一同观看大水的三个朋友：杜伯扬、萧敬夫和孙子安。接下来是游记的主体部分，着重描写观看大水的情景和感受；最后是作者抒发自己的感慨，交代作此篇游记的目的和动机，收束全文。

自文山门而入〔1〕，道万松下〔2〕，至"天图画"，一江横其前〔3〕。行数百步，尽一岭〔4〕，为松江亭。亭接堤二千尺〔5〕，尽处为障东桥。桥外数十步，为道体堂。自堂之右循岭而登，为银湾，临江最高处也。银湾之上有亭，曰"白石青崖"，曰"六月雪"；有桥曰"两峰之间"，而止焉〔6〕。"天图画"居其西，"两峰之间"居其东，东西相望二三里。此文山滨江一直之大概也〔7〕。

戊辰岁〔8〕，余自禁庐罢归〔9〕，日往来徜徉其间〔10〕，盖开山至是两年馀矣〔11〕。五月十四日，大水，报者至〔12〕，时馆中有临川杜伯扬〔13〕、义山萧敬夫〔14〕。吾里之士，以大学试〔15〕，群走京师，惟孙子安未尝往。辄呼马戒车〔16〕，与二客疾驰观焉，而约子安后至。未至"天图画"，其声如疾风暴雷，轰豗震荡而不可御〔17〕。临岸侧目〔18〕，不得往视。而隔江之秧畦菜陇〔19〕，悉为洪流矣。及松江亭,亭之对为洲,洲故垟然隆起[20]。及是,仅有洲顶,而首尾俱失。老松数十本[21],及水者争相跛曳,有偃蹇不伏之状[22]。至障东桥,坐而面上游[23]。水从"六月雪"而下,如建瓴千万丈[24],汹涌澎湃,直送乎吾前,异哉!至道体堂,堂前石林立,旧浮出水面[25],如有力者一夜负去。酒数行,使人候"六月雪"可进与否[26],围棋以待之。复命曰:"水断道。"遂止。如银湾,山势回曲,水至此而旋。前是立亭以据委折之会[27],乃不知一览东西二三里,而水之情状,无一可逃遁[28]。故自今而言,则银湾遂为观澜之绝奇矣[29]。坐亭上,相与谐谑,赋唐律一章[30],纵其体状,期尽其气力,以庶几其万一[31]。予曰:"风雨移三峡[32],雷霆擘两山。"伯扬曰:"雷霆真自地中出,河汉莫从天上翻。"敬夫曰:"八风自地翻雷穴,万甲从天骤雪鬃。"惟子安素不作诗,闻吾三人语,辄拍手捋须[33],笑绝欲倒,盖有渊明之琴趣焉[34]。倚阑移时[35],诡异卓绝之观,不可终极,而渐告晚矣。乃令车马从后,四人携手徐步而出。及家,而耳目眩颤,手足飞动,形神不自宁者久之。

他日,予读《兰亭记》[36],见其感物兴怀,一欣一戚,随时变迁[37]。予最爱其说。客曰:"羲之信非旷达者[38]。夫富贵贫贱,屈伸得丧,皆有足乐,盖于其心,而境不与焉[39]。欣于今而忘其前,欣于后则忘其今,前非有馀,后非不足[40],是故君子无入而不自得[41]。岂以昔而乐、今而悲,而动心于俯仰之间哉[42]!"予怃然有间[43]。自予得此山,予之所欣,日新而月异[44],不知其几矣。人生适意耳[45],如今日所遇,霄壤间万物无以易此[46]。前之所欣、所过者化[47],已不可追纪。予意夫后之所欣者至,则今之所欣者又忽焉忘之。故忽起奋笔,乘兴而为之记,且谂同游者发一噱[48]。

〔1〕文山门:咸淳元年(1265),作者罢官回乡,开辟文山。从此,文山成为他游览休闲的好地方,"文山门"与下文的"万松"、"天图画"等,都是文山景点名称。
〔2〕道:取道。
〔3〕一江横其前:一条江水横流在"天图画"前面。 江:指作者家乡的富川江,属于赣江支流。
〔4〕尽一岭:走完一座山岭。
〔5〕亭接堤二千尺:亭离堤坝有两千尺的距离。 接:接近。
〔6〕而止焉:在银湾停了下来。 焉:方位代词,指代银湾。
〔7〕此文山滨江一直之大概也:这就是文山靠江边一带的大致情况。 滨:水边。 一直:一带。
〔8〕戊辰岁:指宋度宗咸淳四年(1268)。

〔9〕禁庐:宫廷。

〔10〕徜徉(chángyáng):逍遥;安闲自在。

〔11〕盖开山至是两年余矣:作者咸淳元年四月,罢官后回乡开辟文山。咸淳四年正月再次罢官。

〔12〕报者:来报告大水的人。

〔13〕杜伯扬:作者友人,未详。

〔14〕萧敬夫:宋诗人,号秋屋。有诗集《秋屋稿》传世。

〔15〕以大学试:因为要参加太学考试。 大学:太学。宋代设太学,考试合格入太学者,称太学生。

〔16〕辄呼马戒生:立即招呼仆人牵马备车。 戒:准备好。《左传·僖公二十八年》:"戒尔车乘,敬尔君事。"

〔17〕轰豗震荡而不可御:洪水冲击,声势浩大,不可抵挡。 轰豗(hōnghuī):形容声音很大。 御:抵挡,防御。

〔18〕侧目:因为害怕而不敢正视。

〔19〕秧畦菜陇:秧田菜园。 畦(qí):田地。 陇:田埂。

〔20〕洲故垤然隆起:先前洲是高高隆起的,像个土堆。 洲:水中陆地。 故:先前,这里指大水之前。 垤(dié):土堆,小丘。

〔21〕本:量词,指草木的株、棵。

〔22〕"及水"两句:立在水中的松树,歪歪斜斜,摇晃不止,作欲倒不倒之状。 跛(bǒ)曳:摇晃不正的样子。 偃蹇(yǎnjiǎn):高耸的样子。

〔23〕坐而面上游:坐下来,朝上游看。

〔24〕如建瓴千万丈:就像从千万丈高的地方向下倒水一样。 建:通"瀽"(jiǎn),倾倒。 瓴(líng):盛水的陶制容器。

〔25〕旧浮出水:先前露出水面。

〔26〕候:察看。

〔27〕"前是"句:当初在这个地方建造亭子,是因为这个地方是山水回旋曲折的交会之处。 是:是处,这个地方。 会:交接的地方。

〔28〕"乃不知"三句:没想到在亭子上放眼东望去,大水可以一览无余。

〔29〕"故自今"两句:所以在今天来看,银湾是观看大水的绝好地方。

〔30〕赋唐律一章:作一首唐诗。 赋:作诗。 唐律:即律体诗,因律体诗在唐代成熟,故云。 一章:一首。

〔31〕"纵其"三句:尽诗歌的最大表达容量,尽我们最大的努力,来表现大水之壮观于万一。这里三个"其"字所指代的内容不一样,第一个"其"指代律诗,第二个"其"指代我们三人,第三个"其"指代大水。

〔32〕"风雨"两句:这两句诗以及下文杜伯扬、萧敬夫的诗句都是用来描写大水如何壮观的。作者这两句诗的意思是:大水之壮观,好像是三峡移到这里来了;水声之大,就像是雷霆把大山一辟为二。 擘(bò):分开。杜伯扬两句诗的意思是:水声之大,让人相信雷霆真是从地底下出来的;江水壮阔,莫非是天河从天上翻倒下来了?古人认为雷生地中,《易·复卦》:"雷在地中,复。" 河汉:银河。萧敬夫两句诗的意思是:水声之大,好像是八面来风吹翻了地下的雷穴;大水波涛翻滚,就像千万天兵所骑白色战马的马鬃在飘扬。 八风:八方来风。《吕氏春秋·有始》:"何谓八风?东北曰炎风,东方曰滔风,东南曰熏风,南方曰巨风,西南曰凄风,西方曰飂(liú)风,西北曰厉风,北方曰寒风。"

〔33〕辄拍手捋须:一会拍手,一会用手摸着胡须。 捋(lǚ)须:表示称赞。古乐府《陌上桑》:"行者见罗敷,下担捋髭须。"

〔34〕盖有渊明之琴趣焉:意思是孙子安虽不作诗,但于诗有所领会,就像陶渊明虽不解琴音,却识琴趣一样。《晋书·陶潜传》:"性不解音,惟蓄素琴一张,弦徽不具,曰:'但识琴中趣,何劳弦上声?'"

〔35〕倚阑移时:靠着栏杆,观看了好长时间。 阑:护栏。 移时:过了好长一段时间。

〔36〕《兰亭记》:即《兰亭集序》,东晋王羲之作。王羲之,字逸少,琅琊临沂(今山东临沂)人,大书法家。

〔37〕见其感物兴怀,一欣一戚,随时变迁:《兰亭集序》云:"虽取舍万殊,静躁不同,当其欣于所遇,暂得于己,快然自足,不知老之将至。及其所之既倦,情随事迁,感慨系之矣。向之所欣,俯仰之间,已为陈迹,犹不能不以之兴怀,况修短随化,终期于尽!"意思是外物千差万别,人感物起兴,或喜或悲,都随着时间、环境的变化而变化。

〔38〕羲之信非旷达者:王羲之实在不是心胸豁达之人。

〔39〕盖于其心,而境不与焉:快乐与否,不在于外物,而在于心灵感受。

〔40〕前非有馀,后非不足:快乐与否,同时间前后没有关系。

〔41〕是故君子无入而不自得:所以,君子在任何时候、任何环境下都感觉快乐。

〔42〕而动心于俯仰之间哉:怎么会在极短时间内改变自己的心态呢?俯仰之间,时间短暂。

〔43〕予怃然有间:怅然失意了好一会子。 怃(wǔ)然:怅然失意的样子。 有间:有一段时间。

〔44〕日新而月异:不断改变。

〔45〕适意:顺心,合意。

〔46〕霄壤间:天地之间。

〔47〕前之所欣、所过者化:以前所经历过的、让人快乐的那些事物已经不在了。 化:死去,不在。刘禹锡《祭柳员外文》:"惟君平昔,聪明绝人,今虽化去,夫岂无物?"

〔48〕且谂同游者发一噱:故且引同去看大水的人开怀一笑。 谂(shěn):引发。 噱(jué):大笑。

中国古代山水游记传统的思路是先写景、后言志抒情,这篇观大水游记也不例外。作者写大水先从听觉写起,水声之大,"如疾风暴雷,轰豗震荡";再从视觉写起,以秧田菜园、水中陆地、老松、堂前石头为参照物,移步换景,多方面衬托。最后是从亭上高处观看大水,大水之壮观由三人的诗句表达出来,三人都以雷声喻水声,可谓所见略同。

文天祥写《文山观大水记》与范仲淹写《岳阳楼记》时的心理背景是一样的,都是被排挤出官场而借山水抒情言志。不同的是,范仲淹凭眺洞庭壮观,超然物外,"不以物喜,不以己悲";文天祥则摆出两种相反的感物情怀,一是"一欣一戚,随时变迁",一是"君子无入而不自得",没有时间上的变化。作者虽明言对这两种不同感物情怀的态度分别是"最爱其说"与"怃然有间",但根据文章最后一句"且谂同游者发一噱"看,则未必;作者所说的"发一噱"未必不是自我嘲笑,那么作者所说的"予意夫后之所欣者至,则今之所欣者又忽焉忘之",其实是对自己多年来宦海浮沉的一声叹息。

萧氏梅亭记

本文是作者为庐陵萧氏梅亭所作的记文。文章从梅花当寒怒放的秉性出发,认为梅花代表了"天地生物之心",是"仁"的化身,进而赞美了梅亭主人仁者的高尚品格。

庐陵贡士萧元亨[1],江西帅平林公之孙,赣州龙南县丞之子[2]。蚤孤有立[3],克肖厥世[4]。于其读书游息之暇,有自得焉,乃作亭于屋之西偏,周之一径,被径一梅亭[5],后有廊,有诗画壁间。前方池,广五尺,饲鱼而观之。邻墙古树,蔽亏映带[6]。清风徐来,明月时至。君领客于此,上下谈笑。客多乃祖父旧游,而君乐从之,称其家儿也。君名亭名曰"梅",而属其客请记于予。

予昔者登平林公之门,入其园,台观沼渚[7],卉木竹石,曲折靡曼[8],登览幽远。公缓步徐坐,杯酒流行,古君子也。退从赞府[9],与其次子江陵支使昂然野鹤[10],粲然华星,南金荆玉[11],应接不暇,佳公子也。今是园也,亭馆日以完美,草树日以茂密,元亨兄弟又从而增大之。夫高台曲池,百岁倏忽,此孟尝君之所以感慨于雍门周者也[12]。予于君,不十年间俯仰三世[13]。昔也念其门之遭,今也贺斯园之幸,则告于元亨曰:

粟冬,万物棣通而为春[14]。方其闭塞也,阴风凛栗[15],寒气赑屃[16],众芳景灭[17],万木僵立,何其微也;及其棣通也,木石所压,霜露所濡,土膏坟起[18],芽甲怒长[19],何其盛也。天地生意,无间容息。当其已闭塞之后,未通棣之前,于是而梅出焉。天地生物之心,是之谓仁。则夫倡天地之仁者,盖自梅始。今君之乐斯亭而赏斯梅也,其何以哉!天地莫不有初,万物莫不有初,人事莫不有初。君从其初心而充之,无非仁者。使梅而有知,吾知其为君欣然矣。昔东坡记灵璧张氏园亭[20],推本其先人之泽[21],而拳拳然望其子孙[22],且将买田泗上,以与张氏游焉[23]。予里人,辱君好旧矣[24],宜其甚于坡之爱张氏也。

〔1〕贡士:古代科举取士,由地方荐举的叫乡贡,经乡贡考试合格者称贡士。

〔2〕龙南:今江西龙南。

〔3〕蚤孤:父母早亡。蚤:通"早"。　有立:有成就。《论语·为政》:"吾十有五而志于学,三十而立。"

〔4〕克肖厥世:很有他家世前辈之风。　克肖:很像。　厥:指示代词,他的。

〔5〕被径一梅亭:于小路之上修建了一座梅亭。

〔6〕蔽亏映带:连接成片,互相掩映。

〔7〕沼渚:水塘以及水塘中的小块陆地。　沼:水塘,水池。　渚:水中小块陆地。

〔8〕靡曼:美丽。这里是花卉竹石相映成趣的意思。
〔9〕赞府:唐时称县丞为赞府,这里代称县丞办公的府署。
〔10〕江陵:地名,今湖北荆州。 支使:属官名称,位在副判官之下。
〔11〕南金:南方出产的铜。后多用来比喻南方杰出的优秀人才。荆玉:即荆璞。春秋楚人卞和得璞玉于荆山,剖琢而为宝玉。后用荆玉来比喻优秀卓异的人才。
〔12〕感慨于雍门周:汉刘向《说苑·善记》载,雍门周,战国时齐人,名周,居雍门。曾以琴见孟尝君,孟尝君曰:"先生教琴亦能令文悲乎?"周引琴而鼓,于是孟尝君涕泣增哀,下而就之曰:"先生之鼓琴,令文立若破国亡邑之人也。"
〔13〕俯仰:互相往来。
〔14〕棣(dì)通:复苏。《汉书·律历志上》:"正月,《乾》之九三,万物棣通。"
〔15〕觱(bì)栗:大风触物声。《诗经·豳风·七月》:"一之日觱发,二之日栗烈。"
〔16〕飂戾(bìxì):寒气强烈。
〔17〕景(yǐng)灭:消失。
〔18〕土膏:土壤的肥力。《国语·周语上》:"阳气俱蒸,土膏其动。" 坟起:土壤的肥力起作用。 坟:土地肥沃。《尚书·禹贡》:"厥土黑坟。"
〔19〕芽甲:草木初生的子叶。
〔20〕东坡:宋苏轼,字子瞻,号东坡居士,眉州眉山(今四川眉山)人。北宋著名的文学家,"唐宋八大家"之一。 记灵璧张氏园亭:宋神宗赵顼(xū)元丰二年三月,苏轼在赴任提举淮东途中,过灵璧(今安徽灵璧)镇,作《灵璧张氏园亭记》。
〔21〕推本其先人之泽:苏轼《灵璧张氏园亭记》曰:"今张氏之先君,所以为其子孙之计虑者远且周,是故筑室艺园于汴泗之间,舟车冠盖之冲。凡朝夕之奉,燕游之乐,不求而足。使其子孙开门而出仕,则跬步市朝之上;闭门而归隐,则俯仰山林之下,于以养生治性,行义求志,无适而不可。故其子孙,仕者皆有循吏良能之称,处者皆有节士廉退之行,盖其先君之泽也。"
〔22〕拳拳:忠诚恳切的样子。
〔23〕且将买田泗上,以与张氏游焉:苏轼《灵璧张氏园亭记》曰:"余为彭城二年,乐其土风,将去不忍,而彭城之父老,亦莫余厌也,将买田于泗水之上而老焉。南望灵璧,鸡犬之声相闻,幅巾杖履,岁时往来于张氏之园,以与其子孙游,将必有日矣。"
〔24〕辱:谦词,承蒙。

　　文章于简短的篇幅中,融写景、叙事、抒情于一体。对梅亭及园林中的草树石竹描写是文章的精彩部分。作者又借自己的回忆,把萧氏园林的兴衰、园林主人古君子之高尚品格,绾合到一起,并且通过"念"、"贺"二字表达了自己对萧氏家族的深情厚谊。最后写梅花之"倡天地之仁",突出题旨,也表达了自己对萧元亨人格之钦慕。文章虽为短制,却如廊亭回曲,亦景亦情亦事,应接不暇。

衡州上元记

题解

咸淳九年(1273)正月,文天祥被任命为湖南提刑,是年冬,"乞使郡侍亲"(《纪年录·癸酉》),调任赣州知州。咸淳十年正月二十五日,作者离开衡州,三月到赣州。在离开衡州前的正月十五日上元节,作者在衡州知州宋遇的陪同下,观灯宴饮。这篇《衡州上元记》详细记录了作者当时的所见所闻,描绘了一幅元宵佳节的欢乐图。

岁正月十五,衡州张灯火合乐[1],宴宪若仓于庭[2]。州之士女,倾城来观,或累数舍竭蹶而至[3]。凡公府供张所在[4],听其往来,一无所禁。盖习俗然也。

咸淳十年[5],吏部宋侯主是州[6],予适悉陈臬事[7],常平以王事诣长沙[8],会改除[9],于是侯与予为客主礼。是晚,予从城南竟城东[10],夹道观者如堵。入州,从者殆不得行。既就席,左右楹及阶,阶及门,骈肩累足,戢戢如鱼头[11],其声如风雨潮汐,咫尺音吐不相辨[12]。侑者集[13],三面之人趋而前,执事几不可曲折[14]。酒五行[15],升车诣东厅。厅之后稍偏,为燕坐,俎豆设焉[16]。主人既肃宾[17],车不得御,乃步入燕坐之次[18]。至,儿童妇女杂袭而争先[19],男子冠以上,往往引去[20]。及献酬[21],州民为百戏之舞[22],击鼓吹笛,斓斑而前[23],或蒙倛倛焉[24],极其俚野[25],以为乐。

游者益自外至,不可复次序。妇女有老而秃者,有羸无齿者,有伛偻而相携者[26],冠者,髽者[27],有盛涂泽者[28],有无饰者,有携儿者,有负在手者,有任在肩者[29],或哺乳者,有睡者[30],有睡且苏者,有啼者,有啼不止者,有为儿弁髦者[31],有为总角者[32],有解后叙契阔者[33],有自相笑语者,有甲笑乙者,有倾堂笑者,有无所睹随人笑者,跛者,倚者[34],走者,趋者,相牵者,相扶擎者,以力相拒触者,有醉者,有倦者,咳者,睡者,嚏者,欠伸者,汗且扇者,有正簪珥者[35],有整冠者,有理裳结袜者,有履阈者[36],有倚屏者[37],有攀槛者,有执烛跂惟恐堕者[38],有酒半去者,有方来者,有至席彻者[39]。儿童有各随其亲且长者,有无所随而自至者,立者,半坐于地者,有半坐杌下者[40],有环客主者,有坐复立者,有立复坐者。视妇女之数,多寡相当[41]。盖自数月之孩[42],以至七八十之老,靡不有焉。其望于燕坐之门外,趑趄而不及近者[43],又不知其几千计也。当是时,舞者如傩之奔[44],狂之呼,不知其亵也。观者如立通都大衢,与俳优上下[45],不知其肆也。予与侯颓然其间[46],如为家人之长坐于堂,而娇儿呆女充斥其间,不知其偪也[47]。

予起而举酒祝侯曰:"以平易近民,而民近之。'岂弟父母'[48],侯之谓矣。"侯酬,且执爵前曰:"惟使者使民不冤,无湮郁其和[49],我是以大有民。"予避且谢[50],则复诸侯曰:"使时和岁丰,日星明概[51],举海内得以安其生而乐其时,衡与赐焉[52]。维天子之功,臣等何力之有?"侯拱而立。侯,蜀人也。因与予言,益州承平时,元夕宴游,其风流所亲见[53],盖出于祖宗德泽,天地涵育之久,而今不可复得矣。予愍然私念之[54],开庆、景定间[55],衡以中州[56],不得免于难。今城郭室庐,公私文物,犹草创绵蕝云尔[57]。然以几世几年所为郡,而十数年间卒然修复,得其大体,非国家忠厚积累,于民力爱养有素,岂望如今所成立哉?蜀自秦以来,更千余年,无大兵革。至于本朝,侈繁钜丽[58],遂甲于天下。不幸荡析[59],若鬼神之忌盈者。今衡之民,务本而勤力,岁时一观游之外,衣食其耕桑。俭而不泰[60],风气淳厚,犹南方建德之国[61],其将进而未已者乎?

予为亲怀归[62],得郡且行,侯选表于朝有日矣[63]。惟一时民物之概,得于目击,相与嗟叹阔绝[64],而欣喜不厌于心者,不当无所纪。且惧夫可爱可愕之状,俯仰嗟跌[65],忽不可以复追也。燕之明日,亟奋笔记之,以庶几观风之意;且使后来者,于侯政有考焉。侯名遇,今居延平[66]。

注释

〔1〕合乐:为了配合节日热闹气氛而奏乐。

〔2〕宴宪若仓于庭:在公堂上宴请宪司和仓司。 宪:宪司,宋官名,即诸路提点刑狱公事,掌察疑难未决案件,劝课农桑,考核官吏等事。 仓:仓司,宋官名,主管常平仓的谷物收藏和分发等职。 若:连词,及。

〔3〕或累数舍竭蹶而至:有的好几家人一道,风风火火赶来。 竭蹶(jiéjué):力尽而跌跌撞撞。

〔4〕供张:备办陈设各种器物。《后汉书·班固传》:"乃盛礼乐供张,置乎云龙之庭。"

〔5〕咸淳十年:与文章开头的"岁"同指1274年。

〔6〕吏部宋侯主是州:宋遇任该州知州。吏部宋侯,即宋遇,字安序。宋遇曾在吏部任职,故称吏部宋侯。侯,古代士大夫之间的尊称。

〔7〕予适忝陈臬事:我正好奉命来办理刑事案件。 忝(tiǎn):谦词,有愧于。 臬(niè)事:刑事案件。

〔8〕常平以王事诣长沙:司仓因为公事到长沙去了。 常平:即上文说的司仓。 王事:公事。

〔9〕会改除:(司仓)正好又是改授新职。 除:任命。

〔10〕竟:动词,从城南走到城东。

〔11〕戢戢(jíjí)如鱼头:密密麻麻,如同水中聚集的鱼头一样。戢戢,多而密的样子。

〔12〕音吐:说话的声音口吻。

〔13〕侑(yòu)者:劝人饮酒的人。

〔14〕执事几不可曲折:连办事人员行动都非常不方便。 曲折:来回行动。

〔15〕酒五行:酒过五巡。

〔16〕俎豆(zǔ dòu):古代两种祭祀时用的礼器。 俎:盛牲畜祭品的容器。 豆:食器,形似高脚盘。

〔17〕肃宾:向客人施礼,迎接客人。 肃:揖拜施礼。《国语·晋语六》:"不敢当拜君命之辱,为使者故,敢三肃之。"

〔18〕次:坐次。

〔19〕杂袭:为"袭杂"的倒文,错杂的意思。王褒《四子讲德论》:"是以海内欢慕,莫不风驰雨集,袭杂并至,填庭溢阙。"

〔20〕男子冠以上:成年男子。 冠(guàn):古代男子二十岁时行加冠礼,表示成人。 引去:退去。

〔21〕献酬:饮酒时主宾互相劝酒。

〔22〕百戏之舞:各种各样的歌舞、杂技表演。

〔23〕斓斑(lánbān):也作"斑斓",色彩鲜明错杂。

〔24〕或蒙倛(qī)焉:有的戴上狰狞丑恶的驱鬼面具。 蒙:戴上。倛,也叫"倛头",古代驱降疫鬼时用的面具,形状狰狞丑恶。《荀子·非相》:"仲尼之状,面如蒙倛。"

〔25〕俚(lǐ)野:粗鄙。

〔26〕伛偻(yǔlǚ):弯腰曲背。

〔27〕髽(zhuā):此处与上文"冠者"对言,是说有的人不戴帽子,只把头发束起来而已。 髽:古人遇丧事时的一种发形,用麻束发。《左传·襄公四年》:"国人逆丧者皆髽。"

〔28〕有盛涂泽者:此句与下句"有无饰者"对言,意思是有的人涂抹上浓厚的脂粉。 涂:涂抹。

〔29〕有任在肩者:有的人让小孩骑坐在自己的肩上。

〔30〕睡:坐着打瞌睡。 欧阳修《秋声赋》:"童子莫对,垂头而睡。"

〔31〕有为儿弁髦(biànmáo):古代男子成年后,举行冠礼,先用缁布之冠(黑布做的帽子),次以皮弁,后加爵弁。三加之后,即弃缁布之冠不用,并剃去垂发。这里是说那些正在加缁布之冠的孩子,头发散了,父母正在用缁布把他们的头发束起来。

〔32〕总角:未成年者扎在头顶两旁的发髻。《诗经·卫风·氓》:"总角之宴,言笑晏晏。"

〔33〕有解后叙契阔者:有不期而遇在叙旧的。 解后:即"邂逅",不期而遇。 契阔:久别。《诗经·邶风·击鼓》:"死生契阔,与子成说。"

〔34〕倚:通"畸",畸形。

〔35〕有正簪珥(zāněr)者:有的人正用手在整理自己的簪珥首饰。 簪:古代用来固定发髻或连接冠发的针形首饰。 珥:珠玉耳饰。

〔36〕有履阈(yù)者:有的人把脚踩在门槛上。 阈:门槛。

〔37〕有倚屏者:有的人靠在影壁上。 屏:影壁,对着门的小墙。

〔38〕有执烛跂(qí)惟恐堕者:有的人手握烛架怕摔掉下去。 跂:这里指固定的枝形烛架。

〔39〕席彻:宴席散去。 彻:完,尽。

〔40〕杌(wù):即杌子,小矮凳。

〔41〕视妇女之数,多寡相当:小孩的人数和妇女的人数差不多。

〔42〕孩:婴儿。

〔43〕赵趄(zījū):欲行又止,犹豫不前的样子。

〔44〕傩(nuó):头戴驱鬼面具的舞者。

〔45〕俳(pái)优:古代以乐舞谐戏为业的艺人。

〔46〕颓(tuí)然:不在乎,恭顺的样子。

〔47〕偪(bī):因为人多而拥挤。

〔48〕岂弟(kǎitì)父母:平易近人的父母官。 岂弟:和乐平易的样子。《诗经·大雅·酌》:"岂弟君子,民之父母。"

〔49〕湮(yīn)郁:堵塞阻滞。

〔50〕予避且谢:我避席表示自己的谢意。 避:避席。古人席间表示对别人尊重、感谢时,则起立离开原位。

〔51〕日星明稷(jì):太阳明亮,星星稠密。比喻国运昌盛。 稷:稠密。

〔52〕衡与赐焉:衡州得到了好处。 与:受到。

〔53〕风流:风俗教化。

〔54〕愍(mǐn)然:怜悯哀伤的样子。

〔55〕开庆、景定:宋理宗赵昀(yún)的两个年号。开庆,仅1259一年;景定,1260—1264年。

〔56〕衡以中州:衡州地处南宋中部。

〔57〕犹草创绵蕝云尔:正处于革故鼎新的阶段。 草创:创新。 绵蕝(jué):保持。

〔58〕钜(jù):通"巨",非常、极其。

〔59〕荡析:动荡离析。

〔60〕泰:骄纵。《论语·子罕》:"拜下,礼也,今拜乎上,泰也。"

〔61〕南方建德之国:宋属火德,阴阳家认为火德在南方,所以说南方是建德之国。

〔62〕为亲怀归:为了照顾母亲而一直想回到故乡。作者《知赣州到任谢皇帝表》云:"不遑将母,私切怀归。"

〔63〕选表于朝有日矣:不久就选拔表荐于朝廷,即不久就要升擢的意思。

〔64〕相与嗟叹阔绝:我与宋侯都感叹盛世不常。阔绝:不常有。

〔65〕蹉跌(cuōdiē):消失。

〔66〕延平:地名,今福建南平。

　　文章分为三个部分,第一部分为第一、第二自然段,写观灯习俗与作者观灯缘起;第二部分是整个第三自然段,作者有意模仿欧阳修《醉翁亭记》手法,极尽赋体铺叙之能事,连用五十四个"者"字,最后用了三个排比句式,写观灯的各色人等,可谓穷形尽相,是文章最精彩的部分,非亲身感受作不出来;剩下的两段为第三部分,转为议论,在今昔对比中,隐隐约约流露出作者对社稷命运的担忧。此外,文章中对元宵灯节的描写,还为我们今天研究宋代民俗提供了不可多得的材料。

祭欧阳巽斋先生文

题解

文天祥二十岁时,在家乡吉州白鹭洲书院肄业于欧阳守道之门。守道字公权,一字迁父,号巽(xùn)斋,吉州人。《宋史·欧阳守道传》:"少孤贫,自力于学。年未三十,翕然以德行为乡郡儒宗。"咸淳九年(1273)正月,欧阳守道卒,文天祥作此文以祭之。

维岁次癸酉正月乙卯朔[1],越七日辛酉,学生具位文某[2],谨致祭于故先生殿讲[3]、大著[4]、刑部巽斋欧阳公棺前[5]:

呜呼!先生将安归邪?先生之学,如布帛菽粟,求为有益于世用,而不为高谈虚语,以自标榜于一时[6]。先生之文,如水之有源,如木之有本,与人臣言依于忠,与人子言依于孝,不为曼衍而支离[7]。先生之心,其真如赤子,宁使人谓我迂,宁使人谓我可欺。先生之德,其慈如父母,常恐一人寒,常恐一人饥,而宁使我无卓锥[8]。其与人也,如和风之着物,如醇醴之醉人[9];及其义形于色,如秋霜夏日,有不可犯之威。其为性也,如盘水之静,如珪玉之徐[10];及其赴人之急,如雷霆风雨互发而交驰[11]。其持身也[12],如履冰,如奉盈[13],如处子之自洁[14];及其为人也,发于诚心,摧山岳,沮金石[15],虽谤兴毁来[16],而不悔其所为。天子以为贤,缙绅以为善类,海内以为名儒,而学者以为师。凤翔千仞,遥增击而去之[17],奈何一蹶而不复支[18]。以先生仁人之心,而不及试一郡[19],以行其惠爱;以先生作者之文,而不及登两制[20],以仿佛乎盘诰之遗[21];以先生之论议,而不及与闻国家之大政令;以先生之学术,而不及朝夕左右献纳而论思[22]。抑童而习之,白首纷如也[23],虽孔、孟圣且贤,犹不免与世而差池[24]。

先生官二著不为小[25],年六十五不为夭[26],有子有孙,而又何憾于斯。死而死耳,所以不死者,其文在名山大川,诏百世而奚疑[27]?某弱冠登先生之门,先生爱某如子弟,某事先生如执经[28],盖有年于兹。先生与他人言,或终日不当意,至某虽拂意逆志[29],莫不为之解颐[30]。世有从师于千里,尚友于异代,而同人于门,适相值而不违。其死也,哀斯文之不幸,吊生民之无禄;其葬也,只鸡斗饭[31],窃慕古人之义,匍匐奔走,泫然而哭吾私[32]。呜呼,已而已而!哀哉,尚享[33]。

[1]维岁次癸酉正月乙卯朔:宋度宗咸淳九年(1273)正月初一日。维,发语词。 岁次:岁星每年所在的星次和干支,也叫年次。 朔:每月初一日。
[2]具位:谦词,意思是充数不称职位之人。
[3]殿讲:即崇政殿说书,古代官职名。主要职责是为皇帝进读书史,讲释经义,备顾问应对。
[4]大著:著作郎,古代官职名。 属秘书省:主要职责是掌管修纂日历。《宋史·欧阳守道传》:"迁著作郎,卒,家无一钱。"
[5]刑部:刑部都官郎官,古代官职名。主要职责是掌管徒流配隶。文天祥《巽斋先生像赞》:"都官刑曹,谳狱详备。"
[6]标榜:夸耀。
[7]曼衍而支离:变化不定,散漫无据。曼衍:变化。《庄子·齐物论》:"和之以天倪,因之以曼衍,所以穷年也。"
[8]卓锥:立锥之地。比喻地方很小。
[9]醇醴(chúnlǐ):味道浓厚的甜酒。 醇:酒味浓厚。 醴:甜酒。
[10]如珪玉之徐:如同玉佩一样安闲稳重。 徐:安闲稳重的样子。《国语·越语下》:"宜为人主,安徐而重固。"
[11]如雷霆风雨互发而交驰:即"雷厉风行"的意思。形容巽斋先生热忱为人排忧解难。
[12]持身:修身。
[13]如奉盈:如同捧着盛满的水。比喻为人小心谨慎。
[14]如处子之自洁:如同处女一样洁身自好。 处子:处女。
[15]沮金石:金石为之摧毁。 沮(jǔ):毁坏。《战国策·赵策》,"夜半,土梗与木梗斗曰:'汝不如我,我者乃土也。使我逢疾风淋雨,坏沮,乃复归土。'"
[16]谤兴毁来:遭到诽谤。
[17]凤翔千仞,遥增击而去之:凤凰总是飞得高高的,远离那些对它的不断打击。千仞:比喻极高。遥:离得远远的。 增:反复,不断。贾谊《吊屈原赋》:"凤凰翔于千仞之上兮,览德辉焉下之。见细德之险征兮,遥增击而去之。"
[18]一蹶而不复支:即"一蹶不振"之的意思。 支:支撑。
[19]而不及试一郡:而没有做一任地方行政长官的机会。
[20]而不及登两制:而没有机会替皇帝拟制诏诰。 两制:制诰与制诏。
[21]盘诰之遗:盘庚时期诏诰的遗风。殷商盘庚时期的诏诰,古奥典雅,向来被奉为文章典范。
[22]献纳而论思:把自己的学术思想献给皇帝。
[23]抑童而习之,白首纷如也:人们从幼童开始学习,但到老时结果却各不相同。 纷如:杂乱不一的样子。
[24]犹不免与世而差池:也难免与世道人情不合。差池(cīchí),参差不齐的样子。《诗经·邶风·燕燕》:"燕燕于飞,差池其羽。"
[25]二著:著作佐郎和著作郎。《宋史·欧阳守道传》:"迁著作佐郎、兼崇政殿说书兼权都官郎官。"
[26]夭:短命。
[27]诏百世而奚疑:教诲后人并且没有值得怀疑的地方。 诏:教诲。《庄子·盗跖》:"若父不能诏其子,

兄不能教其弟,则无贵父子兄弟之亲矣。" 奚疑:何疑之有。

〔28〕事先生如执经:奉事先生如同崇敬经典。
〔29〕拂意逆志:违逆某人的想法、主张。
〔30〕解颐:开颜欢笑。
〔31〕只鸡斗饭:形容祭品简单。
〔32〕泫然而哭吾私:为自己所偏爱的恩师潸然而哭。 泫(xuàn)然:泪流满面的样子。 私:偏爱的人。
〔33〕尚享:也作"尚飨",希望死者来享用祭品。旧时祭文常用的结语。

这篇祭文首先从为学、为文,以及为人三个方面对巽斋先生平生予以总结,虽为美言,却落到实处,不作浮夸之语,感情真挚。作者强调:先生为学,但求有用,不为高谈虚语;先生为人,"与人臣言依于忠,与人子言依于孝";先生为人,如风化物,严威而性徐。最后,作者总结巽斋先生为"贤"、为"儒"、为"师"。祭文对巽斋先生的遭遇表示深切的同情,同情的背后是对先生人格的赞美,对欧阳氏不能施展抱负的愤愤不平,也寄寓了作者自己的身世感受。文章通篇充满了一位学生对恩师的挚爱之情,在平稳的语气中,运用平整的句式,娓娓道来,如泣如诉,非爱师之深而不能作。

告先太师墓文

本文作于元至元十六年(1279)五月二十六日。作者《纪年录·己卯》注引邓光荐《文丞相传》说:"五月二十五日至南安军,石嵩与囊家歹议,出江西虑篡夺,遂钥公于船。公即绝粒,为《告祖祢文》(即《告先太师墓文》)、《别诸友诗》,遣孙礼取黄金市,登岸驰归,约六月二日复命于吉成下。公将以心事白诸幽明,即瞑目长往,含笑入地矣。"说明这篇《告先太师墓文》是作者被押北往,经过家乡时写的祭告文。文章追忆了作者自从起兵"勤王"以来的艰难历程,倾诉了国破家亡之痛,叹息自己忠孝不能两全的遗憾。原文有跋。先太师:作者故去的父亲文仪。

维己卯五月朔[1],越二十有六日,孝子某,自岭被执至南安军[2],谨具香币[3],遣人驰告于先太师革斋先生墓下[4]:

呜呼！人谁不为臣？而我欲尽忠不得为忠;人谁不为子？而我欲尽孝不得为孝。天乎！使我至此极耶！

始我起兵,赴难勤王。仲弟将家[5],遁于南荒[6]。宗庙不守[7],迁我异疆。大臣之谊[8],国亡家亡[9]。灵武师兴[10],解后归国[11]。再相出督[12],身荷忧责。江南之役,义声四克[13]。为亲拜墓,以翦荆棘[14]。大勋垂集[15],一跌崎岖[16]。妻妾子女,六人为俘。收拾散亡,息于海隅[17]。庶几奋励,以为后图。恶运推迁[18],天所废弃。有母之丧[19],寻失嫡子[20]。哭泣未干,兵临其垒。仓皇之间,二女夭逝[21]。剪为囚虏[22],形影独存。仰药不瘳[23],竟北其辕。系颈絷足[24],过我里门。望墓相从,恨不九原[25]。爰指松楸,有言若誓。继令支子[26],实典祀事。有侄曰陞,我身是嗣[27]。兴言及此,血泪如雨!

呜呼! 自古危乱之世,忠臣义士,孝子慈孙,其事之不能两全也久矣。我生不辰[28],罹此百凶。求仁得仁,抑又何怨?幽明死生[29],一理也;父子祖孙,一气也。冥漠有知[30],尚哀鉴之!

[1]维己卯五月朔:元至元十六年(1279)五月初一日。 维:发语词。
[2]自岭被执:作者于宋端宗景炎三年(1278)十二月二十日在五坡岭为元军追及并执。
[3]香币:烛香和冥币。
[4]先太师革斋先生:文天祥父亲文仪,字士表,号革斋。
[5]仲弟:作者二弟文璧。
[6]遁于南荒:文天祥起兵勤王,其时文璧知惠州,迎养母亲及作者长子道生于惠州。
[7]宗庙不守:社稷不保,国家败亡。 宗庙:祖庙,指代国家。
[8]谊:合理的行为,即下文所说的"国亡家亡"。
[9]国亡家亡:国家灭亡了,家庭就没有不亡的理由。
[10]灵武:地名,今属宁夏。唐安史之乱时,太子李亨于灵武即皇帝位,是为肃宗,号召天下兵马勤王,最终平定叛乱。这里比喻宋德祐二年闰三月,陈宜中、张世杰等在温州奉益王赵昰为天下兵马都元帅事。
[11]解后归国:作者被元军北押途中在镇江逃脱,经历千难万险,回到南方。
[12]再相:再次拜相。文天祥景炎元年(1276)南归后第二次被朝廷任命为右丞相。 出督:景炎元年七月十四日,文天祥到南剑州聚兵抗元,成立督府。
[13]江南之役,义声四克:景炎二年(1277)五月,文天祥从梅州进兵,经略江西。六月战雩(yú)都大捷,吉水、永丰、万安、永新、龙泉等县先后收复。 义声:义军。
[14]以翦荆棘:翦除坟墓周围的野草,即拜墓的意思。
[15]垂集:即将成功。 垂:将近,就要。 集:成功。《左传·成公二年》:"此车一人殿之,可以集事。"
[16]一跌崎岖:一次失败。景炎二年(1277)六月,作者攻赣州、吉州失败。元军追至兴国县的空坑,文天祥仅以身免,妻、子俱被俘。
[17]海隅:海边。空坑败后,作者于是年十一月到循州(今广东惠州)。
[18]推迁:交替出现。
[19]有母之丧:文天祥母亲曾氏,于祥兴元年(1278)九月病逝于惠州。
[20]寻失嫡子:作者长子道生死于同年(1278)。
[21]二女夭逝:景炎元年(1276),作者二女定娘、寿娘因病死于河源之三角。

〔22〕翦:同"擒",捕执。

〔23〕仰药不瘥:作者五坡岭被执,服脑子(冰片,多服有毒)自杀,未遂。　瘥:通"济",成功。

〔24〕系颈絷足:颈上戴着枷锁,脚上系着镣铐。　絷(zhí):用绳索拴住。

〔25〕恨不九原:恨不能随亡父而去。　九原:坟墓。《礼记·檀弓下》:"是全要领以从先大夫于九原也。"

〔26〕支子:与宗子相对为支子。封建宗法,嫡长子以及继承先祖的儿子为宗子,其余为支子。这里指作者的弟弟文璧和文璋。

〔27〕有侄曰陞,我身是嗣:作者的两个儿子道生与佛生,一死亡一失踪,后立侄文陞为嗣。

〔28〕不辰:不是时候。

〔29〕幽明:阴间与阳间。

〔30〕冥漠:冥间。

祭文首先对故去父亲的在天之灵诉说着近年来的家国之变和个人命运的坎坷,其次请求父亲谅解家族的灾难及典祀的不周。语气真挚、哀婉。这背后是作者顽强的抗元意志与作为国之栋梁理所担负的大义,正所谓"大臣之谊,国亡家亡"。文章按时间顺序记录了宋元改朝换代时期家国势态发展过程,脉络清楚。文章全用四言,慷慨悲凉,情辞凄惨,如歌如泣。

文天祥《告先太师墓文》跋文曰:"余始至南安军,即绝粒为《告墓文》。遣人驰归,白之祖祢,瞑目长往,含笑入地矣。乃水盛风驶,五日过庐陵,又二日之丰城,知所遣人竟不得行。余至是不食,垂八日,若无事。然私念死庐陵不失为首丘,今心事不达,委命荒江,谁知之者?盍少从容以就义乎?复饮食如初。因记《左传》,申包胥哭秦廷七日,勺饮不入口,不闻他。乃知饿踣西山,非一朝夕之积也。余尝服脑子二两不死,绝食八日又不死。未知死何日,死何所,哀哉!"

◎ 附 录

文天祥年谱简编

南宋理宗端平三年丙申(1236),一岁

五月初二日,出生于江西吉州庐陵县淳化乡富里(今江西省吉安市青原飞富田乡文家村)。

父文仪,字士表,人称革斋先生。母曾氏。

理宗嘉熙元年丁酉(1237),二岁

弟文璧生。

理宗嘉熙四年庚子(1240),五岁

弟文霆孙生。

理宗淳祐元年辛丑(1241),六岁

始从父学习。

江万里知吉州,创白鹭洲书院。

理宗淳祐四年甲辰(1244),九岁

居家读书。

蒙古中书令耶律楚材卒,年五十五。

理宗淳祐五年乙巳(1245),十岁

居家读书。

理宗淳祐六年丙午(1246),十一岁

居家读书。

理宗淳祐七年丁未(1247),十二岁

居家读书。

理宗淳祐八年戊申(1248),十三岁

居家读书。

理宗淳祐九年己酉(1249),十四岁

居家读书。

弟文璋生。

理宗淳祐十年庚戌(1250),十五岁

居家读书。

贾似道任端明殿大学士,两淮制置大使,兼淮东、淮西安抚使,知扬州。

理宗淳祐十一年辛亥(1251),十六岁

居家读书。

蒙哥即蒙古汗位。

理宗淳祐十二年壬子(1252),十七岁

居家读书。

忽必烈征云南,灭大理。

理宗宝祐元年癸丑(1253),十八岁

乡试名列第一。

游乡校,见所祀乡先贤欧阳修、杨邦乂等人祠像,慨然曰:"没不俎豆其间,非夫也!"

理宗宝祐三年乙卯(1255),二十岁

入白鹭洲书院读书。欧阳守道任白鹭洲书院山长。

以字(天祥)举贡士。弟文璧同举。弟文霆孙因病夭折。

理宗宝祐四年丙辰(1256),二十一岁

二月朔日,礼部初试开榜,与弟同登。五月初八日,集英殿廷对,理宗亲擢为第一,为状元。

二月二十八日,父文仪客逝临安旅舍。六月朔日,与弟扶柩离开临安,七月二十四日返回庐陵。

理宗宝祐五年丁巳(1257),二十二岁

九月,安葬父亲。作《先君子革斋先生事实》。居家守制。

理宗宝祐六年戊午(1258),二十三岁

丁大全为右丞相兼枢密使,或劝文天祥通书于丁以求仕,文天祥曰:"仕如是其汲汲耶?"力辞。

理宗开庆元年己未(1259),二十四岁

正月,携文璧赴廷对。文璧登进士第。

五月,朝廷补授文天祥为承事郎、签书宁海军节度判官厅公事。

九月,文天祥再入临安,时边报日急。

十一月,上书请建方镇,乞斩董宋臣。书奏不报,返里。

理宗景定元年庚申(1260),二十五岁

主管建昌军仙都观。

蒙古忽必烈即位,立中书省,建年号为中统,蒙古始有年号。

理宗景定二年辛酉(1261),二十六岁

十月,除授秘书省正字。

理宗景定三年壬戌(1262),二十七岁

四月,就秘书省正字职。不久,兼景献太子府教授。

五月,充殿试考官,进教书郎。

邓光荐、刘辰翁进士及第。

理宗景定四年癸亥(1263),二十八岁

正月,进升著作佐郎。

二月,兼刑部郎官。

十一月,至瑞州赴任。作《西涧书院释菜讲义》。

理宗景定五年甲子(1264),二十九岁

在瑞州。修复碧落堂,作《题碧落堂》诗。

十月,被召入京,授礼部郎官。理宗崩,度宗即位。

十一月,改任江西提刑。

度宗咸淳元年乙丑(1265),三十岁

四月,台臣黄万石以"不职"论罢文天祥江西提刑职务。

回乡,辟文山。

度宗咸淳二年丙寅(1266),三十一岁

隐居家乡。九月,长子道生生。

度宗咸淳三年丁卯(1267),三十二岁

次子佛生生,次女柳娘、三女环娘生。

九月,除授尚书左郎官。

十二月,赴临安就职。

度宗咸淳四年戊辰(1268),三十三岁

正月,兼学士院权直,兼国史院编修官、实录院检讨官。不久,为台臣黄镛奏免。冬至日,除授福建提刑。旋为陈懋钦奏免。

度宗咸淳五年己巳(1269),三十四岁

四月,差知宁国府(今安徽宣城)。

十一月,领府事。作《宣州劝农文》。一个月后,奉调入朝。

度宗咸淳六年庚午(1270),三十五岁

正月,除军器监,寻兼崇政殿说书,兼学士院权直,兼玉牒所检讨官。

七月,任秘书少监。忤贾似道,为台臣张立志奏免所居官。回文山隐居。

度宗咸淳七年辛未(1271),三十六岁

隐居家乡。起文山宅。作《山中堂屋上梁文》、《山中厅屋上梁文》及《山中》诸诗。

十一月,蒙古建国号曰"大元",取《易经》"大哉乾元"之义。

度宗咸淳八年壬申(1272),三十七岁

隐居文山。六月,病疟。

度宗咸淳九年癸酉(1273),三十八岁

正月,欧阳守道卒,年六十六。作《祭欧阳巽斋先生文》。除授湖南提刑。

二月,襄阳城陷。

夏,谒江万里于长沙,江悯然曰:"吾老矣!观天时人事,当有变。吾阅人多矣,世道之责,其在君乎!"

冬,差知赣州。

度宗咸淳十年甲戌(1274),三十九岁

三月,赴赣州任。

七月,度宗崩,恭帝立。

十二月,鄂州陷。宋室诏天下勤王。

恭帝德祐元年乙亥(1275),四十岁

正月,尽以家产充军费,起兵勤王。

四月,领兵下吉州,奉旨留屯隆兴(今江西南昌)。

八月,至临安,驻兵西湖上。

十月,受命赴任平江府。

十一月,朝廷调文天祥守独松关,未至关破。

十二月,签书枢密院事。

德祐二年(五月改端宗景炎元年)丙子(1276),四十一岁

正月二十日,诣北营会见伯颜,被扣。

二月初五日,恭帝于祥曦殿宣布退位。二十九日晚,文天祥一行从镇江逃脱。

三月朔日,入真州(今江苏仪征),为李庭芝所忌。

闰三月,至台州。

四月,至温州。

五月朔日,益王赵昰于福安(今福建福州)登基,是为端宗。改元景炎。除授文天祥为观文殿学士,侍读。

七月,至南剑,以枢密使、同都督诸路军马,开府聚兵。

十一月,入汀州,移督府于汀州。

端宗景炎二年丁丑(1277),四十二岁

正月,移屯漳州龙岩。

三月,至梅州,与家人相见。

五月,入赣州会昌。

六月三日,战雩都,大捷。

八月,攻赣州、吉州,兵败。于空坑为元军追及,仅以身脱。妻欧阳氏,一子二女被执。

十月,入汀州。

十一月,至循州。屯南岭。

端宗景炎三年(五月改帝昺祥兴元年)戊寅(1278),四十三岁

二月,进兵海丰。

三月,屯丽江浦。

四月,端宗惊悸成疾,崩。赵昺即位。

五月朔日,改元祥兴。

六月,帝昺迁行朝于厓山(今广东新会南约五十公里外海中)。

八月,授少保信国公。母曾氏封齐魏国夫人。

九月,母曾氏及长子道生相继病逝。

十一月,入潮州潮阳。

十二月十五日,移屯海丰,意欲入南岭。二十日,至五坡岭,被元军追及并执。二女临娘、奉娘遇难。

帝昺祥兴二年己卯(1279),四十四岁

正月初二日,元军入海趋厓山,文天祥被囚同行。元军统帅张弘范逼文天祥作书招降张世杰,文天祥作《过零丁洋》诗答之。

二月初六日,南宋行朝覆灭。

三月十三日,被押回广州。

四月二十二日,离广州,被押北往大都。十月一日,至大都。

元世祖至元十七年庚辰(1280),四十五岁

在大都狱中。春,收女儿柳娘信,始知妻欧阳氏及女儿柳娘、环娘均在大都。

五月,弟文璧至燕京。

集杜诗为五言绝句凡二百首,又作《胡笳曲》十八拍。

元世祖至元十八年辛巳(1281),四十六岁

在大都狱中。夏日,文璧与文懿孙自燕京南归。

六月,作《正气歌》。

元世祖至元十九年壬午(1282),四十七岁

在大都狱中。八月,元世祖忽必烈欲授文天祥大任,文天祥回信拒绝。

十二月初八日,忽必烈召文天祥入殿中,问:"汝何所愿?"答曰:"愿与一死,足矣。"初九日(1283年1月9日),南向再拜,慷慨就义。

文天祥著作主要版本

1. 《新刊指南录》　宋刊元印本
2. 《文山先生集》　元元贞、大德间道体堂刊本
3. 《文山先生全集》　明景泰六年韩雍、陈价本
4. 《文山先生全集》　明正德九年张祥吉安刻本
5. 《文山先生全集》　明嘉靖三十一年鄢懋卿、宁宠刻本
6. 《宋丞相文山先生全集》　明嘉靖间无名氏刻本
7. 《新刻宋丞相信国公文山先生全集》　明崇祯四年　书林张启鹏南京刻本
8. 《庐陵宋丞相信国公忠烈先生全集》　清雍正三年吉安文氏桂堂刻本
9. 《文信国公集》　清光绪二十三年湖南书局四忠遗集本
10. 《文山先生全集》　《四部丛刊》影明本
11. 《文天祥全集》　民国间铅印本
12. 《文山先生全集》　商务印书馆影印明万历三年胡应皋刻本
13. 《文山先生全集》　北京中国书店1985年影印本

文天祥研究重要著述

1. 《中国男儿文文山先生》　李洁非　《图书展望》　1936年2卷2期
2. 《文山先生诗之风格》　黄清　《协大文艺》　1948年21期
3. 《读文天祥〈指南录后序〉》　何迦陵　《语文学习》　1955年11期
4. 《文文山临刑诗的真伪问题》　伯山　《光明日报》　1957年10月13日
5. 《文天祥〈念奴娇〉词辨伪》　唐圭璋　《光明日报》　1960年4月19日
6. 《文天祥诗歌的爱国思想初探》　王冰彦　《文学遗产》　1981年3期
7. 《爱国精神和民族气节的颂歌》　孙昌武　《散文》　1982年9期
8. 《文天祥〈念奴娇〉不是伪作》　韩志远　《江西社会科学》　1983年1期
9. 《文天祥的爱国思想评述》　王水根　《华南师范大学学报》　1983年1期
10. 《文天祥的爱国思想》　胡守仁　《争鸣》　1983年3期
11. 《〈指南录〉编辑年代和〈后序〉写作年代考辨》　吴海发　《天津师范大学学报》1985年5期
12. 《文天祥诗歌散论》　金其桢　《文学评论》　1990年3期
13. 《文天祥〈自序〉与〈后序〉的再研究》　吴海发　《山东师范大学学报》

1990年6期

16. 《简论文天祥的〈集杜诗〉》 莫砺锋 《杜甫研究学刊》 1992年3期
17. 《灵谿词说——论文天祥词、论刘辰翁词》 缪钺 《四川大学学报》
1995年3期
16. 《文天祥年谱》 杨德恩撰 商务印书馆 1939年版
17. 《文天祥诗选》 黄兰波选注 人民文学出版社 1979年版
18. 《文天祥传》 万绳楠著 河南人民出版社 1985年版
19. 《文天祥诗文选译》 邓碧清译注 巴蜀书社 1990年版
20. 《文天祥研究资料集》 刘文源编 中国社科出版社 1991年版
21. 《文天祥的生平和思想》 杨正典著 齐鲁出版社 1992年版
22. 《文天祥评传》 修晓波著 南京大学出版社 2002年版

《文天祥集》名言警句

△ 地居一郡楼台上，人在半空烟雨间。修复尽还今宇宙，感伤犹记旧江山。(《题碧落堂》)(第001页)

△ 古人重孜孜，殖学乃菑畲。彼美不琢瑙，椟中竟何如！(《题钟圣举积学斋二首》其一)(第002页)

△ 柴几照初阳，垂签动凉嘘。方寸起岑楼，一勺生龙鱼。(《题钟圣举积学斋二首》其二)(第003页)

△ 一雨生江波，洲渚失其足。(《山中感兴三首》其一)(第004页)

△ 大风从何来，奇响振空谷。(《山中感兴三首》其一)(第004页)

△ 山中有流水，霜降石自出。(《山中感兴三首》其二)(第005页)

△ 挑灯看古史，感泪纵横发。(《山中感兴三首》其二)(第005页)

△ 江上潮有声，山中云无情。(《山中感兴三首》其三)(第006页)

△ 但存松柏心，天地真茫茫。(《山中感兴三首》其三)(第006页)

△ 淡烟枫叶路，细雨蓼花时。宿雁半江画，寒蛩四壁诗。少年成老大，吾道付逶迤。终有剑心在，闻鸡坐欲驰。(《夜坐》)(第007页)

△ 寓形落落大块间，嘘吸一气自往还。桑弧未了男子事，何能局促甘囚山。(《生日和谢爱山长句》)(第008页)

△ 一杯相属慰岑寂，使我发笑愁颜开。簸扬且听箕张口，丈夫壮气须冲斗。夜阑拂剑碧光寒，握手相期出云表。(《生日和谢爱山长句》)(第009页)

△ 楚月穿春袖，吴霜透晓鞯。壮心欲填海，苦胆为忧天。(《赴阙》)(第011页)

201

△明月夜推枕,春风昼闭门。故人万山外,俯仰向谁言?(《所怀》)(第012页)
△乾坤增感慨,身世付飘零。回首西湖晓,雨馀山更青。(《自叹》)(第013页)
△老马翻迷路,羝羊竟触藩。武夫伤铁错,达士笑金昏。(《铁错》)(第014页)
△清夜为挥涕,白云空断魂。死生苏子节,贵贱翟公门。(《和言字韵》)(第015页)
△子产片言图救郑,仲连本志为排秦。(《愧故人》)(第016页)
△玉勒雕鞍南上去,天高月冷泣孤臣。(《愧故人》)(第017页)
△白云万里易成梦,明月一间都是愁。男子铁心无地着,故人血泪向天流。(《求客》)(第018页)
△啼鸟乱人意,落花消客魂。(《杜架阁二首》其一)(第019页)
△黄沙扬暮霭,黑海起朝氛。独与君携手,行吟看白云。(《杜架阁二首》其二)(第020页)
△故吏归心少,遗民出涕多。(《平江府》)(第021页)
△山河千里在,烟火一望无。(《常州》)(第022页)
△唇齿提封旧,抚膺三叹吁。(《常州》)(第022页)
△跨江半壁阅千帆,虎在深山龙在潭,当日本为南制北,如今翻被北持牵。(《渡瓜洲二首》其一)(第024页)
△眼前风景异山河,无奈诸君笑语何!(《渡瓜洲二首》其二)(第024页)
△南北人人若泣岐,壮心万折誓东归。(《脱京口·定计难》)(第025页)
△山川莫道非吾土,一见衣冠是故乡。(《真州杂赋》其一)(第035页)
△忽报忠图纪岁华,东风吹泪落天涯。苏卿尚有归时国,老相兼无去后家。(《题〈苏武忠节图〉三首》其一)(第042页)
△生平爱览忠臣传,不为吾身亦陷车。(《题〈苏武忠节图〉三首》其一)(第042页)
△独伴羝羊海上游,相逢血泪向天流。忠真已向生前定,老节须从死后休。(《题〈苏武忠节图〉三首》其二)(第043页)
△漠漠愁云海戍迷,十年何事望京师?李陵罪在偷生日,苏武功成未死时。铁石心存无镜变,君臣义重与天期。纵饶夜久胡尘黑,百炼丹心涅不缁。(《题〈苏武忠节图〉三首》其三)(第043页)
△一别迎銮十八秋,重来意气落旄头。(《出真州》其四)(第046页)
△瓜洲相望隔山椒,烟树光中扬子桥。(《出真州》其十一)(第052页)
△荒阶枕藉无人问,风露满堂清夜长。(《至扬州》其一)(第054页)
△平生不解杨朱泣,到此方知进退难。(《至扬州》其四)(第055页)
△折节从今交国士,死生一片岁寒心。(《至扬州》其九)(第058页)
△露打须眉硬,风搜颧频高。(《贾家庄》)(第064页)
△自古皆有死,义不污腥膻。求仁而得仁,宁怨沟壑填!(《高沙道中》)(第067页)

△晓发高沙卧一航,平沙漠漠水茫茫。(《发高沙》其一)(第 078 页)
△太行南北燕山外,多少游魂逐马蹄。(《发高沙》其二)(第 079 页)
△雁声连水远,山色与天平。(《稽庄即事》)(第 080 页)
△羁臣家万里,天目鉴孤忠。(《泰州》)(第 081 页)
△但令身未死,随力报乾坤。(《即事二首》其一)(第 083 页)
△俯仰经行处,死生谈笑间。(《纪闲》)(第 084 页)
△孤舟渐渐脱长淮,星斗当空月照怀。(《发通州三首》其一)(第 085 页)
△一团荡漾水晶盘,四畔青天作护阑。著我扁舟了无碍,分明便作混沦看。(《出海二首》其一)(第 088 页)
△几日随风北海游,回从扬子大江头。臣心一片磁针石,不指南方不肯休。(《扬子江》)(第 089 页)
△漠漠长淮路,茫茫巨海涛。(《入浙东》)(第 091 页)
△万里风霜鬓已丝,飘零回首壮心悲。罗浮山下雪来未?扬子江心月照谁?只谓虎头非贵相,不图羝乳有归期。乘潮一到中川寺,暗读中兴第二碑。(《至温州》)(第 092 页)
△雷潜九地声元在,月暗千山魄再明。(《呈小村》)(第 094 页)
△夜阑相对真成梦,清酒浩歌双剑横。(《呈小村》)(第 094 页)
△新仇谁共雪?旧梦不堪圆!(《二月晦》)(第 096 页)
△辛苦遭逢起一经,干戈落落四周星。山河破碎风抛絮,身世飘摇雨打萍。皇恐滩头说皇恐,零丁洋里叹零丁。人生自古谁无死,留取丹心照汗青。(《过零丁洋》)(第 097 页)
△以身殉道不苟生,道在光明照千古(《言志》)(第 104 页)
△草舍离宫转夕晖,孤云飘泊复何依。山河风景元无异,城郭人民半已非。满地芦花和我老,旧家燕子傍谁飞?从今别却江南日,化作啼鹃带血归。(《金陵驿二首》其一)(第 111 页)
△老去秋风吹我恶,梦回寒月照人孤。(《金陵驿二首》其二)(第 112 页)
△眼里游从惊死别,梦中儿女慰生离。六朝无限江山在,搔首斜阳独立时。(《早秋》)(第 113 页)
△自古皆有死,忠义长不没。但传美人心,不说美人色。(《燕子楼》)(第 115 页)
△乱臣贼子归何处?茫茫烟草中原土。(《平原》)(第 124 页)
△坐移白日知何世,梦断青灯问几更。国破家亡双泪暗,天荒地老一身轻。(《己卯十月一日至燕,越五日雁矰犴,有感而赋》其一)(第 127 页)
△可怜羝乳烟横塞,空想鹃啼月掩关。(《正月十三日》)(第 131 页)
△绿槐云影弄黄昏,月照牢愁半掩门。(《自叹》)(第 143 页)

△沙边黄鹄长回首,江上杜鹃空断魂。(《自叹》)(第143页)
△耳想杜鹃心事苦,眼看胡马泪痕多。(《读杜诗》)(第147页)
△天地有正气,杂然赋流形:下则为河岳,上则为日星;于人曰"浩然",沛乎塞苍冥。(《正气歌》)(第148页)
△是气所磅礴,凛烈万古存。(《正气歌》)(第149页)
△雁过孤峰,猿归老嶂,风急波翻雪。(〔酹江月〕"庐山依旧")(第154页)
△南浦闲云连草树,回首旌旗明灭。(〔酹江月〕"庐山依旧")(第154页)
△夜深愁听,胡笳吹彻寒月。(〔酹江月〕"庐山依旧")(第154页)
△去去龙沙,江山回首,一线青如发。故人应念,杜鹃枝上残月。(〔酹江月〕"乾坤能大")(第156页)
△回首昭阳离落日,伤心铜雀迎新月。(〔满江红〕"试问琵琶")(第158页)
△最无端蕉影上窗纱,青灯歇。(〔满江红〕"燕子楼中")(第160页)
△人生翕歘云亡,好轰轰烈烈做一场。(〔沁园春〕"为子死孝")(第161页)
△古庙幽沉,遗容俨雅,枯木寒鸦几夕阳?(〔沁园春〕"为子死孝")(第161页)

图书在版编目（CIP）数据

文天祥集／（宋）文天祥著；吴言生，朱大银解评．
—太原：三晋出版社，2008.10（2012.3 重印）
（中国家庭基本藏书·名家选集卷）
ISBN 978-7-5457-0007-7

Ⅰ．文… Ⅱ．①文… ②吴… ③朱… Ⅲ．①宋词—选集
②古典诗歌—作品集—中国—南宋③古典散文—作品集—
中国—南宋 Ⅳ．Ｉ214.422

中国版本图书馆 CIP 数据核字（2008）第 157730 号

文天祥集

著　　者：	（宋）文天祥	解评者：	吴言生　朱大银
责任编辑：	任如花	审订者：	陈霞村
封面设计：	敬人工作室	版式设计：	敬人工作室
责任校对：	任如花	责任印制：	李佳音

出版发行：山西出版传媒集团·三晋出版社（原山西古籍出版社）
地　　址：太原市建设南路 21 号
电　　话：（0351）4956036（咨询）　4922268（邮购）
传　　真：（0351）4922102
网　　址：http：// sjs. sxpmg. com
邮　　编：030012
E - mail：sj@ sxpmg. com

印刷装订：山西出版传媒集团·山西新华印业有限公司
（本书如有破损、缺页、装订错误，请与承印厂联系调换　0351-4120948）

开　　本：	787mm×960mm　1/16
字　　数：	233 千字
印　　张：	14.25
版　　次：	2008 年 10 月第 1 版
印　　次：	2012 年 3 月第 2 次印刷
书　　号：	ISBN 978-7-5457-0007-7
定　　价：	20.00 元

版权所有，翻印必究。本书图文未经书面授权，不得以任何方式转载或公开发表。